U0578034

必须高举中华民族大团结旗帜，促进各民族在中华民族大家庭中像石榴籽一样紧紧抱在一起。

——摘自习近平同志在 2021 年 8 月 27—28 日召开的中央民族工作会议上的讲话

石榴花开

何建明 著

辽宁人民出版社
新疆人民出版社

ⓒ 何建明　2023

图书在版编目（CIP）数据

石榴花开 / 何建明著 . — 沈阳：辽宁人民出版社；
乌鲁木齐：新疆人民出版社，2023.11
ISBN 978-7-205-10863-2

Ⅰ. ①石… Ⅱ. ①何… Ⅲ. ①报告文学—中国—当代
Ⅳ. ① I25

中国国家版本馆 CIP 数据核字（2023）第 176041 号

出版发行：辽宁人民出版社　新疆人民出版社
　　　　　地址：沈阳市和平区十一纬路 25 号　邮编：110003
　　　　　电话：024-23284300（发行部）
印　　刷：辽宁新华印务有限公司
幅面尺寸：170mm×240mm
印　　张：22
插　　页：32
字　　数：365 千字
出版时间：2023 年 11 月第 1 版
印刷时间：2023 年 11 月第 1 次印刷
责任编辑：娄　瓴　赵　珍
助理编辑：贾妙笙
装帧设计：丁末末
责任校对：冯　莹　吴艳杰
书　　号：ISBN 978-7-205-10863-2

定　　价：116.00 元

关于新疆，关于那个美丽而神秘的新疆，倘若你只是想象着它，根本就没有去过，甚至仅仅粗略地走了一次，是绝对不可能真正地了解和认识那里的美、那里的人以及那里所发生的一切……

我去了，并走进许多村庄和城市的街道、社区以及普通人的家园之后，才算对它有所认识和了解：那何止是我们眼睛所能及的美！新疆真正的美，在心，在一颗颗如石榴籽般紧紧相拥的赤诚之心！

——题记

那片遥远的地方
石榴花正盛开……

有一种果花叫石榴花，在它盛开时，宛若燃起的一片火霞，绚烂之极。它的果实状若星悬，光若玻础……叫人醉不醒！

当石榴与一个地方相遇时，美丽和吉祥的翅膀，便将那片土地紧紧地簇拥在它们幸福与温暖的怀抱之中……

是的，于是我们对那个地方产生了强烈的向往——

你去后，就想唱，把心中的豪情与爱，抒怀个彻底与干净……

你去后，就想舞，让悲与喜在跳动的旋律中尽情地释放……

你去后，就想张开双臂，高高地喊一声：我要拥抱你，然后深深地亲吻……

这个地方就是新疆，就是塔城。

现在，我来到了新疆的塔城。于是我就想唱，就想舞，就想伸展双臂，扬起思想与情感的翅膀……甚至还想永远地留在那里，爱至无垠。

毋庸置疑，你是美丽的化身：那草原一碧千里，可以连天接地，可以让骏马与牛羊享受自由的奔放；

你是雄健的象征，那老风口的风雪就是苍天雕塑大地所挥舞的刻刀，每一声呼啸，激昂的发声都是力量的音符；

你更是视听的灵魂圣地，那别有风情的红房子和能弹奏出美妙旋律的万千手风琴，将整个城乡装点成似乎连时光都时而驻足、时而流动的美丽乐园。

当年的金戈铁马以及频频腾起的硝烟，皆因为你的美、你的不可替代性以及你特别的地域重要性，所以任谁都想对你咬一口、吞一块……

但你生来就是中华民族版图的一部分，所以无论战火如何燃烧，兵马如何厮杀，你的归属与血缘始终无法更改。

你就是你。塔一般敦实，塔一般方正，塔一般坚固。塔的形与塔的灵所淬出的城，叫"塔城"！

是的，塔城，你的与众不同，让你成为西北的一颗明珠，祖国的一方宝地。

塔城的独特，构成了塔城的特质。这特质中有一种物理和空间上的传奇性，那就是塔城与任何方位都具有妙不可言，且充满哲学意味、自然意味以及人文意味的多重的衔接：历史与现实的衔接，边疆与内地的衔接，天穹与大地的衔接……更是爱与美好、与幸福圆满的有机衔接。

所以，这里才有了汉族、哈萨克族、回族、维吾尔族、蒙古族、东乡族、达斡尔族、俄罗斯族、锡伯族、柯尔克孜族、塔塔尔族、乌孜别克族、满族、壮族、藏族、苗族、布依族、朝鲜族、侗族、瑶族、白族、土家族、土族、羌族、撒拉族、鄂温克族、裕固族等近30个民族同胞的会集与融合。

如此地衔接之后，大地上的江河与高山形成了在起伏与蜿蜒中合理且自由的伸展，人与草木同生共存下的繁荣与茂盛，思想与情感燃烧下的爱和感恩的源远流长，心灵与行动共振后的力量和温润……

这就是塔城。有新疆大地上共同的美，又有别处不曾有的风情与圆融。

塔城的笑脸多，你无论走在乡间还是城里，人们相互之间的目光里都充满了柔美的多情与关切，不管你从何处来，也不管你是哪个民族，一个亲切的笑容，可以消解你所有的戒心与隔阂。笑，又让每个人都变得更美丽和帅气，更精神和年轻。

而且，塔城人自信满满，他们认为只有紧跟伟大的中国共产党，充分地信任自己的祖国，才会让外面的世界更加尊重和珍爱他们的家园。所以在塔城，如果有人问起"你是哪个民族"，塔城人会理直气壮地说：在我们这儿，都是"塔城族"！

"塔城族"？五十六个民族中有这个族名吗？

没有。绝对没有。

但塔城人仍然会坚定而又自信地告诉你：我们塔城没有少数民族，只有"塔城族"，是因为一直以来我们这儿不管这个族、那个族，我们彼此亲如一家，所以久而久之，塔城人就汇成了一个"族"，这个"族"，就是亲密无间的"塔城族"！

哈，"塔城族"，多么富有意义的自信！

我的故事也将从认识"塔城族"开始，并由此也明白了为什么这里的石榴花盛开得格外艳红，石榴籽总抱得如此紧紧的、紧紧的……

所有到过塔城的人特别深的第一印象可能就是这里的红房子。

这种红房子的红与北京紫禁城红墙的红不一样，

显得更为绚丽和炽烈，

是一种燃烧的红艳，令人心生澎湃之感。

如青春的某种欲望与冲动，格外具有诱惑力。

那横亘在大地与苍穹之间的天山雪，

在春天到来之后，融化成涓涓源流，

流到南北广袤的疆土上，

于是，万物开始发芽、泛绿；

于是，吐鲁番的葡萄熟了，阿克苏的苹果甜了，和田的枣儿红了；

于是，草场上的姑娘更加美丽，牧途上的小伙子更加英俊彪悍；

于是，千里边关、万里疆土更加繁荣与坚固。

左／ 初夏的乔尔玛草原

右上／ 能歌善舞的哈萨克族牧民

右下／ 热情好客的蒙古族牧民为远道而来的客人献上洁白的哈达

在宝木巴，

寒冬像春天一样温暖，炎夏像秋天一样凉爽。

孤独的人来到宝木巴，就能人丁兴旺；

贫穷的人来到宝木巴，就能富庶隆昌。

……

——蒙古族英雄史诗《江格尔》

孕育了蒙古族英雄史诗《江格尔》的和布克赛尔，

拥有全世界第一座江格尔宫的和布克赛尔，

正如宝木巴一般，

让生活在那片土地上的各族人民幸福、安康。

左上 / 和布克赛尔蒙古自治县健康成长的蒙古族少年

左下 / 全世界第一座江格尔宫

右 / 和布克赛尔蒙古自治县的胡杨林

新疆，塔城，到底有多美？

它的美贯穿于大自然，

更贯穿于人世间万千众生的生命之中，

蕴藏在生命所呈现的精彩之处。

安集海大峡谷自然风光

这就是新疆:

你一鞭子甩出去就是一片收不回的天地……

从马背上下来,

就是你的宿营地,是你生命的新开端,

又或许是另一个生命的诞生处。

左 /　传统赛马会

右 /　美丽的孟布拉克草原

塔尔巴哈台山和周边的草场，

构成了塔城的骨架与血脉，

构成了塔城人的"父亲与母亲"，

构成了塔城人的"你与我"以及他们的昨天、今天与明天……

裕民县吾哈斯医生在冬牧场

每一块美丽的土地，
总有一个个美丽的故事和传说，
也正是因为这些美丽的故事和传说，
才使这样的土地变得更加美丽与富饶——
塔城如此，新疆如此。

哈希勒根冰达坂

丰富的冰川，

使塔城流域内的巴音沟河、古尔图河、

莫托河、玛纳斯河、金沟河、

奎屯河、额敏河等河流常年水量丰沛，

从而也使这些河流沿途的土地长出了绿色翅膀，

并在祖国西部大地上飞翔起舞了数十个世纪……

在新疆，有一条公路非常出名，它叫独库公路，亦叫"天山公路"。

独库公路给新疆南北的交通带来的便利不言而喻。

有这条公路之前的新疆北部，人们放牧与出门只能靠骑马。

即使在独库公路开通之后，

多数地区的草原与牧场，人们仍然是以骑马为主。

左 / 云海中的独库公路

右上 / 乌苏天山

右下 / 裕民县牧民放牧

塔城位于准噶尔盆地西部，

它三面环山，向西开口，

且地形北高南低，由东北向西南倾斜，

这就使寒冷的西伯利亚风雪一路顺着那个向西开口的戈壁滩丘，

在塔城境内恣意猖獗……

安集海大峡谷

右上 / 牧民的冬窝子

右下 / 库鲁斯台草原上的骏马

你是美丽的化身，

那草原一碧千里，可以连天接地，

可以让骏马与牛羊享受自由的奔放；

你是雄健的象征，

那老风口的风雪就是苍天雕塑大地所挥舞的刻刀，

每一声呼啸，激昂的发声都是力量的音符。

天山深处的沙湾鹿角湾

江河与高山，人与草木，爱和感恩，

在新疆，在塔城，在这片充满爱的土地上，

自由伸展，繁荣茂盛，源远流长……

塔城的春天，草原上盛开的鲜花像天上的云彩一样多，

鲜花呈现出彩虹一样美的景色，

在弯弯的山丘上，在辽阔的草原上……

目录

序　那片遥远的地方石榴花正盛开…… 001

第一章　爱的源流 001

第二章　榆柳巷里的传奇 027

第三章　摇床上的故事 055

第四章　『国旗者』说 073

第五章　名字里的密码 107

第六章　老兵，你让我流泪 123

第七章　你是人们心目中的汗血马 135

第八章　马背上甩出的歌谣 151

第九章　唱着唱着，我就成了歌唱家　177

第十章　老风口有道『生命护栏』　195

第十一章　家是最温馨的暖地　209

第十二章　『结亲』后的甜蜜日子　233

第十三章　满满的小河让江流奔腾　253

第十四章　纳仁恰汗库勒村的那串石榴籽……　275

第十五章　那对夫妻，那片疆土　287

第十六章　情留石榴盛开的大地　321

采访花絮　那片土地，那些人们　353

后　记　380

002

石榴花开

爱的源流

———

七十余载共和国历程，

无论风雨如何飘摇，中华民族大团结的彩虹，

从来都是被各族人民深情描绘并高高擎起。

97 岁的维吾尔族大妈曼热亚木嘴边常有句话：

"我们一生受到了阳光的普照，所以我们要有爱。

有了爱，就有了一切……"

所有到过塔城的人特别深的第一印象可能就是这里的红房子。这种红房子的红与北京紫禁城红墙的红不一样，显得更为绚丽和炽烈，是一种燃烧的红艳，令人心生澎湃之感。如青春的某种欲望与冲动，格外具有诱惑力。而当你有时间静下心来去触摸和感受这种红时，就会产生另一种感受，那就是潺潺流动于我们每一个人血脉中最重要和普遍的情感——爱。

　　冰心曾经说过：有了爱就有了一切。

　　是的，我对塔城的认识，先缘于它的外貌，即自然环境。人们都说新疆是个好地方，那就是指它的自然之美。新疆的自然之美迷住了多少人，也让多少人妒忌和产生贪婪的欲望。因为这种欲望，所以出现了一次次的掠夺与侵略，于是历史上便有了一次次惨痛记忆……

　　然而，所有留下来的人都把这种记忆化成再一次繁衍下一代的动力和意志，也就慢慢孕育了这块土地上的另一种美，那就是人性中最崇高的美，即爱。

　　爱，让新疆这块土地变得更美，变得美上生美，并汇成美的洪流，势不可挡，浩荡人间！

　　新疆的自然和人文历史其实就是一部爱与被爱的史诗。

　　绿荫下的红房子具有俄罗斯建筑风格与风情，然而它也是塔城美丽的主色调，当然也是这里的人们性格和情感世界里的主色调。《三字经》中说"人之初，性本善"，在现代文明社会，我们有另一种说法，叫作"心善人美"，即善良的人才是美的。

在一个地处边境要塞、通达八方的边陲古城，如何能够一直保持祥和之气，社会稳定如磐石，人民生活欣欣向荣、蒸蒸日上，这是所有来到塔城的人都在思考的问题——每个人都可以给出自己的结论。

我带着同样的疑问来寻找答案。

幸运的是，我第一天就遇到了一个纯粹的本地家族，见到了一位满身是爱的老妈妈——

这个家就在塔城市内。

外墙是用混合的草泥垒成的，这是典型的百年前塔城民居的建筑形式，塔城因地处边陲，那个时候其城郭也随着时局变化而飘摇不定，所以用草泥垒墙，算是有钱人家的建筑用料了。

塔城人告诉我，这是个塔塔尔族人居住的老宅院，已有百年以上历史——现在的主人是这座宅院建造者的孙子，年龄与我相近，所以这是塔城现存的老院之一。

院子完全保留了旧风貌，这让我十分惊叹：多少历史风云在此激荡而过，却能让如此风情的特色建筑保留如旧，实属难得，从另一方面也说明了塔城之稳定、之祥和、之幸福和美。

院子内高高的橡树郁郁葱葱，仿佛故人犹然在此生活着。躺倒的"丁"字形房子，很像我们江南老式房子，与主体房子连接但独立的两间房是作为厨房用的：一间用作烤面包，另一间是做菜的。主屋看上去是三大间，其实除了中间的比较大的一间外，两边的一头大、一头小。主屋进出的门与我们南方的不一样，这里向外敞开的门只有一个，而且也是在门外面有一间侧房裹在其内的，这与新疆的冬季严寒有关。但我发现，中间那间房子与我们南方人生活内容上不一样。院子的主人指着中屋顶着后墙的一张床告诉我，那是他爷爷的婚床，后来成了他父亲的婚床，"我结婚时也用的它……"

女主人过来指着床说："我们的第一个孩子也是在这床上生下的。"

主人的话令我异常吃惊和好奇，原来新疆游牧民族也有如此生命传承的"硬内核"啊——颠沛流离一生、万水千山沧桑，所有同族的生命依然在同一张温床上诞生，难道这不是人间最壮美的爱之传承？

有这般爱，还惧世界多变、多烂？多灿、多炫！

男主人壮实寡言，浑身充满着一种彪悍的力量，然而他心底十分善良，就连我跨门槛时也会扶我一把，他说这是他们家族传下来的习惯，凡是尊贵的客人来，都必须如此引客入屋。他先带我参观祖上传下来的各种生活与生产用具，满满地放在几间不同的房子中，这些东西有100年前他爷爷来到塔城骑马的鞍子及各式各样的生产工具，有些工具一看就是欧洲工业革命的产物，比如其中一台沿用百年的小机床。其他生活类工具，如锤子、锯子、斧子、凿子、刨子之类的，大大小小、应有尽有，琳琅满目。这与我们汉族人相比要丰富得多，一般汉族人家只留有种地的工具，极少有家族生活工具的。虽然是只有十几平方米的小屋子，但如此丰富的家族用具留存，足以让我们深刻地领略与感受到100多年来塔城人民生活方式的变迁。

毫无疑问，没有对这片土地炽烈的爱，不可能如此用心去制造如此丰富的各式各样的用具，而如此丰富的用具才可使这片原始的土地生长出美丽如画的景观——大地是母亲，母亲也需要装扮才可能光艳照人、楚楚动人。

因为人的爱，土地才会变美。

因为土地之美，才可能让这块土地上留下更多的人，并去创造更美好的生活……

"来，来，快来尝尝我们塔塔尔族的食品吧！"就在男主人带我参观这座传统民居内所陈列的一样样"古董"时，女主人热情地过来催我们去品尝她的"手艺"——满桌的各式各样的糕点与其他食品，足足有二三十种我叫不上名的佳肴，它们多数是用面点与新疆水果做成的，虽然我惧怕甜食，但仍然无法拒绝如此丰富而诱人的美食。因为它们确实可口好吃，而且是我从未品尝过的味道。

"你第一次到塔城，自然没有尝过我们'伊蔓树庄园'的味道嘛！她做的食品，不仅全塔城独一无二，就是全新疆也是独一无二的！"谁能想到一直看上去不善言辞的男主人突然在众人面前大夸特夸，他夸的是他美丽的妻子。

众人不由得欢笑起来。

"哦，是这样吗？"我有些惊诧地看向身边随行的当地宣传部干部，他们点点头，说："肯定是独一无二，这是再屯娜的手艺，在塔城、在新疆，她是唯一的一位塔塔尔族的国家级非物质文化遗产的传承人，指的就是她制作食品的手艺……"

原来是这样啊！我不由得肃然起敬。

在品尝美味时，自然聊起他们的民族……来新疆之前，几乎没有遇见过这个民族的人，所以我对塔塔尔族可谓一无所知。

"塔塔尔族，是我们塔城的塔族，所以叫'塔塔尔族'……"女主人说完这话就先咯咯地欢笑起来，然后说："因为我们太爱塔城了，所以平时在塔城极少听到有人议论谁是这个民族谁是那个民族，我们都称自己是'塔城族'，因此我们塔塔尔族，不就是塔城的塔族嘛！"

她这么一解释，满屋的人都起哄道："那我们就都是'塔塔尔族'了呀！"

又是一阵欢笑。

"这是我爷爷卡利穆·恰尼雪夫和我奶奶哈迪夏……"这时，男主人指着墙上一排老照片中居于最醒目位置的那张说道。上面有两位老人，显然是男主人所说的他的爷爷和奶奶。

"这是我爸爸，小时候的他！叫阿布沙买提·恰尼雪夫。他是我爷爷所生的几个孩子中比较小的一个……"男主人说。

"由此可以推断这应该是在20世纪二三十年代照的照片。"我计算了一下。

"差不多。20 年代吧！"

"我的公公和他的祖先是手艺人，既会种地又会一套手艺，家里什么东西都能自己做出来。我们的桌椅板凳、木床，还有桶、壶、炉、盘、碗、刀、叉等用具，都是爷爷和我公公传下来的。我婆婆做面包等食品的手艺特别好，进到这个家后，我就跟着她学习，一直到把塔塔尔族的食品制作本领全学到了手……现在这套手艺成为塔城宝贵的非物质文化遗产了！"再屯娜骄傲地对我说。

难怪！

再屯娜介绍，塔塔尔族的食品最有特色的主要是"古拜底埃"和"伊特白里西"。"古拜底埃"是将大米洗净后晾干，上覆奶油、杏干、葡萄干，再放在火炉中烤制而成的一种饼，其味香甜可口；"伊特白里西"做法与"古拜底埃"相同，所不同的是材料以南瓜为主，再加入米和肉。

"我们家的伊蔓树庄园除了传统的塔塔尔族家庭博物馆外，主要就是我的食品制作手艺，当然还有我们塔塔尔族特有的歌舞……"再屯娜的话音未落，一边的音乐已起，只见她载歌载舞，立即投入忘我的歌舞之中……

带上你的闺蜜和冬不拉

还有风干肉麦香大列巴

快快跳起热烈的黑走马

快快卸下心上的铠甲

洁白的雪山一直不说话

山下野豌豆为它开紫花

攒劲大乌苏你带我飞吧

今天不喝到位都别回家

塔尔巴哈台的山脚下

今天敞开了喝酒吧

小哥哥该娶亲就娶了吧

大姐姐该嫁人就嫁了吧

塔尔巴哈台的山脚下

今天敞开了喝酒吧

该珍藏的故事就珍藏吧

该扔掉的烦恼就扔掉吧

塔尔巴哈台的山脚下

今天敞开了喝酒吧

为幸福的今天快点个赞

为美好的明天歌唱吧

"亚克西！再来一首……"再屯娜的舞步尚未收落，桌前围聚着的人又响起一阵更比一阵高的吆喝声——这就是新疆，人人是舞者、个个是歌手，只要谁起个头儿，歌舞就将无休止地开始！

后来，再屯娜又用哈萨克语唱了一首当地歌手写的《塔城之恋》。我发现，身为塔塔尔族的再屯娜和其他塔城人，他们每个人至少都会当地的几种主要语言。

"因为我们是多个民族聚居地，所以平时大家都在一起工作、生活，也常用各自民族的语言交流，时间一长，彼此都能懂、都会说对方的语言了，我们塔城一直以来就是这样，大家亲如一家，不分你我……"再屯娜说。

陪我一起来的塔城宣传部干部中有两位是汉族人，他们连连点头表示"确实如此"。

塔城人令人羡慕！我心底暗语。

我的第一个"塔城之夜"过得很晚，热情的主人似乎有拿不完的美食佳肴招待客人，桌上的朋友又都能歌善舞，所以热闹非凡，欢快异常。

席间，唯独我和男主人两人属于不善歌舞者，除了为别人鼓掌外，我还被他再次悄悄地拉到他家的"宝地"参观收藏品——这回他展示出的东西，实在让我吃惊不小，因为那都是些他和他父亲——阿布沙买提留下来的"宝贝"：读书时的课本和作业本，还有各个时期收藏的国旗与宣传品。

"我爷爷和奶奶不识字，他们和他们的上几代都是到处流离的游牧民，但爷爷一直告诉我父亲他们那一代子女：塔塔尔族过去没有根，到了新疆、到了塔城我们家才有了真正的根，也就是固定的家了。所以这个院子是我爷爷和奶奶亲手砌起来的墙、盖起来的房，从桌子到椅子，到床铺，到烤面包房，到院子里的每一棵树，都是他们自己动手做的、栽的。爷爷常对我父亲说：这里是我们真正的家、第一个家，子孙后代要珍惜，要和橡树一样让这个家永远茂盛。我的父亲是在旧社会经历过苦难的一代，又参与了新中国建设，感受到了社会主义制度的好处。他也时常对我说：爷爷把我们的家安在新疆、安在塔城，这个小院子就是我们家的根，任何时候不能断了血脉……所以至今我们一家仍固守在这个小院子里，并且根据新的时代发展，将小院办成既可以维系它生存，又能让大家来参观的家族博物馆和非物质文化遗产的展示馆和品尝馆……"男主人说。

"这份功劳要算在我母亲和我妻子身上，她们没有那么多豪言壮语，就是用家传的食品制作手艺，将塔塔尔族的文化传承下来，融入新疆民族大家庭之中，为新疆和边关建设尽一份微力。"男主人的这番介绍，让我了解和领悟到了一个塔塔尔家族的历史传承，而他最后说的一句话，又让我在塔城的第一个夜晚始终不能入眠。他说母亲从他懂事到她老人家最后离世时说过同样的一句话："你把心中的爱给了这个天下，这个天下就会好得很！"

啊，这是一位普通新疆人说的话，却充满哲理并富有人类普遍的伟大意义！

"所以我们这家人一直抱着这样的信仰……"他的话宛若天山上空突然响起一声巨雷，久久鸣响在我心头，并不断回荡于我的脑海之中，让我始终在精神上放不下对这个塔塔尔族的"伊蔓树风情"小院中那片高高的橡树的仰望……

第二天，接待我的塔城文联的同志告诉我，说要去见一位维吾尔族老人。来过新疆多次，这样一次又一次地走进当地的家庭，这种机会不是所有人都有的。

我感到有些激动。

到了老人家里，才知道她是一位年高97岁的老妈妈。她的名字叫曼热亚木·吐尔得瓦，维吾尔族。在塔城，曼热亚木是位绝对有威望的长者，所以人们都叫她"妈妈"。

老妈妈尽管年近百岁，但看上去身体很好，虽然我们不能用语言对话，她是百分之百的维吾尔族，或许能听懂一些汉语，但她说的话我一句也听不懂。然而我们的眼神可以交流——她听说我是"从北京来的"，眼睛里放出了光芒，双手上前握住我的手，然后用一双维吾尔族特有的大眼睛打量着我，说："谢谢你从北京来看望我。"——她的儿子在一旁翻译给我听。

"曼热亚木——在维吾尔语里是什么意思？"我好奇地问。

"玛丽亚。"她突然非常清晰地告诉我。

"圣母玛丽亚？！"我不禁惊叫起来，然后又赶紧握住老人家的手。

她长满皱纹的脸上顿时绽开了花一般的笑容。那一刻，掠过她的头顶，我在她身后的橱柜上看到一张照片，是年轻时的曼热亚木：一位漂亮、端庄、高贵的维吾尔族女性，其气质胜过电影明星，叫人敬仰。

"我的老师赛福鼎是新疆第一届人民政府的副主席。他在当我们老师时经常让我们牢记这样一句话：'新疆过去是中国领土不可分割的组成部分，今天仍然是，将来也永远是！'我就是听了他的话，一生坚守西部边城……"曼热亚木举起双手，用维吾尔语大声地说着，并拍着儿子的胳膊，让他翻译给我听。

真是一位可爱的老妈妈，她的眼里掩不住的光芒仿佛要把一生的"秘密"都告诉我这个京城来的客人，这也让我第一次有机会亲手触摸到新疆民族团结花园中那片最美的芳菲——

曼热亚木的故事可以从她3岁时坐在父亲搁在马背上的那张摇床上开始……

那一年，她的父亲和母亲带着全家，赶着驴车，一直从南往北逃难。"那时我只有3岁，妹妹才1岁，我们就一直往北、往北……只要是没有人的地方，爸爸和妈妈就带着我们去那里，后来到达北边的达坂城。那里非常漂亮，有七个泉、七条河流，我们就此停了下来。"曼热亚木说。

因为父亲后来要做小生意，加上军阀混战，再美的地方也不时卷入战火，20世纪30年代末，曼热亚木一家搬到了更往北的塔城市。父亲继续他的小生意，母亲则用她灵巧的手为家里、为曼热亚木父亲的小生意制作些手工日用品。日子就这样过着，一户有三男三女共6个孩子的维吾尔族普通家庭，能有什么奢望呢？

漂亮水灵的曼热亚木跟随父亲在街头左顾右盼，不知所措……

"这是谁家的孩子？谁家的？"

突然有一天，一位斯文的汉族人见了曼热亚木，十分喜欢，问她："上不上学？"曼热亚木摇摇头，她不知道该说什么，但会说话的眼睛告诉那位斯文的汉族人，她很想去上学，可爸爸妈妈不会同意，他们没有钱供孩子读书。

"我找你的爸爸妈妈……"于是就有了那位斯文的汉族人在大街上

的喊话。

"我是孩子的父亲。"曼热亚木的父亲因为做生意，所以能说简单的汉语。

"你应该让她去上学。看得出，她很聪明。"那汉族人说。

"读书是有钱人家的事，我们连肚子都填不饱……"父亲十分消极地说。

"如果不要钱，她能去上学吗？"那人紧逼曼热亚木的父亲表态。

父亲一愣，打量起跟他说话的人，随后摇摇头，长叹一声："再美的蓝天白云，也不会从天上掉下一块馕……"

"现在天上的馕饼掉到你们家人的头上，就看你接不接了！"那人笑着说。

"先生你是？"父亲急着问。

"我是这里的学校校长，我可以免费让你的孩子上学去……"原来他是校长，姓刘，叫海燕，塔城仅有的学校的校长，大名鼎鼎。

"失敬，失敬，刘校长。"父亲拉着曼热亚木连连给刘校长鞠躬。

曼热亚木就这样成为当时塔城能够免费上学的 3 个孩子之一。

聪明伶俐的她学习成绩非常好，老师和同学都喜欢她。有一年她得了 3 块钱的奖学金，拿回家后，母亲欢天喜地地说："这下好了，以后就靠你啦！"

母亲的话对曼热亚木影响太大了，让她懂得了给予家人、给予他人爱和帮助的重要，就像她尊敬的刘海燕校长常说的："要让这个世界美起来，就要从每个人的心灵深处捧出爱来。有了爱，世界就会美……"

曼热亚木的信仰里从此根植了一个"爱"字，这个"爱"占据了她心房的全部。

但是后来曼热亚木又发现：在动荡和战火纷飞的年代，边境若不能安宁，个人付出的爱微不足道，只有让更多的人知道，热爱自己的国家，才能让心中的爱放射光芒，创造美好。

"没有知识，就不懂历史和现实，不懂历史和现实，就不知如何爱自己的国家，不能热爱自己的国家，又怎能珍爱自己的家园和亲人呢？"曼热亚木开始懂得和思考问题，并且明白了真正有爱的人乃至有大爱的人，一定是明理识史的，而要让边境安宁、家园稳定、社会进步、生活美好，只有掌握知识，手握本领。

于是她选择了教书育人的事业。

曼热亚木先去了一所小学。虽然小学破旧，但她极其珍惜自己的工作，把每一次上课和教每一个孩子当作神圣的使命，甚至把自己的每一句话视为爱的使者，因为她从孩子单纯和好奇的目光中看到了一个干净的世界。"如果不给成长中的花朵浇灌干净而有营养的水，那将是一种罪孽……从站在讲台上的第一天起我就是这么想的，一直以来也就是这么做的。"97岁的曼热亚木，特别要求儿子完整地将这句话翻译给我听，直到我采访本上用汉语记录清楚并与她核对无误方休。这也让我对她更为尊敬。

上过维吾尔语学校也上过塔塔尔语学校的她，唯独普通话基础没有机会打扎实。也正是因为这个，曼热亚木觉得自己在非汉语学校更有责任像当年给予她上学机会的刘校长那样把爱无私地献给更多的人。

新中国成立之后，曼热亚木看到过去那些吃不上饭、生活无固定居所的同胞都过上了安定幸福的新生活，小孩子们也有学上了，她脸上绽放出更加灿烂的笑容。

她尊敬的赛福鼎老师成为新疆人民政府的领导后，曼热亚木更信心百倍地看到自己的工作有着不可替代的作用，因为自己美丽的家乡塔城和整个新疆都在发展，都需要人才，而自己的工作就是为国家、为边疆培养人才。曼热亚木因此努力而拼命地工作。新中国成立初期，塔城地区的中学教师队伍中，像她这样有经验又有文化的维吾尔族女老师十分稀缺，也正是这个原因，再加上曼热亚木热爱自己的职业，学生们都格外喜欢上她的课，她成了学校每天站讲台时间最长的老师，即使放学了，孩子们依然喜欢追在她身后提问题、接受指点。

"亲爱的，我多么忌妒这些孩子，希望也能像他们那样每时每刻围着你、看着你，听你滔滔不绝、娓娓道来……"这是一位年轻英俊的军官，每一次出现在曼热亚木面前时，他总这样发一番感慨，然后热烈地将曼热亚木紧紧地搂在怀里。

他是她的恋人、爱人。他还是一名我军优秀的边境军事机构的法官，代表中国政府处理与邻国之间的外交与军事事务。

他的所有工作职责都与国家联系在一起，他每一次向她讲述自己工作中遇到的案例，都令她更加强烈地感受到了"国家"的意义以及热爱自己民族的意义。

"我用原则捍卫国家尊严，你用课堂教育影响国家的未来，我们一起洒向人间的都是崇高的爱……"他的文化水平高，又有天才的语言能力和缜密的法律思维，所以常常使她心潮澎湃。而她的柔情、美丽，又如涓涓细流流经大地一样，滋润他的每一根神经……他们的爱情常常相互融化、相互黏合，并不断炽烈与升华。

当然他们的爱情与婚姻带给了他们生命的结晶——孩子们一个接一个地来到他们的生活中。尽管这让曼热亚木比过去要辛苦和劳累得多，但她的脸上绽开了更多更美的笑容。

"老师，家里人不让我上学了……明天我不能再见到你了！"一天，学生毛利达低着头一边抹着眼泪，一边对曼热亚木老师说。

"为什么？慢慢说给我听……"曼热亚木跟着着急起来。

"爸爸妈妈说，我已经长大了，应该、应该……"毛利达支支吾吾说不出口。

"你爸爸妈妈说你应该干吗？"

"他们说，我应该等着嫁人了，而不是再上学……"毛利达话还没说完，就蹲下身子呜呜地哭起来。

"这不行！不能这样！"曼热亚木火了，急了。她拉着毛利达，直奔这位学生的家。

曼热亚木找到毛利达的父亲和母亲，跟他们进行了长达一天的谈话，最后终于让毛利达重新回到了课堂。

女孩子到一定年龄就要早早地嫁人，这是老一辈的风俗，曼热亚木教的班级就遇到了类似的问题。并非毛利达一个同学，整个班上有 30 名女生几乎都遇到了同样的问题。曼热亚木不得不一家一家地去做工作，直到所有的学生都能继续读书为止。

如今 75 岁的毛利达已经是国外某著名大学的教授了，她回忆自己的成长历程时，深情地说道："不管我们身在何处，都永生不会忘记曼热亚木老师，因为是她改变了我们很多人的命运，我们一辈子都是她的学生，她用爱让我们终身感到温暖，惦念故乡，热爱祖国。"

曼热亚木一生站在讲台上的时间共 42 年，问她到底教了多少学生，她笑着向我张开双手，说："他们就像天上飞翔的鸟，你说有多少就有多少。"

她的话引来满堂欢笑。曼热亚木老妈妈的话没有错，她开始是老师，后来是班主任，再后来是中学的校长，每一届毕业的学生有多少，几十年加起来又会是多少，难道不像天上飞翔的鸟儿一样多吗？

幸福又自豪的她，给我讲了她人生中最引以为豪的事，那就是她对习仲勋和习近平父子的感情，这可能是一个在全中国 14 亿人中独一无二的故事，她因此骄傲无比……

1950 年，新疆解放不久，有一天，曼热亚木正在上课，一位塔城的干部通知她："准备准备，让你去西安开会，领导要接见你们！"

开会？西安？领导接见？这对新疆第一代青年教师曼热亚木来说可都是新鲜事儿。

"西安在哪儿？为什么要到西安去？"

"西安是我们中央西北局机关所在地，离咱们塔城的直线距离约 3000 公里，如果沿路而行，恐怕有 1 万里远吧！"

哎呀，1万里有多远呀？曼热亚木吓坏了，从小到大没离开过塔城的她，现在竟然要到那么远的地方去，她忐忑不安起来，但心情又格外兴奋与激动，因为她要去见"领导"——像亲爱的老师赛福鼎这样的大官。

怎么去呢？那个时候新中国刚刚成立，从塔城到迪化（今乌鲁木齐）也只有骑马、赶骆驼走的土路，更不用说从新疆穿越戈壁高原，再沿河西走廊，一路东行南下，入陇进陕，途中有多少艰难险阻不说，光行程的时间就叫人胆寒：准备三四十天的行程。

"天哪，是骑马还是赶驴子？"曼热亚木觉得此行就是天方夜谭，她小心翼翼地问。

"哈哈哈，谁家的马、谁家的驴子吃得消几十天的路程？"干部告诉她，"你们是乘汽车去，四个轮子的汽车！"

太好了，乘四个轮子的汽车去西安！曼热亚木高兴得要在原地跳起旋转舞来了，因为她终于有机会坐上风驰电掣的汽车了，那时坐汽车的人不是干部就是到矿山或工厂的技术员、工程师们，现在自己也要坐上汽车，而且一坐就可以坐几十天哪！

光想想，曼热亚木在梦中都要笑出声了。

然而她哪里知道，此次西安之行有多少她根本意想不到的困难……

是汽车，但不是现在的那种既舒服又安全的客车或轿车，而是大卡车。

每人发一条毛巾、一个饭盒。毛巾用来擦洗脸和身子，但没有水，沿途凡见得到的水，就是曼热亚木他们的生活用水。

饭呢？更不用说了，不可能野炊，更不可能见了城镇客站就停车。再说，多数时候开一两天也未必见得到一座城镇，住宿的客栈更不可能有。卡车，就是几位代表的"临时旅店"……

就是这样的出差条件。

一天又一天，遥遥无期地向东行进——那个让曼热亚木和其他几位新疆青年代表向往的地方……

颠簸。无尽无止的颠簸。

晕车。一次次翻江倒海式的眩晕与呕吐……

夜晚露宿在星星之下，看到的是夜幕，听到的是狼嗥，但是梦到的是天安门广场上毛主席在向他们招手致意，所以他们并不惧怕，甚至一路歌声昂扬……

往日草原都枯黄，

只因为没有红太阳。

维吾尔人民都贫穷，

巴依骑在脖子上。

毛主席派来了解放军，

维吾尔人民得解放。

穷乡僻壤换新装，

愁眉的奴隶展笑颜。

弹起琴儿把歌唱，

曲曲赞颂共产党……

"好得很！""再来一首！"曼热亚木的歌声就像百灵鸟吸引了大家。

"对，对，曼热亚木，放开你的歌喉吧！"

同车的青年代表有人已经坐不住了，站起身在卡车车厢内便跳了起来。于是曼热亚木又放开歌喉高声唱起来：

园子里的杏子甜得很，

炉子上的烤肉香得很，

丫头子的眼睛黑得很，

解放军的心里烫得很，

路，一条又一条；歌，一首又一首。

通往西安的路好像永远走不完，曼热亚木他们的歌也永远唱不完。一路上，不变的是曼热亚木他们对未来、对生活、对祖国的热爱与向往，唯一变化的是一路尘埃将曼热亚木他们"化妆"成另一番模样……

"路很长很长，白天我们唱歌说笑话，晚上我们就在颠簸的卡车底板上摇晃着睡觉。因为太激动，对未来有太多憧憬，所以有做不完的梦，许多梦现在我还记得……"老妈妈回想往事，神采飞扬，根本不像一个97岁的暮年老人。

坐着卡车奔跑的曼热亚木不知道车子会走到什么地方、走到什么候停，但她知道每一天晚上做的梦，都是关于她和自己的孩子和学校的孩子们之间的事。她至今还记得梦中那个关于她和孩子们去北京向毛主席献花的情景，毛主席告诉她，看一个人是不是真有爱，需要看他能不能一辈子在自己热爱的岗位上无私奉献，因为这种爱才是最伟大的，才是真正对祖国的爱之情。

"所以后来我一生留在塔城、留在教育战线，就是懂得了毛主席的话，记住了他老人家的嘱托！"曼热亚木老妈妈开心地向我透露了这个从未向人说过的"秘密"。

一个多月后，曼热亚木一行到达西安。当她和伙伴们从卡车上下来时，甚至连走路都不太会了，几个人左右摇晃，脚底轻飘飘的就是站不稳，一直到通知"领导马上要接见"时，她和伙伴们的腿才突然听使唤了。

原来是西北局负责人习仲勋书记要接见从新疆来的青年代表。曼热亚木第一次与大领导在一起，发现原来习书记不仅年轻，而且平易近人，说话时总是笑呵呵的。他看到曼热亚木等新疆青年代表，便来到大家的身边，亲切地说道："你们是新疆的第一代少数民族青年代表，很有发展前途。你们这么年轻，能不能留下来呀？愿意留下的，送他去北京学习。"

"你愿意留下来吗，曼热亚木同志？"习仲勋问曼热亚木，目光是热切和期待的。

曼热亚木感觉自己的心脏怦怦直跳，突然，她想起了梦中毛主席对她说的话。是啊，我要是离开新疆、离开塔城，那学校里的孩子怎么办？谁来建设新疆、守卫边关呢？

"习书记，我不想留下，我要回去，回新疆、回塔城去。"曼热亚木就这样回答习书记。

她看到伙伴们个个万分惊讶。"能留下，到北京，多么光明的前程啊！"他们用目光对她说。

曼热亚木当然知道伙伴们的心意。可她还是摇摇头，坚定地向习书记表示要回塔城。

"很好。曼热亚木想回家乡工作，在那里贡献青春与热血，当然也是十分好的。祝你一切顺利，我们后会有期！"习书记满面笑容地把手伸向曼热亚木。

"谢谢习书记，我会永远记住您的话……"曼热亚木紧握习仲勋的手，浑身顿时热血沸腾。

这是曼热亚木一生至高的光荣，也正是带着这份荣光，曼热亚木回到了家乡塔城，并且再也没有离开过一步。

之后几十年的日子里，无论怎样的诱惑，曼热亚木从来没有动摇过献身家乡教育事业的信念。有人议论说她这么优秀的条件，完全可以到乌鲁木齐和北京这些更好的地方、更重要的岗位去工作，可曼热亚木总是婉言拒绝，她说她爱塔城、爱边疆、爱身边的孩子，她要把所有的爱给予这些孩子，这样才能不辜负毛主席和习书记的嘱托。

曼热亚木对祖国的热爱、对信念的执着、对工作的全身心投入，使她像高高耸立在戈壁大漠上的白桦树一样令人尊重，给人以威严的印象。

作为边城，同时也是国外分裂势力一直企图搞出点"名堂"的塔城地区的一名中学校长，多少次有人专门前来诱惑和怂恿她"走吧"，到"更好的地方做更大的校长"，但曼热亚木坚决且坚定地拒绝了这种引诱与威逼，甚至有时受到恐吓，都没有动摇曼热亚木的执着与信仰。她无数次严正地告诉那些别有用心的人："我不会离开我的祖国。我也相信我脚踩的大地永远是我祖国的大地，它们比我的生命还宝贵，而我也是在这块土地上诞生的，所以我会把一生全部的爱留在这片土地上，谁都别想来动摇我，也别想从我身边拉走我的孩子们！"

"这个女人太厉害！"那些敌对分裂分子最后只得空手而归，发出如此感慨。

"她是一个伟大的母亲，更是一位受人尊敬的教师……"那些同事和曾经是她学生的人这样评价她。

曼热亚木则这样评价自己："我就是一位边疆少数民族地区的教师，我能看到我的学生像戈壁荒漠上长出的片片绿色苗苗一样，让我们的边疆更加美丽、昌盛和安宁，这是我最大的幸福和欣慰。"

在学校，在讲台上，曼热亚木用自己的行动证明了她说的话，她是真正意义上的桃李满天下的老师，是一位浑身散发着爱的老师。与她一起在塔城成长起来的同事、朋友，后来到了外面的人许多做了官、成了名人，许多她教的学生后来也当了官、成了名人，而曼热亚木自己则一直默默无闻地坚守在三尺讲台和她钟爱的中学校园……

1985 年，曼热亚木从塔城第二中学教务主任的位置上光荣退休。那时，人们以为一生操劳、桃李满天下的她，从此可以安度晚年、享受人生了，可是曼热亚木不甘岁月如水流逝。她在漫长的教育实践中体会到一件事：除学校教育以外，社会和家庭问题一直是影响孩子成长和进步的重要因素，必须加强综合管理与施爱。尤其是家庭生活相对困难、缺乏父母关爱的孩子，更需要社会伸出温暖之手。正是基于这个理念，已经退休的曼热亚木开始了她人生中第二次重要的"自选动作"——一场延至今天并影响整个新疆乃至全国各地的"爱心妈妈"社会公益活动。

"我们做的是公益工作，但我们的心像妈妈一样，我们的工作目标就是尽我们的力量去关心每一个需要帮助的孩子，让他们在温暖的怀抱里健康和快乐地成长……"最初，曼热亚木把她熟悉的数十位退休的中学老师叫到她家，然后说出了自己多年想做却没有时间去做的这件事，在得到全体同人拥护的前提下，她向"爱心妈妈"团队队员们说了上面这段话。

"对，过去我们在讲台上是教学生，现在我们退下来做这件事是帮孩子。既然是帮，就是无私和送爱的行动，我们都会拿出自己的爱去帮助那些需要帮助的孩子……""爱心妈妈"的成员你一言我一语地说道。

"大家说得好！那么从今天起，我们要把'爱心妈妈'这个称号高声地喊出去，让所有需要帮助的孩子和他们的家庭知道我们，我们也主动地去联系那些需要帮助的孩子与家庭，因为他们通常是社会上的弱势群体，他们甚至不太愿意别人知道他们的苦与难，所以我们更要主动去关心和关爱他们……"曼热亚木说。

她和她们开始行动了：先是去一个个社区调研，然后按各自情况逐一进行分析调查和核实，最后开始实施帮困计划。

钱哪儿来呀？

"自然是我们几个凑呗。"于是，你10元，我20元，她30元——这么凑起来。第一次行动，曼热亚木就从退休工资里拿出了1000元。

"我们帮助的第一个孩子的家庭非常困难，她的父母残疾，学费缴不起，面临辍学，我们通过核实，为她缴了1500元学费，孩子重新上学了，成绩也非常好，后来考上了大学。她的事让我们'爱心妈妈'们也十分兴奋，大家都有了成就感，后面的公益行动积极性、主动性更顺当了许多……"曼热亚木老妈妈回忆起30多年前她们最初的感受时，幸福地笑了。

退休了，再出去干事，除了要自己掏钱，家里人能不能支持其实对

"爱心妈妈"们也是一个不小的考验，尤其是有些"爱心妈妈"的子女已经有了下一代，就特别希望姥姥、奶奶们——他们退休了的母亲——来带孙辈孩子。这个时候容易产生矛盾。

曼热亚木对"爱心妈妈"们认真地说："我们帮助别人家的孩子，并不是说不要管自己的孩子。自己的孩子必须更好地去爱，去关照好，在这个前提下，我们尽力去帮助其他家的孩子，这一点我是需要特别强调的。不能很好地爱自己的孩子，怎么可以去真正地爱他人呢？"

她的话，让很多"爱心妈妈"如释重负。而这样的结果是：在关照好自己家事的同时，腾出多余的时间与精力去帮助别人——这样爱心更完整，心情也更愉快了。

在塔城，与新疆其他地方一样，曼热亚木她们这些"爱心妈妈"遇到不少需要帮助的女孩子，她们的家长认为，女孩子已经长大，需要的是准备嫁人而非继续读书。所以初中毕业后甚至有的还没到初中毕业，家长就不让她们再上学了。

"不行，必须让这些女孩子回到学校！"曼热亚木深知没有知识的女孩子的人生必定与有知识的女孩子完全不一样。其实男孩子又何尝不是这样呢？

每年暑假之后开学前的十几天，是曼热亚木她们这些"爱心妈妈"最忙碌的时间。她们甚至每个人负责数个家庭，而要做通一个家庭的工作，需要一次、两次甚至更多次的家访。"有的时候一个人做不通工作，我们就组织一个团队去支援，直到把孩子重新送入学校才算完成任务。"曼热亚木说。

"有一年我们就碰上一个特别难做工作的家庭，因为孩子的家长不在塔城，都在外地打工，我们就一次次跟这个孩子的家长通话，隔着千山万水，在电话里做不通工作，我们就派人到孩子家长打工的地方去耐心交流，一直到家长心服口服，答应并签字保证让孩子继续上学后，我们才算圆满地完成了这件事……"

97 岁的曼热亚木老妈妈对做过的每一件重要的事都记忆犹新，真的令人敬佩。

为了让更多的孩子和家庭受益，需要更多的"爱心妈妈"一起参与。队伍建设成为曼热亚木在之后的日子里最为关注和操心的一件事。因为是公益事业，因为是爱心奉献，而且所有参与的人都必须是有着"妈妈心"的爱心使者，所以"爱心妈妈"队伍的每一个正式成员，用曼热亚木妈妈的话说，她们都是散发着香气的鲜花。

是的，散发出香气的鲜花惹人喜爱，是因为它容易让人产生亲近感，赏心悦目的同时给人以安全感、寄托感，感受到美好带来的爱与力量。而这种来自自然界的"香气"体现在"爱心妈妈"身上，便是她们的爱。这爱，就是人间最美的"精神香气"。它是受困者战胜困难的力量，它是贫贱者克服自卑的信心，它是消沉者激奋前行的动力……曼热亚木以自己的身先士卒带动和影响其他"爱心妈妈"成员，培养她们成为所有需要帮助者的贴心人、"好妈妈"。

"'爱心妈妈'就是有爱的妈妈。都说世上只有妈妈好，就是因为妈妈最有爱心。而'爱心妈妈'必须是称职的妈妈，是充满爱的好妈妈！"这是曼热亚木妈妈经常说的话，即使到了当奶奶的年岁，她仍要求自己在参与帮困孩子的工作中不能有半点儿"奶奶"意识。"因为当上了'奶奶'，家里人一般都会给予适当的照顾，有什么事会谦让着你。我们是'爱心妈妈'，当妈妈的就该全心全意，忍辱负重，有牢骚也不能发……"这是她经常在"爱心妈妈"们面前说的话。

数年下来，"爱心妈妈"队伍已不再是几位退休老师的规模了，许多退休的党政机关干部、企业女职工，甚至摆摊开店的个体业主也都纷纷加入进来。2002 年起，在曼热亚木的推动下，"爱心妈妈"正式在民政部门注册成公益社团组织，公开合法地开展各种公益活动，其职责也不再是单一的帮困学生，还延伸到帮困孤寡老人等特殊群体、组织老年人开展文体娱乐活动，等等，甚至一些政府和街道开展的教育与文明普及工作也交给"爱心妈妈"们去做。

"十几个人，几十个人，几百个人……在塔城，现在有多少'爱心妈妈'？"听到我的提问，曼热亚木笑了起来，她说："已经多得像春天遍地盛开的花朵一样，数也数不清了！所有加入我们队伍的人都以此为荣，大家争着为社会献爱心。"

曼热亚木老妈妈的话没错。如今，"爱心妈妈"已经成为塔城一道美丽的风景线，它遍及街道社区、乡村牧场、工矿企业，甚至军营校园；不仅仅在城区有，塔城地区的各个县区、乡镇都有"爱心妈妈"组织与团体……

"乌鲁木齐有，西安有，兰州有。你们北京有，南京有，深圳的人告诉我他们那里也有……"曼热亚木好不兴奋地告诉我。

我到曼热亚木老妈妈家的那天，塔城的"爱心妈妈"社团组织刚刚换届没多久，刚刚退休的"年轻的"中学校长接替了老会长曼热亚木的职务，正在向名誉会长、"爱心妈妈"组织的创始人曼热亚木汇报工作、请教经验。新会长告诉我：在曼热亚木老妈妈的领导与组织下，"爱心妈妈"仅在塔城城区就有300多个注册成员，外围成员至少有1000个，这些年先后成立的"爱心妈妈"组织已经遍及全疆。"我不敢说全国各地，但在新疆，所有'爱心妈妈'组织里的成员，都知道我们亲爱的曼热亚木妈妈是这个组织的创始人，她的威望和精神，一直鼓舞和激励着新疆全体'爱心妈妈'成员，她是我们的榜样和旗帜……"新会长说。

"给你看一样珍贵的东西。"曼热亚木老妈妈冲我一笑，然后朝儿子使了一个眼色。

"好嘞！"只见儿子立即站起身，一会儿从他母亲卧室里拿出一个大信封。

曼热亚木接过大信封，再小心翼翼地将其中的一张抬头印有"中国共产党中央委员会"字样的信纸给我看……

"天，习近平同志给您的信呀！"我不由得一声惊讶，尽管事先听说过这事，但毕竟现在眼见为实。

此时老妈妈的眼里满是幸福的光芒。"他给我的……"她说。

确实是习近平同志给曼热亚木写的信。内容如下：

　　您的来信以及您和各族优秀青年代表在1950年出席第三次全国青年代表大会时与我父亲习仲勋同志的合影收悉。

　　您的信，使我不禁回忆起习老当年为国家民族工作倾注的大量心血和取得的成绩，更加感念不忘许许多多像您这样的民族优秀分子长期以来为国家民族团结作出的重要贡献。您一辈子在教育工作岗位上为祖国和人民培养了许多各界民族学生。现在年事已高，仍从事慈善事业，令人由衷钦佩。做好民族团结、民族教育工作，正需要千千万万像您这样的人。

　　希望您继续发挥作用，按照习老当年所说的那样，影响和带动更多的各民族群众，促进民族团结，致力共同发展，为祖国和人民多作贡献。

　　习近平同志的信是2013年5月4日写的。曼热亚木老妈妈谈起9年前她写信给习近平同志及收到习近平同志回信的情形时，一下子兴奋得仿佛回到了70年前："党的十八大召开后，我知道了我们党的新一任总书记是习近平同志，后来有人告诉我，习近平同志就是当年在西安接见我的习仲勋书记的儿子时，我格外高兴，几乎有空就拿出当年习仲勋书记与我们的合影看。2013年，习近平同志当选为国家主席，我心里高兴呀，就写信向他讲了当年他爸爸习仲勋书记接见我们时的情形，并汇报了我之后几十年里遵循当年习书记的指示从事教育工作的情况。我在信上跟习近平同志这样说，我是居住在新疆塔城市的一名老教师，我们的家乡塔城，这个美丽富饶的多民族聚集的团结和睦的小城，这些年已经发生了巨大变化。我们这里没有'民族有别'的概念，各族兄弟姐妹团结如一个大家庭。现在我们发展了，在党的领导下，迎来一个又一个的节日，人民欣欣鼓舞，生活蒸蒸日上。塔城在发展，人民生活安定幸福……我的信是请自治区的一位领导转送给习近平同志的。没想到过了些日子，习近平同志真的给我回信了。那一天我激动得一晚上没合眼，一遍又一遍地让儿子帮我念信，然后我自己一遍又一遍地看……尤其是读到习近平同志对我工作的肯定时，我太高兴、太幸福了！"

手舞足蹈起来的老妈妈很美丽，也很优雅，这时她身边的儿女们更加兴高采烈，于是又一场载歌载舞的"很新疆"的场面出现了——即便是远方的来客，你顿时也会被新疆人那奔放的、载歌载舞的热情所感染……

"回到北京后，一定代我向习近平同志问好。告诉他我很好，我们塔城这儿比前几年更好了，各族人民特别团结，城市也越来越美丽……"临别时，曼热亚木老妈妈握住我的双手，一再叮咛。

"好的，曼热亚木妈妈，我一定转达到！"面对一位近百岁的长者，我想我也必须这样说。

老人家一辈子没有去过北京，但她的心与北京一直挨得很近很近……在她的家里、她的话里都能深切地感受到这一点。

从老妈妈家刚走出几十步，一支载歌载舞的"爱心妈妈"队伍迎面而来。她们穿着鲜艳的民族服装，正在为塔城创建文明城市的活动进行街头演出。一起去曼热亚木老妈妈家的那位"爱心妈妈"新任会长告诉我：现在"爱心妈妈"们除了做义务帮困公益活动外，还经常参加政府机关、学校及街道社区的社会活动。"许多时候、许多事情，'爱心妈妈'们出现，会起到比其他人员、其他形式更好的效果，尤其是涉及民族团结方面的事，所以塔城有这样一句话：只要'爱心妈妈'一到，再难的事也解决了。这个现象确实在塔城随处可见，因此我们的'爱心妈妈'在塔城几乎天天可见、随处可见……"新会长骄傲地说。

这是我在塔城所见的一道最亮丽的风景——由一大群专门向人间洒

爱的各族妈妈组成的爱心队伍，她们都是平常人，都是孩子的母亲、男人的妻子，是奶奶、姥姥，她们是半个世界！

半个世界里的人在献爱、施爱，那另外半个世界还能怎样呢？塔城近几十年来没有"民族有别"一说，就极好地给出了结论。

这，更让我铭记住"曼热亚木"这个名字。在我心中，她就是"妈妈"的代名词，是"爱"的同义词。

是的，曼热亚木妈妈，你让我看到了横亘在大地与苍穹之间的天山雪……那雪在春天到来之后就融化成涓涓源流，然后流到天山南北广袤的土地上，于是万物开始发芽、泛绿……

于是，吐鲁番的葡萄熟了，阿克苏的苹果甜了，和田的枣儿红了……

于是，草场上的姑娘更加美丽了，牧途中的小伙子更加英俊彪悍了……

于是，千里边关、万里疆土更加繁荣与坚固了。

塔城的第一夜、第一天，我看到了石榴籽的饱满与甜润……

第二章

榆柳巷里的传奇

———

江山就是人民，人民就是江山。

国家的每一寸疆土，

都是各族人民千百年来相互支持与帮助、携手铸造的。

那是一首首英雄之歌、生命之歌。

历史如此。当今如此。

一个山东汉子同他的维吾尔族兄弟之间的"榆柳情缘"，

传承的便是千百年来祖国疆域牢不可破的血缘真谛，

是创造美丽富饶的必由之路……

季节的风，可以让人赏心悦目；历史的风，则会令智慧的人产生顿悟。那一天踏进额敏县塔斯尔海村的榆柳巷，我的心便激情荡漾起来……

坐在我面前的这位汉子叫林忠东，一看就是个精干之人，年轻时肯定是个彪悍壮实的帅哥。

"天津卫人都是这个样……"他说。

"你是天津过来的？天津人？"我有些惊讶。

他一脸自然。"是。天津来新疆的人多了去了，尤其是我们杨柳青的。因为都是'赶大营'的，所以至少都是像我这样块头的……"

"杨柳青""赶大营"的……他的几个概念令人着实愣住了。

他友善地嘲笑起我来："那你得补点历史知识。"

"到新疆来，每一次都需要补很多历史和现实的知识，其实我们就是来补知识的。"我觉得在每一个新疆人面前，不懂最好不要装懂，因为我们去的目的就是为了"补课"：知识的、社会真相的和情感的等方面，大自然和美丽风景方面的更不用说了。

"我听说过'左公柳'的说法。"我回答林忠东。

"对，我们天津杨柳青人到这儿，跟'左公柳'到这儿的过程差不多……"

他的话勾起了我脑海中的一些残留"底子"——关于"左公柳"的点滴知识。

为另一部作品的写作，刚刚看过马克思在 1858 年写的《鸦片贸易史》一文，其中对中国进行过这样的分析："一个人口几乎占人类三分之一的幅员广大的帝国，不顾时势，仍然安于现状，由于被强力排斥于世界联系的体系之外而孤立无依，并因此竭力以天朝尽善尽美的幻想自欺。这样一个帝国注定最后要在一场殊死的决斗中被打垮。"马克思的预言其实在他发表这番论点之后都被证明了。

腐朽的清朝政府以"天国"的自傲搞封锁与自闭，注定了马克思所指出的结局。然而浩浩东方大国，毕竟也有一些清醒的爱国者，左宗棠算是杰出的一位。

1879 年，从湖南往西的漫漫征程上，有一支浩荡的队伍，他们穿着南国的衣衫，说着北方人听不懂的南方话，艰难地行进在黄风与沙尘之中。队伍前面的高头大马上，坐着一位目光炯炯、须发皆白的长者，他就是左宗棠。稀奇的是，在他身后，十多名士兵抬着一具漆黑发亮的棺材，在刀枪和军旗下显得格外醒目。

"假如不能收复新疆，你们就将我收殓入此棺！"受命出发前，左宗棠对将士们这样说。这一年，身为老将的他已 68 岁。他的决心与意志激励着全体随他而行的壮士们，于是书写了新疆历史上一段壮丽而伟大的篇章。

在遥远而艰难的西征之路上，特别是出了甘肃之后，沙漠戈壁的荒凉与恶劣环境，给左宗棠印象极深：不栽树，将士生存与疆土收复将不可久持下去。于是他发动湖湘子弟开始一路种树，并且选择了最容易生根和生长的柳树。就这样，一路上西征大军成了植树大军，沿途所到之处栽满了柳树，并实行前营栽、后营管，同时再动员百姓分段管理，如此形成了连绵数千里戈壁种下片片树林的奇观……

　　大将筹边尚未还，
　　湖湘子弟满天山。

新栽杨柳三千里，

引得春风渡玉关。

这首著名的诗篇是左宗棠的部下杨昌浚所写，他就是根据当时种树大军留下的奇景所作。据说当时左宗棠率领的大军人人都带着柳树苗，只要停下脚步第一件事就是种植柳树，不管营房前后，还是沿途路边，有地方就插下柳苗……来年雪融水丰时，只见柳树成行，春风习习，一改昔日荒凉苍茫之景。人们为了感激左宗棠此举，称此柳树为"左公柳"。

"今天我们在新疆看到的柳树，就是左公和他的队伍留下来的……"林忠东这么说，坐在他身边的几个维吾尔族老人也这么说。他们的眼神里充满了对左公的敬佩与感激之情。

"而你们天津卫人或者说杨柳青人到新疆也因为追随左宗棠的西征大业？"我的话题真的把林忠东的"话匣子"彻底打开了。

"那是的，没有左宗棠的收复新疆大业，怕今天还没有几个天津人到过这儿呢！"林忠东的腰杆一下直了起来，两眼跟着发光。

他开始给我"补课"——

"那应该是我爷爷的父亲那个年代了……"林忠东的第一句话就把我们拉回到了 19 世纪 70 年代，"听我爷爷说，那个时候，在我们天津杨柳青老家，每年农历三月初三就会在当地的码头上有个很隆重的仪式，叫作'赶大营'。就是大家成群结队地聚集到码头上，准备一次十分壮观的远征，时间长达几个月、要跋涉几千公里……你问干吗？就是去追随西征的左宗棠和他的队伍呀！"

林忠东的一个"干吗"让他露出了"天津卫"的本色。

京津距离百里，之间的运河经过杨柳青，那儿的码头在旧时十分重要，所以也颇有名。

19 世纪下半叶，杨柳青地区不断遭受兵火侵袭，加之旱涝和蝗灾，民不聊生。善做生意的杨柳青人开始了一次与新疆结缘的伟大征程，这就是广为流传的、充满传奇色彩的"赶大营"壮举。

林忠东的爷爷辈们"赶大营"，随左宗棠收复、平定、繁荣新疆的三个过程让这群冒着生死、丢家舍命的穷苦人，从饥寒交迫变为富商巨贾，由此也创造了他们在新疆的辉煌诗篇。

可以这样认为：新疆地区所形成的多民族人口结构，许多民族是因战事或流落此地，或屯兵此地，或被新疆的美丽和丰富多彩所迷恋才留下来的，唯有天津人（杨柳青人）是因在追随左公的过程中所创造的一种经商模式而最终选择了留在新疆。这是林忠东之上的三四代天津卫人所走过的历史。

我们可以从清同治年间说起。1865 年，中亚浩罕国阿古柏趁乱入侵新疆，在英国支持下，占据了南疆喀什噶尔（今喀什），进而占据阿克苏，并一路向北，于 1870 年攻占了乌鲁木齐和北疆大部分地区。第二年，沙俄趁机自北出兵，占据了北疆的伊犁。那个时候的塔城都归入伊犁地区。侵略者的意图明确，就是要将新疆从中国版图中分裂出去。

中华民族又一次面临外国列强的破坏与分裂。为了挽救危局，清政府最终不得不采取平定西北的军事行动，名将左宗棠便是担当此任的重臣。早在此次西征的二十几年前，他与曾在新疆戍边三年的林则徐有过一次著名的"湘江夜话"，当时的林则徐向左宗棠详谈了西北防务之重要，并以"苟利国家生死以，岂因祸福避趋之"勉励左宗棠。左宗棠与林则徐都是爱国重臣，左宗棠也认为"关外（指新疆）一撤藩篱，虽欲闭关自守，势有未能"，"我退寸而寇进尺"。然而，很多年里，他所力主收复新疆的主张遇到了极大的阻力。这种阻力主要来自执掌重权的李鸿章主张"海防"重于"塞防"，"新疆不复，于肢体之元气无伤；海疆不防，则心腹之患愈棘"，因而宁弃新疆，也要把有限的军费用于东南海防。

经过左宗棠的多方努力，争论半年之后，左宗棠"塞防""海防"二者并重的观点最终被清廷采纳。

直到 1875 年，新疆地区形势越来越危急，时任陕甘总督的左宗棠才被授命为清廷钦差大臣，督办新疆军务，从而也开启了西征阿古柏、收复新疆的大幕。

无巧不成书。战争大幕开启之时，兵家阵营正在磨刀之际，却有人在中间做了另一件影响时局的事。此人姓安名文忠，天津杨柳青人，地道的林忠东"老乡"。他的出现为左宗棠大军成功收复新疆提供了后勤保障，同时也给天津杨柳青人创造了在新疆发展的机遇。

"赶大营"就是安文忠创造出来的。

安氏在老家杨柳青是个普通人家的孩子，其父亲是船工，他兄弟四人，安文忠是长子。只读过一年书的他，14 岁就随父亲当了船工。

1876 年，已经准备"西征"的左宗棠开始从保定大营急运军事物资到陕西，需要急聘一批船工。

"我去。嘛有好生意不做嘛！"一口天津话的安文忠与父亲顶起牛来。那年他 17 岁，吃够了在运河上拉纤的苦，决意独闯一条"谋生"之路。俗话说：要发财，挨兵营。年纪轻轻的安文忠懂得这个道理，所以他坚定地报名"应聘"。

"妈呀，遍地都是黄金呀！"安文忠随运输队伍到达西安后，发现一个"秘密"：随军贩售，有利可图。因为西征的军队日用品短缺，但官兵手中却不乏银两，相比于战火中的平民百姓，其购买力更强。

安文忠开始就地采购些针头线脑、毛巾、肥皂等小商品，然后便跟着西征大军做起了"小贩"。

"小安子，来包烟！"

"小安子，搞点毛巾来嘛！我们的裤裆都磨出血了……"

"好嘞，大兵哥！"一边声声"小安子"，一边声声"好嘞"，其间是货与钱的交换……没多久，"小安子"在西征兵营中成了无人不知的"弄货人"，而生意场上的安文忠则成了赚钱赚得口袋满满当当的"大人物"了！

"你们也想发财？那就跟我走嘛！走出杨柳青，包你赚个够！嘛不去呀！"安文忠春风得意地回到老家，杨柳青人待他像神一样。他这么一呼唤，待在家里的杨柳青人没几个待得住了，除非傻的、呆的和残的，其他人跟着他一起去"西边"，成群结队的杨柳青人，第一次浩浩荡荡地向着他们心中向往的方向远行……

然而，安文忠的"赶大营"并非都是一帆风顺的。左宗棠的西征部队进入大西北之后遇到了巨大困难——自然环境和战争的双重考验。但无论胜还是败、顺还是逆，有一样是谁也离不开的，那就是吃喝用，尤其是生活用品，再节俭，大军将士也不能几天不洗一洗身子、换一换衣服。安文忠聪明，盘算着大军越往西走，将士们所需的生活用品应该会越多，那么"小生意"便越有希望做成"大生意"。

"你们敢不敢去肃州？"安文忠问跟自己一起出来的杨柳青老乡。肃州就是现在的酒泉。"从西安到那里需要走多少天？"有人问安文忠。

"我也不知道。"安文忠摇头道。

"那我们的货郎担能挑得到那儿吗？"

"如果都知道挑得到那里，生意早就被别人做去了……"安文忠说。

"要是不能保证货郎担能挑到那里，说不准这生意要赔本呢！"

"你不愿去就算了，嘛要说这些消极的话嘛！如果知道是金山了，还用去淘金嘛！"安文忠有些生气。

在别人犹豫与怀疑之时，他挑起了货郎担，已经出发了。

"等等，等等我们！"后来，那些老乡纷纷跟在他后面。

这一次远征确实很辛苦，也很惊险。但到了肃州，安文忠他们也着实赚得盆满钵满，因为，快一个月没有换洗衣服和清洗身子的将士们，见了安文忠等送过来的日用品，简直就是疯抢一通。什么价不价的，只要有货，掏尽黄金也要换个"痛快"！

"咋样，这40多天没白走吧？"夜晚，安文忠看着正在数钱的伙计们问道。

"没白走！下回还跟你一起走！"

"对，不跟你走就是傻瓜一个！"

"好，趁大军还有几天休整进疆的时间，我们抓紧备货……这回入疆，据说至少要两个月，而且听说左将军的属下要给我们发证呢！"安文忠透露了一个重要的信息。

为了备战，1876年左宗棠命他的干将刘锦棠在率军入疆之际，必须解决好西征大军的军需供给难题。刘将军于是决定招募商贩随军贩售，给每位商人颁发龙纹执照，而且将这些随军小贩编入军队后勤，统一管理。

此次大军入疆，非小打小闹，军需供应也是一件大事，绝非安文忠他们这些货郎担所能解决得了的。所以刘将军派专员跟安文忠谈判："你能不能动员500人的担夫随我们一起入疆？如果不能，我们将另请高明。"

"能！别说500个，就是5000个，我们杨柳青帮也一定不含糊！"此时的安文忠不仅同入疆的将士关系不一般，更重要的是他肩上多了份家国情怀——"新疆也是我们的家，必须从强盗的手中夺回来！"

"好，一言为定。事成后，报朝廷为你们颁奖！"刘锦棠听说安文忠得令，十分高兴。

1876年4月，安文忠率领数百名杨柳青商贩跟随大军进入新疆，他们在军队作战间隙，四处寻找货源，将日用品、蔬菜、药物等源源不断地送到军营，确保了收复大军的战斗力。

1877年，左宗棠击败侵略者。

1881年收复伊犁，新疆重新恢复到大中华地图上。在左宗棠的建议下，1884年清政府正式决定在新疆地区建省，并取"故土新归"之意，改称西域为"新疆"，省会定在迪化（今乌鲁木齐）。

新疆第一任巡抚就是入疆立下大功的刘锦棠将军。而刘将军刚刚在迪化站住脚，就给了"小安子"协办军饷的任务，并拨付重金，让其就地采买货物，运往新疆销售，为恢复和重建新疆经济所用。安文忠不负众望，出色完成任务，并将所赚的"中间差价"换成银两后交还给刘锦棠。他的无私奉献更让朝廷欣赏，授予他"官钱局总办"官衔。

恢复新疆经济是件长期和艰巨的任务。为此，安文忠开始了扎根新疆从商的宏业，创办了文丰泰京货店。不几年，由于他善经营，很快富甲新疆，成为称霸商界的"津帮第一人"。

入疆 20 余年，安文忠的成功之路开拓了天津人特别是杨柳青人入疆的"津式丝路"，也就是通过这样的特殊拓疆之道，一批又一批、一代又一代的天津杨柳青人进入新疆，他们或一个人、或全家人、或一个家族、或一个村庄地移居至新疆，并与当地人结亲成家，使其力量日益增强，成为富足新疆的一批批"新新疆人"，一直到林忠东父亲那一代……

需要说一句安文忠最后的命运。1909 年，他返回天津，将新疆的店铺交给弟弟安文玺主持，并嘱咐他收缩业务。可不久后，弟弟安文玺在与俄罗斯人做生意时，因 80 箱细红茶在运输途中丢失而忧郁致死。此事一年后，迪化发生战乱，天津商号大多遭到洗劫，只有安氏的文丰泰因停办而幸免于难。安文忠回津后创办了麻袋庄和钱庄。虽然生意没有新疆的好，但他威风仍在，所以战乱之后，在他的指导下，仍然不断有人前往新疆，而且形成了遍及新疆南北的"津人商网"和生活圈子。尤其像塔城这样的边关城市，天津人留下无数后裔，他们已经深深地融入了当地，联姻结亲的也不在少数。他们的先驱安文忠则在 1942 年病逝于天津寓所，终年 91 岁。在安文忠老家院子的地砖上，刻着四个大字："唯吾知足"。

这位从天津杨柳青码头走出的一代巨商，凭借着智慧、勇气和坚韧，在战乱动荡之中，紧紧抓住"赶大营"的商机，洞察时局，进退得宜，其道其行其德，令人称道。在安文忠的影响与引领下，新疆到处流传着"三千货郎满天山"的传奇故事，并为新疆各民族之间的大融合书写了动人的篇章。

读懂了左宗棠西征故事和安文忠的传奇，再听塔斯尔海村"榆柳巷的故事"，似乎感觉找到了刻在这片土地上的文化血脉之根。

采访林忠东时，当地的干部先把我带到正在改造的榆柳巷……那里正在大兴土木。当地百姓在辽宁援疆干部的帮助下，将原来的一个自然村庄的主干道路修缮一新，并且正式命名这条道为"榆柳巷"。那整洁宽阔的道路，绿荫与鲜花镶满两边，百姓家的墙壁粉刷一新。水墨壁画鲜艳而醒目，充满了民族风情，令人十分惬意和舒服。

"你看，这棵榆柳树很特别吧？榆树上长出一枝柳秆，生机盎然……榆柳合二为一，郁郁葱葱，挺拔刚劲！"村干部带我来到正在修缮的巷子中段，指着一棵榆柳合欢树说。

简直是神奇之极：在一棵榆树根端的一块树窝里竟然长出一枝柳条，而且这枝柳条越长越茂盛，直到现在我们看到的榆柳结伴共向天际旺盛地生长着……

"神奇之极啊！"我忍不住惊叹起来。大自然中榆柳合欢共生的事好像古而有之。那一瞬，我猛然想起陶渊明写过的诗句："榆柳荫后檐，桃李罗堂前。暖暖远人村，依依墟里烟。"看来，天下真有榆柳之合。

榆树属于落叶乔木，寓意高贵、勇敢以及不畏困难与挑战的精神。柳树也属于落叶乔木，生长适应力强，古人认为其可以驱恶除鬼，更有情意绵绵的不舍和爱情的寓意。榆柳一刚一柔，合欢的象征意义好比感情中的天地合一，因而自古就有榆柳合欢之说。

在额敏县采访的第一天，我就被这里的一则"榆柳一家亲"的故事所感染和感动。这对主人公就是林忠东和他的库尔鲁西·乌斯曼兄弟。他俩一个是汉族，一个是维吾尔族；一个是"外来户"，一个是土生土长的新疆本地人。然而他们两人、两家却成"榆柳之合"，在边陲小村演绎出一个动人而温馨的"榆柳巷的故事"——

作为杨柳青的后代，林忠东并不太清楚自己的父亲是怎么来到新疆的，因为他只是一位普通的百姓。但从 1964 年的这个时间点进行分析，就会很自然地想到了当时的历史大背景：三年困难时期刚过，国家百业待兴，尤其是新疆建设再度成为国家的热点。一句话：这里需要人。

吃尽自然灾害之苦或受到某些极左风潮波及的不少内地人在那个年代把"往新疆跑"作为改变命运的绝佳选择。

林忠东的父亲便是其中之一。林父原来是在天津做邮政工作的，1961 年，因为"历史问题"和"说话没边"而被打成"右派分子"，下放到农村。

"在新疆，只要你老老实实干活，就不会有人再把你当坏人。"林忠东从小就听父亲这么说，所以当父亲做出带全家到新疆去的决定时，一家 9 口人没有反对。

"我是家里男孩中的老四，全家兄弟姐妹 7 个，加父母共 9 人。后来几位亲戚知道我们要到新疆，跟着一起来了……"林氏十几口人千里迢迢来到谁也不知道、不认识的新疆塔城的额敏县。

"因为再往西走，就要出国境了，所以不得不止步……"林忠东说。

林忠东的父亲叫林明恩，在天津老家也算是个有知识、有地位的人，但因为是"右派分子"，即使是在农村干活，也没有人跟他一起，更不用说平时有人主动与他说话。与他说话的，都是那些来教训他的监督干部。那些人绝不可能给他笑脸。

"但到新疆以后，父亲经常对全家人说：当时的塔斯尔海村，绝大多数是维吾尔族，我们全家人到这里的第一天，当地的维吾尔族群众就热情地帮着我们安家、搬东西，而且宰羊宰牛，用最好的酒来招待我们，热闹了一整宿，没有半点歧视……"林忠东的第一个"新疆记忆"也是他被一群"长得跟我们不一样的小朋友拉到他们家里玩儿""他们给我吃的，又拿好东西跟我一起玩儿"……

林忠东说他虽然当时内心有些害怕生人，但他感到那些说话"叽里呱啦"的人，总是笑眯眯的，特别善良。

"我们的心是暖和的。"林忠东说他在新疆的童年就是这种感受。"就像干涸的树苗被雨水滋润一样……"林忠东一家就这样扎根在塔城额敏县的这个维吾尔族居多的小村庄。

"刚来时，村上60户都不到，现在已经202户了……"林忠东说。"那个时候汉族人家只有2户，现在已经有50户了。除维吾尔族、汉族之外，还有哈萨克族、俄罗斯族、蒙古族等6个民族聚居在此。"林忠东说，这是个典型的多民族村庄。

林忠东父亲这一代与"赶大营"的杨柳青前辈到新疆的境况大不一样。前者是需要在此落定安居，别无后路可退，而非后者的驿站式生活。"虽然那时我们还小，但感觉得到父母的压力。他们带着全家千里迢迢来到一个陌生而完全不一样的生活环境，甚至连基本的语言都不通，最初只能相互间打手势，难免产生一些误会。加上当时汉族人绝对是少数，怎么干活、如何吃上东西、生病了去哪儿看病，在老家可能很简单的事，在这里有可能是天大的事……"林忠东并没有说到具体事，但我听说曾经发生过一些因为初来新疆的某些汉族人不了解少数民族群众的生活习惯，无意间发生误会甚至造成矛盾的事。

"我们一家来到塔斯尔海村60年，从没有发生过一次因为这样的事而产生同其他民族同胞之间的矛盾，这要归功于库尔鲁西兄弟的父亲乌斯曼·阿肯巴大叔……"林忠东在我到他家采访时，先把我引到他家对面的库尔鲁西家。

榆柳巷原来是一条很窄的土路，现在经过振兴乡村的建设与改造，已经变成一条宽阔的柏油马路。"我对它感情太深太深。它联结了我们家和维吾尔族好兄弟库尔鲁西一家的深厚感情，所以是我们两家之间血脉亲情的巷子。因为我们两家的血脉亲情相通了，也带动了全村多个民族之间的血脉亲情。"

林忠东的话引出了榆柳巷里那些上了年纪的大伯大妈的"七嘴八舌"——

"林家刚来的头几年，因为语言不通，又人生地不熟，所以一家人跟全村人总难免有些隔阂。我们的老村长——库尔鲁西的爸爸乌斯曼就找机会让当时的社员听收录机里的中央声音，然后由识不少字的林忠东的父亲林明恩'翻译'给库尔鲁西的父亲乌斯曼听，再由村长乌斯曼转达给社员（村民）们听，这样我们就能最快地听到北京毛主席、党中央的声音了……"

"林忠东的父亲识字多、读报好，又会记账，在村长乌斯曼的支持下，慢慢成了塔斯尔海村的记账会计，受到全村人的尊重和爱戴。林明恩的勤劳与真诚奉献，让塔斯尔海村对'外来人'特别包容与接纳。打林家落户后，塔斯尔海接纳了几十家由于种种原因来村上落户的'外来户'。也正是这些像林家一样的'外来户'，让以前人气衰弱的塔斯尔海村日后变成充满生机活力的当地先进村。在拨乱反正的20世纪80年代初，乌斯曼老村长听说冤案可平反，他便亲自多次跑到乡里和县里甚至向天津方面申诉和联系，为林忠东的父亲林明恩叫屈喊冤，结果让多少年来一直压在林家头上的'右派'帽子比别的蒙冤者早好几个月摘掉了！"

"林忠东的爹是乌斯曼村长一脚前一脚后地从泥坑里拉到光明大道上的，而乌斯曼老村长的儿子库尔鲁西的致富梦则是林忠东手把手地拉着他圆的……"

因为父辈的亲密兄弟情，林忠东和库尔鲁西从小便是一对亲密无间的好兄弟。林忠东从库尔鲁西那里学会了许多维吾尔语词汇，库尔鲁西慢慢地也能看汉语书、读汉语报……别小看了这些简单的小事，它对像林忠东这样的"外乡人"却是必需的，这些小事让他们能够甘心将"根"深扎在陌生的边疆，将生命的全部留在新的"故土"而经营一个完整的家园，其所度过的每一个与以往完全不同的春夏秋冬、每一天日出日落，其实是非常艰难和酸楚的，有时候自身的情绪会影响瞬间的选择。林忠东并不是一位很有文化的汉子，表达这种细腻的情感和心理感受似乎并不擅长，但他不经意间说出的一句话，着实令人震撼。他说："有时不顺，会极其怨恨父亲当时的选择，也会抱怨这个世界为什么对人这么不公平。但这个时候，好兄弟库尔鲁西就会用最简单、最纯朴的话对我说：'什么都别去想，只要我在、只要我家在，你和你的家在塔城永远塌不下来……'"

林忠东说这话时眼睛是湿润的。他说："有这么好的兄弟，你还有啥不满足的？我们是平民百姓，想过的就是平安加有点富裕的日子，其他的不属于我们。"

"小时候，父亲戴着'右派'的帽子，如果在老家，我们全家就都是抬不起头的人。但在新的家乡，我们几乎没有遇到过这方面的挫折。其实，从和库尔鲁西成为兄弟后，加上他的年龄和身材都要比我大一号，所以倚靠着他，我在任何场合都是昂着头、挺着胸走路的。"林忠东骄傲地说。

库尔鲁西天性没有林忠东那么活跃和机敏，但他的憨厚和质朴的性格就是一种坚毅的力量，是一种可以依靠的信赖感。"他的点子就是金子，跟在他后面走路，就不会吃亏……"库尔鲁西对林忠东做出这样的评价。

就是这一对维汉兄弟，结伴而行的兄弟，用真情演绎出了榆柳巷的前世今生……

塔斯尔海村本无榆柳巷。榆与柳自古以来以各自习性生长在自己喜欢的土地上，但人间的民族亲情催发了一种超自然现象的诞生，这不能不说是一个奇迹。

改革开放之后，在库尔鲁西的父亲、老村长乌斯曼的关心和帮助下，也因为父亲落实了政策，林忠东一夜之间从农民变成了一名"吃国家饭"的酒厂工人。然而受大环境影响，"铁饭碗"才吃了几天，林忠东又成了下岗工人。

"闷！真是闷啊！"那几天，浑身是劲无处使的七尺男儿林忠东关起房门，闷头喝闷酒，对天长叹。

"来，哥跟你一起喝……有愁一起解！"库尔鲁西带来一瓶好酒，给林忠东斟满一杯后，认真说道，"听我爸说，要说苦和难，你们刚来新疆那会儿才叫苦难。现在这些事算啥？从小到大，在我的眼里，没有事可以难倒我弟你的。这回铁饭碗丢了看起来不是好事，可凭你的脑子，我相信你比谁都富得早、富得快……我还想跟着你一起致富呢！"库尔鲁西拍着林忠东的肩膀，鼓励他。

"哥，你真这样看我？"林忠东的眼睛里闪出了光芒。

"你这话说的，从小到大，我哪一回不是这样看你的？"库尔鲁西瞪圆了眼。

林忠东端起酒杯，"咕嘟"一口将大半杯酒倒入口中，然后说："明天开始，我要寻找咱兄弟俩发家致富的正道了……"

或许林忠东血脉里流淌的就是杨柳青人善商、熟商和亲商的天赋。很快，他发现从塔城到额敏一带，百姓养的牛羊很多，却不会深加工，所以更谈不上变现钱一说。凭借着杨柳青人对生意的敏感，林忠东开始筹措宰牛加工牛肉的买卖。从养牛户手中买来牛再屠宰，然后再进行肉加工，是一种生意模式。但林忠东认为，普通农户散养的牛，包括从牧场上直接买来的牛，一般都比较瘦，出肉率低。于是他就想走另一条路：先把牛买进来，再进行育肥饲养，等养肥了再屠宰……

"这个主意好！"调研考察了一阵子之后，回到家，林忠东便把自己的想法告诉了库尔鲁西。对牛和育肥牛，库尔鲁西比林忠东更在行，他立马表示赞同林忠东的想法。

"可是买牛需要一笔不少的钱呀！"对此，库尔鲁西有些发愁。

这时，林忠东笑呵呵地从包里掏出 6 万元钞票，说："我已经想办法筹措到了这些钱，可以上手干了！"

"还是我兄弟有办法！"库尔鲁西顿时兴奋不已。

从此，这门对门的维汉兄弟俩便开始了一场长达几十年的"共同致富的奋斗史"——

"一是赶上冬季把牛牵回来，这是个关键，因为这个时候农户卖牛的概率高，年底了，他们等着用钱，卖价相对要低些；二是过冬后，春暖花开时，草茂地肥，牛羊长得快。为了第一个冬天能把牛牵回来，我记得几乎跑遍了额敏周边的几十个牧场，直到满栅为止……"林忠东说。

"小林兄弟，咱俩这样分工：你主外，我主内；你主买卖，我负责养肥膘牛。"库尔鲁西对林忠东说。

"好！一言为定。"当晚，两人没少喝酒。

"头一个冬天和春天，我哥库尔鲁西可是立了大功，他先是要筹备好冬料，等雪水一融，春天就要赶着牛去寻找最好的牧场。库尔鲁西熟悉额敏和塔城的每一块最肥美的草场，所以我们喂养的第一批育肥牛长得就是比一般牧场的牛要快、要肥。屠宰开始了，我们饲养的育肥牛出肉率高出一般农户和牧场养的10%—20%！再加上我们又缩短了饲养的时间，两者一加，三四年下来，就比别人高出一栅的肥牛出肉周期。因为周期比别的牧场快了，我们的付款时间更及时了，生意就更有竞争优势，周边的牧场和农户便更愿意与我们合作，我跟库尔鲁西也就忙开了……"林忠东对创业初期的情景记忆犹新。

"后来我们的屠宰生意越来越出名，光靠自己饲养的牛已经跟不上了，所以就每天午后跑到周边去寻觅有没有出售肉牛的，然后把它们牵回来，从晚上一直到天亮，就是屠宰和收拾牛肉，一早就送到市场上去销售，有的则是直接批发给商贩……"林忠东把他和库尔鲁西的牛肉加工生产环节介绍得活灵活现，让人仿佛身临其境。

"一般你们一天能屠宰和买卖多少头牛？"我问。

"开始一两头，后来都在三四头，最多能达到六七头甚至十来头……"

这就已经很上规模了！

林忠东点点头，解释道："我们的屠宰不能跟城里的肉联厂相比，他们都是机械化屠宰，流水线作业。我跟库尔鲁西的屠宰场就是靠人工的，除了中间环节的屠宰过程要招请几十位村里和周边村庄的人来一起干外，买整牛和卖牛肉，刚开始主要靠我跟库尔鲁西两人……"

林忠东告诉我，他记忆最深刻的是出去买牛的过程。"从我们村到牧场和周边的村庄，过去没有公路，甚至连羊肠小道都没有，尽是沟壑山丘。有的时候赶一群牛回来，要翻丘越沟上百次，累得牛都吐白沫，人更不用说有多累，但我和库尔鲁西就是这么走过来的。到底这过程中摔了多少跤、饿了多少回肚皮，只有天知道！"看一眼林忠东那张黝黑而粗糙的脸庞上纵横的皱纹，就可以感受到他们曾经的艰辛。

"有一次我越沟时跌伤了，走不动路，是我的好兄弟小林硬背我回家的，他一边还要赶牛群……"库尔鲁西说到这里，眼眶湿润起来。

"我哥帮我的事更说不完！"林忠东拍拍库尔鲁西的肩膀，深情地说道。

兄弟俩的创业之路就这样一步步走来，走得艰辛，但也十分出彩。牛肉屠宰生意每年做得红红火火，除去工人工资和正常经营所需支付，林忠东家和库尔鲁西家都能获得同样的分红。

"他们都是平均分红的？！"乡邻们听说后，有人便悄悄过来问林忠东："你当初出资6万元，他库尔鲁西才出了8000元，按出资比例，你应该要比他分得多……"

林忠东摇摇头，说："我跟他是兄弟俩，哪听说兄弟俩分东西一个多一个少的？"

这样的话传到库尔鲁西家人那里，全家人感动得直掉热泪。

两家人亲兄弟般的关系随着时间推移而越发深厚，在共同致富的事业越来越红火的同时，每一位家庭成员之间的感情也更亲近了。

汤素云是林忠东的妻子，在额敏县计生委上班。30多年前在下乡途中出了一场车祸，当场被撞成左腿膝盖骨粉碎性骨折而住进了医院。当时林忠东的女儿才3岁，林忠东又要上班，妻子住院又要陪床。"我、我一个人咋分三处身嘛！"见了库尔鲁西后，林忠东简直急得要抹眼泪了。

"莫急，莫急。我跟你嫂子商量好了，让她白天去医院陪床，晚上你接她的班。孩子嘛也放在我们家，你该干啥还是干啥！你看行吗？"库尔鲁西这样对林忠东说。

"哥给安排得这么好，我还有啥说的嘛！"林忠东脸上的愁云一下消失了。

之后的整整三个月里，库尔鲁西的妻子阿达列提·马木提一直陪在林忠东的妻子汤素云和他孩子的身边，又陪床、又做饭，把林家妻女照顾得很周到，一直到大人出院。

林忠东家和库尔鲁西家亲如一家的事成为村中美谈，从20世纪60年代初到如今，几十年来，两家一起红红火火、和和美美地生活，如同春风吹荡在塔斯尔海村的每一块庄稼地和每一条巷子内，温暖着这片由多个民族组成的小村庄……

"呀，快来看！快来看——这里有棵榆树和柳树长在一起了，长得好茂盛呀！"不知哪一天，有人在巷子的中间——离林忠东和库尔鲁西家很近的地方，发现竟然冒出一棵郁郁葱葱、茁壮成长的榆柳树。榆的根深植于大地，而柳则奇妙地将根长在榆的一个树节窝中，其枝干与榆树合而为一，向天共盛地生长着，双树其状合一而自然，奇妙又温馨，堪称一绝！

榆柳树，这一奇妙现象立即轰动了十里八乡，更让额敏县的塔斯尔海村名声大振，人们纷纷这样传：榆柳有灵，它们是被林忠东和库尔鲁西两家50多年的兄弟情所感动而合为一体……

于是，塔斯尔海村的榆柳树越传越远，林忠东和库尔鲁西两家的故事更让无数人感动，并纷纷前来学习取经，先是本乡、本县，又到塔城、全疆，再后来其他省份也有一群群的人来到塔斯尔海村，听林忠东和库尔鲁西讲述他们两家半个多世纪的一家亲故事。

小巷来的人多了，参观榆柳树的人成群结队，而林忠东和库尔鲁西两家人也常常被簇拥到榆柳树前照相、"现身说法"……塔斯尔海村的小巷越来越热闹，榆柳树的美好故事也越传越远。后来有一天，林忠东和库尔鲁西跑到村委会，向村干部表达了他们共同的心愿：我们两家的兄弟情义是塔斯尔海村的一个缩影而已，榆柳树生长在塔斯尔海村，是全村民族团结的象征，建议把这条小巷的名字改为"榆柳巷"。

"这个建议好！榆柳巷，塔斯尔海村各民族团结的象征和结晶，真好！大家同意吗？把这条小巷命名为'榆柳巷'……"村民大会上，干部们征求意见。

"同意——"村民们齐声赞同。他们说："我们要向林忠东和库尔鲁西两家学习，让榆柳树精神一代一代地传下去！"

榆柳巷的建设如今已完成。干净、整洁、崭新和宽阔的巷子让人赏心悦目，处处呈现社会主义新农村的生机勃勃景象……

结束采访之时，我忍不住再一次来到那棵神奇的榆柳树前，深情地注视着它，内心涌动起一股难以抑制的情感，现场吟诵了以下几句心里话：

> 榆柳同根生，并蒂比莲好；
> 我中自有你，你中当有我。
> 比邻一家亲，暖意满巷道；
> 佳话成经典，小村名四方。
> ……

那天告别塔斯尔海村的榆柳巷，向额敏县的另一个采访对象所在地行进途中，在一条公路的两侧出现了一幕令人心潮澎湃和热血沸腾的景致：竟然有一片连绵数公里的榆树林和柳树林仿佛在向我们致意……

榆树虽然没有白桦树高大挺拔、威风凛凛，但它那平民式的形象却具有融入大众精神世界的朴实之美。尤其是在大西北，寒冬的时间很长，春天也来得较晚。当人们还没有足够的思想准备去迎接夏季的暴热之时，秋天已经来临，这个时候的塔城尽显一年中少有的自然美和精神美。在秋高气爽、天晴月净的日子里，榆树的叶子大片大片地呈现出灿烂的钻石般耀眼的光芒。深秋之后，榆树叶子则像一只只美丽的黄蝴蝶，开始在空中任意飞舞，尽情跳跃，最后深情地投向大地怀抱，化作滋润新生的草木之乳，而地面上的柳枝又准备迎接寒风的再一次考验与洗礼，直至来春的暖意重新催醒沉睡的垂叶，伸出新的绿芽……

这是榆树的生命史，年复一年。新疆的朋友告诉我，他们喜欢榆树，是因为榆树就像生活在新疆大地上的人一样。一代代、一族族、一拨拨新疆人就像榆树一样，从不嫌弃沙漠戈壁的荒凉与贫瘠，也从不嫌弃身边的苦难者，它总能与它们和谐地共生共长、装点河山。尤其是这里的农民都喜欢在家前宅后种上榆树，因为榆树有"发财致富""金钱有余"的谐音寓意——"你家种榆树"，寓意"你家有余钱"。虽然榆树不像牡丹和玫瑰那么娇艳，但榆树开花的时候，它的花籽就像串联起来的铜钱一样，既漂亮，又喜庆吉利，所以即使城里人也十分喜欢它。而从自然生物角度看，榆树还有去阴生阳、改善阴气过重的功效，故而对寒冷日子比较多的新疆来说，自古以来都喜欢榆树。在中国的传统文化中，赞美榆树的诗句也特别多，因为榆树还具有那种远望待及的思乡之意，所以古人特别喜欢用它来比喻对亲人和友人的思念之情，比如"天上何所有？历历种白榆"，又如"桑榆倘可收，愿寄相思字"，等等。

柳树则是另一种生命史：它在新疆大地上出现时，就带着使命与责任，是随着激荡的风云与战争的硝烟而来……它来到这里，本身就是悲壮与挥泪的过程，所谓"依旧，依旧，人与绿杨俱瘦""沾衣欲湿杏花雨，吹面不寒杨柳风""羌笛何须怨杨柳，春风不度玉门关"。

柳树具有顽强的生命力，无论天涯何处，它都能生根续脉成长，并美化一片天地。它从不在乎周围的低贱与高贵，只要给予它一点点生存的空间，它便会努力成为你的挡风墙和美丽的衣裳，还能让孤独的你在它摇曳的垂枝下惦念远方的亲人与好友。它是有情有义之物，能让板结的土地变成温情酥软的绿荫和肥沃的田园，能让焦躁和烦心的时间里流淌清凉与温存的诗意。所以自从有了"左公柳"后，曾经一度被人视为"蛮荒之地"的新疆不再蛮荒，曾经孤独的远方有了"诗在远方"的浪漫和诱惑。

榆与柳就这样排列在我的面前，让我浮想联翩，"闻"情脉脉……车至公路的尽头是又一片村庄和城镇。我突然发现，前面是一片更大的榆柳林，那榆与柳共生共茂在一起，极其和谐，相得益彰。

"还想听一个'榆柳情'的故事不？"塔城文联的陈书记问我。

"当然！这样的榆柳情我怎可丢失！"我说。

"哈哈……"他笑了，说，"在我们这儿，各族人民之间的榆柳情随处可见、可闻……"

于是，我又从众多的榆柳情中探访出一个故事：

这个故事就发生在额敏县附近的裕民县，裕民与额敏是塔城几个县中距地区首府最近的两个。

来到裕民县，最大的感受是这里的自然景色让人着迷，尤其是紧贴巴尔鲁克山怀抱的绿色丘地，连绵起伏，绰约的姿态让人浮想联翩，随便举目一眺，便叫你心旷神怡。因为这里的草地特别茂盛，一种由游牧民开办的"牧家乐"旅游项目特别多，于是给人感觉整个裕民都是好客之地，而裕民也确实如此。关键是这里的人们并非只是在做生意时才对人好，而是在日常生活中也保持着天然的亲善之情。因为提到了额敏县林忠东和库尔鲁西的"榆柳情"，裕民的朋友马上对我说，他们的江格斯乡牧业新村也有这样的事。

他们讲的是汉族干部范博昌与维吾尔族村民木合塔尔一家的故事……

范博昌与木合塔尔非亲非故，而且他们一个在县城，一个在村里，但他们两家是远近闻名和大家羡慕的"亲家"。是缘分让他们两家走到了一起，如今更是亲得再也分不开。

那是哪一年的事？时间太久，如今口袋鼓鼓的木合塔尔已经有些记不得了，他经常乐呵呵地给人家讲他与范博昌的缘分——

有一天，木合塔尔参加村里的一场婚礼，遇见了一起来吃喜酒的县人民医院工会干部范博昌。吃喜酒本来是高兴的事，可一直口袋空空的木合塔尔就是高兴不起来，一副愁眉苦脸的样子。坐在一桌上的范博昌看到了，对他说："来，来，喝酒！有啥事让你高兴不起来嘛，回头说来我听听……喝酒！"范博昌给木合塔尔斟满酒杯，邀木合塔尔一起喝。哪知酒下肚后的木合塔尔不仅没有解愁，反而借酒发起牢骚，骂骂咧咧好一阵，最后竟惹得办喜酒的人家很不高兴。

"兄弟，有啥难事？说来听听……"后来，范博昌找木合塔尔谈心。

木合塔尔长吁短叹一阵后，摇摇头，说："一个字：穷！"

范博昌笑笑，问他："你觉得自己比别人少了胳膊还是少了腿？"

木合塔尔伸伸胳膊伸伸腿，说："一样不少，而且力气也不差谁。"

"这就得了嘛。把信心树起来，争取三年内变成'小财主'！"范博昌握着木合塔尔的手说。

"我？"木合塔尔连连摇头，断言，"从不敢想当'财主'，就是混口饱饭让全家人能脸上挂笑就满足了……"

范博昌故意一板脸："这不像一条汉子说的话，你只要有信心，我姓范的帮你实现这个梦想！"

"你？愿意帮我？"木合塔尔直愣愣地盯着范博昌，有些不相信。

"我给你出个赚钱的主意——赚了归你，赔了我负责帮你还钱……"范博昌说。

木合塔尔盯着范博昌好一阵，突然大笑起来，然后问："你今天没喝酒吧？"

范博昌朝木合塔尔吹了一口气，说："喝啥酒，我跟你说的是真话。"

"真的？"

"真的。"

木合塔尔愣了半晌，然后又认真地问："那——你说说怎么个帮我赚钱，干什么呢？"

范博昌正式开腔了："你记得上次我们一起参加的那个婚宴吗？"

木合塔尔警惕地说："别再嘲讽我了！"

范博昌赶忙摆摆手，说："我是说正经的事。你算过没有，那个婚宴地离你村有多远？而且那个办酒席的现场小不小、挤不挤？条件够差吧？"

木合塔尔点点头，说："确实差点劲，而且收费也不低……"

范博昌便追问："你想过为啥人家生意还那么兴隆吗？"

木合塔尔说："没有第二家嘛！没有竞争就让他们占了便宜。"

"是啊，如果有了第二家，有了比他办得更好的呢？而且价格还便宜……"范博昌问。

"那——肯定人家发了！如果在我们村里有一家，还方便了周围十里八村呢！"木合塔尔突然明白过来，"你是想帮我也办一家这样的店？"

"就是这个想法，你想不想干？"范博昌笑着说，然后双眼紧盯着木合塔尔。

木合塔尔被盯羞了。"你、你别总盯着我……我怎么不想嘛。可、可我行吗？"

"有啥不行的，你又不缺胳膊少腿的。"

"可我缺、缺钱呀！"木合塔尔涨红了脸，说。

"到银行贷款呀！"

"贷款也要有人担保才行。我、我家就那么点家当，谁愿意给我担这个风险嘛！"木合塔尔的脸色黯了下来。

范博昌拍拍木合塔尔的肩膀，说："明天就去，我来给你担保。"

木合塔尔不敢相信，连连摇头："你、你凭啥要这样帮我嘛，要是我赔了咋办？到时还不起我咋对得起你呀。不行，不行，这事我不能干……"

"你这个人！谁让你赔了？"范博昌有些生气，"再说，你怎么就知道赔呢？"

"不是'万一'嘛！"木合塔尔争辩道。

"没有'万一'，你一定能赚，"范博昌突然变得固执起来，又说，"即使出现'万一'，那也是我愿意的，跟你无关，行了吧？"

木合塔尔愣住了，他很不明白，问："你为啥要这么做？为啥因为我而自己去冒风险呢？"

范博昌长叹一声，说："以前我家也是穷人，后来我参加了工作，有了固定的收入，一家人过得还算富裕。那天看你喝醉后说了那么多伤感的话，就想着能不能帮你这个兄弟走上一条摆脱贫困的路，所以这些日子其实一直在为你开设新型的'牧家乐'做调研，调研结果是：你村子的周边没有一家可以办婚庆等综合性活动的'牧家乐'。我请教了不少有经验的人帮助一起谋划了一个方案，也就是为你办这个'牧家乐'已经做好了论证，认为完全是可行的，且一旦经营起来效益绝对不会差，这才鼓励你干这事呢！没有把握我哪敢将你往坑里推？我就那么傻，非要掏空腰包跟在你后面打水漂？我是有把握才跟你说了……你也不想想，我是干什么工作的？工会，工会干部，帮过多少下岗工人自谋职业，而且都是成功的。"

"明白了！我明白了！兄弟，我的好兄弟……"木合塔尔感激万分地抱住范博昌，一股热泪奔涌而出。

"对了，我们是兄弟、好兄弟！"范博昌也跟着有些激动。

建"牧家乐"，木合塔尔缺额 20 万元，需要到银行贷款。果不其然，需要有担保人时范博昌就从他身后站到了贷款负责人面前，拍着胸脯说："我是担保人，我来签字。"

建"牧家乐"的钱筹措齐了。用地就在木合塔尔家的空地上。经过几个月的修建、装修，木合塔尔家的"牧家乐"建好了，尤其是婚宴厅，一开张就迎来了村里的几场婚庆酒宴。新店设施好、饭菜美味可口，加上木合塔尔又对当地的民族婚庆形式颇为熟悉，所以新店开张便一炮打响。由于木合塔尔办婚庆的场地和设备齐全，他做事又认真负责，服务周到细致，收费实惠合理，所以除了本村的婚宴请他主持和包办外，周边的村子和附近镇上的客户也来找木合塔尔预约……一句话，生意红火节节高。

"好兄弟，一年下来，我的口袋已经有点鼓了。这些钱是给你的分红，你一定要收下……"来年春节前，木合塔尔来到范博昌家，硬要将一沓钱塞给范博昌。

"你这是干啥呢！你以为你真发财了呀？你就是真发财了我也绝对不要你的钱！你真要给我，那我们的兄弟情分今天就结束！"哪知范博昌越说越来火了，恨不得将木合塔尔连钱带人一起推出家门。

这一天，木合塔尔是真落泪了，是感恩和感动的眼泪。"兄弟，你真的比亲兄弟对我还要好……"

范博昌则把木合塔尔请到自己家客厅的沙发上，说："我们本来就是好兄弟！今天你来了正好，我们一起看看你的'牧家乐'如何再扩展些经营业务，让城里人也喜欢在周末和假日到你那里玩儿……"

"哎！"这正是木合塔尔所想的。这一天，这对维汉兄弟商量谋划到大半夜。

木合塔尔的"牧家乐"毕竟是小本生意，远没有达到专业专营和全天候的业务量，所以该种的地、该养的羊，他一家人还照常要做。营业时又需要到县城购物，他还没有自己的车。"你打个电话就是了，我帮你跑一趟不是啥都解决了嘛！"范博昌知道了，二话没说，告诉木合塔尔，"以后凡是要在县城购买的东西，来个电话或者发个短信，交给我就行了，我利用中午休息时间或者下班后帮你跑一趟车不就行了嘛！"

木合塔尔确实是方便了，可范博昌跑来跑去的，真成了义务跑腿的。"我愿意，我高兴。看着我兄弟生意火起来，我这跑腿会越跑越来劲哟！"越有人议论，范博昌越这样说。

生活有时很烦琐，甚至很麻烦，它要占用你的时间，它还会影响你的情绪。然而生活就是每一个人生存的空间，其内容有的可以自我设计，有的则无法料及。属于你的生活你自己或许可以控制一些，不属于你的生活则难以控制，甚至无法预知。在这种情形下，一个人与另一个人的情谊合缝无间并不容易。而人与人之间的关系，有时连最亲爱、亲密的朋友或有血缘关系的亲人都好一时容易，好几年、几十年、一辈子难，更何况两个原先无亲无故的人走到一起，相互帮助，结伴而行。许多人不相信木合塔尔的生意能够做到底，更不用说可以致富，因为熟悉木合塔尔的人都知道，木合塔尔不是个会做生意的人，再说很多人觉得在乡下经营一个以办婚庆为主业的"牧家乐"，并不是容易生财的光明大道，维持和略有盈利便相当不错了。所以当木合塔尔的小生意搭建起来后，许多人仍然在为他担心，其中没有说出的话是：那个"城里人"若能帮他到底，木合塔尔就能富起来，否则就可能哪天突然连本钱都收不回来……

"哈，你们想多了！我的汉族兄弟比我的亲兄弟还要亲，他和我好得很！你们担心的事不会在我跟他之间发生的！"木合塔尔坚定地说。

果不其然，几年过去了，木合塔尔的生意越来越红火，像芝麻开花节节高，不仅婚庆办得远近闻名，"牧家乐"的其他项目也一个跟着一个地开展起来，宾客也不仅有裕民县和塔城其他地方的，连乌鲁木齐甚至上海、北京的都有了。木合塔尔的汉族好兄弟范博昌对木合塔尔的关心除了生意上的，连家里的事也快承包下来了：木合塔尔 90 多岁的老母亲腿脚不好，经常要到城里看病，木合塔尔生意一忙就没有时间关照母亲，范博昌就开着车把木合塔尔的母亲接到了城里，回头对感激万分的木合塔尔说："你的妈，也就是我的妈，你有啥过意不去的？"弄得木合塔尔觉得自己有些见外似的。

"我大儿子毕业没有找到合适的工作，也是我好兄弟在县城帮找的，我孩子的事好像也成了他的事，比我安排得还要周到！"木合塔尔对范博昌的真情相助感激无比。

"你不要老说我帮助你，事实上你给我、给我家的帮助也不少呀！看看这些年我家啥时断过奶、断过菜嘛！"范博昌这样对木合塔尔说。

这才叫兄弟——不分你我，不分彼此，你需要时我全力相助，你有事时我挡在你前面，看着你好就比自己好还要幸福开心，从不计较任何得失，只求帮助和成就对方，一起在幸福美满的道路上携手前行……

在裕民，在塔城，范博昌与木合塔尔的兄弟情影响和感染了很多人，改变了很多原本互不交往的家庭。而现在像他俩、像林忠东与库尔鲁西这样的"榆柳情"比比皆是。

我在塔城一路采访中，随处可见一棵又一棵、一片又一片的同根生的榆与柳，那种亲密无间、那种相依相偎、那种共荣共生……令人感慨与感动，这就是新疆各族兄弟姐妹之间的血脉情呀！夜里，伴随这美好的情感，我进入了一个少有的安逸美妙的梦乡。

第三章

摇床上的故事

石榴籽之所以能够紧紧地挨在一起，越成熟的果粒挨得越紧，

是因为爱和团结的力量。

有了爱和团结，就能抵御任何强敌的侵袭。

海拉提家的一张小小木摇床，以三代人的慈爱，

托起数十个生命的希望，

道出的便是石榴籽之间的紧簇之理。

这就是新疆：你一鞭子甩出去就是一片收不回的天地……从马背上下来，就是你的宿营地，是你生命的新开端，又或许是另一个生命的诞生处。

辽阔而苍茫的大地、漫长而复杂的边关是新疆的重要特色，这中间形成的驿站文化则独有而又充满了传奇色彩。据 14 世纪《元史·地理志》记载，当时新疆地区的驿站遍及东南西北，驿路上熙熙攘攘，来往人员十分密集，形成了新疆地区与内地的经济、文化的沟通。意大利著名旅行家马可·波罗在观察当时新疆地区的驿站文化后，用"难以用语言来形容的"和"十分美妙奇异的制度"这样的文字来表达赞美之情。他在游记中这样写道：

> 从汗八里城（今北京）有通往各省四通八达的道路。每条路上，也就是说每一条大路上，按照市镇坐落的位置，每隔四十或五十公里之间，都设有驿站，筑有旅馆，接待过往商旅住宿。这些就叫作驿站或邮传所。这些建筑物宏伟壮丽，有陈设华丽的房间，挂着绸缎的窗帘和门帘，供给达官贵人使用。即使王侯在这样的馆驿下榻，也不会有失体面，因为需要的一切物品，都可从附近的城镇取得，朝廷对某些驿站也有经常性的供应。

在天山北坡有一个著名的"金三角"，它就是现在的乌苏市、奎屯市和克拉玛依市独山子区，这里也是古驿站文化特别发达的地方之一。

位于北疆腹地、准噶尔盆地西南缘的乌苏总面积达 2.07 万平方公里。

因为乌苏的地面有宝、地下又藏宝，加之地形独特且有奎屯河、四棵树河与古尔图河纵贯全境，同时又有海拔最高达 5000 多米的依连哈比尔尕山和婆罗科努山镶嵌其中，峰峦叠嶂，蜿蜒逶迤，处处可设险关，所以自古就是"西陲扼要之地"，是抵敌抗盗的天然屏障和群雄逐鹿的古战场。倘若有机会到乌苏大地巡走一遍，在那些见证了历史风云的古战场遗址上，随处可见残垣、坞堡、故垒、旧壕以及后世出土的头盔、铠甲、箭镞、弹壳等，无不叫人驰思遐想当年那金戈铁马、悲壮的历史风尘……

清乾隆年间的史书上记载了这样一件事：定边将军兆惠领兵平叛逆将达什策凌，尽管路途遥远，调遣兵力有限，但是依靠乌苏山脉地势的独特性，屡居于扼要之地，成为平叛驿站，最终以少胜多，全歼逆贼。捷报传至京师，乾隆帝大喜，专门题诗致贺，在史上留下一段佳话。

仅从蒙古语"乌苏"的词义，我们也能品出这片土地的与众不同之处。它以前的全称为"库尔喀喇乌苏"，是蒙古语"积雪之地的黑水"之意。也就是说，此地有雪、有水且是黑色之水。旧时不知黑水为石油，但知它可燃烧取暖。当地哈萨克族等少数民族的语言文字里则把乌苏称为"西湖"，这说明它确实因丰沛的水源而被骄傲地称为美丽湖地。然而这片美丽的土地也是兵家争夺的战略要地和历朝历代别有用心之人时时觊觎的是非之地。张骞出使西域前，仅有少数汉人在此地谋生。唐代以后，留在乌苏的汉人也多为将士。到了清代乾隆时，朝廷一边派更多的兵士来此设军台防守，同时大兴屯田，从这时起汉人才相对多起来。这些人和他们的后代，都为这块大地上和谐的社会人文传统做出了贡献。再后来，左宗棠、刘锦棠率师平定新疆阿古柏之乱后，部分湖南、湖北和广东籍士兵就地转业务农，加上民屯、犯屯再度复兴以及"赶大营"的津沽商贩来此开铺设店，汉族人渐渐多了起来。这些地方最早就是由驿站功能慢慢发展成落户屯田的聚居地的，像乌苏有名的"八十四户"，开始就是一两户人家的驿站，后来慢慢形成了拥有 84 户汉族人居住和做生意的聚集地，故名"八十四户"，现今是乌苏一个乡名。

这样的驿站滋长出来的地方村庄，人员组成也多数先是男人居多，偶有女人。后来开始有人屯田落户了，所以女人和孩子跟着过来。慢慢地，开始有一部分人与当地的哈萨克族、蒙古族、维吾尔族等少数民族成婚，再一次为这片土地上的民族大融合做出贡献。

新中国成立后，随着克拉玛依油田的发现，乌苏成为西部物资、人员频繁流动的重要交通枢纽之一，故而人口迅速增长，其古驿站的功能得到更加充分的发挥，自此开启了一个新纪元。

"不须候吏沙头报，驿站悬知是古城。"乌苏的历史和文化就是这样一个催生新生命和影响地方命运的驿站之地。也许只有真正了解了乌苏大地上的这份流淌在血脉里的驿站文化，才能明白下面这个故事发生于民间的自然性了——

这里有个地名叫"九间楼"，颇有意味。我有个习惯，每到一处，对地名特别敏感，因为常常能发现那些看起来很随意的地名里隐藏着我们的祖先留下的诸多奇妙的信息。解开一个地名的含义，往往就能读懂一片世界的斑斓……

坐在我面前的海拉提是个极普通的乌苏人，今年 44 岁，他从小就在乌苏九间楼乡詹家村长大。

"九间楼"的名字是怎么叫出来的？我的兴趣又来了。

这一句话就让海拉提和乡亲们七嘴八舌地热闹起来，一个个"故事员"洋溢着的得意劲儿，让人看得喜上眉梢——

海拉提的哥哥居来提比弟弟骄傲的地方是，他知道家里的一样"宝贝"——摇床的来历。

海拉提一家是哈萨克族，他们的祖先随部落于一二百年前来到乌苏这块土地。爷爷在乌苏很有名，他的全名叫加依白尔·海拉提。哈萨克族人的名字一般是这样的结构：前面是本人的名字，如"加依白尔"，后面的"海拉提"是其父亲的名字。加依白尔活了96岁，这在哈萨克族人中算是"泰山"级的老寿星了。他的孙子海拉提显然又把爷爷的名字传承了下来，我们从这名字中，对这一民族血亲之间的传承可窥一斑。

在听海拉提讲爷爷加依白尔的故事中，我们知道了加依白尔原先住在附近的另一个乡——皇宫乡，从那边搬到九间楼。

在远离京城数千里的乌苏，竟然会有"皇宫"和"九间楼"的大名，这也透露着这片土地上曾经发生的历史变迁：渺无人烟的乌苏后来成为"军屯"之地，而军队的性质也各不一样，有的是皇家派来的官兵，有的是当地部落主的兵士，当然还有兵荒马乱中流窜至此处的临时驻军。他们到此后为了生存，就得垦荒种植，据说有支朝廷军队来此垦荒种地后，种了很多白杨树，白杨树长得又高又大，很是让人羡慕，于是有人就开始动起白杨树的脑筋，现在叫"皇宫"的这个地方，因为白杨树成林，更是受到多方争夺。种植这片白杨树的朝廷官兵很生气，于是有人就在一棵最大的白杨树上刻下两个大字：皇宫。很明显，这是对外宣示：这树是朝廷派来的军队种植的，他人不许乱伐；另一层意思是：这地盘由我们皇家军队驻守，他人胆敢侵犯，别怪咱不客气。来者一看树上的"皇宫"二字，大多数被吓退了；偶有敢冒犯的，最后也是兵败如山倒。

"皇宫"这个地名由此而来。

海拉提现在的家——九间楼则不同：原先它不如"皇宫"那边自然环境好，但来来往往的人一多，需要临时歇脚、借宿一夜的事在这里时常发生。所以有好心人在河谷边搭建了一坊楼阁：楼下一间是客人吃饭、喝茶、喝酒的地方，楼上是住宿处。这样的楼阁前后一共修建了九间，故名"九间楼"。

"我爷爷在九间楼一带远近闻名，人称'好心大叔'。"海拉提说起爷爷的往事，几乎手舞足蹈，"爷爷一生游牧四方，但做的好事千千万，九间楼的人都还记得他的名字。爷爷乐善好施，他除了留下一个个流传于民间的传说外，还为我们留下一样极其珍贵的东西，那就是一台摇床……"

摇床？我开始不懂。

"就是给婴孩睡觉的小摇篮……我们叫摇床。"海拉提一解释，我就明白了。

哈萨克族等游牧民族自古以游牧为生，迁徙便是生活常态。女人生孩子前后，多数仍是在旅途之中。她们也管不了孩子幼小，只能跟着家人一起不停步地往前走、往更远的地方去。可是旅行或放牧的时候，婴儿怎么办？汉族多数是把婴儿放在摇篮之中，那一曲曲《摇篮》小调，伴随着无数小生命的成长。游牧民无法将婴儿放在像摇篮一样的固定小床上，聪明的大人想出了一个奇妙的办法：做一台小摇床，让幼小的婴儿躺在里面，当他们收起帐篷骑马远行时，便把摇床挂在马背上，婴儿睡在其中，即使走到天涯海角，他们也会安静地躺在舒适的摇床上，随马蹄的颠簸优哉游哉地度过无忧无虑的童年……

摇床是游牧民族的生命摇篮，它摇出了多少人对草原和远方家园的梦想与追求，也摇醒了这些民族向往安宁生活与丰腴沃土的心思与情愫。

到达塔城的第一天就有人提到"摇床的故事"，这也让我非常好奇，早早地想去了解它。摇床其实十分简单：它主要是由一根胳膊粗细的木杆做主梁，两头则是由几块木条做成的框架，木杆与两边的框架组成一个长方形架子，这就是哈萨克人给婴儿睡的床架。在床架的中间吊着一块柔软的毯布，婴儿就躺在上面，用手轻轻推着，床就晃动起来，顾名思义，就称其为"摇床"。婴儿睡在上面，便可安心地享受亲人们给予的摇摆快乐。摇床其实与摇篮性质是一样的，只是结构更简单，更适合于吊挂在马背上，可以让孩子安稳地睡在里面……

　　　　睡吧，睡吧，我亲爱的宝贝，
　　　　你是上天给我们的恩赐。

当你出生时，

奶奶欢乐地撒起糖果，

爷爷为你起了宝贵的名字。

祝愿你快快长大，

做一名快乐勇敢的哈萨克人。

睡吧，睡吧，我亲爱的宝贝，

把你放在圣洁的摇篮，

为你讲许多的故事。

祈愿你健康成长，

成为我们梦想的延续，

祈祷上天为你洒下光明，

充满智慧和力量。

睡吧，睡吧，我亲爱的宝贝，

何时你才能入睡，

盼着你快快入睡。

睡吧，睡吧，我亲爱的宝贝，

睡吧，睡吧，我亲爱的宝贝……

　　这首哈萨克族的《摇篮曲》，它在新疆塔城尤其是乌苏地区广为流传，年轻的母亲们更是烂熟于心，而且她们还会随唱随编，直至把母亲的爱注入孩子的梦乡。

　　"听我父亲讲他妈妈的故事时，他说我奶奶就是这样的母亲……"海拉提深情地说道，随后又补充说："我母亲更是这样的人。"

睡吧，睡吧，我亲爱的宝贝，

妈妈在梦中，轻轻摇着你。

摇篮摇你，快快安睡，

安睡在摇篮里，温暖又安逸。

睡吧，睡吧，被里多温暖。

睡吧，睡吧，我亲爱的宝贝，

爸爸的手臂永远保护你。

世上一切幸福的祝愿，

一切温暖全都属于你。

……

舒伯特的这首《摇篮曲》在全世界有名，而中国民间的《摇篮曲》，
则每个民族几乎都有，下面是其中一首：

小宝贝，快快睡，

梦中会有我相随，

陪你笑，陪你累，

有我相依偎。

小宝贝，快快睡，

你会梦到我几回，

有我在，梦最美，

梦醒也安慰。

……

对照中外各民族的《摇篮曲》，其内容和节奏都十分相近，那文字
和节奏里透出的都是父母和亲人对一个新生命的满满爱意。

海拉提的爷爷于20世纪60年代去世，他的奶奶离开人世还要更早
些，而拉扯大海拉提兄弟姐妹共6个孩子的父亲和母亲也相继不在世

了。现在，海拉提自己的孩子也已 13 岁。对爷爷留下的摇床，海拉提有着深厚的感情。

"听我妈妈说，爷爷当年为了给即将出生的孩子做摇床，专门找来一根胡杨木，又请了当地最好的木匠，做了这架哺育我们三代人成长的摇床，更意想不到的是，这张由爷爷亲自定制的摇床，如今成了我家和附近几个村的乡亲们之间扯不断的亲情纽带……"海拉提所说的，正是我采访的重点。

海拉提爷爷留下来的这台摇床，现在放在九间楼乡的村民学习和文艺活动的公共场所，成为一件供大家参观的代表这个乡几万各族村民团结象征的珍贵文物。

在这台摇床那根七彩主梁上，油漆虽然已经斑驳，但色彩依然鲜艳。看得出，当年海拉提的爷爷制作这台摇床时非常讲究，主梁是用机械车床磨出来的，握上去非常圆润。仔细观察这根主杆梁的杆背，发现有一道道刀痕……

"为什么刻这些痕迹？"我问。

海拉提便一一地给我数着那上面的刀痕，说："上面共有 27 道，也就是说除我家兄弟姐妹，这台摇床上还抚育过另外 27 个孩子……"

"27 个？！"这太神奇了！我不由得惊呼起来，忙问："他们跟你和你家是什么关系？"

"他们也都是我的兄弟姐妹，甚至还有比我辈分小的亲人，只不过他们并不是我妈妈生的……"海拉提说这话时，春风满面，充满自豪。

下面说的就是这"摇床上的民族传奇"故事——

"我家兄妹 6 个，我排行老四。我和大弟弟使用摇床的事我已经记不清了，但我的小弟弟海拉提出生时，我已经 6 岁，爸、爷上班忙，妈妈做家务，还要带几个孩子，挺忙碌的，所以我记得那时我经常帮大人在摇床边看护陪伴弟弟……"这话是海拉提的哥哥居来提说的，在乡自然资源所任所长的他，听说我到了他家，专程从单位赶回家。因为比弟弟海拉提年长几岁，有关摇床的事居来提似乎要比弟弟知道得更多。

"弟弟使用摇床不到一年，我们家的邻居王具珍家的儿子周海洋出生了，他们来我家借摇床，我知道后就拉着摇床不愿借给他们，妈妈就对我说：'你弟弟快学步了，他不太需要摇床了，借给人家用吧！'我就放了手，其实那个时候我也就7岁多，似懂非懂的，"居来提说，"后来没有多久，摇床又回到了我家，而一起回来的，还有比我弟弟小一岁的周海洋，他很小，听妈说他家人工作忙，没有时间照看周海洋，所以我妈妈就把周海洋接过来放在我们家。我和弟弟也特别高兴，弟弟蹒跚地夹着尿布学着我的样，也给躺在摇床上的周海洋摇床，我当然更熟练这事，后来他俩一起长大，周海洋成为我妈的干儿子，而我弟弟海拉提又成了周海洋妈妈的干儿子……"

"慢，慢点，我有点绕……"我赶忙打断居来提的话，问一旁坐着的海拉提怎么回事。

海拉提虽然已是40多岁的汉子，但很腼腆。听了我的问话，两眼竟然红了起来，说："我妈妈去世得早，所以我跟周海洋从小一起长大，他下面还有两个弟弟，都是躺在我家的摇床上长大的。他们小的时候，我经常到周海洋家，不是跟他一起玩耍，就是跟他一起陪伴摇床上的弟弟，他的弟弟慢慢也成了我的弟弟一样，我跟他们家五个兄弟相处得简直就是亲兄弟……所以，他们的妈妈也就像我的妈妈一样。"

那天围在我身边的乡亲们很多，他们七嘴八舌地跟我说着海拉提和周海洋一家的事儿。

周海洋家是汉族，哈萨克族的海拉提到周海洋家没有半点见生，经常在周海洋家吃住，而汉族妈妈王具珍也不把海拉提当外人，等他们稍稍大一些，她就领着海拉提和周海洋去放牧、割草和骑马。

"有一年夏天，天气特别热，那个时候海拉提应该有十来岁了，这孩子穿着一双军绿色球鞋，一看就知道有多捂脚嘛！那天我正好在周海洋家，看到王具珍大姐一把将海拉提拉到怀里，然后让他坐下，顺手从身边拿出一双新纳的黑布鞋，对海拉提说：'换这鞋穿吧，大热天的，别把脚捂坏了！'说着就帮海拉提脱下球鞋，将新布鞋套在海拉提脚上。穿着舒适鞋子的海拉提当场流下了眼泪，他'扑通'一声跪在王具珍大姐的面前，'咚咚咚'连磕了三个响头，说：'阿姨，谢谢您。我现在穿了您纳的鞋，就是您的儿子了！让我叫声妈妈吧！'当时王具珍真的愣了一下，随后马上反应过来，一把将海拉提搂在怀里，说：'好，好，好，我做你妈妈，我做你妈妈！'那一场景我是亲眼所见，被海拉提和周海洋一家的真情感动得直掉眼泪……"同村的一位回族大妈抢过话，绘声绘色地给我讲述了后面的故事。

"后来王具珍大姐经常在我们面前说：她自己生了五个儿子，现在多了一个海拉提，变成六个儿子，六六大顺！王大姐还特意为海拉提起了个有特色的名字：哈浪。"回族大妈的嗓门就像唱歌一样，把一个美妙的故事讲得精彩纷呈，听者跟着个个神采飞扬。

哈浪，"哈"代表哈萨克族，"浪"是周家的孩子名字中都带"海"字，这"浪"就代表是周家的儿子。

"我哥哥这人特憨，在我们家，我哥哥弟弟们按照我妈妈的要求，都称呼他哈浪，因为我们兄弟五个的名字都有个'海'字。海拉提在我们家被排名为哈浪……你说你是不是也挺喜欢这个名字的？"不知什么时候突然出现的周海洋，拍着海拉提的肩膀说。他俩真的亲如兄弟。

"这两人从小到大亲到分不开的地步，比亲兄弟还要亲哩！"一旁的海拉提哥哥居来提有些嫉妒地说，引得在场一片欢笑。

"这得感谢你们家的那台摇床，是它拉近了我们两家的情谊，也让海拉提成了我的好哥哥！"周海洋说，是海拉提家的那台摇床，让他妈妈后来又生的两个弟弟也在摇床上度过了美好的婴儿期。那两三年时间里，海拉提和周海洋则成了哄周家两个小弟弟的"摇床手"，而正是由于这种情缘，周海洋说他跟海拉提、海拉提跟他周海洋全家有了不舍的"一家亲"的感情。

"妈妈对我太好了！"海拉提是个多情的哈萨克汉子，一说起周海洋的妈妈就会双目噙泪。他回忆说："我从10岁开始，穿了10年妈妈纳的鞋。那个时候正值长身体的年纪，又是爱动的男孩子，所以穿鞋特费，前后至少穿烂了20双妈妈纳的黑布鞋。1999年，我生母突发脑溢血病逝。年底我应征入伍，离开家乡的时候，我兄弟周海洋的妈妈——也是我的妈妈专门为我送别，她把两双崭新的黑布鞋给我放在包袱里，而且还用一块手绢包了100元钱塞到我手里，一遍又一遍地叮嘱我到部队后要听党的话、听首长的话。我的那些战友见了好羡慕我，都说你妈真好。他们哪里知道，我这个妈妈并非我的亲妈，但她对我是这么亲……"海拉提说起王具珍妈妈就有些抑制不住情绪地抹起了眼泪。

周海洋接过话茬道："我哈浪哥不简单哪，他到部队5年，受到6次嘉奖，2次被评为优秀士兵，而且在第三年还光荣地入了党。他很牛的！"

看着周海洋和海拉提的亲密劲儿，谁都会羡慕这对汉哈兄弟。

"都是妈妈鼓励的结果。"海拉提说，入伍5年后，他退伍回家，便忙着找工作和上班，一晃就是25岁了，同龄的青年都结婚成家了，唯独海拉提还是单身一人。这可把周海洋的妈妈王具珍急坏了，于是到处忙碌着给她的干儿子物色对象。

经过一番张罗，一位叫阿米娜·阿斯克尔别克的美丽的哈萨克族姑娘终于成了海拉提的心上人。这对恋人很快步入婚姻殿堂。结婚那天，王具珍以海拉提的妈妈身份出现在主宾席上，并跑前跑后为他热情周到地关照新娘和新娘家的亲友。海拉提说到这事时又有些哽咽了："我的亲生母亲去世早，没能看到我结婚的热闹场面，但我有汉族妈妈给了我最完整和最美好的结婚祝福……"

"缘分，我们两家的缘分就是从哥哥家的那台摇床开始的。"周海洋说。2010年，海拉提的儿子叶德力·海拉提出生，小摇床又回到了海拉提家。"两年后，我的儿子出生，摇床又到了我们家……一转眼，我的儿子和哥哥海拉提的儿子又成了天天腻在一起的小伙伴！"

下一代的兄弟情让海拉提的脸上绽放出灿烂的笑颜，他不无感叹道："两个小家伙的感情比我跟海洋的感情还要亲，亲得没法形容！"

一台摇床，让哈萨克族的海拉提家和汉族的周海洋家三代人之间结下了不是血缘胜似血缘的亲人关系。

在九间楼乡，在海拉提家所在的詹家村和附近的几个村庄，有关这台摇床的故事，几天时间都说不完。海拉提的哥哥居来提这样比喻："从我父亲那辈开始到我这一辈，再到我和海拉提的儿子，共三代人连在一起，真的是因为这台摇床，它让我们与不同民族的乡亲邻居像石榴籽一样亲密联结在一起。很多时候，我遇到一个不相识的人，突然他会拉住我的手，非要让我到他家吃饭喝酒。我问：'为啥呀？'人家就说：'我们是亲戚呀！'再仔细一问，原来他（她）也是睡过我们家的那台摇床长大的呢！"

"我哥说的是一种情况。我还经常遇到另一种情况……"海拉提说，他作为爷爷和父亲留下的这座老宅的继承人，常会遇到这种情况：家里突然来了一个不相识的人，冲他就叫"哥哥"或者"叔叔""伯伯"，摸不着头脑的海拉提只能朝人家笑笑，当问个究竟时，人家原来也是睡过他家的摇床呢！

"好，好，你们回家了，回家了就一起吃饭吧！"海拉提和他妻子都是热心人，总是好菜好酒招待来客。

去年秋，海拉提又遇见了一位从山东来的"哥"，说他已经离开九间楼20多年了，如今在山东某市建筑公司当经理，日子富足了，回来想探望他的哈萨克族"妈妈"，也就是海拉提的妈妈。"我没有见过，也没听妈妈生前说过她还有这样一个儿子。但人家是千里迢迢、几经周折才找到我们家的，这份真情我怎么好拒绝？他说他小时候随父母来到了我们九间楼，当年他们全家人生地不熟，他出生后一直寄养在我家，一两岁的时候就是在摇床上度过的，因此对我家、对我妈、对摇床的感情不言而喻，终生难忘。就这样，我除了陪着这位远道而来的哥哥去我父母的坟头祭祀外，还带着他在如今焕然一新的我们的家乡转了好几天。这位哥哥那几天吃住在我家，他说他仿佛回到了幸福的童年……"海拉提说。

"他家呀，就跟过去他妈妈在世时一样，总是热热闹闹的。我们那个时候工作忙，事情多，来不及照看娃儿，就把娃儿往海拉提妈妈那里一放，他家就成了义务托儿所……孩子多的时候有十几个，海拉提的妈妈就成为'孩子王'！小的睡在摇床上，大一点的就跟着她玩耍，所以，几十年来海拉提家就一直是个热闹而幸福的大家庭。从海拉提的爷爷那辈开始，全家人都特别好客，心地又善良，也因为他们这一家人和一台摇床，把周边几个村、一个乡的各族百姓，团结得亲如一家。"说这话的是一位大妈，叫张玉秀，她说她当时膝下有一个女儿3岁、一个儿子1岁，因为要上班，自己带不过来，所以每天上班路上，到了海拉提家时，就把两个孩子往那儿一放，自己便轻轻松松地上班去了。

"海拉提的妈妈给我看了至少两年的孩子。"张玉秀大妈不胜感激地说。

陪我到海拉提家采访的九间楼乡干部告诉我，他们乡有汉族、哈萨克族、蒙古族、回族、维吾尔族等10多个民族，海拉提家的一台摇床，至少有不同民族的27个孩子使用过，由摇床引出的"故事外的故事"更是不胜枚举。

57岁的蔡忠福和同村的回族村民王正海这对年龄相差10岁的邻居，因摇床也有了另一份"兄弟情缘"。事情得从1963年农历三月初出生的蔡忠福说起——

蔡忠福出生的季节，正是乌苏大地开春播种的时间。蔡家忙着地里的活，没有时间照看孩子，便从海拉提家借来摇床。蔡忠福上面有一个哥哥、一个姐姐，摇床，就成了这两个孩子的事。

好弟弟，睡觉吧，

睡好了，做个梦，

睁开眼睛看到爸爸妈妈

回家了……

睡觉吧，好弟弟，

爸爸妈妈夸你是

我们家的好宝宝

……

摇床前，蔡忠福的小姐姐自编起《摇床曲》，入情入景地哼哼着。后来他哥哥也跟着这样哼哼起来。而幸福的蔡忠福就在哥哥姐姐这《摇床曲》中，安逸地躺在海拉提家的摇床上进入一个又一个童年的梦乡。

"一个人对童年的记忆，尤其是婴儿时的记忆，其实是少之又少的，但我对摇床上的记忆非常清晰，好像那是自己在人间一段最美好的时光。睁开眼睛，就可以看见一张张微笑的脸庞……"蔡忠福说。

蔡忠福在摇床上度过幸福的婴儿期之后，他父母便把摇床还给了海拉提家。

1973 年 5 月 19 日，蔡忠福的回族邻居王正海出生了。王正海家与蔡忠福家情况相似：父母忙着地里的活，小弟弟王正海就甩给了小哥哥、小姐姐看管。

王正海的姐姐王海英长大后说起看管小弟弟的事，捂着脸，有些不好意思起来："那时候我爸爸妈妈去地里干活，有时需要我们在不上学时去地里帮忙做点活儿。但我和哥年龄还小，总想偷懒，就抢着在家照看弟弟。但我们又抱不动弟弟，于是爸爸妈妈从海拉提他们家借来摇床，我和哥哥就很开心地在家看弟弟。躺在摇床上弟弟也很乖，我们就是这样看着他在摇床上一天天长大……"

长大后的王正海开始与村里的孩子们一起放牛、割草、捉迷藏，在这过程中他得知比他大 10 岁的同村的蔡忠福与他一样也睡过海拉提家的摇床。正是这缘分，两个男孩慢慢地成了形影不离的好伙伴、好兄弟。

"就可能因为我们是在同一台摇床上长大的，所以尽管我大正海 10 岁，又不是同民族，但在感情上就觉得他是我亲弟弟……"当大哥的蔡忠福这样说。

无巧不成书。20 世纪八九十年代，蔡忠福和王正海先后娶妻成家又生子。2012 年，他们所在的黄渠村新建养殖新区，蔡忠福与王正海先后搬入小区，竟然成了门对门的邻居。

"哥——"

"弟弟——"

这两兄弟从此天天一声哥一声弟的，亲热劲令人羡慕。

那年夏天，王正海的母亲急性胆管炎发作，蔡忠福听说后，立即开车将王正海的母亲送到医院。事后见母亲平安无事，王正海感动得跑到蔡忠福家要跪下给哥哥磕头。

"那时候我刚开始创业，口袋里的钱全部买了牛羊，家里都空了，是忠福哥帮我为母亲治病，负担了全部费用。他不仅救了我母亲，也救了我全家。"王正海说。

2014 年，王正海开了一家农家乐，一时缺人手，蔡忠福的妻子就成了免费钟点工。

王正海的妻子马金花说："平时客人一多，我和丈夫忙不过来时，一声'菊花姐'，我嫂子就过来帮忙了！我们就是一家人嘛！"

2016 年，蔡忠福当选为本村的村委会主任，加上自己家的种植面积大，农忙时他根本忙不过来。王正海就成了他家的好帮手。"他从来没有一个'不'字！"蔡忠福说。

岁月匆匆，一晃做了 10 年邻居。当王正海和蔡忠福出现在我面前时，哥儿俩亲热地告诉我："我们两家从来没有红过一次脸，拌过一次嘴。春节一起包饺子，古尔邦节一起炸馓子……我们就是一家人、兄弟俩！"

"一切情分，缘于海拉提家的这台摇床……"王正海拉着哥哥蔡忠福的手来到居来提和海拉提面前，毕恭毕敬地异口同声道："兄弟，谢谢你们了！"

诸如此类的场景在海拉提家几乎每天可见。

"坐，坐，别客气了，一家人还客气啥嘛！"这个时候，海拉提会递来啤酒，他漂亮的妻子端出西瓜，让"哥哥""姐姐""弟弟""妹妹"坐在身边，品尝乌苏最美味的食品。

"好得很……再来一瓶！痛快地喝，咱乌苏的啤酒不醉人，只醉心；咱家西瓜就是甜，甜透心！"平日里腼腆的海拉提这时变得能说会道，热情洋溢。

"因为你们都是我的哥哥、姐姐、弟弟、妹妹，你们能回来看看，看看我们的家，这是我最大的快乐……来，干！"海拉提的脸色渐渐绯红起来……

"醉？我不醉……我是高兴，我是自豪。因为我们共同睡过同一台摇床，所以我们的生命里连着一根脉，这脉让我们家、让我和大家结成了一家……这家很美，就像我们小时候躺在摇床上，摇啊摇，摇出我们一个个美丽的梦……"都以为海拉提醉了。可海拉提说："我真的没醉，乌苏的啤酒是不会醉人的，是我的心真真的醉了……"

他这样说，又这样不停地做着摇床的动作，那动作充满了温馨与爱，于是"哥哥""姐姐""弟弟""妹妹"们都站了起来，跟着摇啊摇……

海拉提家的整个院子成了欢乐的天地。后来，加入这支摇床队伍的人越来越多，于是那动听的歌声与优美的《摇篮曲》也变得异常令人着迷——

　　……
　　睡吧，睡吧，我亲爱的宝贝，
　　何时你才能入睡，
　　盼着你快快入睡。

睡吧，睡吧，我亲爱的宝贝，

睡吧，睡吧，我亲爱的宝贝。

……

离开九间楼的那天傍晚，这首优美的哈萨克族《摇篮曲》一直在我耳畔回荡。

石榴花开

第四章

"国旗者"说

———

国土所属之处，最具象征意义的就是国旗在那里飘扬。

一面国旗，是国家主权的宣示。

开国大典上的擎旗手李冠英和几十年如一日

在自家小院子内升国旗的沙勒克江，

用一个公民的坚守和信仰，

宣示着一个国家的尊严和主权。

有一件事，在新疆，尤其在塔城特别令我难忘，那就是这里的人民和政府特别重视国旗的意义。这种国家意识是其他任何地方都难以相比的，其背后则有着深刻的历史原因和现实意义。

　　对我们这些远离边疆的人来说，每天都享受着祖国的阳光和温暖，反而国家意识并不那么强烈，这种感情是自然而然的。但在地处边疆的塔城人民那里就很不一样：他们的国家意识表现在时时处处、点点滴滴之中，令人敬佩。

　　这或许与历史有关，也或许与它和国家的"心脏"的距离有关。

　　历史的问题说来话长，可以另写一本书叙述。与国家的"心脏"距离远近有什么关系呢？

　　我们住在北京久了，拿大安门广场来说，不一定就比外地人对它印象深刻和感情真挚——这并不是说我们北京人对天安门感情不深，而是"见惯了"，也就"平常了"。但是，回想当年，我第一次进京工作，那时对天安门，对天安门广场、人民大会堂、人民英雄纪念碑，还有升国旗仪式……感情强烈得连觉都睡不好。一想自己到北京工作了、成为北京人了，就应该先到天安门广场去"报到"，再观看一次升国旗仪式，进入人民大会堂参加一次会议，等等，都是特别美好的想法。但等这些事都做完了，对于再去一次天安门广场，尤其是早早起床去观看一次升国旗仪式，那恐怕多数北京人就不太上心了——这与对祖国是否忠诚无关，是一个人对太熟悉的东西容易产生"移情"的缘故。

后来我发现，比如出国后到了一个陌生的地方，突然你的面前出现了我们国家的五星红旗，你就会特别惊喜和亲切，一种强烈的安全感油然而生。

慢慢地，一次次不同地点、不同环境下出现的国旗，渐渐让我们明白和意识到：它代表的是国家，是我们自己的国家；在北京天安门广场上升起的那面五星红旗，它让我感受到祖国心脏每天怦怦跳动的节奏与声音，那是一种健康的、阳光的、充满生机的、向上的和强大到不可战胜的力量；在海外看到的五星红旗，则让人意识到：我们是地球村的重要一员，我们将被人尊重和尊敬，我们可以安全而自由地做我们愿意和应该做的事情。

到塔城之后，我特别留意到，在这里，一面面迎风飘扬的五星红旗随处可见。它一下子让我意识到：这里是祖国的边疆，红旗所插之处，就是我们的土地——中华人民共和国的领土！

塔城确实离首都北京或离东边的上海、南方的广州都很远，而这里又离边境太近，跨过一步，便是邻国。

新疆，尤其是塔城这样的边境城市，国旗就是无声的宣誓——这里属于中华人民共和国，这里是我们的领土，这里的人民就是我们的人民。

所以在这里讲民族的故事，一定是有许多"国旗故事"，而且它也特别引人注目、特别生动精彩……

和布克赛尔是离塔城中心城区最远的一个县，而它又是特别广阔的区域，是塔城北边与哈萨克斯坦边境线最长的区域。在这座县城边上，318省道旁，有一座非常醒目而壮观的墓地，墓地正中央竖立着一块高高的大理石墓碑，上面刻着七个大字：李冠英同志之墓。如此规模的墓地，在辽阔的戈壁与草原上可以说是绝对罕见，即使是王爷的古墓，也并不多见与之相近的宏伟和规模。夏日里，站在墓地前，越过高高的墓碑，是连着天山北麓的绿意郁郁的大草原。大草原的"后屏"是天山之巅的皑皑白雪，而如此一穴墓地，观者无不肃然起敬。

李冠英是谁？烈士？英雄？和布克赛尔的人对我的问题摇头，说："他是位边陲老兵。"

"边陲老兵有何非同寻常之处？"我又疑惑。

"因为他是开国大典上走在阅兵队伍最前面的擎旗手，也就是我们新中国的第一位擎旗手……"

"是这样啊！"我不由得惊诧起来。可他为什么会在这遥远的边陲呢？而且又受到人们如此厚待！

这到底是怎样的故事呢？

这个"秘密"封存了40余年。开国大典上的国旗擎旗手竟然在新疆留下了一段难以想象的传奇——

李冠英其实很普通，可又很不一般。如果按出生年月计算，他今年活着的话正好100岁。

1923年4月9日出生于河南固始的李冠英，父亲是张学良旗下东北军的高级军官。七七事变后，因被日军通缉，举家迁往甘肃兰州。

在兰州，英俊少年李冠英考入西北话剧团。后因战争，该团在1944年解散。刚刚树立"成才"理想的李冠英不甘寂寞，独自从兰州奔向当时的"陪都"重庆找工作。通过父亲的关系，李冠英参加了国民政府赴英国海军人员培训班。在英国学习期间，欧洲工业文明和社会主义思潮对李冠英影响很大，他在训练的同时开始思考人生和国家命运，渐渐接触共产主义学说。这个时候中、英两国政府之间发生了一件事，李冠英后来的命运也因这件事而改写。当时英国政府为抵偿香港英当局代中国政府保管却丢失的6艘港湾巡逻艇，决定将他们的"阿罗拉"号巡洋舰移交给国民政府，后来此舰改名为"重庆舰"。1947年，李冠英学成回国。作为国民政府派遣到英国学习海军舰艇专业的海军专业学员，回国后就去执行将"重庆舰"接回的使命。该舰成为当时蒋介石国民党军队中最强大的主力战舰，蒋介石还亲自在舰上主持过东北战区国民党高级将领军事会议。

1949 年 2 月 25 日"重庆舰"起义前，舰长邓兆祥派李冠英执行起义时团结舰友的重任。起义那天，李冠英穿上中国海军的新军装，扒掉了国民党军队的军徽，与舰友们一起迎着朝阳，将"重庆舰"缓缓驶入山东烟台港，向即将成立的新中国报到。

"重庆舰"起义人员为我人民解放军海军的创建立下了不可磨灭的功绩。毛泽东专门为他们的起义发来嘉奖电。李冠英第一次感到作为国家主人的荣耀感。

1949 年仲春，我东北丹东解放区举行了一场隆重的仪式——新中国第一所人民海军学校成立，校长正是率"重庆舰"起义的邓兆祥，学校的学员与教员多数也是"重庆舰"起义人员。李冠英作为旧军队在英国学习过的海军专业人员，成为该校第一批老师，同时兼有学员的双重身份。

"同志们，现在上级命令你们 50 名学员接受一项秘密军事任务……今天下午立即出发！"这一天，李冠英和其他师生一样，依旧早晨上操，不一样的是，他和另外 49 名学员一起，被学校首长叫到了另一处地方，李冠英环视包括自己在内的这些人，个个英俊帅气。

"首长，我们执行的是什么任务？是不是去南方支援参加解放大西南的战斗？"老兵李冠英悄悄问首长，得到的回答是："任务保密，我也不清楚！"

"出发——"一声令下，50 名海军学员登上南下的列车，途经沈阳，又在深夜到达北京前门车站。

"到北京啦！"

"是不是让我们来北京保卫毛主席、保卫朱总司令呀？"

"太幸福了！要真是的话……"

正在李冠英他们在车站等待下一个命令时，大家开始窃窃私语地猜测起来。

"全体海校的同志们注意了——立正，向前面的卡车方向齐步——

走！"突然，领队的指挥官发出命令。于是李冠英等迅速登上两辆停靠在车站旁的卡车，随后穿过北京西城若干街道进入黄寺兵营，也就是现在北京黄寺大街的解放军原总政治部宿舍大院。

下车之后，首长出来接应，同时下达命令："今天的任务是：同志们马上进入为你们准备的宿舍——睡觉！"

这一夜——其实也只有下半夜的几个小时了，李冠英和其他49名学员兴奋得没闭上几回眼。当黎明时分起床号响起，他们才被告知：参加新中国开国大典阅兵式！

"万岁——"

"我们要见证新中国成立啦！"

这是李冠英做梦都不敢想的事，现在竟然像天上掉馅饼似的"砸"到了自己头上。从那天起，李冠英和战友们天天都像吃了蜜糖似的甜蜜与兴奋。而让李冠英更想不到的是：因为小伙子长得帅，又是标准的1.76米个头，军姿与队列训练动作规范、出色，所以他被选拔成为海军方队的旗手，也就是走在最前面的引队人。

"首长，我们的军旗和国旗是啥样？"

"首长，我们方队第几个入场？"

"首长，我们方队是第几个经过天安门接受毛主席、朱总司令检阅的队伍？"

"首长……"

"李冠英！你现在给我听着：不要想其他，只要把旗手的操典练好！否则，你将被淘汰！"首长烦了，在他耳边呵斥道。

"是！报告首长——我一定练习好！"李冠英的回答震耳欲聋。

紧接其后的三个月，李冠英不敢有一丝马虎，每一个动作都严格训练，直到琢磨到位、练到娴熟为止。参加过阅兵式的人知道，虽然经过天安门前的那一刻万众瞩目，但几个月的训练并不是所有人都能经受得住的。李冠英他们作为参与新中国第一次阅兵的官兵，不仅训练时间紧，而且还带着军事任务——随时准备在阅兵过程中与任何企图破坏的敌人战斗。

历史前进的车轮已经不可逆转，一切按着中国共产党的意志和人民解放军的战斗步伐在前进……

伟大而庄严的时刻终于到了：1949 年 10 月 1 日下午 3 时，天安门广场欢声雷动，庆祝新中国诞生的欢笑声淹没了整个北京城。毛泽东和朱德等党和国家领导人迈着有力的步子登上天安门城楼。

"中华人民共和国中央人民政府今天成立了！"毛泽东一声庄严宣告，响彻云霄，万众欢呼。

"阅兵分列式开始——"这是新中国开国大典上的第一次阅兵，李冠英所在的方队是阅兵式上出现的第一支队伍，而李冠英则是 1.6 万人组成的受阅大军最前列、最耀眼的一员：开国大典上的第一次阅兵分列式采用的是由海军代表旗手作为全体阅兵队伍的先锋，恰恰李冠英又是三位护旗手中的擎旗人——他左右两旁是两名端着冲锋枪的护旗兵。作为擎旗手的李冠英自然格外耀眼，万众瞩目，而且他和两名战友荣幸地紧随在聂荣臻将军的敞篷车后面，也就是说，他是第一位接受毛泽东、朱德检阅的战士！

李冠英英姿威武，迈着铿锵有力、无比自豪的步伐，走向天安门，接受伟大领袖的检阅……那一刻的李冠英迈着正步的同时，双手迅速擎旗向前下垂 45 度，猎猎军旗引路向前，代表自南昌起义以来我军全体将士，向新中国和新中国的最高统帅致敬！

他的眼睛有些湿润，但必须目光炯炯。

他的脚步有些颤巍，但必须坚定有力。

他的心脏怦怦剧跳，但必须平静始终……

这是历史镜头里所看到的新中国开国大典上的擎旗手形象，而且这样的阅兵排序也是新中国历史上唯一的一次，此后所举行的十几次天安门阅兵式都是按照陆海空军进行排序的，唯有在开国大典上，海军走在最前列，李冠英也因这"唯一"的一次，成为开国大典阅兵式上的擎旗手，载入共和国史册。

然而，开国大典上的阅兵擎旗手李冠英同时也仅仅是一名普通中国百姓，在激荡的历史风云中，他根本无法掌控自己的命运……

参加开国大典之后，李冠英回到海军学校，随后又被分配到位于大连的中国人民解放军海军学校当了四年教员。

然而，到了1954年，李冠英莫名其妙地接到了转业通知，分配他到大连造船厂工作。在我军海防力量开始加强之时，作为一名学习过海军军事专业的教员，却被突然宣布转业，这显然是有些特殊的"政治原因"，只是当时没人跟李冠英说，或者"内部"不便说而已。就这样，李冠英脱下军装，到了地方。然而大连对他来说，除了部队，举目无亲。考虑到母亲在兰州，于是他申请回到甘肃，并获得批准。

作为一名起义人员和转业干部，本应得到相应的妥善安置，然而在那个极左年代，李冠英的"历史问题"如沉重的大山一直压在他背上，时不时地被人翻出来"说事"。紧接着又是全国范围的"反右"运动，李冠英父亲是国民党高级军官的背景以及李冠英本人的"历史问题"被重新提起，而当时对一些"历史问题"的处置又需要回到原籍解决，辗转南北的李冠英再回河南老家寻求帮助，但当他辛辛苦苦跑到河南老家时，人家无奈地告诉他：你的老家是个小县，现在已经划归安徽省管辖了，不是我们能管得着的。

呜呼！李冠英拖着疲倦的身体赶到安徽，人家说得更明了：解放前的那些"陈芝麻烂谷子"，我们没时间去管。

"那我也算是部队转业干部，你们应该分配我工作吧！"李冠英已经几十天没有像样地吃一顿饱饭了，他对安徽民政部门的人恳求道。

"这个我们要商量商量……"如此一个回答，让李冠英整整在民政招待所住了两年，但工作仍然没有着落。

"那两年你是怎么支撑过来的呀？"后来有人问李冠英。

"我、我……我自己都不知道怎么过来的。"军人出身的他从来不知什么是委屈，但这一回李冠英真的内心有太多的委屈：年轻力壮，却不能工作。一身海洋军事知识，却在陆地上乞求别人帮助找份工作。

"那个时候，如果一个好端端的人没有工作做，就会让人觉得你肯定哪个地方出了毛病，或者就不是一个好人。"李冠英后来回忆在合肥住在招待所的日子时这样说，"住人家的地方，又要吃人家的饭，你自然不能白吃白住，所以为了不让人家赶我走，每天我就给招待所做工打杂，别人不愿干的我干，别人怕吃亏的事我做……总而言之一句话：寄人篱下，委曲求全。"

这时李冠英三十五六岁，作为一名起义军人、人民海军军校教员、共和国开国大典擎旗手，既没有家，又没有一份正式工作。两年之后，李冠英觉得再不能在合肥干等下去了，于是他想到了去北京，去曾经给予他至高荣誉的北京申诉……

"怎么会有这等事？！"接待他的内务部领导听完李冠英的陈述后非常生气，然后问李冠英："那么你愿到哪里工作呢？请你自己选择，我们尽量满足你的要求。"

081

憨厚的李冠英顿时热泪盈眶，颤动着双唇，说："首长，我是孤身一人无牵无挂……我一切听从组织安排。"

"好呀！还是我们军队的同志觉悟高！"内务部的领导听后很高兴，说，"现在国家最需要人才的地方就是新疆，你愿意去吗？"

"愿意！只要是祖国需要的地方，我都愿意！"李冠英根本想都没想便答应了。

选择仅是一句话的事，然而从北京到新疆的距离则可以用"天南海北"来形容。李冠英的生活跨度实在也太大了，然而他根本没心思细想，也没有其他更好的选择——有工作，也有一份能够维系生活的工资就足够了。李冠英到新疆后，被分配到了生产建设兵团农六师直属农场。

"哎呀，现在正经的岗位都已经安排人了，你来只能当个农工，月薪嘛，39.38 元……你看怎样？"人事干部对他说。

"行！"李冠英点点头。"能拿工资就证明我是有工作的人了。"这话是他心里说的。可不是嘛，在这之前的几年里，没有人给他发工资，也没有一个工作单位，那样他才是心慌的。现在不是好了嘛，有单位，工资也拿到手了，是国家的人了！

至于什么单位、工作艰苦与否，他李冠英根本就没有想过。

生产建设兵团的工作，在劳动强度上其实跟种地的农民没多少差别。李冠英的单位在天山北麓的古尔班通古特大沙漠的边缘，他的工作就是屯垦种地、修水库。那个时候的屯垦建设，不仅艰苦，还要拼命。李冠英曾一天挖土方 8.5 立方米，创下所在农场最高纪录，由此他也被兵团战友们称为"拼命三郎"，并荣获"劳动标兵"称号。

也正是在这种环境下，李冠英认识到为新中国劳动的价值和劳动的荣誉，所以他对边疆建设怀有特殊感情，把曾经的开国大典擎旗手的那份崇高荣誉化作为支援边疆建设和各民族团结立新功的信仰。

许多人在时运不济时用到"流离失所""四海为家"一类的词，却很少有人像李冠英那样一生动荡不安……

1960 年，在生产建设兵团工作了一年后，李冠英所在的农场划归自治区交通厅养路段，他又成了一名养路工。

1961 年 10 月，养路段集体下放支农，李冠英毫不犹豫地第一个报名，从此他把生命交给了和布克赛尔蒙古自治县的广袤边疆大地……

最初，他在红旗公社（今查干库勒乡）当牧民，当地的蒙古族群众远远地看着这个单身而又喜欢在原野上唱歌的人，以为他是个身上背了什么事的劳改分子，后来一打听原来是个劳动标兵，而且还是个会写能唱的文化人，于是开始同李冠英亲近起来。

"能帮我给在西安读书的孩子写封信吗？"

"能。"

"能帮生产队出期黑板报吗？"

"能。"

"能教牧民们唱歌吗？"

"能。"

"能……能每周给全乡的干部们上一堂文化课吗？"

"能！我光棍一条，无牵挂、无负担，只要你们认为能用得上我的，尽管派活！"

"老李——我们由衷感谢你、心疼你……"牧民邻居、大队支书、公社干部暖心地对李冠英说，"你就是大家的亲人，有啥话、有啥冤屈、有啥心头烦事，说出来，我们一起帮你把天托起来！"

"谢谢，谢谢你们……你们就是我的亲人……"李冠英40岁生日那天，十几户在草场一起放牧的牧民，在帐篷里为他举行了隆重的蒙古式生日庆典，极少饮酒的李冠英那天醉了，醉得无比幸福，醉得热泪长流。

我们走了遥远艰难的路程，

越过山河，走过戈壁滩。

丢下亲人和同胞的人们，

泪水不干，哭声不断。

可爱的家乡，流落他乡才知你的尊贵，

向往你时，我们仰望初升的太阳……

人生过了坎坷万千的岁月，

热泪已干，剩下心一颗。

丢下杂念和无边的忧愁，

终身屯垦，魂安边疆。

这里是我家，游子不再四处流浪又去颠簸。

想你的时候，我把眼睛投向天上的月亮……

这首歌前半部分是古代塔城驻兵营地流传下来的一首形容他们流亡生活的民歌，后半部分是李冠英自编自吟的"心曲"。

"老李，你年龄不小了，蒙古族姑娘喜欢你的不少，该成个家了！"不止一次有人这样专门前来相劝。

但李冠英淡然一笑，说："我的心可以归属这片疆土，我的情留给了已经飞动的云……"

许多人并不理解李冠英的话。是诗人的语言，还是一位失恋者长期积蓄的忧叹？一直以来，这是个谜。

直到 1997 年春，有人走进李冠英那间仅有 8 平方米的简陋得不能再简陋的单身宿舍，看到里面陈设的一个小灵堂，这个谜才被解开……

年轻的时候，一表人才的李冠英有位心爱的女友，但因李冠英颠沛流离的命运，让这份真挚的爱情像岁月般流逝得无影无踪，并深深地刺痛了一个男人的心。

这事得从 1942 年李冠英考上西北剧团说起。那时，他在话剧《雷雨》中扮演周朴园的小儿子周冲，扮演四凤的演员陈小姐便是他的女友。1944 年，剧团因战火而解散，热恋中的两个年轻人辗转流亡到陈小姐的家乡重庆。也就是在这里，李冠英获得了留英海军学习的机会，这一去就是三年。其间两人鸿雁传书不断，对未来憧憬无限。1949 年，李冠英未来得及与女友联系，便和起义的战友们北上解放区，参加开国大典去了。重庆解放较晚，后来李冠英想方设法联系女友，却始终不知其下落……

1950 年，李冠英被调到位于大连的中国人民解放军海军学校任教，他继续不停地通过各种方式同已经解放的重庆方面的女友联系。这回真的联系上了！"快来重庆，我们结婚吧！"女友迫不及待地来信说。这让李冠英喜出望外，可又一时难住了：部队刚刚接到朝鲜战争爆发、全体军人随时准备上前线的命令，并且不能将部队的战时动员和军事情况信息外泄。"到底是怎么回事？你要是另有想法，我们就干脆断了！"

因为女友一次又一次地等不到李冠英去重庆结婚，李冠英又支支吾吾地不能把情况说明，最后她来信这样说。

1954年，从部队转业回兰州母亲处的李冠英得知女友已经嫁给一位陆军军官，而且随军到了兰州，还特意看望过自己的母亲。

一切成为逝去的烟云。李冠英约前女友在白塔山公园见面，这是他俩10年前约会的老地方。此时再会，景物依旧，人事全非。对方抱着一个1岁多的孩子满是幸福感地出现在李冠英面前，而李冠英除了祝福人家美满幸福之外，再也说不出其他的话。

不到半个小时的相会，却如锥心般疼痛……望着前女友消失的身影，李冠英转过头的那一刻，泪流满面。

两年后，正在寻找工作旅途中的李冠英得知母亲病逝，无奈不能赶回兰州，托前女友帮助料理母亲的后事。人家做得入情入理，周到周全。

李冠英既感激，又扼腕痛楚：她要真是娘的儿媳多好啊！他哭了。这样的哭声常常出现在他一个人的漫漫长夜里……一直到了新疆依然如此。

外人并不知道这一切。

外人只知道那个独居七八平方米小屋的"老李"是位乐观豁达的老边垦。

41年新疆屯垦生涯、38年的牧民人生。其间时常有人问李冠英："你真的没有想过回北京或兰州？你真没后悔过，或者多少有些埋怨？"

"没有。我确实没有！"李冠英肯定地回答道，"从组织告诉我到新疆工作的那一天起，我就没有过后悔或吃亏了的感觉。在新疆，在塔城，虽然苦些，但充实，有荣誉感，因为我是一个有工作的人，一个受人尊敬的人，特别是跟这里的各族人民亲如一家，又能为边疆建设贡献一份微力，这就不枉此一生了！"

李冠英说的时候，没有半点做作，那种真诚让人感动又心酸……

1999年是中华人民共和国成立50周年的大庆之年。这年5月，中央电视台《大阅兵》的摄制组千里迢迢找到李冠英。当他们来到他的那间七八平方米的小土屋，看到这位共和国开国大典上的擎旗手的生活现状，忍不住掉下眼泪。

"老前辈啊，你咋不跟人说一声你曾经的那段光荣历史嘛？那样政府至少也能给你解决生活困难呀！"摄制组的人说。

李冠英颤抖着双手，握着北京来的记者的手，仿佛使出全身的力气，说了这么一句话："我挺好，在这里我有份工作就很知足。我给这里的各族人民做了点事，他们认可我……我很幸福。"

关于李冠英的"谜"这才被解开。

2000年12月的最后一天，这位饱经磨难却又顽强不息的开国大典阅兵队伍的擎旗手，悄然辞世，终年78岁。

当他在祖国最西边的大地上静静躺下时，没有半点喧嚣，没有丝毫争议，其本人没有一点财产，没有一个后人，唯有枕头下藏着一面鲜艳的五星红旗，还有一颗永远冒着热气的与塔城这座民族团结名城相伴的心。

下葬的那天，数以百计的各族人民和他的生前好友，前来向这位老屯垦人献花、敬酒……

我到塔城的时间是2022年的6月，这一年是李冠英诞辰100周年。他的故事一直在塔城人民中间传扬，于是我决意去他的墓地，向这位为边疆建设和促进民族团结与繁荣而默默奉献一生的共和国开国大典擎旗手表达一份敬意。

李冠英的墓地十分雄伟，那30级台阶托起的刻着"李冠英同志之墓"7个大字的大理石墓碑，给予这位生前默默无闻、一生孤独而又充满奋斗激情的屯垦老兵最荣耀的尊严……那一刻，我想九泉之下的李冠英应该是幸福和满足的。

那一刻，我的眼前突然闪过五星红旗飘扬的画面，那是当年李冠英和战友们一起走过天安门广场时擎起的那面五星红旗……

呵，国旗！在编织它成为国旗的历史岁月里，有多少革命志士以忘我的牺牲精神用鲜血染红了它；在呵护它成为共和国象征的和平岁月里，又有多少像李冠英这样的普通百姓，用自己的劳动甚至是心酸的泪珠让它永不褪色、永远高高飘扬！

呵！在塔城，在塔城的每一块边关土地上，有许多"李冠英"的故事、许多关于国旗的故事，一直在吸引我，吸引我去走近他们。

哈尔墩是塔城市区的一个居民社区，这里有一位叫沙勒克江·依明的维吾尔族老汉，今年75岁。人们告诉我，在2021年中国共产党建党百年前夕，沙勒克江有两件喜事让社区的居民们都为他高兴和庆贺，一是沙勒克江光荣地加入了中国共产党，二是他到北京参加了一次天安门广场的升旗仪式。

"沙勒克江太幸福、太光荣了！"我还没有走进沙勒克江家的院子，社区的几位维吾尔族大伯、大婶就用我听得懂和听不懂的语言这样告诉我。

有些气氛真的是被烘托起来的，因为人的意识是精神产物，无论哪个民族大概都是这样。

沙勒克江的小院就带着一种庄严和神圣的气氛，因为那里高高飘扬着一面中华人民共和国国旗，它像一座灯塔，让哈尔墩社区居民的心凝聚在一起。

一面国旗，真的有这般魅力吗？它真的能让一群散沙似的人像石榴籽一样团结聚集在一起吗？其实，当听说采访沙勒克江时，我的心头泛起过这样一些"小心思"，虽然有些话语不便说出口，但它确实存在于心头。然而走进沙勒克江家的小院，仰头看到那面高高飘扬在他家房顶的国旗以及支撑那面国旗的木杆时，一种油然而生的神圣感突然在我的身体里萌发出来，然后流入整个身体的所有脉络，一直到大脑中枢神经……我站住了双脚，先望向旗杆，它有十四五米高，直直的一根木杆，很朴素，却非常坚实。与天安门广场上的国旗当然无法相比，但这个普通百姓家的国旗，尽管意义是一致的，它真的可以产生同样的作用和神圣力量吗？

走近国旗的那一瞬间，我意识到，这感觉是一致的。

我很关注沙勒克江家的这面国旗是靠什么装置升上去的……

沙勒克江可以说普通话，尽管不是太流利，但能听得懂，只需慢一点就行。"现在我的小院是政府帮助扩建的，以前老房子是平房，现在右侧的两间楼房是政府帮助建的一个国旗教育展览室……"沙勒克江指着国旗杆旁的红房子说。

明白了。我的目光随即移到小院子：五六十平方米那么大，挺整洁……"升旗仪式就在这里？"我问。

"是。"沙勒克江点点头。大概他明白我问话的意思，进而解释道："平时小院可以来五六十、七八十人一起参加，逢节庆时，院子外面都站满了人……"

"每天都升？都有仪式？"

"每天。必须每天都升，都有仪式。"

"唱国歌？还是放音乐？"

"有播放音乐的小设备……"沙勒克江赶紧拿出他的一台固定的国歌播放器，"以前是用磁带。现在有这专门的国歌播放器了！"他给我试放了一段国歌，很雄壮，效果好。

"升旗用手拉？"我走到旗杆边，发现木杆上没有特殊装置，就是一根麻线绳，旗杆顶端大概是一只铁滑轮。

"手拉……"沙勒克江回答。

"能与整个播放的音乐对应和准时吗？"

"要练，一次次地练……"他说开始时不是音乐播放的时间太快就是升旗拉绳子拉得太快，练了十几天后就掌握好时间和节奏感了。"现在已经熟练了，可以做到分秒不差！"沙勒克江骄傲地告诉我。

"除了你，还有谁能做到这么精确？"我想到哪一天假如沙勒克江不在家或有其他事，谁能代替他呢？

"有，王福林，还有我的几个小子……现在我的孙子也可以帮我升旗了！"沙勒克江立即响亮地报出了一串名字。看来，他的升旗仪式已经非常成熟和完备了。

"但开始的时候麻烦还真不少，有些是想都想不到的……"看似简单的一件事，听沙勒克江一讲，才知他的这面国旗升得极不容易，升得太有必要了！

故事该从 2009 年乌鲁木齐"7·5"严重暴力犯罪事件讲起。

"那段时间，受境外敌对势力影响，我们新疆出现了少有的动荡，弄得大家人心惶惶，不知所措，因为普通百姓一般不会太明白事情的真相，所以多一事不如少一事，大多明哲保身。但这样一来，一些受境外势力影响的分裂分子和坏人更起劲了，我们塔城地区整体形势相对比其他地区要好些，但百姓的心理动荡也是严重的。我们这些热爱祖国、热爱共产党的人就很着急，一直想着为国家和民族大团结做点事，可出于当时的形势和百姓的心态，又一下想不出更好、更有效的办法。当时我也非常着急啊！我今年 75 岁，虽然出生在旧社会，但多数时间是跟着新中国一起成长的，知道什么样的政权是好的，尤其是听父母讲：像我们塔城属于边境城市，国家对我们太重要了！国家强大了，我们的生活就幸福、稳定，不然就会天天是灾难……想到这些，我就有些坐不住了，想要为国家、为边疆安宁做点事……"沙勒克江一讲起他为什么要在自己小院升旗，就收不住话了。

能感觉到沙勒克江是个不一般的老人，他属于爱思考、有办法、意志坚强的人，而且立场坚定、爱憎分明。

"这跟我小时候受解放军的影响有关……"沙勒克江听说我有十几年的军龄，突然变得格外亲近起来，"我从小喜欢解放军。他们做的一件事一直烙在我的脑海中，那就是在我家的院子里，他们升起了一面不大的国旗。虽然那面国旗不大，但给我的印象太深刻，让我知道国家的概念和国家对我们百姓的意义。"

原来，在沙勒克江刚懂事的 1950 年，人民解放军进驻新疆，开始接管西部边境。由于当时塔城边境一带缺少军事设施，更没有军营，所以部队就借住百姓家。沙勒克江的父母也把自己家的房子腾给边防军住。"当时我们家腾了 4 间房子给部队住，而且一住就是 8 年……"因此沙勒克江从小就对解放军怀有深厚感情。

亲爱的解放军叔叔经常抱着他，教他数数"1、2、3、4、5……"，教他写汉字名字，给他唱《东方红》，给他一颗闪闪发光的红五星。

"这些都是我小时候记忆深刻的事，"沙勒克江说，"但我印象最深的还是解放军在我家门口升起五星红旗，它让我们家变得特别，变得特别自豪……"

沙勒克江说他长大后才明白，解放军升起的那面五星红旗是我们中国的国旗。"所以我懂事后就一直懂得一件事，那就是国家，我们要在新疆这里为国家守好这片土地……它既是我们的家园，更是我们国家的土地！"沙勒克江说的"国家意识"就这样在他很小的时候便根植于心。

"我常常想：新疆自古就是我们中国的领土，谁想惑众都没用！我要站起来告诉我的邻里和乡亲，不能上坏人的当！像当年的解放军一样，把国旗升得高高的……"沙勒克江说他的初衷就是这样的。

没有更深刻的道理，就是一个明了而又清楚的宣示：我们这里是中国，我们都是中国人，不允许任何人篡改和歪曲这一铁的事实，任何阴谋和破坏活动都不可能得逞！沙勒克江心里就是这样想的，因此他认定了当年解放军在他家小院里升起国旗"就是这个意思"。

"几十年前，解放军代表我们国家就这样做了。今天，我用同样的行动来再次证明我们新疆是祖国的新疆，谁也别想做坏事！"夜晚，沙勒克江把全家人叫到一起，谈了自己的想法。他知道，要想在家里升国旗——天天都要升国旗，就必须取得全家人的支持。

"爸爸，你是一个好父亲，我支持你！"在学校当老师的女儿第一个发言。她依偎在父亲的肩头，无比幸福地说："我们家从爷爷开始就爱中国、爱新疆，团结各族同胞。爸爸向爷爷学习，从爷爷身上继承了好传统。"

沙勒克江的女儿把原本沉闷的家庭会一下活跃了起来，于是大家七嘴八舌地谈起他们所知道的有关爷爷的故事。说起"爷爷的故事"，沙勒克江的儿子、在塔城地区人民医院当医生的沙拉依丁便激动起来了，因为全家人中，除了父母之外，他是知道"爷爷的故事"最多的一个人，所以一谈到这个话题，像以往一样，沙拉依丁一定要抢在前面说。

"我们今天有一个了不起的爸爸，首先是因为有个了不起的、充满爱心的爷爷……爸，我爷爷帮助孟广志一家的事是不是应该在1962年？"沙拉依丁的提问让沙勒克江的思绪一下回到了他年轻时的那段岁月——

是的，1962年。

那是个什么样的年代？沙勒克江记忆犹新：那个时候全国各地正处于三年困难时期，跑到新疆的人成千上万……新疆地大物博，就算再难，也能在野地里挖一把野菜吃。山东来的孟广志就是其中之一。

他孤身一人一路向西，先到兰州，再到乌鲁木齐，能否吃饱饭成为他衡量一个地方好坏与工作优劣的首要标准，听说"塔城有吃不完的白面馍馍"，他抱着最后一线希望来到这里。

庆幸的是，高中毕业的孟广志在塔城顺利找到了工作，成为建筑公司的工人，拿到了能让自己吃饱还能让家人不再饥饿的薪水。

更庆幸的是，举目无亲的孟广志在哈尔墩社区寻找住处时，遇到了不少热心肠的维吾尔族老乡，他们敞开了大门，端出了热茶，烧好了饭菜，让这个初来乍到的汉族小伙儿感受到了春天般的温暖。

"那个时候我们这儿很少有人会说汉语，爷爷和我父亲都不会说孟广志叔叔能够听得懂的汉语，于是他们只能用手比画着给孟广志叔叔介绍，并最终免费提供我们家隔壁的房子给孟叔叔家住。"新疆医科大学毕业的沙拉依丁可以用一口流利的普通话给大家讲述爷爷和父亲的故事。

"那个年代不像现在，如果村里来了一个陌生人，尤其是在边境地区，是很敏感的，因为在当时抓坏人、抓'盲流'是十分重要的政治任务。"沙勒克江说。为了保护孟广志，沙勒克江的父亲没少费心思，发动全家人一起来做"保密"工作。"后来还是有人找上门来，准备强行把人带走。我父亲拍着胸脯对人家说：他是好人、知识分子，有文化，又懂建筑技术，我用身家性命担保他。就这样，他把孟广志保了下来……"

一切安顿停当，孟广志把全家老小接到了塔城，与沙勒克江家成了一墙之隔的好邻居。一截儿矮矮的土墙见证着两家人的交往，也在当地流传了一段"维汉一家亲"的佳话。你家做了新疆拉条子，我家做了山东大煎饼，都会先送给对方品尝。

"后来我们这个小院就真正成了维汉一家亲，"沙勒克江说，"那应该是 1964 年，当时孟广志的大儿子孟昭元 8 岁。他家孩子多、开销大，全靠老孟一个人的工资生活，我就变着法儿给他家小孩子送好吃的，直到孟昭元上大学……"

到了 1985 年，孟广志一家搬进了单位分配的楼房，但与沙勒克江一家互相牵挂，逢年过节，两家人都要在一起聚会。

"我的汉语就是同孟家人在一起的时候学会的。"沙勒克江大叔满是骄傲地告诉我。小院右侧的二楼是一间 30 多平方米的爱国主义教育基地陈列室，那里面挂满了国旗和沙勒克江收藏的各种当地的民间乐器。他说，这二十几年，升国旗过程中用过许多乐器和播放器。

墙上是社区给布置的沙勒克江"升国旗史"事迹简介。"这就是孟昭元。为了感激我们一家，孟昭元报考大学的时候说一定要报考新疆大学的维吾尔语专业。他说到做到。大学毕业后，他被分配到南疆当记者，后来调到中央电视台少儿频道……现在也退休了。"沙勒克江指着墙上的一张黑白照片，那是孟广志一家与沙勒克江全家在小院门前照的老照片。

照片应该是40多年前的。两个原先没有任何血缘关系的维汉家庭融合成亲密无间的一家人，而这就是沙勒克江儿女们所说的——他们的爷爷、奶奶、父亲、母亲，都是热爱祖国、践行民族团结的守护神。

"爸，你怎么做，我们都坚决地支持你！"家庭会开得让沙勒克江也热血沸腾。

"好。虽然我是这个家的一家之主，但是在这个特殊的时期，我们选择在自己家里升国旗，是需要勇气的，也是有风险的，但我想是值得的。因为新疆自古就是中国的领土，这里各民族大团结也一直以来做得那么好，我们绝对不允许坏人破坏它！我们是普通百姓，能力有限，但我们捍卫国家的尊严和民族团结的决心是崇高和神圣的。"沙勒克江给我介绍，那天家庭会上，大家回忆起与孟广志一家三代人几十年一家亲的情谊，更加坚定了升国旗的决心。

沙勒克江对我说："孟广志去世前，我专门前去探望，好兄弟见了最后一面。办理后事期间，我特意从朋友那里借来录像机全程录像，为孟家人留下了珍贵的资料和回忆……我的老伴前些年患了尿毒症，孟家得知后一直催着我老伴去北京看病。因为太远，我们没有去，孟昭元便多次寄钱过来。那个时候我的工资只有五六百块，孟家一次就寄来2万元，之后又寄了1万元。这样的感情就是在亲兄弟、亲姐妹之间也不容易做到。所以在我们家，大家一听说我要在自己院子里升国旗，用这个行动来宣示我们新疆民族大团结、不允许国家分裂的做法，立即得到了所有成员的响应和支持。这是我特别欣慰的。"

从沙勒克江的邻居那里得知，当年孟广志只身来到塔城，在大家的帮助下扎下了根，后来孟家在这里有了第二代，现在孟家已经有第三代人在塔城工作。而沙勒克江自己家，他当时用升国旗的方式来宣示民族团结、热爱祖国的举动，其实就是为了让像他家与孟家一样的"民族团结一家亲"的情谊在新疆这块土地上如鲜花一样遍地盛开。

沙勒克江没有想到的是：他想在小院升国旗的事，在家庭会议上获得一致通过后，竟然在实际操作时遇到了困难。"我认为升国旗是件非常严肃的事，虽然在我自己的家，但我们的想法就是要让周边的百姓加强一种国家意识、民族大团结意识，所以希望有关部门支持我的行动。可当我向有关部门申请希望他们批准时，相关单位竟然一下子无法回答我，原因是他们从未遇见过这种情况，过去在大家的习惯意识里，升国旗应该在单位或那些宽阔的广场上，像我这样在自己家里每天要升国旗，他们吃不准我的这个想法和做法是否符合相关要求。"而这也让沙勒克江一下陷入了不知所措的境地。

怎么办？没有官方批准，意味着升旗的效果可能就大打折扣！

沙勒克江愁得直跺脚：这可怎么办？

"找总工会去。"突然，沙勒克江想起了自己曾经的"娘家"。原来，沙勒克江早先在食品公司工作，因为经常听到市民到商店买肉出现缺斤少两的现象，所以在2009年他的几个孩子都参加工作之后，他便想用自己的方式更好地为百姓服务，因此辞掉了食品公司的正式工作，在外面承包了一家肉食店。

为了让市民买到放心肉，沙勒克江便用心办起自己的"放心肉店"。首先，他的店里卖出的肉全都是经过检疫部门检疫过的；其次，他在店内放了一杆秤，谁都可以用，谁若发现从他这儿买的肉缺斤少两，可以当场找他"算账"，并能获赔肉价一倍的钱款。这一下使得他的肉食店在塔城名声大振。而沙勒克江的"放心肉店"为顾客服务的事又何止这一桩。他见"上班族"没时间排队买肉，便在店里装了一部电话。那些需要买肉的"上班族"一个电话打给他，沙勒克江便按其要求把肉切好留着，等人家下班路过取走。新疆人喜食肉，因此买肉是多数市民的一项日常生活。沙勒克江发现，老年人和病弱者、孕妇等排队很不方便，为了帮助这些弱势群体买到新鲜合意的肉，沙勒克江便在店里记下一串长长的名字和他们的家庭地址，谁和谁家想买肉，沙勒克江就都知道了，等中午休息或店铺关门后便亲自拎着肉给这些生活不方便的人送去。"好人沙勒克江"和"放心肉店"的名声就这样在塔城慢慢传开了。市总工会了解到沙勒克江办肉店的事迹后，给予他表彰。

从此，用沙勒克江的话说，工会便成了他的"娘家"。这不，这回升国旗遇到了困难，他又想到了"娘家"。

"在你自己家里升国旗？！这事你想得太好了！现在我们就是需要你这样的在大是大非面前亮出自己的观点和立场的人。升国旗，就是爱国行动，彰显中华民族大团结的宣示，我们坚决支持你的做法！"市总工会领导一听沙勒克江的想法，立即表示支持。

"那天，我从总工会回来，就像抱了块金子一样高兴。两天后，他们正式给了我批复，允许我在自己家院子里升国旗。"沙勒克江说，他马上又召开了第二次家庭会议。

"别看升国旗这么件并不是太大的事，但它还真复杂呢！"沙勒克江说，"在我向周边邻居说起升国旗，希望他们也来参加时，有的表示很支持，有的不那么热心，甚至还有个别人说，在这个时候你这么做，会让人背后使暗枪的，要小心哩！也正是因为当时的形势很严峻，所以专门召开了第二次家庭会，就是想先统一全家人的思想，并要求每一个人动员起来，具体到第一次升旗必须不少于 20 人参加，也就是说，我们全家每人至少要动员 5 个人来参加我们的升旗仪式。"

在那次家庭会议上，沙勒克江说得非常严肃："这可不单单是我们家的事，升旗仪式成功与否，关系到我们这个社区是正气占主导还是邪气压正气的大是大非问题。也就是说，我们的升旗仪式一定要成功，除了我们全家人参加外，必须有社区和邻里来人参加，这才能算成功！"

家庭会议一下变得严肃起来。沙勒克江从未用如此凝重的目光看着全家人……他在期待亲人们的坚决响应和坚定支持。

"爸爸放心，我们坚决完成任务！"儿女们向沙勒克江保证。

"爷爷，我也带 5 个同学一起来参加！"小孙女苏比拉说。

"好，谢谢你们！谢谢我的苏比拉！"沙勒克江一击掌，好不高兴。

然后说:"我呢,去动员阿訇,他要来了,才是关键。"

经过全家人的努力,动员工作初步达到预定人数,20多个人中,有阿訇,有老干部,有街道干部,也有学校学生、邻居等。

"但为了保证升旗仪式顺利进行,来了的人都能留得住,而且还必须开开心心、顺顺利利地按照整个升旗仪式的程序来进行,并且争取这些人下次还能来,这就需要精心策划了……"沙勒克江为了这次升旗仪式能够顺利进行,可真是操碎了心。

他想:让那些孩子和老人来自己家,按照升旗仪式的正常程序,同时还要让大家畅谈爱国和民族团结一家亲的体会,至少得有一个多小时,那样就得给老人准备拐杖、给孩子准备玩具,为所有来参加的人准备早点和纪念品之类的东西。如果下雨,就得给大家准备雨衣等。最主要的是还要买国旗和播放音乐的录音机等。

"这都是需要钱的呀!"沙勒克江又犯难了。怎么办?

家庭会再一次开启。

"事情是我们发起的,绝对不能向政府和单位伸手,所以得我们自己想办法……大家有多少出多少吧!"沙勒克江向儿女们发话了。

"那个时候,家里有几个上班拿工资的,但那时工资低,平时都没有啥积蓄。"沙勒克江说。最后全家拼凑出了3800元。

一切都准备齐全。升旗的操作也练过无数遍。

"不行啊,爸爸,这是个大问题,必须解决的!"离国庆节升旗时间还有一两天了,儿子沙拉依丁满头大汗地向父亲报告。

"还有啥问题?"沙勒克江被儿子一阵咋呼吓得心脏怦怦跳。

"你看,我们的旗升上去了,可飘不起来呀!这多难看!"儿子指着旗杆顶端的国旗说。

"这个样不行!"沙勒克江仰头一看,也有些急了,问,"鼓风机马力不够?"

"不够。风力太小……"

沙勒克江一下急出了汗。

邻居"智多星"王福林说话了："学校有大鼓风机，放着几年没用了，去借借看！"

"快去，快去！"沙勒克江立即命令儿子。

"好！"

"你们家升国旗用？"校长开始一愣，等明白过来后，二话没说，"拿去用吧！"

"哎，谢谢啦！"

所有问题都解决了，只等这一年的 10 月 1 日国庆节早上……

"也可能越是快要到的时候，反而越紧张。国庆节前一天晚上，我和儿子两人反反复复把第二天一早的升旗仪式各个细节都来回几次进行了预演，感觉能想到的问题都想到了，儿子便劝我早点休息。可我一躺下就是睡不着。你说激动也是，你说紧张也是，主要就是怕中间出什么漏洞，这可是万万不能出现的事。看起来家里升一面国旗并不是啥惊天动地的事，可我觉得升好与升不好就不是一般的'家务事'了，而是跟'国家'二字连在一起，应该是大事，关键是影响太大。升旗这件事本来是为了宣示国家领土和新疆各民族团结的，不能因为过程出了漏洞而影响到这一主旨嘛！一面国旗承载着我们各族人民对祖国的态度与感情，绝不是小事。这样想得越多，心里就越怕出问题。我实在睡不着，就从炕上轻轻起来，披着衣服推开房门往小院一看，发现外面在下毛毛雨……哎呀，这下不好了！国旗万一被雨打湿，明天升旗的时候就无法升上去，升了上去也不好看呀！我就赶紧叫儿子一起起来，帮忙收卷起国旗！"

等父子俩用塑料纸把国旗卷起来包好时，他们的衣服也被淋湿了。

"爸，这回你可以安心睡一觉了吧？"儿子对沙勒克江说。

"知道，知道。"沙勒克江心想，国旗还没有升一回，我能安心踏实睡着吗？

第二天一早，约定的是7点举行升旗仪式，但6点不到，沙勒克江就把全家人都叫醒了。"根据昨晚的分工你们各就各位啊！动作不能迟缓，要多检查几遍。特别是负责早点的，量要够，不能凉了，也不能太烫了。雨伞先准备好啊……"沙勒克江简直操碎了心，但他仍然害怕哪个地方没有叮嘱好，所以一遍一遍地催着家里每个人检查好自己负责的那一项事务，直到确认万无一失后，他才点点头去了门口……

沙勒克江最担心和最期盼的事就是：看谁来了，谁来得最早，谁应该来的而为什么没有来，而想不到谁却也来了……"啥叫七上八下、忐忑不安，这一天早上我算是全品味到了！"沙勒克江谈起第一天升旗的事，这样感叹。

"早啊，我的好兄弟沙勒克江！"第一个来的是王福林老哥，他比沙勒克江年长好几岁，他们是同住一个社区的好哥们儿，听说沙勒克江要在自己家里升国旗，他是最坚定的支持者。"今天是第一天升旗，我必须争取第一个过来嘛！"王福林说。

"太好了，我的老哥哥！"沙勒克江真诚地拉住王福林的手就往小院走。

之后来的是几位社区干部，他们来得早是有双重"任务"的：一是看看沙勒克江升国旗这事到底做得咋样，二是看看效果如何。

"沙勒克江大叔，我们把你升国旗的事跟几位领导一汇报，大家都说你做得对，要求我们全力支持你呀！"一位社区干部说。

"谢谢，谢谢！没有你们的支持，我沙勒克江就会做不好的。请领导们指导……"沙勒克江几乎把心都捧了出来。

"爷爷早上好——"几个系着红领巾的学生像欢快的燕子似的"飞"到沙勒克江身边，向他报到。

"好，好。爷爷给你们准备了各种玩具，你们先玩，等一会儿再参加升旗……"沙勒克江忙拿出准备好的玩具给小朋友们。

院子里一下子变得热闹起来。

"我们来啦！"

"欢迎，欢迎。快里边坐，坐……"

"哎呀，您老人家大驾光临了，我的小院真的一下子雨过天晴了呀！"沙勒克江看到阿訇也来了，赶忙上前引路扶其入小院……这个时候，整理一新的小院已经熙熙攘攘，欢快异常。

"儿子，音乐起——"沙勒克江看了看手表，再看看院子里该来的都来了，而且比预期至少多了一倍——计划的 20 人，现在起码有 50 多人了。看到这儿，沙勒克江异常激动地叫儿子沙拉依丁打开录音机，先将升旗的气氛烘托起来。这音乐与歌声一起，本来就爱唱爱跳的新疆人民，不管是老人小孩还是男女青年都欢快地跳了起来。

"好，今天是我们国家的国庆节，大家应该起舞、快乐嘛！"连阿訇都抖着胡须鼓励大家起舞。而这一切，也正是沙勒克江所期待的。

"现在请大家整理衣衫，准备参加升国旗仪式……"距正式升旗还有四五分钟时，沙勒克江宣布道。

"好嘞！""准备好了——"众人纷纷整理衣帽站起身来。

"时间到！现在开始进行升国旗仪式——"沙勒克江庄严地挺直身板，宣布道。

那一刻，一院子人虽然都是百姓，但今天有老人、孩子、男人、女人，而且他们中间有汉族、维吾尔族、哈萨克族、蒙古族、回族、达斡尔族等十几个民族的乡里乡亲，这让整个升旗仪式充满了代表性。

"请大家安静。现在放中华人民共和国国歌、升国旗——"沙勒克江仿佛使出了这辈子全部的力气高喊道。顿时，雄壮的中华人民共和国国歌在小院内响起——

起来！不愿做奴隶的人们！
把我们的血肉，
筑成我们新的长城！

中华民族到了最危险的时候，

每个人被迫着发出最后的吼声。

起来！

起来！

起来！

我们万众一心，

冒着敌人的炮火，前进！

冒着敌人的炮火，前进！

前进！

前进！

进！

歌毕，国旗正好升至旗杆顶端，一分一秒不差！

成功啦！我们升旗成功啦！歌声和音乐戛然而止的那一刻，沙勒克江注视着飘扬的五星红旗，热泪洒满了两颊……

小院内许多人都泪流满面。

"祝贺你，沙勒克江！"

"大叔，向你祝贺！"

"亚克西！"

"这个国旗升得太好了！"

人们簇拥着沙勒克江一家，无比激动地说着。

"第一次……"

"我也是第一次！"

"这个教育太让人心动了！"

"我们新疆是祖国的新疆！我们的祖国是我们新疆各族人民的祖国，我们爱祖国，我们爱新疆……"

人们相互交流和体会着第一次参加升旗仪式的心得，一个比一个激动。本来一个小时的升旗仪式和学习交流，结果整整进行了两个多小时，人们才依依不舍地离开沙勒克江的小院，并且打听着下一次升旗的时间。

"沙勒克江，你要提前告诉我们，我还要参加，还要让家里人、单位的人一起来参加。这个教育太深刻了……"道别的时候，大家纷纷向沙勒克江表达自己的心愿。

"一定！大家放心，这面国旗，从今天起，将会一直在小院上空高高升起、迎风飘扬的！"沙勒克江兴奋地宣布。

"好——祖国万岁！""新疆亚克西！"

从这一天起，沙勒克江家升国旗的事像一股春风迅速传遍了哈尔墩社区，传遍了塔城新城街道，传遍了塔城甚至更远的地方……也是从2009年10月1日那天起，沙勒克江家小院里的升旗仪式就再也没有间断过，至今整整13年！

"沙勒克江大叔，今天上午有两个单位的党支部要在你这儿举行升旗宣誓活动，还要请你讲解，能安排吗？"在我采访过程中，社区的工作人员过来问沙勒克江。

"有啥不能？让他们过来，我一会儿就去准备……"沙勒克江告诉我，现在他这儿已经是社区和许多单位的党员活动教育基地、学校的爱国教育基地，先后挂了十几块牌子，所以他现在不仅坚持每天升国旗，还要义务为前来举办教育活动的机关、部队、学校、街道、企业等进行国旗和革命传统教育。"忙得很哪！前些年，报纸没有宣传，而现在不仅有新疆其他地区的人来我家，全国各地的人都有来的。我现在就是一个全日制的国旗讲解员和爱国主义教育的宣传员……我很自豪、很光荣，没有想到退休后竟然干了一件受到大家拥护的事。"

在教育基地陈列室内，沙勒克江指着他荣获的各种大大小小的荣誉证书告诉我，他最感到光荣的是自己因为升国旗这件事，国家将他评为全国民族团结的模范，并受到党和国家领导人的接见。

"一面国旗，团结了本地区各民族人民的心，这是我终身感到荣耀的事……"沙勒克江说，他家的国旗升起后，一些曾经受过蛊惑的群众现在对中国共产党、对国家的认识完全提升到一个新的自觉意识的高度，他们相信党、热爱国家。"谁也别想再迷惑和欺骗他们了！"沙勒克江坚定地说，"自2009年升旗仪式以来，我们社区没有出现过一起背叛国家或破坏民族团结的事，大家心往一起想、劲往一处使，社区建设和人们的思想觉悟前所未有的好！"

采访的时候，虽然在沙勒克江家的时间并不长，但能感受到他家给这个社区、塔城这个城市所带来的"国旗效应"，肯定是沙勒克江自己所不曾想到的——

不断有单位来电、来人与沙勒克江商量什么时间有空，他们要来他的小院进行升旗仪式和党课教育、爱国主义教育……

活动一场接一场，除了沙勒克江家人忙碌外，社区的干部、像王福林这样的邻居，还有诸多老的、少的志愿者帮着沙勒克江忙里忙外地接待宾客。而到访者除了塔城和新疆其他地方的，还有好几拨是山东、广西、江苏来的。

"你们怎么知道沙勒克江家的事呀？"对我的问题，那些来宾笑了："报纸上、手机上看到的呀！所以我们就来了。"

"天安门广场也有升旗仪式，为什么大老远要跑到这儿来呢？"对我的第二个问题，他们的回答是："我们当然是顺便过来的，但我们觉得在边疆地区有位维吾尔族大叔为了国家安宁和民族团结而坚持升国旗的行为，实在可贵和不一般，所以我们就是来学习和感受这份不一样的可贵的……"原来如此。

"你为什么坚持十几年与沙勒克江一起升国旗呢？"在沙勒克江的好友、84岁的王福林家，我采访了这位曾经的边防老军人。

"我是老党员、老军人。过去在边防部队工作时，经常要代表国家处理一些与邻国之间的边境外交事务。那个时候通信落后，我们彼此有事就要以各自的国旗作为信号来进行国事接触和谈判等活动。而每一次双方接触又都必须高挂起各自国家的国旗……那种情形很是神圣，一直在我心中不能忘记。后来在政协开会时，听说沙勒克江在当时新疆形势非常复杂的情况下，决意在自己家小院升国旗，很受震动，觉得自己应该支持他，又看他家里人忙不过来，因此我就对他说：'老弟，我从此就跟你一起把这面鲜艳的五星红旗高高地升起来！'就这样，一干干到现在……"王福林自豪地说。

见了王福林本人后，感觉与他的名字有些对不上号，因为他的长相根本不像他的汉族名字。而且观其相貌，一个字：帅。

80多岁的人，竟然还那么帅，令人惊愕。

细一问，才知：原来王福林的父亲是回族，母亲是哈萨克族。

"我起的汉族名字，是因为在上学的时候，我上的是汉语学校。当时塔城的少数民族教师少，学校里的老师多数是从全国各地来的。当时为了方便，我的名字便随汉族同学叫法……"王福林的话，解开了我的疑惑。

其夫人也是少数民族，80岁了，同样用一个字形容：美。夫妇俩加在一起就是又帅又美，又有典雅的气质。这种相貌，也只有在新疆的多民族家庭里见得到。

就在我夸他们夫妇"洋气"的时候，他们却说："我们两个都是苦豆子的根——爱旱，生命力强……"

"土生土长的本地人？"

"是。而且爸爸妈妈及祖上的几代人都是这片土地上种地的农民，"王福林马上又接了一句，"塔城这个地方其实农业技术一直很先进的，所以边关与通商交易自古就很繁荣与热闹……"

看来塔城之美确实有其历史渊源，而塔城之美中人之美、农业之美是最突出的。

我们的话题又回到了沙勒克江家升国旗一事上。"他坚持了十几年，现在这么一大把年纪，还是坚持去……每次我要给他叫醒，怕耽误了升旗。"老伴这样说。

"我是甩旗手，这个动作在升旗过程中非常重要。"王福林说到这儿，从沙发上站起来，非常认真地给我做了一个甩旗的动作——哈，太帅了！老人家的动作非常标准且有力。

"我在电视上看着天安门广场上升旗的战士们的动作，学他们的。"王福林笑着说。

听沙勒克江说，王福林不仅一直帮助沙勒克江升旗，而且还多次出钱支持。"他不容易，一个普通退休工人，开始时像像样样搞一次升旗仪式是需要花不少钱的，又不是单位和国家做这样的事，都是自己掏钱。我和老伴比他家条件好些，所以帮过他几次……"王福林告诉我，他和老伴都是1980年入的党，"我们是党员，在新疆这个地方我们更应当起模范带头作用。现在年龄大了，只能做些力所能及的事。帮沙勒克江升旗就算是我们在老年时期继续夯实党性的一个表现吧。趁身体还硬朗，能做到哪一天就算哪一天吧！"

老人没有豪言壮语，但我能想象每一次升旗时他那标准有力的一甩，是多么潇洒、多么英气，又多么自豪与光荣！

这就是一个老共产党员的形象，一个中国老军人的形象。在国旗下，这样的老人可敬、可爱。

那天，当我们再次回到沙勒克江家的小院时，忙得满头大汗的沙勒克江说，这一天上午他已经为三拨人进行了国旗教育和爱国主义教育活动讲解，又接待了两批外地参观的人。我们走的时候，还看到几位当地老乡模样的人，带着西瓜和其他食品很亲热地跟沙勒克江聊天……

"他们是我们家的'老亲戚'。"沙勒克江说。

"其实都不是沙勒克江大叔家真正的亲戚，这些人都是沙勒克江和他儿子帮助过的当地老乡……他们家也是一个民族团结的大家庭。"社区干部这样说。

原来如此。

一面国旗，让沙勒克江和他的家名扬四方。据社区干部介绍，到目前为止，沙勒克江已经接待了 6 万多人次参加他的升旗仪式，他亲自给上的国旗爱国教育课达 500 多场。每一个到沙勒克江小院来参加升旗和听课的人，他都会送一面由他制作的小国旗以做纪念。

沙勒克江有几件难忘的事：2021 年 6 月 1 日，他到天安门广场参加了一次升旗仪式，并与国旗班的官兵们进行了一次交流。他的到来，也让天安门国旗班的官兵大受教育。解放军国旗仪仗大队教导员孔德玺说："沙勒克江大叔的精神可贵，他一家人远在祖国边陲，坚持每天升国旗，是一份对祖国的赤子之情，同时又以实际行动捍卫边疆的神圣与尊严，值得我们所有人学习。"

第二件是他儿子沙拉依丁出国旅游，在莫斯科红场拿出父亲制作的中华人民共和国国旗，引起众多俄罗斯朋友的热烈欢呼，纷纷索要五星红旗，表达对中国的友好。

"我最高兴的事是：我想通过升国旗这一形式，增强各族群众一家亲，这事在我这儿有了传承……现在我儿子也一直在做好事，我孙女也在学校当上了民族团结的小模范，这比我自己做还要高兴和幸福。"

沙勒克江的孙女在 2016 年被评为新疆维吾尔自治区"民族团结好少年"。

沙勒克江的儿子沙拉依丁是当地有名的医生，三十年如一日地照顾汉族瘫痪阿姨赵秀娥的事迹，与父亲沙勒克江升国旗的故事一样，早已在塔城大地传扬……

"我们全家共有 5 个党员，我老伴虽然去世了，生前也是预备党员。我们全家就是这面国旗的忠实守护者，王福林等数不清的邻居也都成了这面国旗的守护者。我们共同组成了一个坚强的阵地，只要这些人在，我们这个阵地就会在，并且永远让脚下的土地姓中国，属于中国！"今年 75 岁的沙勒克江目光炯炯有神，充满坚定。

现在，飘扬着国旗的小院越来越美，人气越来越高。而我知道，在这里，只要沙勒克江家的那面五星红旗一直在高高飘扬，他家的故事还将会更加精彩生动地继续演绎着，也会不断有新内容，如同塔城草原上那些美丽鲜艳的花朵一样，迎来一波又一波的美丽花潮……

第五章

名字里的密码

中华民族之所以生生不息，

其中一个重要原因就是各族人民之间具有不可分割的血缘关系。

祖先为我们留下了近 6000 个姓氏、56 个民族，

在如此繁杂的姓氏与民族之间，

每个家族、每个人，并不难找到自己亲缘的源头，

这也是为什么我们常说"中华民族一家亲"的道理。

一位叫"韩莲·韩兵"的姑娘，她的名字恰如一把钥匙，

为我们巧妙地解开了"中华民族一家亲"的基因密码。

新疆到底有多美？只有你深入到每一片土地的根须和末梢，走进千家万户后，方知其详。粗粗地旅游一趟，看到和体味到的只能是浅显的山与水、景与物而已。深入其中，你获得的将是惊奇与惊喜——

新疆之美，贯穿于大自然，更贯穿于人世间万千众生的生命之中，蕴藏在生命所呈现的精彩之处。

比如，那里的姑娘，不管是哪个民族，她们长得都很美，都善舞，又都开朗且温柔，这是最讨人喜欢的，也最容易让人爱上她们……

这种纯洁的爱，遇上了一首好歌，就会感染所有的人。所以来到塔城后，我当然也喜欢上了《塔城姑娘》这首歌——

> 天山的雄鹰载我来这里
>
> 这里有我心爱的姑娘
>
> 我停下脚步，收起翅膀
>
> 只为捧起你脸庞
>
> 塔尔巴哈台的花香衬托着你的芬芳
>
> 让我陶醉在这里，卧看夕阳
>
> 漫天的繁星也亮不过你的眼睛
>
> 让我在你的眼波里永远徜徉
>
> 甜甜的酒窝诉说着故事
>
> 软软的唇含着丁香

石榴花开

如璇花般纯洁飞扬

似巴扬般低婉吟唱

楚乎楚的泉水也浇不灭我对你的爱

伟人山下美丽的姑娘

……

美妙的歌曲加曼妙的舞蹈，由美丽的新疆姑娘和小伙子一唱一舞，那种激情的现场感能让人七情六欲酣畅地勃发。然而倘若在歌声和舞步消失之后你再随当地人走进他们的家庭与生活，你才会真正发现有趣的奇妙之事还远在后头……

"你叫韩莲·韩兵？"

"是。我叫韩莲·韩兵……"

姑娘这么回答我，我便愣了，因为也算"见识颇广"的鄙人，却彻底不明白眼前这位哈萨克族姑娘的名字为什么是这么叫、这么起的！

"那你是什么族的？"

"我是哈萨克族。"

"哈萨克族不都是'艾克拜尔·米吉提''库尔巴特·乌来曼'什么的嘛！"在我的单位，新疆籍同事艾克拜尔·米吉提是与我共事多年的好友，他是哈萨克族，所以从他那里也知道了哈萨克族的人名一般是从父亲那里传承过来的，而且通常是父亲的名字放在后面，前面的是自己的名字，比如老艾的名字中"艾克拜尔"是他自己的名，后面的"米吉提"是其父亲的名，维吾尔族也差不多是这样的。

一看他们的名字，熟悉新疆少数民族的人能马上分出是哈萨克族还是维吾尔族或蒙古族的，他们的名字特征非常明显。然而当"韩莲·韩兵"的名字出现在我面前时，完全把我搞蒙了——"你到底是哪个民族？"这不仅仅是好奇，因为我猜测"韩莲·韩兵"名字背后一定有许多有趣的故事，且一定是民族团结的故事，当时我的直觉就是这样。

她笑了，说："哈萨克族呀！"

"你爸爸妈妈都是哈萨克族吗？"

她说："不。我父亲是，我母亲是回族。"

"那你随父亲名？"

"是。"

"你父亲的名字叫什么呢？"

"韩兵。"

我脑子开始飞速旋转起来：韩莲·韩兵的爷爷奶奶可能是汉族和哈萨克族的结合。"是这样吗？"我问。

"你猜对了。"韩莲·韩兵连连点头。

"这里各民族联姻的多吗？"我小心翼翼地问，生怕哪儿说错了。

哪知，韩莲·韩兵大大方方地告诉我："多。我们老韩家就是一个典型，从我爷爷奶奶算起就是4代、83口人，是由汉族、哈萨克族、维吾尔族、回族、蒙古族、俄罗斯族、塔塔尔族共7个民族组成的大家庭……"

"太奇妙了！能到你家里去看看吗？"我问。

"能，太能了！"热情好客的韩莲·韩兵立即发出邀请。

那天，塔城文联和宣传部及街道的干部听说后，都跟着我一起到了老韩家的"老五"家，也就是韩莲·韩兵的三姑姑家。

"欢迎！欢迎！快进屋，进屋！"在塔城的一个社区，我们来到了一个民族大融合的大家庭——当地人叫老韩家。

我们一进去，看到宽敞的客厅里已经坐满了人，男女老少穿着各种鲜艳服饰……而最惹人眼馋的就是两张大桌上放着各式各样的鲜果与主人自制的精美食品，气氛格外温馨暖融。

"来，来，我先把我们这个大家庭的成员向尊贵的客人介绍一下……"主人——韩家的老五、韩莲·韩兵的姑姑出面将全屋子站着的、坐着的，还有被抱在怀里的一一向我介绍，但我根本就记不住，因为人太多，加上名字一串串的，又一会儿这个是哈萨克族、那个是维吾尔族，他是蒙古族、她是回族，总之估计得用三天时间才可能搞清这一家人的民族与他们的名字——太有意思的一家了！

一阵又一阵的笑声之后，老五说："还是从我父母的结合说起吧，不讲他们，咱这个'民族大团结'的故事就没了头绪。"

"是，是，尤其对我来说，即便你理得清清楚楚，我可能仍然糊里糊涂……"如此复杂的家庭关系，也是我职业采访几十年里头一回遇见，所以说出这话也算是有些恳请对方的意思。

"好，好！"自从走进这个家，笑声就没有断过。除了我弄不明白"张三李四"外，更多的是享受着这个大家庭其乐融融的氛围。

老五的名字叫达吾列提汗·加木沙甫，实际上是老韩家的第三个女儿，她上面有两个姐姐、两个哥哥，下面还有一个弟弟、一个妹妹（其中老八韩涛早年病逝，留下一个女儿）。"那我们就先从'老韩'讲起吧……"我说。

"对，对，我们家奶奶是绝对权威，没有她就没有这个家……"被子孙后代们称为"奶奶"的人引起了我极大兴趣。

"就是她，我们家的'皇太后'！"韩莲·韩兵抢在前面，把一张有些发黄的黑白老照片拿给我看，上面是一对年轻夫妇。男的很明显是哈萨克族，魁梧彪悍又帅气；女的则是位标致的汉族姑娘，但她的眼睛和头发又有些与纯粹的汉族人不同。"我奶奶其实是有点俄罗斯血统……"韩莲·韩兵的话解开了我的一丝疑虑。

"我爸和我妈的事还是我来讲吧！"达吾列提汗显然是如今的老韩家的"主角"。她向我娓娓道来："我母亲韩桂芬，祖籍天津杨柳青（又一个杨柳青来的，我感叹而惊奇，甚至冒出一个'有机会写一本杨柳青人在新疆的书'的念头）。她自己讲是与姐姐一起到的新疆。至于她们为什么到的新疆，大概与历史上杨柳青人'赶大营'的传统有关。我母亲的父母到底什么情况和我爷爷奶奶是不是也来过新疆，母亲在世时提得不多，但母亲确实说过她们的爷爷辈上有俄罗斯血统，因为当年随左宗棠到新疆的杨柳青人来过中俄边境，甚至到过沙俄时期的俄国。"

"我们韩家的历史可以写成一本书。"围坐在桌子旁的老大、老二插话说。

"我们的母亲当年先到了阿勒泰，最早在吉木乃县落脚。后来参加了革命，是游击队的护士。她随队伍一路从阿勒泰的吉木乃打到和布克赛尔，就成了塔城地区的人……"老五继续讲述，"我们的父亲是英雄的哈萨克族战士，早年受俄国十月革命影响参加革命，并且身经百战。父亲的名字叫加木沙甫·巴合贴尔，他是我们母亲队伍里的军官，受伤后得到了当护士的母亲的关照，他们就是在这样的情形下恋爱了……1950年，他俩随部队一路到了现在我们这个家所在的和布克赛尔，就在这一年他们结婚成家。我父亲当时是这个县的第一任公安局局长，长得帅，又很威风，是标准的哈萨克族。母亲因为早年来到阿勒泰，后来又跟父亲结婚成家，所以她的哈萨克语讲得非常流利，他们年轻时在我们这里是很出名的汉族、哈萨克族结合的夫妻，给新中国的新疆人也做出了榜样，新中国成立以前新疆少数民族与汉族人结婚的也有，但很少。我们的爸爸妈妈做了很好的榜样，那个时候是1950年，加上妈妈特别能干，所以大家渐渐地把我们的家说成是'老韩家'——妈妈在家里威望高着呢！"

说到这儿，老韩家的后代幸福和自豪地大笑起来。

"从你们父母开始，对你们的婚姻有没有限制，比如民族问题……"这是我比较关心的。如果能把一个个家庭建设好了、一个个不分彼此民族的家庭建设好了，还用担心民族团结问题吗？

"我们的爸爸和妈妈都是参加新疆和平解放的革命老战士，他们的思想开放，同时也深知民族之间的联姻对新疆有多重要，所以从他们自己的结合就为我们后人和周围人做出了榜样。后来我们这些孩子长大后，在父母的支持下，完全是自由恋爱。比如我这个老大就先带了个头，找了个湖北的老公，汉族人；老二，我第一个妹妹，找的是回族；我的第一个弟弟、家里男孩子中的老大找的是撒拉族；老四也是找的回族；老五嫁给了哈萨克族丈夫……所以从我父母和我们姐妹兄弟来看，是完全彻底的自由恋爱，根本不分哪个民族的。"老大指着第三代的韩莲·韩兵说："到了他们这一代也是，没有哪个家长对他们的恋爱和结婚对象的民族问题提出过异议。"

"那么生活习惯和语言方面的问题怎么解决呢？不会有矛盾吗？"这同样是我感兴趣的。

老二说话了："我们那会儿谈对象，大家都是在一个单位或者一个大集体里生活，相互之间的语言就自然而然能够从最简单的单词开始理解，到成家后彼此都能说对方民族的语言了。生活习性和风俗就更不用说了，天天一口锅里吃饭、一个被窝里睡觉，哪还有不能融合的嘛！至于小矛小盾，哪家都免不了，同民族的也会有的。但我们'老韩家'在父母的言传身教下，倒是很少听到哪家吵吵嚷嚷的。即使偶尔有一两次，要是被我们姐妹兄弟知道了，全家人呼啦一过去，啥事都烟消云散了……是不是，你们说？"

"是……哈哈……"又是满屋子的欢笑，甚至还有的开始扭起身子跳起舞来了——

　　　今天实在意外

　　　为何你不等待

　　　野火样的心情来找你

　　　帐篷不在　你也不在

　　　嘎俄丽泰　嘎俄丽泰

　　　我的心爱

　　　我徘徊在你住过的地方

　　　……

这是哈萨克族著名民歌。老韩家的几代人、不同民族的家庭成员都能共唱共舞，仅凭这一点，就可以看出这是一个多么和谐与幸福的多民族大家庭！

如此一个其乐融融、聚在一起总是欢声笑语的多民族大家庭，它就像社会的原生态基因，是构成我们这个社会和时代最牢固与坚实的稳定因素。那么它的密码是什么呢？我特别想探究。老韩家给了我这种探究的机会——它很神秘又很接地气，还很有趣。

不在乎民族身份，选择自己的爱人组成家庭，这在老韩家身为爷爷奶奶和姥爷姥姥的韩桂芬和加木沙甫那一代做出了榜样，这个榜样至关重要，是一种示范和带头作用，它对后代具有极强的现实示范和榜样的意义。新疆能够在新中国成立之后的几十年间一直稳定，民族之间保持凝聚团结且在任何时候都无法将之动摇、分裂的原因，就是有千千万万的"老韩家"支撑和编织着一张民族大团结、爱国又爱党的社会基础网。

老韩家的这种民族大融合所组成的传承"基因"，不仅以家庭形式实现了有效的组合，而且又通过"名字链"——我给它起了这样一个词——将一代又一代人传承至未来……这也是我对"韩莲·韩兵"这样的名字格外感兴趣的缘故。

"看起来就是我们的一个名字，其实饱含了我们的爸爸妈妈他们那一代对后代和我们整个家族所抱有的希望与期待，那就是希望我们永远对祖国和党、对新疆有不可动摇的深厚感情……"老大（韩桂芬的大女儿）韩红说，她的名字的由来，就是她的父母生她的时候是新中国成立不久、五星红旗在新疆大地上高高飘扬着，那是一个全新的社会主义新疆，所以她的母亲非常坚定地对丈夫加木沙甫说："随我姓吧，孩子的名字就叫韩红。"加木沙甫是哈萨克族，是当地公安局局长，听后马上说："好得很，韩红，她又是我们哈萨克族的女儿，她的名字全称应该叫'韩红·加木沙甫'。"

这对盛开"民族之花"的年轻夫妇幸福地大笑起来。

因为习惯性叫法，所以大女儿后来一直用"韩红"作为自己正式的名字，档案和户口本上都叫"韩红"。

韩红找的对象是汉族人，但韩红的民族成分保留了哈萨克族。

她的儿子叫李刚别克。可我发现，李刚的父亲——也就是老大韩红的丈夫是汉族人，并不叫"别克"，那么李刚的全名"李刚别克"中的"别克"是何意呢？

"帅气的意思！"我在写书时才发现这个新问题，于是微信上请教韩莲·韩兵，她给的回答是：别克在哈萨克语中即"帅气"的意思。

哈哈……原来这个家庭的名字里的奥妙还真不少，有趣着呢！

老韩家的老二也是个女儿，所以依然取"韩"姓，叫韩要武。

女孩叫"要武"？

"受毛主席一首'不爱红装爱武装'的诗影响，所以爸爸妈妈给我取名'要武'。其实我在家里也始终没有'扬威'呀！"老二对着身边的人这样说，惹得全家又是一阵大笑。

在这个欢声笑语此起彼伏的老韩家，其每一个派生出的"小家"里都充满了民族团结的故事。

老大说："爸爸和妈妈当家的时候，好像立了一个规矩：生女的，以姓韩为主，所以我们前面两个女儿都姓韩，分别是韩红和韩要武。但后面的三个妹妹又出现了新情况，不姓韩了，一个叫达吾列提汗，一个叫麦兰，一个叫库兰……她们就很'哈萨克'了！"

"为啥？"我好奇地问。

"妈妈说国家改革开放了，我们家也要与时俱进呀，所以要让女孩子的名字取得更好听、更民族，寓意更好些，所以一个叫达吾列提汗、一个叫麦兰、一个叫库兰，在哈萨克语中，'达吾列提汗'有'国家兴旺'的意思，库兰和麦兰是'喜庆'的意思。"老大说。

"到了老八，我奶奶又把'韩'姓安在了最小的儿子身上，取名为韩涛。可惜我小叔叔去世早……"韩莲·韩兵补充道。

说到老八，气氛略显沉闷了片刻。稍后，老大韩红接着说："我妈也很注意维护和继承家庭的传统，她很给我们爸爸面子，所以在生下两个儿子时，一个完全按我们爸爸哈萨克族的习惯起的名字，大弟弟叫阿依别克·加木沙甫，他是老三。二弟出生后呢，爸爸就说了，以后儿子是要在家给我们二老养老送终的，因此小儿子就随你姓韩吧，叫韩兵。这样，就有了我们家族里在组织部当干部的'韩莲·韩兵'这个名字。她是我们全家的骄傲，先进共产党员。"

原来"韩莲·韩兵"这名字是这么沿袭的呀！此时，老韩家人和我一起冲组织部干部韩莲·韩兵笑着，姑娘的脸通红。

韩莲·韩兵的爸爸妈妈就坐在我身边。父亲韩兵说，他与妻子（韩莲·韩兵的母亲）是在兵团工作时认识的，韩兵当年是文艺青年，乐器手，加上又是帅小伙子，兵团姑娘米桂兰看中了他，追得很厉害，后来两人就结婚了。米桂兰是回族。她说开始时有些顾虑，因为她得知韩兵是哈萨克族，而且韩兵的母亲又是汉族，到这样的家庭生活是不是容易产生矛盾和有不少麻烦？但过门后，完全出乎米桂兰的意料，她说："我进了'老韩家'后发现，这个大家庭里，没有任何所谓的民族方面的问题，相互之间特别和睦、彼此谦让，特别团结。"故而她很快融入了这个大家庭，几十年了，米桂兰感到特别幸福。她女儿韩莲·韩兵也长大成家了，女婿苏文青也是回族，回族身份的丈母娘米桂兰自然特别喜欢女婿。

"我们自己的小家非常美满和幸福……"从米桂兰和韩兵的精神与气色上，就能看出这是个十分幸福、健康和美满的家庭。

"你看看我的身份证……"这时韩莲·韩兵拿出身份证给我看。我笑了，因为这是我第一次看到中国公民中竟然有这样的名字。

它确实令人浮想联翩。在中国汉族的姓氏习惯中，名字里不可能出现像她这样的"两个"姓名重叠在一起的名字，而且一个女孩子竟然会又是"莲"、又是"兵"的……第一次在新疆塔城遇上这样的奇妙姓名，无数次令我笑出声，笑天下之大无奇不有，笑新疆大地上处处有精彩的事儿，笑一个民族和睦的社会里，名字也如此出彩！

"韩莲·韩兵"的名字和它背后隐含的东西太多太多，老韩家的故事生动而又非常自然地解释了新疆永远是祖国——中华人民共和国的伟大疆域。一个有意思的名字，甚至诠释了中华民族大家庭的团结祥和之源。

"我们的奶奶是1983年去世的，爷爷是1997年去世的，他活了85岁……"韩莲·韩兵说。

"我们从小就接受了父母热爱国家、热爱身边每一个人的教育，尤其是他们经常教育我们要善待所有我们认识和不认识的人，长大后要好好为人民服务，为建设新疆做贡献，"老韩家的三女儿达吾列提汗深情地回忆道，"我们的两个哥哥都上了汉语学校，他们在家又都说哈萨克语。妈妈也是这样，她在工作单位讲汉语，回到家就说哈萨克语，因为爸爸的汉语不是太好，但在她的影响下，我们所有的姐妹兄弟说汉语都说得很好，因此在外面工作就非常方便，能够发挥不同民族语言和民族同志的作用，这都是爸爸妈妈在家庭里对我们熏陶的结果……"

老二韩要武接话道："有一次我们几个姐妹放学回家的路上下起了雨，突发的洪水阻断了我们回家的路。当时洪水相当急，妈妈在河的对岸又着急又没办法，她看着我们姐妹几个手拉手地朝她这边的河岸走时，一边呼喊着让我们'小心，小心'，一边又鼓励我们勇敢地往前走……等我们过河那一瞬间，妈妈抱住我们几个，哭了起来。那时我还小，不太懂得妈妈为什么在我们过河后反倒哭了起来，其实她的心一直悬着……她当时说的一句话我至今仍记着。她说：'干什么事大家团结携手太重要，干什么事都要记住这一点。'所以长大后，特别是参加工作之后，尤其在涉及民族问题时，妈妈当年的一句话给了我终身的教益，让我懂得任何时候都要团结，遇到困难要携手战斗。后来我们自己有了家庭也是这样，将妈妈爸爸的好传统向下一代传承。"

在这个欢快、幸福与和谐的大家庭，我们待了近半天时间，似乎还有很多有趣的"密码"有待解开……似乎又有永远解不完的秘密。而我发现了其中又一个有意思的"秘密"：自老韩家组成之后，不管父母是哪个民族的，其子女除名字有自由选择权外，在民族成分上也可以充分地自由选择。比如老二韩要武选择的是哈萨克族，她丈夫于清明是回族，其儿子于忠俊选择的是回族，儿媳苟玲是汉族，于忠俊和苟玲的儿子则选择了回族。韩要武的大女儿于忠霞则并没有与哥哥一样选择回族，而是随了母亲韩要武的哈萨克族。于忠霞的丈夫卢祥是汉族，其子卢奕熙则选择了汉族……当我问及所有这些奇妙的无规则地选择民族成分里面到底有何用意时，他们都笑了，说，没有任何用意，就是"一时的爱好"而已。

"其实根本没有在乎自己是什么民族，只知道我们是中华民族！户口簿上、身份证上填写这个民族、那个民族很随意，真的没有多想过，如果说想到一点的，可能是想到了自己如何追随父母一点点民族根脉而已……"不知是谁家的女婿还是儿子说了这样一句话，大家都点头表示赞同。

从老韩家出来一直到我回到北京至今，只要一想起"塔城纪行"，就会想到"韩莲·韩兵"，想到这个留给我一串串有趣回味的老韩家的采访场景——那是多么温馨、多么惬意、多么解惑的一次记忆。

被"韩莲·韩兵"的名字吸引之后，我开始着意关注了一下相近的新疆人"名字里的秘密"，结果发现类似的情况比比皆是，而且每一个时期都有不同的奇妙名字出现。比如：新中国成立初期，有"红旗·买曼提""跃进·吉提米"等，再往后一点的年代，就是"红旗"和"跃进"的后一代，出现了"向阳·红旗""自力·跃进"等。再后来甚至出现了更有意思的名字，比如"向海·古尔图""国粹·曼热娅"……

这样的名字无不烙上了时代的印痕。如果我们把这些名字理解得简单化了，那绝对是错的和片面的，因为汉字对汉族人来说，可能觉得很浅显，然而在新疆少数民族人民的心目中，这样的词语代表了国家的伟大、中华民族的发展与时代的风尚，可以说是时下和未来人们追求的风向标，也可以理解为他们的一种信仰、一种意志、一种向往。汉字是国家通用语言文字，对各族人民来说都是神圣的，因而他们用汉字为自己起名字，既是一种向往和追求，更是一种从心底里希望将自己的命运和整个人生置于伟大的中华民族和蒸蒸日上的社会主义发展大潮中去学习、追溯和奉献，并且期待在其中获得生命的光芒与荣耀……

也许塔城的朋友觉得我对"韩莲·韩兵""向阳·红旗"等这样具有时代烙印的名字特别感兴趣，所以在离开塔城之时他们又给我介绍了一位汉族"革命汉"和一位哈萨克族"革命汉"之间的民族情。

汉族"革命汉"原名叫杨兆辉，是位退伍军人，家住塔城市区。这位在部队入党的汉子2012年生了一场大病，在乌鲁木齐的一家医院治疗，三个多月意识不清。妻子任菊琴对丈夫精心护理，加上杨兆辉积极配合，病情渐渐好转，后来杨兆辉坚持锻炼，努力工作，在工作岗位上表现出色，成为优秀共产党员，所以在群众中留下了"革命汉"的美名。

有意思的是，这位在市新资公司工作的汉族"革命汉"与市郊阿西尔乡江木尔扎村民杨志雪是好朋友。杨志雪在一次聊天时跟杨兆辉说，他们村里也有位"革命汉"，是哈萨克族，可惜这位1967年出生的"革命汉"前年因病去世了，留下妻子沙尔塔那提·阿了甫拜和三个女儿，其三个女儿随父亲名，所以名字里都有"革命汉"，比如二女儿叫娜扎尔克·革命汉，三女儿叫吐尔古丽·革命汉。

"她们的父亲名字真叫'革命汉'？有意思。"我听后笑了，把"革命汉"作为自己的名字也确实比"韩莲·韩兵"更直接地表达了革命性啊！

"哈萨克族的革命性非常强，所以在20世纪六七十年代出生的男孩子有很多起的名字就是'革命汉'。正是因为这样一批'革命汉'，才使得江木尔扎村的三个女孩子的名字里也有了'革命汉'的字样……"文联的同志一解释，似乎也让我明白了这些有趣的名字里面的故事。

当杨兆辉这位汉族"革命汉"出现在江木尔扎村之后，又演绎了一段汉族、哈萨克族人民之间的"革命汉"情谊，着实令人称道。

有人说，从部队的革命熔炉中成长起来的杨兆辉经历那场大病之后，他和妻子两人的精神境界发生了一种质的飞跃。以前杨兆辉也是处处以身作则、各项工作做在前的先进的"革命汉"形象；但病愈后，他比以前更升华了一个境界：以帮助他人为乐。有人问杨兆辉："你咋有了这般悟性？"他回答得并不深奥："我在生命垂危时得到了众人的帮助，才彻底明白了一件事：过好和活好一辈子虽然也很重要，但你如果能把关心他人、帮助他人作为一件乐事，你的人生可能会更丰满和变得有意义，你就知道以后如何做人了。"正是这种彻悟，让大病之后的杨兆辉这位"革命汉"进入了一个新的人生境界：尽己所能帮助别人。

杨兆辉到江木尔扎村之前，听人介绍那位不幸失去丈夫革命汉的沙尔塔那提，她的三个女儿除了老大已出嫁以外，二女儿和三女儿接连患重病，生活一下子陷入绝境。一个家庭在短时间内接连遭遇如此多不幸，实属罕见，其艰难可想而知。杨兆辉得知后，就想着自己要去帮助这母女三人。他把自己的想法告诉了妻子。妻子任菊琴不仅贤惠，还是位热心人，她对丈夫说："你怎么想就怎么去做，我完全支持你。"

"太好了！"就这样，杨兆辉与妻子带着几大包东西来到江木尔扎村，来到沙尔塔那提家，告诉她："从现在开始，我俩就是你们家的亲人，你们家的所有困难就是我们家的事，让我们一起来帮助解决……"随后就把带去的东西和一沓现金交给了沙尔塔那提。

"你们、你们这么好……叫我说什么呢？"沙尔塔那提激动得不知如何表达。

"什么都不用说了，我们现在是一家人了！"杨兆辉的妻子任菊琴更是上前紧贴着沙尔塔那提，说，"姐姐，我们现在最要紧的是赶快找好医院给吐尔古丽和娜扎尔克治病，不然就是对不起革命汉了……"

"嗯嗯！"沙尔塔那提顿时流下热泪。

就这样，一个哈萨克族家庭的"革命汉"走了，另一个"革命汉"走了进来，并且倾心倾情地帮助沙尔塔那提到处联系给两个女儿治病的医院，经过一段时间的治疗，沙尔塔那提的女儿吐尔古丽、娜扎尔克都恢复了健康，重新回到温暖的家。

那天，杨兆辉又一次出现在沙尔塔那提家时，两个女儿欢天喜地地上前一左一右挎住杨兆辉，连声欢呼起来："我们的'革命汉'爸爸又回来了……"杨兆辉也开心地笑了起来，说："可不，我就是'革命汉'呀，你们的爸爸嘛！"

"爸爸！""爸爸！"

"哎——"

在江木尔扎村传颂的"革命汉"的故事和他们名字背后的"密码"，其实与先前我所遇见的"韩莲·韩兵"及无数个"向阳·红旗"一样，他们的名字所隐含的"密码"具有丰富的内涵，都是新疆人民发自内心的对祖国、对中国共产党、对中华民族大家庭的热爱和认识，也是具体的行动与信仰。如果能把这些名字里的"密码"编排成程序，那一定是异常恢宏的色彩，宛如奔腾的长江般流淌于中华民族大家庭体内的一股股热血，也若坚固万里边疆国土的钢铁长城，当然也是最强盛的生命血缘和生命凯歌！

所以，如"韩莲·韩兵""向阳·红旗"和"革命汉"等这些名字里的"密码"，珍贵无比，是中华民族大家庭的原始基因……

它们诠释着中华民族永恒与可贵的石榴体基因细胞。

第六章

老兵，
你让我流泪

——

历史以血的教训警示每一个国家：

你的每一寸土地，你的领土完整，

是英雄的人民和人民的英雄用生命捍卫的。

所以，对戍边英雄的尊敬与关爱，

是每个公民的义务和责任。

老兵张秋良的故事为我们做出了丰碑一般的榜样。

天山北麓的那片戈壁太大，望不到边际。戈壁上的风沙更大，可以让奔驰的汽车像一叶颠簸在海浪中的小舟般摇晃……

那座山，名为北阳。在山脚下的那片光秃秃的乱石旁，我们彼此举起右手，向对方敬礼，然后握手——这是战友间的见面礼。

与传说中的"天山老兵"张秋良就是这样见面和认识的。在一个少数民族居多的村庄，有一户汉族人在其中居住，本身就很稀奇。张秋良到这里，更是个传奇，他现在的家和他曾经服役的部队就相隔一条马路……在曾经也是军人和访问过无数军人的我看来，像张秋良这样的经历全军可能是唯一的一个。

而他的故事也因此特别耐读——

"你也是76年兵？"

"不，77年的……"

"哈哈……差不多，是真正的战友。差一年入伍。"

"不对呀，你小我好几岁，怎么可能与我只差一年入伍呢？"一算，我觉得奇怪了。

他笑了，说："我是陕西人，当时家里特别穷，我就像一根杨柳条似的蹿着往上长，个头够了，但体重不足……体检现场我就跑步到一口井边咕噜噜地灌了通冷水，恰被接兵的首长看到了，问我，为啥喝这么多水呀？我傻傻地回答他：'俺体重不够。'他左看右看，围着我身子转了一圈，然后拍拍我肩膀，问：'真想当兵？'我立即回答：'真想。''为啥？'他又问。我说：'保家卫国，还能吃饱肚皮。'他的眼里顿时闪出泪花，点了点头。后来我就应征入伍了……"

1977 年，就这样他从陕西到了现在他家所在的地方——新疆边陲的沙湾，成为部队的一名士兵。

6 年后的 1983 年，他退伍回到老家。次年与本乡的一位姑娘结婚。蜜月刚满，他对新婚妻子说："我要回老部队那里去。"

"干啥去？"新婚妻子问。

他说："部队驻地附近的村上有一对无儿无女的老人需要人照顾，我放不下心，我在部队时带着学雷锋小组经常去老人家里，现在一走心里不踏实。最主要的是，山弯弯里有 7 位烈士的墓地也缺人照看……"

"那你早去早回，我在家等你回。"妻子说。

他愣在原地，两眼盯着新婚妻子，只看着，不说话。

"咋啦？是要去好些日子？"妻子以为。

他摇摇头，还是不说话。

"你这人！"妻子"噗"地捂住嘴，差点笑出声，说，"舍不得新婚热被窝，就早点去，赶紧回来。"

他终于开口了，说："不是我一个人去，是带着你一起去。"

新婚妻子愣了。

他又说："我们一起去了就在那里住下，安个家，不回来了……"

她惊呆了，怕听错了："啥？去了不回来？家都安在那个地方？"

他连连点头："是，是的。"

她顿时瘫坐在炕头，眼泪像断了线的珠子，"哗哗"地往下掉……"那儿是天堂还是花园？"

"是戈壁沙滩。"他说。

"啥戈壁沙滩？"没有出过远门的她不知戈壁沙滩啥样，只想着要真去了就该有个自己的院子、自己的地，好种田、好生娃……于是便说："那能不能有块地，稍大一点的？"

这回轮到他兴奋了："有，我保证，很大很大，你要咋大，俺就给你圈多大的！"

她脸一羞，破涕为笑，说："不早说嘛！跟你去。"

小夫妻俩就这样背着一床新婚棉被和4个装着生活用品的麻袋，从陕西老家来到天山北边的沙湾县卡子湾村。那天到的时候天已黑，他带着小媳妇来到一户垒着泥土围墙的小院子前停下，说："到了。跟我进去见爹娘。"

"咋，你这里也有爹娘？"小媳妇惊得不轻，忙问。

他笑了，解释："没跟你说清。这家的犹培科大伯和张秀珍大娘没有孩子，以前我在部队时经常利用星期天带着学雷锋小组到他们家帮他们做些事情，两个老人就认了我这个干儿子。现在你是我媳妇，一起进去叫声'爹娘'吧！"

在陌生又遥远的地方，能有一声"爹娘"叫，也算是一份温馨的"家味"。第一个晚上，席地而睡的小夫妻俩冻得不轻。被窝里媳妇狠狠地拧了他一把："你到底还瞒着多少东西啊？"

"哎呀，轻点，轻点。俺啥都没瞒你，明天天一亮，就带你出去看看你想要的地……"他把被子掖住，对着小媳妇的耳朵根说。

"真的呀？那早些睡吧，我乏死了！"她说。

第二天一醒，她就扯着他的衣襟，轻声说："走，看看咱家的地去……"

"行。"他领着媳妇就往后山走，一直往前。

"这山上咋不像咱老家的黄坡地，咋不生一根草苗苗，也不见一根树枝枝嘛？"她奇怪地踢着地上绊脚的石子，问。

"这就叫戈壁沙滩。风大的时候能把这些石子吹飞起来。"他捡了块拳头大的石块说。

"俺不信。那不成了鬼风嘛！"她摇头。

他说："那就是鬼风。"

她怔怔地看了看他，半信半疑。

"不好，鬼风真的要来了呀！"突然，他看了看天边，说。

她顺着他指的方向看去，只见远处天边一个升腾着黄烟的巨大"罩子"朝他们站的地方压过来……吓得她"妈呀，妈呀"地大叫起来。

"快跑！"他拉起她的手，疾步躲到一处山窝里。

两人的脚步刚刚落定，整个天地便像一口倒扣的锅，飓风裹挟着地面上所有可以被裹挟的沙石杂物，如恶魔似的恣意地摧残着大地，仿佛重新测试每一寸土地的承受力。

这就是戈壁沙滩，说变脸就变脸。

"咋、咋这么吓人……"她躲在他的怀里瑟瑟发抖，连话都说不清。

"没事，习惯就好了。"他说。

"我、我咋习惯嘛？"这当儿，一块飞来的石头击在她的脚板上，疼得她一下瘫在地上。她哭了起来，眼泪不再是断了线的珠子，而是奔流的江河一般……

"好了，好了，你不是要看俺家的'地'有多大吗？起来起来，我带你去看看。"他连哄带骗地扶起她，朝已经平静了的戈壁深处走去。

他指指漫无边际的广袤大地，像个拥有万贯家产的地主一般道："只要你不怕双脚累，凡能跑到的地方，都可以是你的地、你的田……"

"你、你浪去！我不要！我只要屁股大的一块能种菜养鸡的地！"她说着说着，眼泪又落下来。

这回他的心软了下来，一把将她驮在背上，说："好，好，依你嘛依你，等我看完战友们就全都依你啊！"他一边驮着她吃力地爬着坡，一边往北阳山的另一个坡面走去……

她抹干泪，问他："你的战友在哪儿？咋一定要去看他们？"

他一边喘着气，一边细细地道来："他们7个人，都还没结婚，有两个原先有对象，后来也吹了，他们一直'躺'在这么遥远偏僻的地方，连家里人都不知道他们在哪，孤独的他们一直静静地'躺'在这片戈壁沙滩上，平时只有我们一些战友来看他们，如果我们再不来看他们，世上真的就没有人知道他们了……"

她越听越心里发毛，一直到全身发冷，问："他们咋牺牲的？"

他沉重地说："都是为了保家卫国守边疆而英勇献身的，有的是意外事故，但都是革命烈士。"

走着走着，他突然停步了，怔怔地看了一眼那山脚下的一片乱石滩……突然将她猛地一放，然后独自飞奔向那片刚刚被风暴"扫荡"过的乱石滩。

她远远地看着，又近近地追过去看着他发疯似的用手将几个被狂风吹得七零八落的"土堆"重新垒起，那样儿就像丢了魂一样难过……"对不起啊，战友！我、我来晚了！来晚了，我向你们检讨！我检讨！我要深刻检讨！我保证，从现在起，我再不离开你们！我保证不让你们再受苦遭罪……我保证！"

他一边垒，一边哭诉着；又继续垒，继续发誓……仿佛欲将自己的灵魂与肉体一起贴在戈壁上，与躺在地下的 7 位烈士融在一起。

"他们都是你的战友？"

"嗯。"

"他们都牺牲了？"

"嗯。"

"他们的家人都不知道他们在这儿？"

"嗯。都不知道。太远了，走不到这儿，所以我想陪陪战友们……"

她第一次看到他泪流满面、泣不成声。

她似乎开始有些明白他的心思了。她站了起来，凝望着无边无际的祖国边疆，也似乎明白了丈夫的这些战友为什么会静静地躺在这儿……

于是她蹲下身子，开始与丈夫一起用双手捧起石子和沙子，为战友的坟茔垒起一堆堆沙土，宛若给他们穿上整齐威武的军装……

慢慢地，他笑了，向她投出感激的微笑；

她也笑了，向他投出理解和幸福的微笑。

就这样，他们将小家安在了这片戈壁沙滩上，留在了这 7 位战友的身边……

我们现在应该知道他的名字了，他叫张秋良，如今沙湾县卡子湾村的复员军人，一位为战友守墓近 40 年的老兵。

我见到他的时候，除了家门口开设的那个"老兵驿站"小饭店和他时常穿的一套绿色旧军装外，他完全是一位地道的当地农民：黝黑的脸庞、已有明显驼塌的腰板以及操一口纯粹的"边关语"，他张秋良完全彻底地成了沙湾人。被他当作爹娘的犹培科大伯与张秀珍大妈也分别在他赡养 9 年和 13 年后善终，并被妥善安葬。

"我来的那一年，遇上全军大裁军，所以原部队的人都散了，这几个烈士墓地也失去了专人看管。我就更觉得应该承担起这份守护战友的责任，也从此开始做一个烈士墓地的义务守护人……"张秋良说他至今近 40 年，没有想过其他什么，只是感觉这些战友应该有人陪伴。

不用设想，看着张秋良一家住着简陋的屋子和这对当年的新婚夫妇如今都已满头银发的现状，就能猜得出这几十年来他们是如何过来的。

"这手指咋受伤的？"因为坐得近，我看到张秋良的右手小拇指是残的。

他说："这一带离边境近，社会治安一直比较复杂。我当了 14 年的村治安主任，抓各种坏人坏事不计其数。这手就是在一次押送一个小流氓时弄伤的……"张秋良说得简单，是因为他说这类事对他来说都是家常便饭。

在边远的戈壁沙滩上建个家不易，而要另外义务管理一片烈士墓地，这对张秋良一家来说，所遇的困难就更多了。

"靠什么呢？"这自然是我最关心的事。

张秋良向我伸出双手，然后一展双掌，说："就靠它们。我没有学过其他手艺，只会打土坯，就是家家户户垒墙的土坯砖……年轻的时候一天能打土坯 1300 块左右，一天挣上五六块钱，现在年岁大了，不过也还能打 1000 块左右的土坯。"

他的话，让我的眼前立即浮现起一位年轻复员军人挥汗打土坯的身影，那是怎样的日复一日的劳作！然而为了战友，这位老兵年复一年，从青春到壮年，再步入老年，如此默默地做着一件并不起眼却令人落泪的事……

每一个风雪交加、积雪没过膝盖的元旦、春节，张秋良都要带着烟酒与食品到战友墓前跟他们一起过节；

每一个夏日如火的"七一""八一"节，他都要带着党旗和军旗，到墓地唱《没有共产党就没有新中国》和嘹亮的军歌给战友听；

还有每一个"五一""十一"时，他都会来到战友的墓前，一一给他们祭酒、敬烟和烧纸，代他们的亲人祭奠战友们……然后是整理坟茔。

这些，是张秋良和他的家人每年都必须做的事，无论风有多猛、雪有多大，还是其他恶劣的天气情况，他从来没有空缺过。如果他外出或实在走不动时，他的妻子和孩子也会代替他完成他所要做的事。

从张秋良的家到烈士墓地需要翻越一段相当远的山坡与戈壁沙丘。几十年里，张秋良和他的妻子在途中摔过多少次、跌倒过多少回？膝盖和胳膊划破过多少道血痕？张秋良和他的妻子向我伸了伸他们的胳膊和双腿，我看到的是一道道宛若老树皮的粗糙裂痕……有些皮肉已经凝固成疤痕疙瘩。不用想象，便可知其当时的疼痛。

"有一次遇大风雪，走到半路，人就被雪埋在比人还高的丘窝里出不来，如果时间长了就保不住命了，所以必须想法爬出来。这一天我几乎就是爬着回到家的……这样的事几十年里发生多少回我都记不清了。但最苦的还不是这个，是战友的坟茔在一次次沙尘暴袭击后被'搬了家'，坟头被夷为平地，至少有数十次吧！"他说。

"夷平一次你就再垒高一次？"

"可不，"张秋良说，"主要是戈壁滩上铲土垒石困难，垒一个坟茔一天半宿搞不成，那个活儿是很累人的……"

张秋良的老伴在一旁撇了撇嘴，说："有一回差点把自己一起埋在坑里，要不是我把你刨出来，你能见到今天的作家吗？"

"哪有这事嘛！"张秋良觉得老伴在揭他的短，有点不自在。

"其实那些还不算啥，比起为烈士们寻找亲人的难，这些苦都算不了什么！"张秋良告诉我，由于墓地距离内地太遥远，又处边境地区，以前从未有烈士的亲人来到墓地。更让张秋良紧牵心头的一件事是：他也不知烈士的亲人在何处。

谁家不挂念逝去的亲人？尤其埋骨远乡的烈士的亲属们，他们一方面十分惦记自己的那些年纪轻轻就泪别父母，离开家乡，来到边疆后牺牲了的亲人；而另一方面，由于部队时常拔营转地，亲属们根本找不到牺牲的亲人所埋葬的确切地方，因此纵有万般思念也无可奈何。张秋良所守护的这7个烈士情况就是如此。与亲人断了线不说，所在部队被裁后，就连烈士的入伍籍贯和家庭地址也都失传了。

"老部队解散了，新的联系地址我又没有，这是最叫人不知所措的事！"张秋良退伍时是一位普通的战士，与老部队的战友尤其是与掌握烈士情况的那些战友的联系更少。为了寻找烈士的亲人，让他们能够有可能来墓地看一眼，张秋良整整忙碌了十几年……

"我守护的这几位烈士，他们都是牺牲在我入伍前后的时间里，全都只有二十来岁，其中有陕西的，也有四川、江苏、山东和河南的，都没成家。与其他6位并没有安葬在一起的谷克让，是位班长，1976年入伍，牺牲时只有20岁。1978年寻常的一天，连部正在开会，一名歹徒腰上绑着手榴弹冲进会议室。危急关头，执勤换岗的谷克让恰好经过歹徒施暴之地。见到险情的谷克让没有任何犹豫地冲上去，死死抱住歹徒的双手和腰，用尽全力将其拖出会议室，随即一声巨响，谷克让与歹徒同归于尽，壮烈牺牲，他用生命保护了其他8名战友。谷克让的事迹在我跨进军营时就知道，而且深深地被感动。但因为当时通往其他6座烈士墓地的道路被厚厚的积雪挡住了，受当时条件的限制，谷克让的遗体被埋在距另外 6 位烈士的墓地 2 公里左右的半山腰上。日久天长，我一直有个愿望：希望烈士的亲人们能够来看看这些为国防建设长眠于此的我的战友，如果有可能，领他们回到自己的家乡吧……"张秋良的这份心，令人感动。

一次回老家陕西探亲的偶然机会，张秋良通过战友提供的地址，找到了陕西籍烈士胡咸真的家，并见到了烈士的母亲。当时胡咸真的母亲已经 70 多岁，因为儿子的牺牲，母亲的双眼早已哭瞎。当张秋良坐到烈士母亲面前时，双目失明的老人用双手颤颤巍巍地把张秋良拉入怀中，不停地抚摸他的头和脸，一边流泪一边念叨着："儿子你总算回来了，娘想你啊！"

说着说着，老人号啕大哭起来。

"娘，我就是您的儿子，您就把我当儿子吧！"张秋良"扑通"一声跪在战友母亲的面前，恳求道。

"好儿啊！好儿……"双目失明的母亲轻轻地将张秋良扶起，一边拭泪，一边频频点头，对张秋良说，"儿啊，你比咸真小几岁，娘托你每年你咸真哥忌日的时候给他上坟烧点纸啊！娘就这点心愿了……"

"一定！娘放心吧。"张秋良说。

这件事后，张秋良为烈士战友寻找亲人的心情更加急切，为此也不知愁思了多少个不眠之夜。

为了能够通过多种途径寻找烈士的出生地和入伍时的武装部，张秋良需要花费大量财力和精力，为此，他承包了村上 200 亩荒坡地，带着全家开荒种植，再把粮食换成现钱，然后出去寻找战友的家庭地址。功夫不负有心人，终于一个又一个烈士的亲人被张秋良找到了。

"克让娃啊，娘快 90 岁啦……总算来到这儿看你了呀……"2019年 9 月 8 日，西北边陲的戈壁沙滩上秋风瑟瑟，谷克让烈士 89 岁的母亲在张秋良和几位沙湾人的扛抬之下来到儿子的墓地，这一天，满头银丝的老人家，带着其他 6 个子女，第一次出现在谷克让墓前，其场景至今让张秋良难忘："看到老人家的脸贴在儿子的墓碑上久久不舍的样子，在场的所有人都默默无语，不知如何是好。尤其是听着老人喃喃地说着'娘死了就来陪你'时，没有一人不掉落眼泪……"

"41年啦，每一年我都掐着手指要算一遍……是你帮我实现了这一生的心愿！孩子，我跟你磕个头……"从墓地来到张秋良家的时候，谷克让的母亲一边抹泪，一边感激地拉住张秋良夫妻的手，欲行大礼。

"使不得！使不得！大娘您快起……克让班长是我的战友，更是我的哥哥，我们一家人不说两家人的话啊！"张秋良赶紧扶起老人家。

那一刻，他和烈士的母亲及其他亲人融为真正的一家人。

如今，张秋良的家已经成为远近闻名的"老兵驿站"，他不仅义务接待来来往往的7位烈士的亲人，更多的是接待那些认识的和不认识的来自各地的战友、青年朋友等。而守护那片烈士墓地的人也不再是张秋良一个人了，他的大儿子如今成了第二代"边陲守墓人"。张秋良在自己家所开设的"老兵驿站"有更多的事要做，比如其他地方的那些无名烈士需要寻找亲人、需要知道他们生前的故事，等等，那都是张秋良今天在做的事……

"但逢年过节为烈士战友扫墓，我还必须去。"采访他的那一天，他欣然带着我这位老兵，再一次徒步来到烈士墓前，我们一起向安息在此的烈士们敬献了鲜花并三鞠躬。

转眼间，我见张秋良跪在地上，虔诚地给每座坟茔烧纸，然后又仔细地整理着每座坟头……40余年啊，他就是这样平平常常，又毕恭毕敬、一丝不苟。

我的眼睛不由自主地再次模糊了。

关于张秋良的事迹，我回京后给《解放军报》写了篇名为《永远的守望》的文章，引起了很大反响，《读者》杂志很快作为封面文章转载。在本书尚未开稿之际，张秋良给我发微信，说他现在在社区和县里的帮助下，已经在自己家建起了"老兵驿站"，用于专门接收本地的退伍老兵，帮助他们一起走上致富道路。

"现在已经有好几十人加入了，我计划把'老兵驿站'的功能扩大至全乡、全县，希望通过这个平台，把在边疆工作和战斗过的老兵们联合起来，用另一种方式支援边疆建设……"张秋良的"守望精神"正在他坚守的那片土地上传播开来。

我期待来年春暖花开时再去看看这位老兵的家园与驿站，相信那一定更美、更感人。

第七章

你是人们
心目中的汗血马

———

汗血马是一个古老、独特的马种，

它以速度、耐力、智慧，以及独特的金属光泽而闻名，

耐高温、高寒，是具有强大的耐性和速度的快骑，

而汗血马的光泽又与石榴汁的颜色非常相近。

其实，无论是汗血马的光泽还是石榴汁色，

它们的共性，便是在这样的色谱中流淌着中华民族传统文化中的

"仁爱""从善""忠义""诚信"等最基本的底色。

这位残疾的汉族农民用他的奋斗精神和仁爱之心，

帮助身边的各民族兄弟立业致富的事迹，

是各民族群众休戚与共、命运与共最好的诠释。

穿过孟布拉克草原时，有一群异常彪悍的骏马从我们面前呼啸而过，其势其威，令人过目不忘……同行的当地人告诉我：那是有"马中之王"称号的汗血马。

"难怪这么矫健！"我不由得连声赞叹。我知道这种马很尊贵，在欧洲国家，赛马或马术比赛中，汗血马经常被人推崇，故人们常称它为"汗血宝马"。汗血马在马群之中素有"帅小伙"美称。

很大反差——这一天从孟布拉克草原出来，我去见的却是从小因病患上小儿麻痹症并一直靠拐杖生活的曹振新……

这个在额敏县乃至整个塔城几乎被神化的残疾人，在没有见他之前我一直在思忖着此人该是何等模样，哪知一见面、一握手，简直"泰山塌了一半"般的失落——不到1.4米的个头、一副圆滑而世故的应酬姿态——他能拯救一个少数民族居多的村庄？

然而乡亲们说："就是他。他让我们全村人走上了致富的道路。"

"没有他，我们现在可能还都在外面打工受气呢！"一群维吾尔族、哈萨克族、回族村民围过来，用并不太熟练的普通话跟我说，仿佛生怕我要马上走似的。

"他真的有这么厉害啊？"我指指正在扔掉铁拐杖独自往凳子上跳的曹振新，问。

他们笑着摇摇头，肯定地说："就是这么厉害！"

我只能回头看看与其他残疾人从形象上看无差异的曹振新，一份特殊的好奇心也油然而生……

"从哪儿说起呢？"已经在生意场上厮杀了一二十年的曹振新没有半点自卑和腼腆之感，老成、老练，看起来是见过世面之人，所以对陌生人的到访没有半点胆怯与不适，就像谈一次生意而已。

"就从你家和小时候开始吧……"这是我的提议。

我发现，曹振新的双腿是弯曲麻痹的，但他的一双眼睛十分锐利，眼神里有种看尽人间沧桑的穿透力。

"你不是新疆人吧？"他反问了我一句，在我点点头后他说道："那得跟你讲讲大背景……"

"大背景？"

"对，大背景。"

他说他是 1958 年出生的，所以出生后遇到的时代大背景对他的人生产生了重大影响。"尤其是新疆这个地方，要了解昨天和今天的民族问题，了解大背景格外重要。"

这人不一般。他的开篇语令我暗暗吃惊，而他讲述的他本人所经历的家庭苦难与成为残疾人之后的苦难，完全超出了一般人的想象与认知……

曹振新其实并不是额敏本地人，他原来的家在昌吉回族自治州的米泉（今乌鲁木齐市米东区）。"爷爷是位先生，也就是当地的知识分子，在反右运动中被打成'右派'。我父亲又因为家庭成分不好，是富农，所以带着我们全家八口人到处跑……那个时候新疆建设刚开始，地大物博，到处要人。我们见当时内地的各种各样的人都往新疆北面跑，所以也想逃出老家米泉，不要再因为成分问题时时事事受人冷眼，父亲大概就是这个意思，所以带着我们全家大大小小八口人，一路往西、往北走，一直走到了塔城这边……"

20 世纪五六十年代的边境城市塔城一带十分动荡，在境外分裂势力的煽动下，发生过多次居民越境迁移事件，特别是乡村和牧区，留下了许多空置的房子和田地。

曹振新一家落户到额敏县杰勒阿尕什镇的下杰勒阿尕什村这一年是1962年，曹振新4岁。

虽然比起乌鲁木齐这里更靠边境，自然条件要艰苦得多，但曹家获得了自由和相对轻松的心情。曹振新的父亲选择了一户已经没有主人的牛圈作为新家的安置地，一家人从此过上了农民生活。

"当时的村干部是位哈萨克族，叫哈米提，人非常好，从不把我们家看作外人，所以也让我们有了扎根的念头，这一扎下就成了额敏人，直到今天……"曹振新口气里有种庆幸感。

在曹振新的语言里，有的是习惯于生意场上的应酬语言，自然少了那些心理的和对人生命运的描述，或许是从小受伤太多的他不愿意揭开他内心最痛的往事的缘故，几个坐在他身边的老村民却断断续续地讲了些"曹老板"小时候和他一家刚到下杰勒阿尕什村的故事：

"他们一家刚来的时候住在牛圈里，冬天就很难过，大队借给他们家一些牛粪和几块草席子，还有些面粉……好在他家人多，大的男娃儿去帮人家做工，大的女娃娃去帮人家看孩子。曹家娃娃多，排在中间的'曹老板'很不起眼，没人注意他，尤其是他成了'跛子'后，更没人正眼看他了，小时候他是个受气的娃，谁都会欺负他一下，怪可怜的。"

上年岁的村民这样说。我悄悄看了一眼现在已经是"曹老板"的曹振新，见他的脸色再不像刚见面那阵子满面春风和潇洒的样儿。显然，乡亲们的话勾起了这位平时很要强的残疾人藏于心头的痛。

"我们家中共有8个兄弟姐妹，我排行老五，就是通常情况下，也属于是没人疼、没人爱的一个，更不用说后来患了小儿麻痹症……"曹振新说到这里，抓起一块西瓜，狠狠地咬了一口，然后抹抹嘴，沉默了。

"双脚不能正常走路后，我就失去了上学机会……家里人也不会再让我去上学了，我自己也觉得上学不是我的事。"他又说话了，声音很低沉与悲切。

不难想象一个 6 岁的孩子突然双脚不能像正常人走路和生活会是什么样的境地：本来家里孩子就多，10 张嘴每人能填一点肚子已经是不错的事了，你小崽子失去了正常走路的能力，不等于又拖累了全家嘛！

从大人的眼里，小曹振新看出了自己卑微的命运。无奈，小小年纪的他又能怎么样？能有一口饭吃，这是他最大的庆幸了，谈什么上学读书！

"不是我没有想到过，而是不敢去多想……"曹振新说到这儿特意凑到我耳边说了句悄悄话，"多少回我偷偷地躲在田埂上的土堆后面看着同村的孩子们背着书包上学，我就想跟上去，但跟不上啊，走到半路就被他们甩得远远的了！"

一个双腿跛拐的孩子怎么可能追赶得上活蹦乱跳的健康小朋友们呢？自尊和自卑让曹振新幼小的心灵受到极大的挫伤与打击，多少回他独自躲在冰凉的草地上哭哑了嗓子，也没人去问一声他到底是咋啦。从患病变瘫的六七岁开始，一直到可以独立生存的十二三岁之间，他尝尽了人间世道的辛酸。或许子女太多了，即使在父母的眼里，曹振新也常常感到自己是个可有可无的累赘。

"有一回我去放羊，因为风暴来得太猛太快，我根本来不及把羊群赶到避风处，所以丢了十几只羊。我知道，回到家里等待我的必定是一顿打。当时我真的很害怕，不敢回家，天黑了也不敢，一直不敢回……后来天还下起了雪，我躲在一个避风处，竟也开始积起雪了，当时我想今天是我死期到了，想想就哭，哭了好一阵才不哭了，心想死就死吧，这一辈子活在世上就是个残疾人，让人瞧不起，给家人找麻烦，一死皆尽。那天我真的做好了死的准备，可后来偏偏被一群路过的好心人救了，他们把我背到他们的家，给我吃的，给我暖身子，给我铺了皮毯子，让我在炕上睡觉……他们是哈萨克族，虽然不太会说汉语，但每一句话、每一个手势都让我感到无比温暖。从此，我也立下了誓言：一定要好好活下去，长大后要报答这些好人……"曹振新的新生是从这一次生死劫开始的。

第二年他13岁，开始学骑马……

双腿萎缩的小儿麻痹症少年想骑马，是天方夜谭，更是一场人与命运的搏杀，曹振新说他必须拼个结果出来。

无法想象的事，在一些超人的面前总是那样奇迹般地实现了：曹振新之所以要坚决地学骑马，是因为他必须要有一份能够让自己有饭吃的本事，那就是为家里放牛、放羊。在辽阔的大草原上，不会骑马如何去放牛、放羊？所以骑马是草原上的人学走路一样重要的起码的本事。然而一个小儿麻痹症少年如何学骑马？这本身就是个在常人看来"有毛病"的想法。

"不，我要学会了你们让我去放牛、放羊吗？"曹振新很倔强，他从父亲那里偷了一根马鞭，一拐一跛地牵着一匹马离开了家，向远方的牧场走去。

"你、你行吗？"母亲在他身后抹眼泪。父亲生气地摇头，说："你让他去吧，摔死算了！"这是气话。

曹振新走了，很快消失在大草原上——走在高大的马儿身旁他只有马腿那么高，路过一茬草丛，就已经瞅不见他的影子了。

"小拐子，你还骑马呀？来，来，干脆骑我脖子上吧！"

"你骑马？那马听你的吗？"

"哈哈……你以为马是土坡呀，给你撒尿呢？"

牧场上，嘲讽的声音一浪高过一浪，曹振新只好躲在一边等待别人都走了以后开始练习……

"跪！跪下！"在没有人的时候，只有他与马在场，他站在马的前头，一遍又一遍吆喝着。

"咋，不听我的话？"马根本不听他的话，甚至用大大的眼珠瞪着他，意思是说：瞅你的个儿，也想骑我？门都没有！

"啪——"他挥起鞭子，不想鞭子没有落到马的身上，却缠了自己一跤……

"嘶——"伴随着马儿一声长长的嘶鸣,他被甩出两三米远。

他生气了,爬起来想抱住马腿,可发觉自己也就马腿那么高。怎么办?它不跪,那我就像爬树似的抱着马腿往上爬!他开始试着抱住马腿往上爬,马儿又是一声长嘶,顺势一个转身,将曹振新再度甩出数米……

"哎哟哟!"曹振新只觉自己浑身上下如散了架似的筋骨疼痛。可他不能就此罢休,继续试着从石子堆上爬起,试图征服高大威猛的马儿,但毫无成效。

已经满身是泥的曹振新哭了,哭得极其伤心,他哭这个世界对自己的不公:不能像同龄的孩子一样去上学,又不能像别人那样骑着大马威风凛凛地扬鞭催马去放牧……

他的哭声开始哑了,哑之后是沙哑,一直到几乎没了声响……

他的眼泪开始如河流奔涌,后来慢慢地没有了眼泪,只有迷茫的一双小眼珠与马儿对视着……

突然,那马儿前腿一跪,后脚又一伸,整个身子斜仰着正正好好躺在他身边,然后又一声温柔的"嘶——"。

曹振新看傻了:"咋,你让我骑你?是你让我骑你吗?"

马儿又是一声"嘶——"。

"哈哈,你就是让我骑呀!"曹振新兴奋地跳了起来,他的一双根本不能撑力的萎缩的小腿仿佛也突然有了力,他用尽全身力气,一个打滚,身子往马背上一跃,竟然上到了马背上……"哈哈,我上来啦!上来啦——"

此时,马儿也似乎明白了,四蹄起立,驮着残疾少年开始遛圈……

"马是通人性的,它什么都懂!"曹振新说。

但马毕竟是牲畜,它也是欺软怕硬的家伙。后来曹振新为了学会骑马和在各种环境下放牧,不管是老马还是小马,他不断地练习上马下马、套鞍解鞍、鞭马,到底从马背上跌下来多少次他根本记不清,只记得至少有五六次他从飞奔的马背上被甩下来,有几回连胳膊和大腿骨都折断了。"断一回，就被背到医院敷上石膏、绑紧纱布治一段时间后又上了马背……"现在的曹振新说得很轻松，但少年学骑马的那会儿，每一次从马背上被甩下来他都以为"这回一定要死了"。

但他没有死，父亲说他的命硬。"有一次肋骨摔断了，纱布绑了两天之后我又去牧场出工了，出工就得骑马……那些马对我好像特别关照，后来什么样的马我都能应付，绝对是一个好骑手！"

如果与我并排站立在一起的话，曹振新的个头不到我胸口，他却能驾驭各种野马和烈马，这本身就是一个奇迹。可惜那天采访是在他的工厂办公室，如果在牧场的话，他一定会现场给我表演一番骑马术。因为没有看到他骑马的实景，我只能想象，基本没有脚上功夫的他是飞着上马背的呢，还是马儿那么听他使唤呢……总之叫人有些不可思议。

"是马儿听我的使唤——给它一个信号，它就知道蹲还是起……不用我那么费劲的！"曹振新说，到三四年后，所有马只要经他手调教两个月，都服服帖帖听他使唤。

142"在野外草原上或者山里，我一个哨声，可以把几里外的马召到身边……其实好马比人还灵，做事也实，你尽可放心。每匹跟我的马都是骏马，所以在给生产队集体放牧的 20 多年中，我成为全队的放马能手，一天能挣 13 个工分。13 个哪，就是比壮劳力还要多出 30%……"曹振新的话令我刮目相看。

"那时确实他的工分最高。"几个老村民频频点头，争先恐后地说，"他干活专心又实在，而且挑最苦的去做。"

"人家四肢灵活，啥事都可以做，不用发愁。我不行，我只能挑没人去干的苦活、累活、脏活，这样就能多挣工分。"曹振新说。那时一个工分大约值一毛钱。他说到了 1983 年分田到户的时候，他一个小儿麻痹症的残疾青年竟然成了全村最富裕的农民——为了不给父亲和家族其他成员添麻烦，20 岁后的曹振新就独立成户，过着一人的生活。

"虽然我是残疾人，但后来全村人没有人看不起我，因为我的腰包比谁都鼓……不信吧？是真的，你可以问问他们——"曹振新指指一圈围在我们采访现场的村民，骄傲地说。

"他最富，那时就富，现在更富！"有人这么一说，大家都笑了。曹振新也跟着笑了起来。

"在骑马的 8 年中，我还学会了哈萨克语，这里的牧民多，他们多数是哈萨克族，所以跟他们久了，感情也深了，我的哈萨克语也非常流利了……平时跟他们就像一家人似的。"

我开始敬佩起这位外表不怎么好看、行动相当不自如的残疾人。

"分田到户那会儿，我分到一匹马，170 元；一头牛，90 元；一台皮车，80 元；最后还分到现金 80 多元，在队上我是最高的一个。所以叫富裕户……"曹振新确实不简单，在那个年代的边疆牧区，他光棍一个能拥有如此多的财产，确实算是富裕户了。

过去在下杰勒阿尕什村最没有地位和尊严的曹振新，竟然成为全村最富有的人，于是这个多民族的村庄在改革开放的年代里，渐渐把学习和看齐的目光投向走路一瘸一拐的"曹跛子"；慢慢地，村上的人对曹振新的称呼也开始改变，没有人再呼他"曹跛子"了，而改叫他为"曹老板"。

"他们一直这样叫我，叫几十年了！"看得出，曹振新对"老板"称呼已经很习惯和享受了。

一位往日谁也瞧不起的残疾人，靠不懈的自强与奋斗，赢得了财富，也赢得了众人的信任和爱戴。

也就在这个时候，一位汉族女子来到额敏县的下杰勒阿尕什村，她叫仁花辅，山东青岛人……

仁花辅是个离婚女人，来到下杰勒阿尕什村时人生地不熟。一日，这女人被曹振新碰见，问她咋回事，她哭着说了个大概。"大哥，你能不能给我个安身之处和一口饭吃，我给你做牛做马……"随后，仁花辅跪在曹振新面前。

"哎哟哟，使不得，使不得！快起快起……"曹振新赶紧扔掉拐杖去扶仁花辅，不料没站稳，结果自己摔了个四脚朝天。

"你……你没摔坏吧？"这是女人的声音，极其温存又极其多情，是曹振新有生以来从未遇见过的柔情，他直愣愣地看着正在为他拍打着身上灰尘的女人。

女人在曹振新家安顿了下来。曹振新在外干活，一回到家，桌上已经摆好热腾腾的菜与饭，还有他爱喝的小酒……曹振新的心醉了。他想：要是这样的生活能永远保持下去，该多好啊！

"可我是个跛子，想什么好事嘛！"曹振新的心一震，又立即清醒地骂了自己一句：想吃天鹅肉了？不在镜子里照照自己！

"曹……老板，我想留在你家……你看行不行？"一天，曹振新刚刚吃过晚饭，她站在他对面，羞答答地说道。

"那有啥不行的！你想住多久就住多久，反正我一个人，房子空着也是空着……"曹振新说。

"我、我是想跟你一起住……"女人抬起头，胆子比先前更大了。

"你现在不跟我住在一起嘛！住吧，想住多久就住多久，反正我不会赶你走的。"他说。

"我、我是说……"她有些急了，脸憋得通红，"我想跟你住在一起、一间屋子里……"

曹振新的嘴唇开始颤抖起来："我、我那个……"他下意识地看了看自己两条干瘪的腿，有些自卑地盯着女方。

女人突然站起身，伸出双手，将坐着的曹振新轻轻地抱了起来，然后直往他住的房间走去，一边说着："只要你不嫌弃我，我才不嫌弃你呢……"

后来，他们就成了亲。

这是一对奇特的夫妻：女人人高马大，男子瘦弱矮小，但男人是家里的顶梁柱、外面的"曹老板"。女人可以双手抡起将他扛在肩上，但她在家绝对是个贤妻良母……当昔日落难逃荒至额敏的仁花辅出现在我面前时，已经是位膝下有个5岁孙子的奶奶了，她说她的大儿子今年

36 岁，小儿子 32 岁。

30 多年，这对夫妇是如何走过来的，我不得而知，但有一点非常清楚和明显：走路都需要别人扶携的一位小儿麻痹症患者，他能支撑这个家走到今天这个地步，没有如今也已成了"老太婆"的仁花辅忙里忙外地张罗，那么这个家必定不会是个完整的家，或许曹振新本事再大，也充其量是个有钱的孤老头而已。同样道理，假如这个家没有曹振新的存在，那么包括仁花辅在内的所有人可能就不会是现在的状态，或者他们根本就不会存在……支撑这个家的人，是曹振新，一位生理上矮小，却在精神上如巨人一般的自强不息的奋斗者。

曹振新是一位令人敬佩的奋斗者。

奋斗者永远是美丽和幸福的。当看着儿孙满堂的曹振新其乐融融的一家时，我的内心不由得一番感慨。

然而，曹振新真正令人敬佩的是他以柔弱的身躯带领乡亲们致富的事——我也属于因此而来的一位采访者。

人间的许多不敢去想的事，它往往就是客观存在。

"因为小时候受的苦和难太多，又因为在那个受苦受难的时候有太多的人帮助了我，所以我一直想干出一番事业来，去报答我的恩人们，他们都是我的邻居——维吾尔族、哈萨克族、回族的都有，他们心地善良，爱帮助人，所以我特别想报答他们。可我又受身体影响，能力有限，因此几十年来一直在寻找和探索一条致富的路，也曾有过失败……"曹振新说，他的失败经历也很惨。

分田到户初期，为了证明自己不比别人能力和劳力差，他看到村上那些牲畜无人放养，就提出由他来负责。这一干游牧就是 7 年，从放牧全村的 300 多头牲畜起家，7 年，他挣得了 4 万元的放牧费。

这第一桶金给予曹振新很大的启发：原来在草原戈壁上搞农牧业承包也能赚钱啊！于是曹振新拿着这 7 年赚得的 4 万元辛苦钱又去承包了邻村 2000 亩果田。哪知由于技术未过关,4 年下来，起早摸黑近 1500 天,结果以负债 6000 多元打道回府。如此打击，有人暗嘲他曹振新不仅没有双腿，现在相当于又断了一只胳膊。

妻子心疼地抱着骨瘦如柴的丈夫，将其放在床上为他做全身按摩，一边做一边掉眼泪……

"没事没事，我这个人吃惯了苦，这算啥？"他帮爱妻抹干眼泪，说，"放心。你要相信一点：因为我吃的苦比别人多，所以成功的机会也肯定比别人多。不信你等着瞧！"

"我信！就是心疼你这身子骨……"妻子不忍自己的丈夫经受心理和身体上的双重打击。

哪知曹振新又玩起他的"高难度"——"噌"地从床上跳了下来，随后给妻子表演了套"驴打滚"……惹得妻子又气又笑。

擦干眼泪，揭掉伤疤，曹振新重新投入新的创业之路：他和妻子瞄准养羊产业，先把自家的 56 亩承包地种上大麦，然后将收获的 60 袋麦子换成 33 只种羊羔开始创业。就在这时，他看到邻居饲养的小尾寒羊繁殖率高，便又将 33 只羊换成了小尾寒羊……

放牧养羊，曹振新是有经验的，但现在他养的是种羊，产羊羔又是一门需要专业本领和耐心的新技术，曹振新自然努力不懈地学习掌握。产羊羔时很费心力，常常一晚上的工夫，母羊会产下好几只小羊羔。腿脚不便的曹振新只得"以栅为家"，一到产羊羔时，就干脆住在羊圈里，一干便是通宵。

几年下来，曹振新家羊圈内羊的数量从开始的几十只，增加到 400多只……这时的曹振新，除了还掉养羊的本钱外，已略有盈利。

他开始奔向致富之路。

村民们看他稳扎稳打，步步为营：先是饲养了 4 头新疆褐色奶牛，竟然当年就挣了 3 万多元。尝到甜头的他，转眼又筹钱买了 10 头黑白花奶牛……如此滚雪球般地养殖奶牛，一下成为现在的圈养奶牛超百头的奶牛大户，年收入 50 多万元，成为全村致富能人。

"曹跛子富了！"

"他都能富，我们还闲着等啥呀？"

曹振新的致富影响是巨大的，村民们开始反思起来，同时用羡慕的目光审视自己与他的差距，并且着手学着他的样，跟着养起奶牛来。

但过了一些日子，有村民发现自己的奶牛并不那么"听话"，不是生病，就是出奶少，愁得叫人心烦。

"大家先要把心平静下来，有什么困难我帮大家一起克服。"曹振新知道后，主动站出来，义务为大家开设奶牛养殖培训班。

奶牛的饲养问题还没有解决，又有村民碰到了更棘手的问题：部分村民没有本钱买牛。另外，如何确保养奶牛保收入？

村民们围到曹振新的奶牛场讨经验，又想讨"保险箍"。

曹振新笑了，想了想，然后只见他"噌"地扔掉拐杖，奋力一跃，坐到桌子上，放开嗓门冲大伙说："承蒙大伙瞧得起我曹振新，我在这里向大家保证：凡是村里跟我一样有残疾的人，你们尽管来我这里开口赊账买牛，也可以把牛放在我这儿交给我代为饲养，收入保你满意；其他村民来买牛，我以最低价卖出……平时奶牛有啥病、收牛时有啥困难，我来负责，不收大伙一分钱……总之一句话：有啥饲养奶牛上的困难，我曹振新全力以赴，使出吃奶的劲儿义务帮大家！"

"太好了！曹老板，有你这话我们就跟着你甩开膀子干了！"众村民一片欢呼。

残疾村民库尔班江是从南疆投亲过来的，一时没家底，生活举步维艰。曹振新得知后，主动免费为他提供了价值1.5万元的品种奶牛一头，帮助库尔班江度过生活最困难期。"现在我有三头奶牛的家底了，一年能赚回七八千，生活有着落了！"库尔班江在众人面前"显摆"。

哈萨克族村民毛太以前养土牛，对改良奶牛养殖缺乏经验，又想学养奶牛，又怕养不好赔本，便跟曹振新商量：能不能赊账买他一头奶牛，然后把牛奶卖给曹振新作买牛的钱？曹振新爽快地说："行啊，只要你看合适，你能致富，我都行！"后来毛太就这样一分钱没从自己口袋里掏过，转年却赚得了数千元收入。

另一位村民叫王志双，日子过得紧巴，曹振新便上门把自家的两头奶牛按成本价赊账给了王志双。就这样，王志双靠曹振新赊账给的两头奶牛，一点点地滚雪球，如今有了20多头奶牛。去年一年收入就近10万元。

"在曹老板那里，赚钱是稳的，所以现在他是我们村上的福星……"众乡亲在采访时七嘴八舌地抢着对我说，情景感人。

我看一旁的曹振新满脸是自豪感。

其实，镇上的干部向我介绍的"曹振新的能耐"才是最出彩的：从2011年起，曹振新为了带动全村村民一起致富，与另一位养殖大户刘月娥共同注册了一家奶牛养殖专业合作社，先后发展会员115户，并注册了"月娥"牛奶商标，至今每年保证每户社员卖牛奶年收入达到10万元以上，实实在在地让村民走上了致富之路……

采访曹振新令当地村民很兴奋，曹振新本人也特别喜悦，这一点我一眼就能看出。他的这种反应让我想起了五年前我到贵州山区第一次采访后来成为"七一勋章"获得者、"感动中国"人物的黄大发……那个时候黄大发并没名气，他只有一个愿望："想到北京去一次，到一趟天安门广场。"这是黄大发出名之前几次三番跟我说的话。因为黄大发的事迹太触动我，加上我有足够的经验和自信宣传好他，所以我当时告诉黄大发："等我书写完了，一定会有人请你到北京去的。"后来他的愿望实现了，且黄大发获得了一般人不太可能获得的崇高荣誉：在全国道德模范表彰会上与中央领导合影时，习近平总书记专门为他让座，这一镜头是在《新闻联播》中播出的。黄大发的事迹已经传遍祖国大地。这一天采访曹振新时，我自然而然地想到了黄大发。因为在我看来，曹振新具有像黄大发一样的品质，能让人们的心灵产生强大的感动与感佩：他太卑微、太瘦弱、太不容易——走路是左、右两根拐杖支撑着，坐下时必须使出整个身体的力量一跃而起才能坐到椅子上……他平时到底如何与人谈生意，当年如何跃马飞奔，现今如何开办一个牲畜场、奶牛场，组成数百户的饲养合作社……创业奋斗的每一天，都有无数事情需要他亲自去处理，他一个四肢不健全、连走路都困难的人，是如何带动一个村庄数百人走到了宽广的致富幸福路上的？

难道不值得向这位意志坚定、自强不息的残疾人致敬吗？

是的，我们必须向他致敬，向这位用自己的微薄之力支撑起一片民族团结、边陲富裕新天地的普通牧民致敬！

在告别曹振新的那一瞬，我的耳边突然响起了我熟悉的诗人牛汉先生写的一首《汗血马》诗篇——

跑过一千里戈壁才有河流

跑过一千里荒漠才有草原

无风的七月八月天

戈壁是火的领地

只有飞奔

四脚腾空地飞奔

胸前才感觉有风

才能穿过几百里闷热的浮尘

汗水全被焦渴的尘砂舐光

汗水结晶成马的白色的斑纹

汗水流尽了

胆汁流尽了

向空旷冲刺的目光

宽阔的抽搐的胸肌

沉默地向自己生命的内部求援

从肩脚和臀股

沁出一粒一粒的血球

世界上

只有汗血马

血管与汗腺相通

肩脚上并没有翅翼

四蹄也不会生风

汗血马不知道人间美妙的神话

它只向前飞奔

浑身蒸腾出彤云似的血气

为了翻越雪封的达坂

和凝冻的云天

生命不停地自燃

流尽了最后一滴血

用筋骨还能飞奔一千里

汗血马

扑倒在生命的顶点

焚化成了一朵

雪白的花

是啊，曹振新，你不就是咱边疆的一匹汗血宝马吗？你飞奔的身姿超越了所有万物的美姿，你如山鹰一样在自我的奋斗中获得了所有在你之下的万物的敬仰与尊重！

石榴花开

第八章

马背上
甩出的歌谣

———

戈壁草原上的驼铃声，

特别深情而悠扬，

它为民族繁荣与人民福祉而歌，

敲响驼铃的人，

是在播撒中华民族传统文化中最宝贵的营养——爱与善良。

人类的历史一再证明：哪里有爱、有善良，

哪里便有了蓬勃发展、充满生机的根基……

在新疆，有一条公路非常出名，它叫独库公路，亦叫"天山公路"。1976年，在我当兵之初就知道那里在修一条公路，因为它就是由我的战友——中国人民解放军基建工程兵部队修建的。后来基建工程兵在1983年百万大裁军中撤销了兵种番号，但其中的"交通指挥部"队伍没有撤，归属到了新成立的武警部队。

当年一部《天山深处的大兵》让天山筑路兵的事迹传扬到了全国……

多少年了，作为曾经的基建工程兵总部的新闻干部，我曾很多次想去看一看战友们在天山深处修筑的那条公路，也特别想去看一看为修筑这条公路而牺牲的168位烈士战友。为一条路，牺牲那么多人，可见"天山公路"其艰难险要！

不想，几十年后这样的机会突然就来了。那天的采访，我们来到塔城乌苏赛力克提牧场的哈希勒根冰川地带的独库公路一段最艰难的路段，而正是在这里，埋葬着我的那些牺牲了的战友……

乔尔玛烈士陵园位于伊犁州尼勒克县乔尔玛。一座20米高的纪念碑屹立其中，纪念碑正面写着"为独库公路工程献出生命的同志永垂不朽"18个大字。纪念碑背面，是用汉文、维吾尔文两种文字刻的碑文及烈士的名字，他们中最小的仅16岁，最大的也才31岁，然而他们已长眠于此几十年了……

送战友　踏征程

默默无语两眼泪

耳边响起驼铃声

路漫漫　雾蒙蒙

革命生涯常分手

一样分别两样情

战友啊战友

亲爱的弟兄

……

　　这首《驼铃》在我心头蓦地响起，仿佛它一直在烈士墓的上空回荡不息。

　　独库公路给新疆南北的交通带来的便利不言而喻。有这条公路之前的新疆北部，尤其是塔城地区的准噶尔盆地的草原与戈壁沙漠地带的人们放牧与出门只能靠骑马。即使在独库公路开通之后，多数地区的草原与牧场，人们仍然是以骑马为主。

太阳刚从天上爬上来

牧马少年走出帐房外

跨上我的枣红马

带上冬不拉　嘿

赶着我的大群马

来到天山下

……

　　一鞭挥舞，马儿奔跑。这是吾哈斯医生几十年来的习惯，与他一起出征的除了马，就是他的药箱。那药箱里的东西可比我们常见的医生背后的药箱要丰富得多，因为吾哈斯的药箱就是草原牧民的"医院"，而他就是这个"医院"的全部……

可能许多人不理解我这话的意思。那么，你可以想象一下：在荒无人烟的大草原、戈壁大漠，在远离城市、远离公路的牧场上，甚至是一个山坳坳里的某位牧民患了病，现在只有一个吾哈斯医生，得知这个消息后，他要去拯救这个病患。他背着一只药箱前去，他发现这个患者必须马上手术，不管他能治还是不能治、会治还是不会治，他必须动手去治，因为患者的生命只有一次，且危在分秒之间。所以他吾哈斯就得拿出所有一个医院可能有的"设备"——没有的话也得创造！否则患者的命就没了。

一个药箱能装多少东西嘛！根本不可能。更不用说医疗器械了，除了剪刀、针头，以及有限的瓶子、纱布什么的，它还能有什么？而且，按照通常的配制，药箱就是药箱，你只能按赤脚医生的能力去配备药物和器械！然而大戈壁滩与大草原的山坳坳里，吾哈斯的一只药箱承担的就是一个医院的责任，生命的责任！

这就是牧场上的医生肩负着的责任。吾哈斯就是这样的医生。人们因此说他是"草原上的天使"。

我见到"天使"时，他已经是一位满脸沧桑、背都有些驼的长者了。不可能不老——1975年开始在草原戈壁滩上工作，一走就是40余年，光骑的马就换了5匹……

"我、我怎么忍心把一个个活生生的兄弟姐妹的生命丢在荒山野滩上呢？"吾哈斯说，他第一次出诊就遇见一位难产的蒙古族妇女，折腾了五六个小时，他赶到的时候那产妇已近半昏迷状态，如果不及时处理，丧失的可能是两条命啊！

"医生，我求求你了！求求你救救我们全家……"产妇的男人是位彪形大汉，但为了妻子和孩子，他跪了下来，向吾哈斯求情——其实是求命。

　　吾哈斯在这之前是一位草原牧场的兽医，他的职责是帮助牧民们给牛羊等牲畜看病，现在却要他突然转行为人看病，而且是个产妇！难产的产妇！

　　"我、我不会呀！我没接生过……"吾哈斯没有半句谎话。

　　"可你是医生……求求你救救她，救救我们全家！"产妇的丈夫甚至在磕头了。

　　"我……"吾哈斯无路可退。他哆哆嗦嗦地打开药箱，取出一把医用剪刀。他上手了……

　　心惊肉跳地上手了！

　　"哇——"婴儿一声啼哭，震荡了整个山坳坳，震荡了整个大草原。

　　兽医出身的吾哈斯的名声也一下跟着飞出了大草原……

　　一个兽医从此成为牧民心目中的"全能医生"。

　　"我是被赶鸭子上架成为给人看病的医生……"兽医继续当，后来慢慢地以为人治病为主的吾哈斯苦笑着向我说道。

　　"你这在草原和牧场上几十年中，还记得一共接生过多少新生婴儿吗？"我觉得吾哈斯医生实在了不得，接生一个孩子就等于大草原上多了一个牧民的后代，中华民族大家庭里多了一个成员。

　　"有2000多个了吧！"吾哈斯随口而来。

　　陪我一起到吾哈斯家采访的裕民县宣传部干部悄悄告诉我一个数字：吾哈斯医生为牧区接生了2800多个孩子。

　　"天哪！这么多啊！"我惊得叫了起来。

　　设想一下：把这2800多个新生儿放在一起，排成队，那该是多么雄壮的一支队伍。而他们都是我眼前的这位普普通通的兽医出身的男医生接生的。

　　难怪人们称吾哈斯是"草原上的天使"。

　　"在牧场生孩子是常见的事，牧民一出去就是几个月，放牧一般又是一家一家地在外面，所以牧民家生孩子也是常有的事，因此我每年上牧场的时候会把各个地方的女牧民的孕期记下来，这样就会对她们什么时候生孩子有个大概预期，以便应对。"吾哈斯说得平静，但我在想：在他接生的2800多个新生儿里，不知经历了多少想象不到的困难与难题。

吾哈斯的心都放在草场上的牧民们身上……

巴尔鲁克山区的夏拉帕提清楚地记得她的孩子是怎样生下来的。那是2002年3月29日下午，孕妇夏拉帕提在自家的毡房临产，疼得死去活来。她的羊水已经破了三天，婴儿却还没有露头，她家距离县城有60多公里的山路。就在不知如何是好时，吾哈斯医生出现了。

"大人的命最要紧！"从雪地里打滚进屋的吾哈斯，经过基本观察诊断，立即对夏拉帕提采取抢救措施……经过一个多小时的急救式助产，婴儿总算产下来了，可没有气息。

"我要孩子——"孕妇的一声微弱呼唤，深深触动了吾哈斯医生的心。他在没有任何设备的情况下，先对婴儿实施了口对口的人工辅助呼吸：10分钟、20分钟……"哇！"婴儿的一声啼哭，震荡了巴尔鲁克山。

夏拉帕提笑了。夏拉帕提全家人笑了。

20年后的今天，全家人站在吾哈斯面前又开心地笑了。

"脐带爸爸——"已经年满20岁的夏拉帕提的孩子高高的个子，站在吾哈斯面前这样亲切地称呼他。

"脐带爸爸"是草原上汉族、维吾尔族、哈萨克族、蒙古族、回族等10多个民族的180多个孩子对吾哈斯的称呼，他们都是难产儿，都是吾哈斯给予他们生命的新一代塔城人。

"吾哈斯医生的故事讲不完！"牧区的牧民们这样对我说。

这是一个漆黑的夜晚，风雪早已埋没了所有崎岖山路……突然，一阵急促的敲门声将刚刚躺下的吾哈斯震醒："医生！医生！我们家有病人，请你过去看看……"

这是"命令"！吾哈斯背起药箱就往外跑。

"肚子疼……我爹肚子疼，疼得死去活来，请你快去救他一命！"患者家属在雪里跺着脚恳请吾哈斯进山。

大雪掩盖的山路根本见不到任何路形，只能靠人的感觉和马的四蹄轻重去推测……"刚开始的一两里路，我从马背上掉下来不下三四次……"吾哈斯说。

"后来实在走不动了，只能把马暂时安置在一个牧民家，我们就徒步在雪地里走……约莫走了一个多小时才赶到患者所在的牧场。是急性阑尾炎。我根据患者的实际情况给他做了保守处理，然后与患者家属及牧场的人一起再把患者抬出牧场，火速向县医院护送，最后患者得到了及时的手术治疗，很快康复。"吾哈斯说这样的病例每年都会碰上几例。

"如果遇到情况紧迫的，你就必须自己现场处理？"我想到有些病是等不得的。

吾哈斯点点头："那是的。在牧场、在野外，人最容易生病，比如吃了什么东西中毒、得了什么急症，还有的就是像妇女生孩子，摔伤跌断手脚等也比较多……"

"你的小小药箱够用吗？"我笑问。

吾哈斯摇摇头，说："不光我的药箱不够用，我的医疗技术更不够用……"

"咋办？"

"学呗。先是跟比我早当医生的老师们学习，后来我当了比我年轻的人的老师，我就得更好地在实践中学习。我的实践就是在摸索中不断总结经验。像接生这样的事，到后来我就快成专家了，因为我接生了几十个、几百个后就啥情况都不怕了……"

"没有出过问题？"

"没有。个别人我处理不了的，也及时送到了医院，最后也是很好的结果，这使我非常安慰，并真心祝福那些新生命的诞生。所以我在塔城、在库鲁斯台草原一带有很多朋友，他们有的是我接生的后辈年轻人，甚至他们的子女也是我接生的——一家两代人都是我接生的，他们叫我特别亲，叫干爹、叫爷爷的很多。我很幸福。我负责的牧场大约有5000人，一年中将近有半年时间我一直跟他们在一起。他们走到哪，我就跟到哪，像一家人一样。他们的牲畜、他们的家人有病了，都是我负责给治好，所以大家待我像亲人一样。甚至他们之间有啥矛盾也通常请我这个当医生的给说道说道。那我作为一个医生，既然把他们的毛病治好了，就希望他们把生活和日子过得更加圆满些。如果他们之间再有矛盾也就不好了，所以我又成了做思想工作的'医生'了……"吾哈斯讲到这儿，自己笑了。

原来他真的是一个"全能医生"：从兽医到给人看病，再到做思想工作的"心理医生"。

吾哈斯的家在裕民县城，可几十年来他在家里待的时间不到三分之一。"每年春雪融化之时牧场就开始有牛羊了，我们就该出发了，一直到冬雪下来，不能放牧时才回来。所以家里基本上无法关照，觉得自己很对不起家人……"吾哈斯说到这儿低下了头，眼里满是愧疚。

我从街道干部那里知道，吾哈斯的父亲去世时他没有回家，他的哥哥去世时他也没有在家……"不是我不想回来，而是牧场上几千人在各个地方，我一直像巡逻兵似的需要到处走、到处巡医，有病人就得马上出诊。如果往家里一走，至少来回三四天才能回牧场。那几天牧场可能会有十个八个人需要就诊，我就是想不能因为我自己一个人的家里有事，耽误了牧场上的许多患者啊！"

一次又一次这样的无奈，让吾哈斯成为家中"亏欠"最多的人。有一回，他的妻子患了重病，他没能照顾，更不用说到医院陪床。妻子出院后跟丈夫说："你已经在牧场工作了好几十年，也算对得起谁了。你我年岁也不小了，你还是从牧区调回县城吧。我患病几年了，好歹你在身边我有个依托。"吾哈斯这下为难得几天几宿不知如何是好……

"你呀你，我知道你的心在牧场……这辈子你为大家服务，我和家人也算都有面子了。去吧，牧场更需要你，家里的事我们凑合凑合，过得去就行了！"最后是妻子这样大度地跟丈夫说。

吾哈斯说他一辈子就在牧场上做了一个医生应该做的事，但没有家人支持他也做不了这么长时间，他感激家人尤其是妻子的支持与理解。

其实，吾哈斯在牧场几十年间做的好事远不止他自己说的"几件事"，而可以说是像库鲁斯台草原上的花儿一样多、一样美。

有一回他在巡医途中见一位叫杨占林的汉族牧民晕倒在地上。吾哈斯抢救一番救醒了杨占林，一打听，原来杨占林因为家里生活贫困，日子过得艰难，所以外出想找份工作，结果因为一时没有找到合适的工作，口袋空空，连填肚子的钱都没有，所以晕倒在外。

"你拿着这些钱。我们再一起想想办法，给你找个工作做……"吾哈斯掏出身上带的几百元钱塞给了杨占林，然后帮他转移到了安全的地方，之后又一次次帮助其解决生活与工作困难。

"吾哈斯医生是个大好人，他无私地给我们看病治病，甚至帮我们出主意、替我们家庭谋幸福，他就是我们草原上的天使！"在牧区、牧民中间，这样夸奖吾哈斯的话最多。在吾哈斯家采访，他谈自己的事时，显得那么拘谨，而回到牧民中间后，吾哈斯就像一位大家庭的家长，人们簇拥着他，请他喝酒、请他跳舞，而他就如鱼儿跃入水中一样，欢快而又自由地与牧民们融合在一起，那情形真叫人羡慕。

我甚至想：什么最具凝聚力？一个医生就具有强大的凝聚力。

难道不是吗？

梅莲是我在牧区认识的第二个天使般的草原医生、民族团结的模范。

在塔城甚至在全新疆，梅莲的名气都很大。她有一个好听的名字，这名字让人联想到天山上的雪莲，因为只有在寒冬蜡梅盛开的季节才有雪莲。"梅莲"是否隐喻此意？梅莲自己笑笑，说应该是父亲给她起这个名字时有这意思在其中。

小时候的梅莲，命运与她的名字意思确实很接近：她母亲本来是四川人。20世纪60年代初，在苏联的蛊惑下，伊犁、塔城等边境地区部分居民强行越界，逃往苏联。当时我国政府为了稳定边疆，一声令下，从祖国四面八方调集一批军垦战士前来塔城边境一带执行屯边保国任务。梅莲的母亲就是这一年从四川到了新疆，被分配到新疆生产建设兵团农九师一六一团，那里紧挨着边境线。梅莲的母亲作为中学毕业生，其姣好的容貌加上"文化人"的双重优势，很快被兵团的一位小伙子娶回家，那就是梅莲的父亲……

母亲先后生了5个孩子，梅莲排行老二。或许是继承了母亲的基因，梅莲从小就喜欢看书。兵团的生活是艰苦的，除了战备任务外，其实就是种地的农民。父母整天在野外劳作，家务活被任劳任怨的梅莲担当了起来。其实她当时也还很小，而这也练就了她刚毅的性格。

梅莲5岁的那年冬天，雪下得特别大，她所在的巴尔鲁克山周围变成了一片冰雪世界。那时的交通本来就不便，寒冬的暴雪更是把所有通往外面的道路全部封得死死的……

"妈妈，我要、喝水……"高烧不退的弟弟在母亲的怀抱里张着双臂拼命呼喊着要水喝。母亲赶紧把碗放到儿子嘴边，梅莲看着弟弟喝水的样子都有些怕。

一小时过去了，弟弟的高烧不但没退，反而更高了，烫得梅莲都不敢摸……

"这样不行！这样娃儿受不了！"一直坐在门边闷头抽烟的父亲拍了拍双腿，霍地站起来，说："送团部医院吧，连里的卫生员说娃儿患的是麻疹，这麻疹可是不得了的坏病！马上走吧，别再耽误时间了！"

"外面雪那么大，山都封了……娃他受得了吗？"母亲哭了起来。

"再大的雪也得送医院嘛！"父亲挥挥手，断然决定。

"弟弟——"5岁的梅莲看着父亲驾着马车、母亲抱着弟弟,消失在茫茫的大雪之中,害怕极了。她哭喊着"弟弟",希望他平安回家,还有爸爸妈妈……

几天后,爸爸妈妈回来了。弟弟也回来了,但弟弟的身子是冰冷的,成了一具早已没有了呼吸的小小的尸体……

"连队要是有医生我儿就不会走的……"梅莲的妈妈在之后的许多年里一直念叨着这句话,像在对天说、对地诉,并牢牢地刻在女儿梅莲的心坎上。

长大我要当医生。我要把弟弟救活!

我要当医生,把连队里其他人家的弟弟妹妹一起救活,还要把那些叔叔伯伯阿姨阿婶们救活……

这是烙在梅莲小小心灵上的誓言。

"我记忆中,小时候每年兵团的连队里都会有一两个跟我弟弟差不多大小的孩子因为患急病而死掉,有的可能就是一次普通的感冒、普通的肠道感染,只因没有得到及时救治……"这样的事在童年的梅莲生活里不停地出现。

不善言辞的梅莲开始一岁岁长大,人们发现这个不太吱声的女孩总往连部的卫生室走,常常默默地坐在那里听卫生员跟前来就医的人对话或者看卫生员开方拿药等,还喜欢跟卫生员借书看、问各式各样的问题。

"你长大后想当医生是吧?"

"嗯,我想给哥哥姐姐弟弟妹妹和别的人家的兄弟姐妹看病……"梅莲天真地说。

"那——你为啥不给爸爸妈妈和别人家的爸爸妈妈看病呢?"卫生员好奇地问。

"大人的病由你看呢!"梅莲认真地说。

"哈哈……原来是这样啊!"大人们笑了。

1984年,因为家庭贫困——其实那时兵团的许多家庭都不富裕,加上孩子多，初中毕业后的梅莲便成为兵团一六一团十四连的一名农工——从事农业的工人，这是兵团人的一种叫法，就是拿工资的农民，干的活、吃的饭、生活的环境，与其他地方的农民无任何差异。然而这并没有改变梅莲"要当医生"的理想。与同龄人相比，她确实是个有心人。没进过医学院校学习的梅莲，选择了靠自学争取当医生的道路。现在的我们对这样的选择多少觉得有点"离谱"，然而当时的兵团、当时的中国边陲地区，像梅莲这样的想法和做法，完全在情理之中。

落后的中国，其实就是像梅莲这样千千万万人从最基础、最原始的起步点，不懈努力奋进，开始了现代化中国的进步事业和现代化建设的。今天的中国伟大而强盛，也是靠像梅莲这样的普通人用最简单、最勤劳和最努力的方式走完了创业之路。

梅莲选择了自学中医的道路。而中医之道，就在于实践与总结。

梅莲并不是天才，但她天才般地选择了一条正确的道路。

荒原和旷野没有任何现代化的器械和设备，也没有导师在此指导与教学，然而有草、有花、有水、有土、有沙，还有牛羊……它们只要略微改变一下质量与数量，就在这片神奇的大地形成一种新的物质和外观，梅莲就是在这样的环境条件下入手，开始了她的学医之道。

她有书作参考和依据，她更有广阔的大地在支撑着她的跋涉之途……

那是一条异常崎岖的山道。那山道上满是荆棘和藤蔓，稍不留意，就会刺破你的血肉……

那是一片沙漠荒原。那沙漠荒原上时常有飞石与风暴，稍不留神，粉碎的岂止是你的皮肉与身体……

那是一座高不可攀的大山。那大山的巅峰是人类知识和经验的结晶，即使是一个专业医者，也需要付出一生的辛苦才能领略到那里的风光与美景……

梅莲属于下笨功夫的跋涉者，她以纤弱的身姿去迎接风暴与狂沙，她以细碎的步子去攀登绝壁悬崖。中医之道，博大精深，对只有初中文化的她来说，朝前每一步，都是一次攀越高山的过程，吃力是自然的，但吃力未必能够有所收获，想要有所收获，就要一次次攀越高山。一本《伤寒论》，隐藏着治疗高寒地区伤寒病的许多经典知识与经验，但这是一本深奥莫测的文言文医著。一开始，梅莲捧起此书就像在看"天书"。为此，她只能先学古文。学古文本身就是文科生的难点，而梅莲必须先"啃"下这样的一个个难题，方可进入阅读与理解的第一道门。

为了跨过《伤寒论》阅读与理解上的门槛，梅莲特意请教一位来连队探亲的高中生。

"你、你……你怎么来的呀？为啥不敲门进屋来？这么大的风雪，这么冷的天气，你还是个姑娘家……"有一天早上，那位"临时教师"打开即将被风雪盖住的房门，突然看见梅莲像雪人似的等在门外。他感动了，对连队的人说："这梅莲了不起，没有她做不成的事，将来她一定是个好医生、大医生！"

"我一辈子都不敢想能成为大医生。能为连队的一个个像我家一样的家庭和周边的乡亲们看些日常病、急病，能让他们安安稳稳、平平安安地生活，就是我最大的满足了！"梅莲说。

掌握了一些基础知识，梅莲开始采摘中草药。兵团驻守的地方并不富裕，却拥有百花争艳、草木争春的自然环境。所以梅莲利用农闲时节，翻山越岭去一个个山头、一片片草原寻觅草药……不知有多少次，她采药回家后却把家人吓得不知所措，因为她喜欢——其实是无奈，她必须去亲口尝试那些叫得出或叫不出名的草药。理所当然，不是所有的草都是药，而且书中记载的无毒的草药也许在草原和戈壁上就带了毒性，就算是同一种草，在草原平地和冰原雪域，其药性或毒性也会天差地别，所以梅莲的尝试带着明显的风险。

"我不尝一口，给病人吃了可能就会坏事，所以不管什么情况，只要想用草药，想给病人用，我必先自己尝过了才敢用。"这是梅莲自己定的规矩，医书上没有这一条。

"我没有地方去学医术，除了懂些中草药外，就是靠针灸治病……"坐在我面前的梅莲已经是声名显赫的医生了。但她说最初几年义务看病主要靠针灸，"因为学它只需对着图往自己身上扎就行……"

她就这么简单地开始了在自己身上学扎针。可以想象：一个细皮嫩肉的姑娘家，被千针万针扎得皮开肉绽！

父亲见了，吼道："你疯啦？"

母亲见了，哭着说："你还想不想嫁人了？"

梅莲啥都没说，心里则在想：要是能用我的命换来大家的身体健康，有啥不值呢？

这么大的动静，兵团连队里所有的人都知道梅莲姑娘在学医、学看病，而且那架势就是个医生了！不过最初多数人在笑：看病可不是胡来的事，弄不好会死人的，治死了人可不是闹着玩的。

但有病不治，更容易死人。有病不治，痛也会痛死人的，即使痛不死，也够难受的。

"快叫梅莲！让梅莲看看能不能治好！"真的有生急病的人出现了！那是1987年夏天的一个午后，梅莲正像往常一样在家看书，突然听到门外有人在喊。是指导员，他喘着粗气跑到她跟前说："姜世仁两口子食物中毒，连队卫生员外出不在，梅莲你赶紧去看看……这可是人命关天的事！"

人家说了，是人命关天的事。当然指导员说的是救姜家中毒的人。但他可能没有想到，假如梅莲救人技术不够，出了人命可就是另一回"人命关天"的事了。

梅莲说当时自己也没有想那么多：救人第一。食物中毒如果救治不及时也是会丧命的。所以她一听指导员上门"请"她，二话没说，扔下书本，背起药箱就跟着指导员来到医务室。

当时的姜家一片混乱，人已经被送到了连队医务室，而医务室被人围得里三层外三层……姜氏夫妻躺在条凳上，脸色蜡黄、双手捂着肚子痛苦不堪。

"梅莲，你看咋办？"大家都看着梅莲。梅莲第一次遇到这样的事，尽管以前用针灸给这个扎一下治肩膀、给那个扎一下治牙痛，但真要上手抢救像姜家人这样的急病，她从来没有过呀！

"救人要紧，梅莲！我在这里，你只管按你学到的本领，抢救老姜他俩……"指导员在一边鼓励道。

梅莲的心神一定，仿佛有了一股支撑她的强大力量。

上手吧！只见她一咬牙，然后察看了一下两人的呕吐物，再观察了患者腹痛的位置，初步断定是蔬菜残留农药中毒，于是梅莲马上给病人输液……

"疼！疼啊……"输液显然没有那么见效，姜氏夫妇还在垂死般地叫唤。

梅莲的额上已经出汗了。她观察了一下，伸手扒开老姜的嘴巴，用自己的双指压住他的舌头，让其呕吐……

"哕——"姜世仁立即吐出几大口，甚至溅了梅莲一身。

梅莲顾不了这些，又扒开姜世仁妻子的嘴巴，再用双指压住她的舌头……

"哕——"姜妻同样吐了一地。

"拿点开水来！"梅莲一边在药箱里寻找阿托品、解磷定之类的药片，一边让人取水来。

如此这般一番折腾，姜世仁夫妇渐渐好转，一直到彻底康复。

"梅莲神了！"

"梅莲真的能看病！"

"梅莲手到病除……"

这回梅莲能看病救人的消息在连队成为无人不知的事，甚至传到了兵团的《塔城军垦报》上。

整个团部和巴尔鲁克山区的人都知道了十四连有个叫"梅莲"的姑娘是"神医"，能治病！

梅莲当然也特别兴奋，毕竟是第一次感受到"救死扶伤"的成功感。从此，来找她看病的人越来越多。

这一年冬，邻居王金福老人脑血栓发作，病情十分危急。待梅莲被人叫去看病时，她见老人紧咬着牙关，已经处于半昏迷状态。

"哎哟，这么重的病我都没见过，更没有治过……这可咋办？"梅莲当时吓得不轻，可她又不能推辞与躲闪，因为所有的目光都集中在她身上，而且大家流露的是恳请与希望的目光。

"雪那么大，送山下的医院只怕是远水救不了近火。梅莲，你就上手吧，我们相信你！"病人家属和连队的干部都这么说。

梅莲点点头，原本胆怯的心情也很快调整了过来。

只见她轻轻地取出一根细细的银针，目光坚毅地寻找到穴位后，深深地吸了口气，然后从容地扎了进去……先是一根针，再后是两根针、三根针；先是患者的手上，再到头上、脚上……一共扎下 16 针。

梅莲的脸上、额上和颈上都渗出了细密的汗珠，屋里的人全都屏住了呼吸……

针扎进后还需要一根根不停止地捻，梅莲那纤细柔软的手指不停地、有节奏地捻着、捻着……如此一分钟、两分钟……五分钟、六分钟……

"行吗，梅莲？"有人在一旁已经有些沉不住气了。

行吗？梅莲也在问自己。

汗珠已经从她的颈上滴了下来，但病人似乎没有丝毫的好转……

十分钟、十三分钟、十五分钟……

"他动了！他发声了！"也不知是谁最先发现患者在轻微地哼哼，嘴巴动了动……

"行了——没事了！"梅莲长长地舒了一口气，说。

"梅莲！梅莲——"只见梅莲"扑通"一下瘫倒在地，吓得众人一片呼声。

　　梅莲睁开眼睛，笑了："我没事，就是有点虚脱似的……"

　　连队干部打趣地告诉她："那是你刚才太紧张了！"

　　梅莲也点点头。她确实太紧张了。这是她第一次现场扎针救人的实战。

　　"快，快，梅莲医生，你快到我们家去吧！"这时，连队另一个职工张祥贵急匆匆地来叫梅莲。

　　"怎么啦，张祥贵？你凑啥热闹嘛！"连队干部拉住张祥贵问。

　　"是、是我老婆要生了……"张祥贵急得语无伦次。

　　"你老婆要生了你还跑这儿干啥呢？"

　　"我来请梅莲去接生……"

　　"你想得出！人家梅莲才20岁的大姑娘，她又没接生过！你快回去！快回去找个接生婆！"

　　梅莲站了起来，说："我去，还是我去吧。"

　　"你看看，梅莲现在是医生，她去我放心。"张祥贵高兴得快要跳起来。

　　"梅莲，你真的行吗？"

　　梅莲苦笑道："我也不知道。这金福大伯不也是你们赶我上阵的吗？"

　　"也是，也是。那你快去……"

　　梅莲就真去张祥贵家了。"那是我第一次接生，从来没见过女人生孩子的事，尽管我也是女人。"梅莲在我采访时回忆道。

　　"当时去了张家，看到张祥贵的老婆临产的样子，我浑身吓得直抖。尤其是一掀开被子查看产妇，看到婴儿已经露出半个头了……我连忙按书本上的助产程序操作起来。好在孩子是顺产。但到了剪脐带时我就犯嘀咕了：到底剪多长呢？是长一点还是短一点好？可是现场不能犹豫呀！所以我只得糊里糊涂地拿起剪刀就咔嚓一下剪了下去……"

"之后的一个多星期里，我只要一闭眼，就会梦见那婴儿发炎的脐带朝我脸上喷脓水……半夜总是被惊醒，"梅莲说，"直到十来天后，张家告诉我，孩子的脐带长好了，我才一把鼻涕一把眼泪地高兴得哭了一场……"

我知道，之后梅莲一共接生了5000多个草原新生命。

那是怎样的一场迎接生命的战斗与劳累啊！用惊心动魄、用心惊肉跳、用欣喜万分、用激动人心、用感天动地……都可以，都贴切。梅莲说她已经记不清每一个新生儿从她手中托起时的那种喜悦了，因为太多太多了！

"但在那一刻，我真正觉得自己生命的存在是有意义的，从新生婴儿的一声啼哭中，我感受到自己的价值。没有比这更能体现我与身边的各族同胞之间的深情厚谊了！"梅莲如此说。

在我的要求下，梅莲给我讲了5000多例中的这一例：

那是20多年前的一个夏天。一六一团九连职工邹任慧临产时因身体虚弱，婴儿卡在产道里，母亲根本没劲儿将孩子生出来，此时婴儿最容易窒息而亡。无奈，梅莲急中生智，动手将婴儿从产道中硬拽了出来。但后面的情况更让她意外：婴儿不哭不叫，浑身紫色，而且一动不动。

孕妇和她的家属急得大喊大叫。"先不要急……我来试试！"梅莲嘴里这么说，心里比谁都着急。

只见她用胳膊拭掉额头上的汗珠，然后俯下身子，抱着满身羊水、胎粪和胎膜的婴儿，口对口地做起人工呼吸……

一分钟、两分钟、五分钟、七分钟……十几分钟过去了，婴儿还是没有声音！

继续！梅莲在给自己打气：千万不能放弃！

"哇——"终于，一声啼哭让邹任慧一家高兴得热泪盈眶、欢呼不已。

梅莲又一次瘫在地上，但她的脸上是笑容，掩不住的笑容……

十四连是梅莲家和工作单位所在的连。这个连队地处偏远，又是一个由兵团二代新组建的连队，配备的卫生员像走马灯似的换了一个又一个，还经常有人开小差。连队的人很有意见。

"梅莲，你看看能不能接卫生员这事？"一天，连队领导找到梅莲，问她。

"只要领导信任，我愿意。"这其实是梅莲早就准备好的事，因为她学医的目的就是给大家看病。如果是连队的卫生员，那就意味着她可以名正言顺地成为医生了。

正式编制的连队卫生员需要考核，梅莲很顺利地通过了。从此，她开始了在巴尔鲁克山区长达几十年的行医生涯……

"行医几十年，看过多少病人、接过多少诊？"这是我问梅莲的问题。她笑笑，摇摇头："太多了，记不得了！也不去记……"

但有关部门还是给出了一个数字：7万人次。

巨大的数字。问题是，梅莲接诊的病患多数是在草原和野外，接诊一次，翻山越岭，甚至守候一天半宿也是常有的事。有一位老牧民在放牧过程中突发急病，家人连夜下山请求梅莲出诊。她背起药箱，骑上马儿，奔到远在几十里外的患者所在地。那位牧民患的是高血压，几度晕倒在地。梅莲抢救后患者情况有所稳定，但为了确保其平安无事，梅莲在患者身边待了几十个小时，等患者彻底解除危险后方才返回。

连队的一名职工患肝硬化和肝腹水，生活已经不能自理。梅莲那些日子每天往返几十里山路，给这位患者输液、送药，后又手把手地教其妻子扎针输液。

"你是我女儿……比女儿还亲。"老人多少回含着热泪，拉着梅莲的手深情道。

几年后，这位患者病逝了。去世前，他在床头念念不忘："我的女儿梅莲在哪？我要见她……她在身边我就心安了……"梅莲去了，再次回到老人病榻前，一直到老人安静地离世。

山区和草原上的人容易患病，而且许多疾病来得突然、来得严重。连队的一位女职工突发脑溢血导致偏瘫。"梅莲! 梅莲……"的呼唤声响彻山坳坳。

"来啦! 我来啦——"梅莲策马飞奔，来到这位婶婶床前，给她治疗……

"你能不走吗? 你能留下吗? "患者用颤抖的双手死死地抓住梅莲的手，仿佛抓住了救命的稻草。

"我不走，你放心……"梅莲连连点头。

就这样，整整半个月，她天天上门为这位偏瘫的患者针灸，直到病情稳定好转。

年轻时的梅莲跟所有姑娘一样爱美，她的两条长辫子又粗又黑，骑马出行时，那双辫子一甩起来特别美，特别有精神。可是为了给一名患者治疗鼻衄，梅莲竟然毫不犹豫地将两条心爱的大辫子给剪了，制成了止血化瘀的中药"血余炭"……别人的鼻衄治好了，梅莲那两条漂亮的大辫子却没了。

她很是心疼，但她又很欣慰，脸上露出的是笑容，因为她觉得能给一位患者治好病比什么都强。

花季的梅莲错失了多少美好年华的姑娘本该有的精致，她记不清了。别人的脸蛋和皮肤怎么着也要好好保护，起码涂点护肤霜吧! 可梅莲不行，她为了给病人扎针扎到位，经常在自己的脸上做试验，扎得青一块紫一块的，身上的皮肤更不用说，连胳膊她都不敢轻易露出来，因为上面满是她自己扎的针眼……

"我家乡所在的连队当时有259户牧业农户职工，周边居住着裕民县察汗托海牧场及五星牧场的20多户哈萨克族牧民，他们常年在巴尔鲁克山深处放牧，只有冬季在定点的生活区，交通不便、通信封闭，缺医少药，看病就更难了。所以我把给他们治病放在个人生活和工作的第一位，其他事好像在我当姑娘的时候很少考虑……"年过半百、头发花白的梅莲回忆起年轻时的往事时，多少有些感慨。

巴尔鲁克山区的牧民们和额敏边防兵团的职工们则这样赞美梅莲："她是我们这儿最好的'德乎特尔'（哈萨克语：草原医生）。"

常听人说："到了新疆才知道天地有多大。"是的，梅莲所在的巴尔鲁克山区在塔城仅仅是一个牧场而已，但梅莲骑着马要想把这个藏于准噶尔盆地边缘的山区草原走一遍，至少得花几天时间，而几十年来梅莲就是这里的"德乎特尔"。

学骑马是必需的。但即使学会了骑马，摔得头破血流在彪悍的男骑手中也是常有的事，更何况一个弱女子。

梅莲摔倒过多少次？她摇摇头，说记不得。大凡吃苦太多的人对什么叫"苦"、"苦"为何物已经麻木。梅莲说她还记得这么一次"很吓人"的经历——

那是2001年6月的一天。阿依古丽的嫂子玛尔赞患肺炎高烧不退，家人万分着急，阿依古丽赶来找梅莲去诊治。因为玛尔赞腰椎有伤，无法骑马到梅莲处就医。"我每天下午巡诊后就到你那里去吧！"梅莲说。

就这样，梅莲利用每天巡诊结束后往回走的时间，绕道去玛尔赞家给她打针治疗，这段路5公里左右，需要翻山。有一天，梅莲巡诊晚了，直到晚上才往玛尔赞家走。这天风特别大，一阵凉意让骑在马背上的梅莲不自觉地腾出手来欲从座底下取件衣服，不料惊了马儿。

"嘶——"惊马昂首嘶鸣，四蹄腾跃，突然加速向前奔跑……

坏了！梅莲双腿紧夹马肚，两手勒紧缰绳，想让马儿慢下来，可惊马根本不听她指挥，反而狂奔起来，而且越跑越快。弱小的梅莲哪经得起如此折腾，猝不及防一下从马背上被掀了下来，更要命的是，她的一只脚还卡在马镫里！

套镫是骑马中最危险的情况，被拖行的人体则会让惊马更加惊恐与疯狂，如果不及时解脱，骑者随时可能因撞上地面的石头、沟坎、树木或尖锐东西而丧命。梅莲无计可施，她此刻脑中一片空白，只觉得身上阵阵刺痛……就在这危急时刻，患者玛尔赞的儿子恰巧遇见，纵马上前一把拦住惊马，才使梅莲脱离了危险。

灰头土脸、狼狈不堪的梅莲回到家，丈夫指指席上的丰盛酒菜，问妻子："知道今天是什么日子吗？"

梅莲的脑袋里又是一片空白。

"是你生日！今天是我爱妻的生日！"丈夫说完走过来给了梅莲一个大大的拥抱。

梅莲顿时泪水纵横……

"以后就不要骑马了，看你的脸上被刮的……"丈夫边说边心疼地为梅莲处理伤口。

患者玛尔赞在梅莲的精心护理下恢复了健康。她特意走了60多公里，到县城制作了一面锦旗，上面写着"医术精湛，救死扶伤"，送给了梅莲。

1999年，已经有了十几年丰富经验的梅莲，通过了兵团系统医师资格考试，成为一名真正的医生。次年她又报考了电大，开始向医学更高峰迈进。

从能够看病，到成为医生，再到地方名医，这之间的路有多长，只有千千万万的患者说了算。梅莲的工作范围是巴尔鲁克山区以及后来随着她名气越来越大而扩至准噶尔盆地的广袤大地，那个世界足够大，大到可以把天下所有的爱与怨、美与丑都包容在其中……

个头不到一米六的梅莲，骑上马走在大草原上也只是个小小的针尖似的影子，即使扬鞭跃马，也宛若一根小草在风中摇动。然而在各族牧民心目中，她就是一缕温暖的阳光、一片美丽的云霞、一束希望的光芒……她一出现，人们就会欢呼，就会奔跑过来给她牵马，帮她背着药箱，甚至给她捶背——她太累了，有时到一处巡医出诊就是几个小时，不用说吃饭，甚至"方便"一下的时间都没有，但无论是在茫茫大草原的崎岖小道上，还是在翻山越岭的寒风中，更不用说坐下来就诊的时刻，梅莲总是一丝不苟、满腔热情、竭尽全力救治患者。牧民们夸奖梅莲是巴尔鲁克大草原上的"天使"，而她为牧民与兵团职工做的好事就像葡萄架上的一串串葡萄，数也数不清……

——兵团邹女士生两个孩子都是大出血并造成休克，都是梅莲及时抢救才挽回了母子生命，梅莲除了帮邹女士和她的孩子度过生命危险期，还给婴儿送去衣服、尿布等，并特意将自己家的94只羊转到邹女士名下，让她养殖以维持家庭生活。

——一位牧民突发急性阑尾炎，需要急送医院，可因为夜深路远，又没有车辆，梅莲寸步不离地整夜守护在患者身边。第二天天一亮，梅莲立即骑马赶回连队，取出1500元钱塞到患者手里，又亲自护送病人到团部医院。

——又是一个风雪交加的夜晚，梅莲躺在床上翻来覆去睡不着。忽然，她记起原本身体就不太好的退休职工关庆和夫妇患了重感冒，已经几天没有见到他们了，两个老人是否安好？梅莲想到这里，"噌"地从床上坐起……丈夫忙问："天黑着，你要去哪儿呀？"梅莲说要去看关家两位老人。"正下着雪呢！明天再去不行？"丈夫担心起来。梅莲摇摇头，说了声"没事"，人已经消失在茫茫雪夜里。等到她推开关家房门时，已成了个"雪人"，关庆和老两口见状，老泪纵横，感动得连声唤梅莲"好闺女"……

"国军！国军！你怎么啦？"这一天，梅莲从外面就诊回家，草草洗漱一下就准备上床休息时，突然发现自己的丈夫李国军静静地躺在床上，没有一丝动静，她颤抖着去探他的鼻息……没有半点气息！"国军！国军——"她吓坏了，拼命地呼叫，却再也没有将自己最亲的人唤醒。

丈夫是因睡眠呼吸暂停综合征离世的。一心在患者身上的梅莲悔恨交加，悔自己天天给外面的患者看病，却忽略了身边亲人的身体……结婚才十多年，梅莲就这样失去了丈夫，她悲痛欲绝。

梅莲丈夫出殡那天，兵团连队和巴尔鲁克大草原的牧民们纷纷赶来为他们的"天使"的爱人送行，队伍排得长长的……梅莲从众人关切的眼神中看到了似海一般的深情与云彩一般的温暖。

几天后，骑着马的梅莲又出现在草原上，出现在牧民面前……

我爱祖国

我爱边疆

富饶的巴尔鲁克山下

是我放牧的地方

辽阔的塔斯提河

是战斗的地方

为了祖国

我们甘愿流血牺牲

……

这首歌在巴尔鲁克山区已流传了半个世纪，它赞美的是为了保卫边疆、维护民族团结而献身的"戍边女英雄"，名叫孙龙珍，一位出身穷苦的江南女子。1959 年，结婚不久的孙龙珍响应国家号召，支边来到新疆吐鲁番；1962 年，自愿报名到边境第一线工作。1969 年 6 月 10 日 21 时许，孙龙珍突然听到有人在喊"外国军人又来挑衅和绑架我们的人"时，她不顾六个月的身孕，操起铁锹就冲出家门，与其他民兵一起向出事地点跑去……

"不许越境！不许到我国的领土搞破坏！"孙龙珍毫不畏惧地站在自己国家的领土上，义正词严地痛斥疯狂的侵略者。

"砰！砰砰……"就在这时，一串罪恶的子弹向孙龙珍射来，击中了这位年轻的中国女民兵，与她一起倒在血泊中的还有两位民兵。

"龙珍！龙珍——"梅莲的母亲吴芷贤是孙龙珍同一连队的战友，

也是孙龙珍中弹牺牲的目击者。"当时，我就在龙珍边上，用手能够摸到孙龙珍的脚。"梅莲小时候，母亲经常给她讲述英雄的故事，也经常给梅莲讲守护边疆的意义。

孙龙珍是梅莲所在边境线上的一位名字与精神同时刻在巴尔鲁克大草原上的英雄，在我采访的日子里，人们不时地提起她，并且带我去参观她牺牲的那片土地……"我是在孙龙珍烈士用生命捍卫过的土地上出生、成长的，我离不开连队，离不开巴尔鲁克山，离不开淳朴、厚道的牧民们。作为医生，病人的需要就是我存在的最大价值。我的人生格言是：以善为本，以诚相待；为医献身，精益求精；为民服务，永世永生。"这是梅莲常说的话。

巴尔鲁克山是座多情的山，这里的大草原更懂得感恩。若干年后，梅莲以自己的行动感动了这座神一般的山和这片美丽的大草原，她当选党的十八大代表，获得了"白求恩奖章"等荣誉，她的名字也像孙龙珍烈士一样被这里的各族人民传颂。于是有人就开始询问她愿不愿意到乌鲁木齐或者其他大城市工作。"凭你的名声和医德，肯定会有更高的报酬……"他们这样对她说。

梅莲笑笑，摇摇头，说："我属于巴尔鲁克山和这里的牧民们，我永远不会离开这片土地的！"

又一个春天到来，巴尔鲁克山区草原上盛开的与天上云彩一样多的鲜花呈现出彩虹一样美的景色。在弯弯的山丘与草原中间，我们看到一匹马儿缓缓地走来，那马背上是牧民们熟悉的梅莲医生。如今虽然她已两鬓斑白，可她依然精神抖擞、英姿飒爽……

　　一棵呀小白杨

　　长在哨所旁

　　根儿深　干儿壮

　　守望着北疆

微风吹

吹得绿叶沙沙响啰喂

太阳照得绿叶闪银光

来来来　来来来　来来来来来

小白杨　小白杨

它长我也长

同我一起守边防

……

　　梅莲十分喜欢唱这首《小白杨》。那天我到她工作的地方去，一眼就看到那高高的山冈上飘扬着一面国旗，国旗下面就是一个哨所。那个哨所就是著名的"小白杨哨所"。

　　那天，我专程来到边防战友们身边，抚摸着那棵在全军和全国人民心目中享有崇高地位的白杨树，无限感慨：这里的每一位官兵、每一位边民都如白杨树一样默默地为我们守护着边疆，保卫着一方国土的安宁。梅莲用自己精湛的医术和高尚的医德塑造着她的"小白杨"。还有吾哈斯医生以及其他许许多多像梅莲、吾哈斯一样的医生，在马背上为这片无垠的美丽边疆吟咏着一曲曲动人的歌谣……

第九章

唱着唱着，
我就成了歌唱家

———

马丁·路德说过：音乐是万德胚胎的源泉。

贝多芬也说过类似的话，

他认为歌曲和音乐是比一切智慧、一切哲学更高的启示，

渗透了一个民族的悲与喜。

看一个民族是否有文化、是否爱祖国、是否彼此和谐相处，

其实听他们的歌曲多不多、歌声欢不欢，便知一二。

阿依古力因为热爱自己的家乡，并被家乡的美丽和幸福生活所感染，

于是她用自己的深情和天赋，"唱着唱着，便成了歌唱家"。

像她这样的人，新疆有千千万万个……

正是他们的歌声，让这片土地变得更加神奇与充满魅力。

毫无疑问，她一定是我在塔城和新疆见过的最漂亮的美女之一，甚至是可以拿掉"之一"的新疆美女。

遗憾的是没有机会在年轻时看到年轻的她，而今她的儿子都要大学毕业了，她依然让人心动，这才是真正的美人儿——不用虚情假意，新疆的女人就是美，她们的民族特征和气质，尤其是那双会说话的眼睛和转眼间舞动身姿跳上一段新疆舞时……男人都会着迷，女人也会羡慕。这就是她，包括许多新疆女士给我们的印象。

阿依古力还有一个明显的厉害之处，就是她从不献媚、从不刻意去奉承他人，别看她美得水灵，但她骨子里刚正不阿，说起话来有些不饶人——也许正是这个情况使她成了留在塔城的歌唱家。

她说她这个"歌唱家"是民间的，既没有权威部门给她发"证"，也没有谁替她鼓吹。但塔城百姓都认为她是塔城的光荣和骄傲，她的歌声代表了塔城水平，甚至不亚于歌舞团的专业歌唱家。

"我们爱听阿依古力的歌，也爱请她去唱歌。"

"她从没有架子，只要能安排得开，什么时候、什么场合她都能唱，她也唱得特别认真，特别用情……"

塔城人这样说她，不是一两个人这样说，而是整个城市的人都这么说。

她在塔城是真正的著名人物，老人和孩子都认识她，因为她几十年一直在这个城市唱歌。有时一天在好几个地方唱，在牧场、在社区、在公园、在厂矿、在军营，甚至在托儿所、在婚礼上、在开工仪式上、在朋友聚会的餐桌旁……她就是塔城人心目中的百灵鸟、塔城人眼里真正的歌唱家。

她的歌，来自她心底对这片土地的最真挚和最深沉的爱。她的歌声，是她对这片养育她的大地所倾诉的心之声……

每一次歌唱，她都是在用自己的全部热情与感情发声，唱歌就是她生命的全部意义……

她的歌声能让塔城人感到就是自己心头想说的话、想抒发的情感、想倾诉的爱与恨……

我认识她是在采访塔城的一次家庭聚会上。那天，在一个维吾尔族家庭，一群"美丽花"在一起的热闹劲儿让人心旌荡漾，也赏心悦目。

阿依古力出现时，全场起立，一片欢呼，她们都齐声喊出："我们的歌唱家来啦！"

"我不是，我不是，我只是个唱歌的……"漂亮的阿依古力竟然一本正经地谦虚地说。但大家仍然不放过她，一个劲儿地在我面前夸她："她就是歌唱家！""她是我们塔城的骄傲！"

大家这么说，阿依古力也丝毫没有脸红和做作的表情——她对这样的场景太熟悉了。

"在塔城，只要她出现，大家都会这样纵情地欢呼，然后再听她给我们唱歌，之后是她的歌声带动了所有人的情绪，于是又一场欢乐的歌舞开始了……"在场的新疆姐妹花们这样说。

在塔城，经常听到大家说起一场文艺节目，那就是《家园之恋》，这是塔城人根据一对结婚数十年的夫妇的金婚仪式而编排的一台大型的塔城歌舞剧。据说这台具有浓郁塔城民族风情的歌舞剧不仅在塔城成为家喻户晓、人人喜爱的舞台节目，而且在新疆各地演出后也大受欢迎。这台歌舞节目的主创和演职人员都是业余的，这非常可贵。也许正是这台节目特别出彩，而阿依古力又是其中的主要歌唱演员，她的歌和整个

舞台形象为这台塔城人引以为豪的歌舞增色无限，从而也将阿依古力在
家乡人民心目中的地位推到了塔尔巴哈台的山巅……

美丽的塔尔巴哈台

美丽啊我的故乡，塔尔巴哈台

青青的草原是我牧羊的地方

肥壮的牛羊马驼，千千万万

你看那，丰收的粮棉好像座座山

塔尔巴哈台，美丽的故乡

幸福和快乐，沸腾在我的胸怀

美丽啊，我的故乡塔尔巴哈台

美丽啊，我的故乡塔尔巴哈台

可爱啊，我的故乡塔尔巴哈台

群山环绕，物产丰富

各民族和睦相处，热爱生活

你看那石油滚滚，汇成大海

塔尔巴哈台，美丽的故乡

幸福和快乐，沸腾在我的胸怀

美丽啊，我的故乡塔尔巴哈台

美丽啊，我的故乡塔尔巴哈台

　　这首《美丽的塔尔巴哈台》是本地艺术家作词作曲的作品，阿依古
力在《家园之恋》中将它唱得婉转而优美，拨动塔城人的心弦。

　　塔城的地名源于塔尔巴哈台山。这座山长300公里，高3000米，
北坡缓，南坡陡，南坡的植被异常茂盛，北坡在冬天则因酷寒冰冻而具
有一种雄性的力量感，也十分壮美。

　　在如此雄壮的大山周边，又都是异常开阔和美丽的草场，那草场上

的草木十分茂盛。据说在塔尔巴哈台草场上的植物达 2000 多种，因此这里被植物学家称为"野生植物基因库"，意思是绝大部分野生植物都能在此找到物种。

塔尔巴哈台山和周边的草场，构成了塔城的骨架与血脉，构成了塔城人的"父亲与母亲"，构成了塔城人的"你与我"以及他们的昨天、今天与明天……阿依古力是土生土长的塔城人，所以她对歌词与曲调的理解，或许比谁都精准与透彻。

她告诉我：她歌唱其实并不是在"唱"，而是在诉说自己，诉说对家乡、对民族和对塔城的心与情……

阿依古力出现在哪里，哪里必定有她的歌声。在我见她的家庭聚会上，那宛如百灵鸟般的歌声，自然让人们再一次甘愿在她的歌声里流连，博得大家的热烈掌声。掌声之后是她一支又一支地歌唱，一直唱到大家有些不好意思请她再唱，而这个时候我发现阿依古力自己有些收不住了……她唱得那么投入，尽管当时没有灯光、配乐和舞台，她自己也没有化妆、没有伴舞，她却越唱越起劲。

"我是天生唱歌的。除了唱歌，还是唱歌。我从来没有学过什么声调、乐谱，可只要听上两遍，我就会唱了……"那天，在异常热闹的气氛和环境的间隙，她跟我这样说。

不可思议！一个歌唱家不识谱，没学过专业知识，却能如此神奇地唱、如此神奇地演……她真的是站在塔尔巴哈台上的神歌手！

不用怀疑，阿依古力就是这样的神歌手。

"我就是这样走过来的……"舞台下的阿依古力不卑不亢，不掩不饰，本本真真，没有任何做作——完全来自属于自信的力量。

"在新疆，一个有能力的人可以成为牧场主，养很多牛羊，成为富人，女人可以嫁给这样有钱有势的人过一辈子富裕安乐的生活。普通人则能通过辛勤劳动过平平常常的日子。我出生在一个教师家庭，从小父母就教育我要有爱人之心，有了爱人之心，才能爱新疆、爱国家。小时候并不懂什么叫爱，但小时候我就爱唱歌、爱表演。我们家姐妹兄弟多，共8个，我排行老五，上下都有人给罩着，所以胆子大，从小不怕生。每次家里来客人了，大人们就开玩笑说给我一毛钱的'出场费'，我就认认真真、有模有样地给大家唱歌……11岁那年我就被县文工团邀去演出，第一次演出后，看到那么多人喜欢听我唱歌，心里好像知道了爸爸妈妈以前教育我要有爱人之心，这个'爱'字是什么意思了。我们家里各个民族的人很多，我的爷爷是维吾尔族，奶奶是塔塔尔族，妈妈又是哈萨克族，但平时就是亲亲热热的一家人，没有民族之分。我在外面唱歌时也是这样，小的时候我就知道只要我把歌唱好了，台下的人不管是谁、是哪个民族的，他们都会为我鼓掌，都对我特别好。渐渐地，我明白一件事，只要我能把歌唱好，唱得大家都喜欢、都开心，就是我对大家最大的爱，让各个民族的人都像一个大家庭的人一样那么欢乐、亲密……"

阿依古力的"歌之路"就这样踩探出来了，且越走越宽阔和坚实。

"印象最深的一次是在我12岁那年的一次演出。我准备了两首歌，其中一首是备用的。可上台唱完一首后，台下的观众鼓掌好热烈，我就返回舞台唱备用的第二首。哪知第二首歌唱完后，下面的掌声更热烈了，他们还要我唱。我就赶紧返台再唱第三首……后来一直唱了四首他们才'放'了我！这事让我激动了好几天。爸爸妈妈对我说，这是大家喜欢你，喜欢你唱的歌。你一定要好好唱，唱得好了，就证明你对大家是有爱的，有了对大家的爱，大家才会爱你、喜欢你，我们的社会、我们人与人之间，因为有了这种互敬互爱，就会幸福和快乐。大人的话虽然我不全懂，但我知道得好好唱，好好唱了，大家才喜欢我，我也能更好地为大家服务、为社会服务！这是我唱歌的动力和初心，一直就这样，一唱就唱到现在……"

今年50岁的阿依古力看上去仍然非常年轻，她说得益于唱歌。"只要一唱歌就快乐，就停不下来……"她说，"平时也经常有感冒和嗓子痛啥的，可一唱歌，这些小毛小病就没了！”

新疆人都能歌善舞。但阿依古力显然是能歌善舞的新疆人中罕见的天才，她的歌舞水平已经算是民间高手了。

"只要阿依古力出场，我们就兴奋，她的歌声最有魅力，最能打动我们的心！"塔城人称她是"我们塔城的歌唱家"。

出名后的阿依古力，各单位、各部门、各社区甚至学校、工矿企业、家庭私人喜庆的事儿都会邀请她去唱歌。渐渐地，她发现她的歌声、她的演出竟然与国家和政府、社会的许多活动密切相关，并在其中起到了不可替代的作用。这让阿依古力意识到自己不仅是张嘴唱歌或演艺，而是在她所热爱的家乡塔城，为身边的各民族兄弟姐妹们创造和睦美好的生活尽一份职责。正是因为有了这样的认识，阿依古力对唱歌更加用心、用情。

塔城是个多民族聚居地，每一个街道、每一个单位或同一个地区、同一个牧场，可能有几个、十几个不同民族、不同语言的人，他们都想听她美妙的歌声，于是为了满足这些不同民族兄弟姐妹的要求和达到完美的演出效果，阿依古力开始学习不同语言，一直到她能用汉语、哈萨克语、维吾尔语、蒙古语、俄罗斯语、柯尔克孜语，甚至墨西哥语、日语等十多种语言演唱通俗、民族歌曲，甚至京剧。

如此多才多艺，加之本身的美丽动人和不斤斤计较的演艺品德，使阿依古力在塔城人民心目中具有极高的声誉，只要她一出场，整台演出、整个活动气氛异常热烈。"唱着唱着，我就成了歌唱家！"美丽动人的阿依古力还是个非常幽默的人，她时不时这样自夸。

她就是这样一个难得的、从草根成长起来的歌唱家。"唱着唱着"这四个字里其实包含了阿依古力孜孜不倦的坚持与努力、一步一步的艰辛奋进和一年又一年的攀登与付出……歌唱家的歌声是劳动者背脊上的汗，那汗流得多欢畅，歌声就有多欢畅。

"唱着唱着，我就成了歌唱家。"在听完阿依古力讲述的经历后，才会明白她这话的意思：唱歌本来是她喜欢的和天分里的东西，后来慢慢知道了原来唱歌也可以为人民服务、为社会服务、为民族大团结服务、为新疆和国家建设服务，这让阿依古力觉得唱歌不再是简单的"开心就好"了，它是一种崇高和一种需要，她因此觉得唱歌成了义不容辞的责任和使命，是对家乡的爱的一种倾吐和奉献……

她因此觉得必须更好地"唱啊唱""一直唱到天荒地老"……

2005年，阿依古力开始尝试与其他民族的民间艺人合作，并成立了一个"丁香组合"，结果在塔城声名鹊起、好评如潮，约请她们演出的比以往多了数倍，而且还被请到地区和市里参加各种重要的庆典活动，并作为保留节目。这让她深受鼓舞，感觉肩上的使命更重要了。

> 你的眼睛有太多的伤感
>
> 弹着曼陀林
>
> 唱着抑郁的歌谣
>
> 你还记得故乡的姑娘
>
> 嫩江畔放牧的模样
>
> 塔尔巴哈台的卡伦
>
> 守在新疆遥远的地平线
>
> 百年戍边
>
> 我等你回来
>
> 达斡尔人的好儿男
>
> 我的脸庞还是青春荡漾
>
> 拉着四胡弦
>
> 唱着送行的乌钦
>
> 我还记得西征的马群
>
> 你回眸一笑的销魂
>
> 塔尔巴哈台的卡伦

百年戍边

我等你回来

达斡尔人的好儿男

阿依古力的《塔城之恋》唱得多少塔城人泪流满面、热血沸腾。她用美丽动听的歌声激励和鼓舞了家乡人民团结和睦与创造幸福生活的激情与干劲，也让她自己在这歌声中活出了越来越美丽的生命⋯⋯

唱歌的阿依古力始终年轻美丽、充满活力。近些年，人们发现阿依古力身边多了位英俊少年——那是她的儿子沙拉依丁·沙塔尔。

今年 25 岁的沙拉依丁是个专业舞蹈演员，毕业于新疆艺术学院舞蹈专业。离校前他征求母亲阿依古力的意见，母亲对儿子说："塔城是你的家，这里是多民族生活聚居地，是你艺术生涯最好的土壤，更有爸爸妈妈在此，这里的父老乡亲会用最炽热的感情来拥抱你的⋯⋯"

"孩子，回来吧！"母亲的召唤，让沙拉依丁立即下定决心回塔城。

"一个演员，一个艺人，你的事业成功与否，就看台下的掌声如何。你去体会吧！"阿依古力虽然在儿子很小的时候就经常带他上台演出，但当儿子成人后，她要求他自己去体会什么是成功，什么是事业，什么是使命和责任。

在一次次演出之后，沙拉依丁越来越理解了母亲的话和这些话后面的真实含义。近些年，沙拉依丁的名气也渐渐大了之后，有北京、乌鲁木齐等大城市的单位来"挖"他时，小伙子皆婉言拒绝了。他说，演艺虽然是我的生命和专业，但塔城是我感受到的最好的舞台与土壤，若能像妈妈那样用歌声去为这里的民族大团结、社会更好发展尽一份能让他人称道的力量，那才是我所追求的艺术生命与人生事业。

沙拉依丁现在已经在家乡演出了七八年，他的艺德像他母亲阿依古力一样，广受塔城人的赞誉。尤其是他参与了《家园之恋》的巡回演出，与母亲阿依古力同台表演，更让观众赞叹不已。新疆舞蹈家古丽娜孜这样评价沙拉依丁："新疆的民族团结、社会发展，包含了新疆的民族艺术事业。沙拉依丁这样的年轻舞蹈家能够扎根在广大民众之中，这就是当代新疆青年的一份宝贵贡献。"

"来了，来了，阿依古力和她儿子又要出场了……"又是一个演艺现场，观众翘首以盼地欢呼起来。

阿依古力的歌声和儿子沙拉依丁的伴舞，美妙而又充满青春活力。

"快，快，快看——冬不拉父子今天也来表演了！"演艺现场再次响起更热烈的欢呼声……

舞台上出现一对父子：父亲都曼·黑扎提和他英俊潇洒的艺术家儿子，父子俩各持一把冬不拉，开始了他们时而激越时而悠扬的弹奏……

都曼·黑扎提，又是一个在塔城几乎家喻户晓的人物。这是一个冬不拉世家。都曼·黑扎提的父亲黑扎提·赛依提汗是当地久负盛名的哈萨克族冬不拉乐手，在塔城地区有"冬不拉之父"之称。老黑扎提完全是一名自学成才的冬不拉乐手，在放牧和流浪大草原的过程中，老黑扎提自制冬不拉，自编曲谱，又自唱牧歌，成为塔城和北疆地区无人可替代的冬不拉乐手。老黑扎提在世时，许多大学和剧团专程来塔城求教和录制他的冬不拉曲目。而作为民间艺人的老黑扎提，则通过他的冬不拉，游走于塔城乃至整个北疆的广袤大地，在各民族中传扬他那来自心底的自创音乐，用优美、凄婉、激昂的乐声倾诉心中的爱，抒发对国家和民族的真实情感。

这是"昨天"的老黑扎提。站在我面前的都曼·黑扎提，与我年龄相仿。他退休前是塔城地区歌舞团的冬不拉演奏家，看得出，是一位非常纯粹的艺术家，除了冬不拉，他不关心纷乱的世界。在他家的墙上挂满了各式各样的冬不拉，而多数是他自己制作的。

"最珍贵的是我父亲留的几把……"都曼摘下其中的一把，开始为我现场演奏。

原来冬不拉这么好听啊！这是我第一次近距离、独自一人欣赏新疆名乐器——冬不拉演奏，那声音时而如草原上飞扬的马蹄，时而又如怨女在悬崖边哭诉……总之，一把看上去很简单的乐器，在演奏家手中竟是一面唤得千军万马的猎猎战旗和一把让敌人闻声裂胆的闪闪军刀！

"能演奏乐器的人已经了不得，你家竟然还能制作乐器，这也太厉害了！"对音乐和乐器完全外行的我，显然被都曼家三代人的音乐天分所感染，并对都曼说了一句挺外行的话。

都曼是一位神色平静却内心火热的音乐家。他这样说："草原的马很多，但好马都是骑手训练出来的。冬不拉是哈克萨族最流行和喜欢的乐器，它就靠一弹、一挑、一拨，让我们听到了草原上的淙淙泉水、鸟语花香以及欢腾的羊群、骏马蹄声，弹得逼真好听，靠的就是演奏者手上的功夫，但手上的功夫源于心中的情感，而心中的情感又是在融入大草原壮美景色之后所产生的感悟……这就可能因为每个人对外界的认识和观察不太一样，同样的冬不拉就弹出了不同的音乐效果和艺术表现。我爸爸是塔城这一带最有名的冬不拉乐手，5 岁左右我开始跟着他出去放牧，无论在行进中还是坐在草地上看着牛羊吃草，或者在帐篷里休息，他总会拿着自己做的冬不拉不停地弹啊唱啊，在弹唱过程中，又常常会将耳朵贴在弦上。我小的时候不懂，等长大些后他就对我说：'弦就是心灵，就是你所看到的世界，哪个地方、哪种东西你理解得不够，你就得从弦中找出毛病。扁平的琴箱就像人的头脑，你想不出问题在哪的时候就该"敲打敲打"它。可每个人对外界事物的认识是有差异的，所以好的冬不拉乐手，一定会自己制作冬不拉。只有自己制作的冬不拉，才能弹出自己听到和看到的世界。'等我长大后，我发现父亲这话确实有道理。"

"所以现在你用的冬不拉也都是自己制作的？"

都曼点头。

"那么你试过父亲做的冬不拉吗？会是什么感觉？"

都曼马上摘下墙上的一把看上去已经有年头的冬不拉，说这是他父亲生前常用的那把冬不拉，然后他弹了起来……

"弹它与弹你自己制作的冬不拉有什么不一样？"我追问。

"父亲的冬不拉如高山流水、雪山皑皑，我还未能驾轻就熟……"都曼说。

"为什么呢？按理说他做的冬不拉是最好的呀！"

"是。但我对它——指这把冬不拉，对父亲所经历和感受的世界还是有距离，所以音色把握就没有他自己弹它流畅！"都曼说，"父亲那一代对草原、对世界认识的境界，我们这一代人都没有达到……"

"老人家有留下经典的曲谱吗？"

都曼起身指着墙上的镜框内的照片说："新中国成立后，国家和自治区文化部门多次派专家来帮我父亲整理他的曲谱，有几首很经典的，像草原上的《骏马奔腾》《百鸟啼鸣》等，后来都成了大学音乐课程常规学习的范本曲目。"

"他自己不认谱，也从不写谱？"

"是。全是他自己用心谱奏而成的……"

"就是说演奏一曲《骏马奔腾》，从头到尾都是他自己心里谱出、指尖弹出来的？"这让我惊叹不已。

"是。我们都是这样的！"都曼说。

"你也是这样的？"

"是。一直这样的。"他再次肯定地说。

"噢，太了不起了！"我真的震惊了。

"你能弹一曲你父亲的名曲吗？"我提出一个请求。

都曼马上换上自己的冬不拉，开始给我弹他父亲的名曲……我静静地享受、倾听。

确实是高山流水。

曲毕。我又向都曼提出了一个请求："你也有《骏马奔腾》之类的曲子吗？"

"有。"

他马上开始新的演奏……

我依然静静倾听，想听出与他父亲的曲子有什么不同之处……听出来了——前者在"高山流水"中能听到奔腾与潺潺之间的柔软缓冲，后者是一泻千里、勇往直前的刚毅……

"是这样。何先生还是很有乐感和理解力的。"都曼第一次露出笑容。他解释：父亲生活的岁月更沧桑，所以老人家做事做人留有余地，对自然界的描述也是如此。而生长在新中国红旗下的都曼就不太一样，他说他更喜欢和欣赏在大草原上一鞭子甩出去，一直走到天涯海角……

嗯，这就是艺术家之间的差异性。这种差异性特别重要，跟文学一样：同一个题材，不同文体表达的是不同的效果，即使同一文体仍然有完全不同的文学效果。音乐更是如此。

"你自己如何评价父亲作品的水准？"这是一个有些令人尴尬的问题，但我很想听听儿子是如何评判父亲与前辈的。

都曼思考了一下，说："我没法与父亲比，他是在冬不拉的高峰上，我只是在一个山头上……"

到位的评判。但都曼后面这句话让我内心产生不小的震撼："父亲在带我学冬不拉的时候，一直这样教育我：琴者的最大能耐不是自己感觉如何，而是听者反应。所以他特别看重那些跟他一起放牧的伙计，他们虽然不懂音乐却能听得如痴如醉……因为你的弹奏抵达了别人的心灵，产生了效应，那才叫好作品！"

都曼听从小与他父亲一起长大的人说，老黑扎提最得意的弹奏效果，是他看到两个闹矛盾的牧民或一对感情紧张的夫妻，在听他一曲冬不拉弹奏后握手言和或重归恩爱。所以，都曼说他从父亲那里学到最重要的是他能用冬不拉为社会做出一份贡献。

在塔城盆地方圆数百里，老黑扎提的冬不拉琴声传遍了草原的每一个角落与山谷，帮助一个个牧场、一块块草地之间和睦相处的故事，就像他的冬不拉曲子一样在民间广为传颂。从小跟随父亲，后来又进了塔城地区歌舞团的都曼的性格比较闷，有一段时间，他只喜欢整天独自抱着冬不拉与之相伴，在琴弦上寻找自己的艺术理想和个性追求。如此日复一日、年复一年，就在都曼快退休的时候，从小跟着他学冬不拉的儿子却在毕业后，背着爷爷和父亲留传下来的冬不拉，远远地从塔城"飞"走了，飞到北京、上海……

有一天，留着长长的头发、充满了艺术范儿的儿子回来了，兴奋地告诉父亲都曼："外面的世界就是精彩，外面的故事就是动人。我用爷爷和你留给我的冬不拉，交了许许多多朋友，让许许多多没来过新疆的人和不了解新疆的人喜欢上了新疆。"儿子最后认真地问父亲："爸爸，你是不是也觉得我现在很出息，也在为新疆做有益的事？"

都曼听后重重地点点头："有出息，很有出息。一把冬不拉，能让不了解新疆的人了解并且喜欢上了新疆，这是大贡献，这是我们弹冬不拉的人最大的贡献！"打这以后，都曼似乎突然悟出了当年父亲老黑扎提喜欢把最美的曲子带到他放牧的草场，整天乐此不疲地与牧民们打滚在一起的原因了。

1986年，都曼遇到了一位汉族青年，叫张智。当时张智在克拉玛依市上学，特别喜欢冬不拉，张智的宿舍里有两样"宝贝"：一样是吉他，一样是冬不拉。这也让同学们以为张智是哈萨克族呢！有一次张智身边的一位来自塔城托里的哈萨克族同学对张智说，你喜欢冬不拉，就该去拜都曼为师。

"都曼是谁？"一向骄傲的张智好奇地问。

"他可是北疆地区独一无二的冬不拉乐手……"同学说。

张智后来一打听，可不，都曼就是新疆尤其是北疆地区的"冬不拉之父"呀！

终于找到了。张智找到了老黑扎提的儿子都曼·黑扎提。

张智见到都曼的第一眼就被对方的一双又大又黑的眼睛迷住了："看来这就是我的冬不拉老师了！"

从此以后，张智与老黑扎提的儿子都曼·黑扎提成了一对好兄弟。"大哥"是张智对都曼·黑扎提的称呼。

张智走进都曼家后，冬不拉弹奏水平有了飞跃性的进步，对冬不拉的理解也是颠覆性的。此后的张智，专心从事音乐事业，在娱乐圈内颇有"冬不拉之王"的称号，自然总会抬出"我的老师是都曼"来。因此国内乐器界喜欢冬不拉的人几乎就没有谁不知道新疆有个冬不拉高手——都曼·黑扎提。

于是全国各地慕名而来要见都曼的陌生人接踵而来……都曼的故事由此精彩起来。

"都曼老师，你能收我为徒吗？"一位云南青年千里迢迢来塔城登门拜师。

都曼问这位青年："你热爱新疆吗？"

"嗯——热爱说不上，但我喜欢新疆的冬不拉。"那青年回答说。

都曼说："那你恐怕学不好冬不拉。"

"为什么？"对方不解。

"因为冬不拉是属于哈萨克族的特有乐器……"都曼说。

"这个我知道！"那青年抢话道。

都曼用手势轻轻打断他的话，善意道："但你还不懂新疆……"

师门就这样暂时先关上了。

几个月后，那个青年再次来找都曼，晒得黑黑的，都曼问他到哪里去了，干啥呢，那青年爽快地说："我到准噶尔盆地跑了一圈，又在塔城这几个草原转了一圈……"随后郑重其事地对都曼说："老师，这回我明白了你上次说的话，也懂得了冬不拉对于新疆特别的意义……"

都曼这回笑了。

"老师，受学生一拜！"那青年单膝一跪，请求都曼收他为徒。

"快起！快起！"

都曼收了这个青年为徒，并将其精心培养成一名出色的冬不拉乐手。这位冬不拉乐手使从都曼那里学到的纯粹的"新疆货"在乐坛上大放其光，如他自己所言：只要冬不拉的琴声一起，"新疆是个好地方"的歌声与旋律就会在那里响起，各民族大团结的景象便在人们心中油然而生。

"我觉得拜都曼为师后，人生更加丰富和充实了，以前自己只当乐器是弄来玩的，现在有了冬不拉，就有意无意中成为民族大团结的一名义务宣传员，我觉得很荣幸、很自豪。"这位青年说。

一串葡萄甜到心，一片葡萄甜到天。都曼退休后这些年先后接收来自全国各地的徒弟数以百计，到各地讲学和传授冬不拉演奏技巧更是不计其数。"冬不拉一响，人们的心就像飞到了新疆，就像走进了草原的毡房内，民族团结的气氛和感情一下子就升华了……"现在的都曼，已经把带徒传授冬不拉弹奏技法作为自己为民族团结与社会发展事业发热放光的一个平台。

"他比上班时活跃和年轻了不少……"他夫人微笑着在一旁悄悄说。而我则又被都曼倾情弹奏的冬不拉旋律与他的歌声所吸引——

冬不拉　冬不拉

冬不拉喂

冬不拉　冬不拉

冬不拉喂

……

什么地方　什么地方

什么地方这么美

高高山上红霞飞

那里的街道上什么最美

那里的姑娘让人醉

……

那里的热情像潮水

是谁的笑容像玫瑰

小伙子弹起了冬不拉

姑娘的笑容像玫瑰

……

听着这美妙动听的冬不拉，我一边跟着哼哼，一边再一次回味起阿依古力那句"唱着唱着，我就成了歌唱家"。是啊，在新疆，我们每一个人都有可能成为歌唱家、舞蹈家，而这样美好的生活，难道不是人类所共同追求的吗？

第九章　唱着唱着，我就成了歌唱家

第十章

老风口有道 "生命护栏"

———

每一块边疆，都是国家的一道"风口"。

那"风口"上的飓风，有时寒冷，有时炙热，有时也很阴、很险……

所以守护"老风口"的人，总让人感动。

是他们的无畏和无私、赤诚与忠烈，才使得祖国的疆域固若金汤。

"老风口"自古存在，今天依旧留痕。

然而今天的"老风口"已经成为一道风雪中守护生命的风景线，

在那里，人们不再感到惧怕，

因为，它让生命有了坚固的"护栏"——

初到新疆，新疆给游者留下最深刻的印象是：广袤的大地上有壮观而颇为恐怖的沙漠戈壁，再就是一望无际的草原和冰川以及常年不化的天山雪……当然还有数不清的美丽风景与飘香四溢的花果，自然还有新疆姑娘和她们的歌舞。

但在塔城，我去之前就知道那里有个特别出名的"老风口"，其风大到什么程度，可以从每年冬季来临时中央电视台的《天气预报》中总会提到的塔城"老风口"的雪况和现场镜头窥见一二——那种风力和积雪，是外地人无法想象的，但塔城人已司空见惯、习以为常。

今天去塔城各处转转，我们走的基本上都是高速公路。但在行进过程中，经常会发现一些路段上有些特殊的标志物：公路两旁竖着高高的杆子，每根杆子上面横挂着一根指向地面的箭头标识牌……最初我不明白那是做什么用的，后来塔城人告诉我：那是大雪将道路掩盖后给开车司机看的前进标识。

"老风口的风一般时候都会在七八级，十来级算正常，12级以上每年都会有好几次……下雪天时，积雪两三米属于家常便饭，遇上大雪，两辆车叠起来可能还没有雪高哩！"

"过去老风口就是咱塔城人的鬼门关，能够闯过老风口的寥寥无几。可是老风口又像一把从头下劈的利剑，几乎横劈在塔城地区的中间身段上，你想躲过它也难。"

"不通公路的时候，人马徒步很难逾越老风口。有了公路，遇上风雪天气，车子陷在雪地里，开车的人更危险，如果抢救不及时，十有八九会被冻僵而亡……"

这就是老风口。这就是塔城人口中的老风口。

塔城的老风口自然是因为地理和特殊地貌形成的一道不可改变的"体上伤口"——当地老人这样形容它，因为伤口只要存在，就会流血致痛。塔城属于准噶尔盆地西部，它三面环山，向西开口，且地形北高南低，由东北向西南倾斜，这就使寒冷的西伯利亚风雪一路顺着那个向西开口的戈壁滩丘，在塔城境内恣意猖獗，令人畜得不安宁……

干旱为主的塔城地区，又因为受西来的冷空气影响，形成了独特的气候环境，它四季不明，春季气温回升快而不稳定，夏季短促而炎热，秋季降温迅速，冬季漫长而酷冷。由此，冬季的老风口是死亡之域，夏天的老风口又好比将你放在烤箱里烤一般，冬夏都非常难受。冬季的极端低温可达零下 39 摄氏度，夏季的温度可达 40 摄氏度以上。其实在戈壁沙滩上夏季的温度一般都在四五十摄氏度——那是最真切的焦烤之感。

塔城的风最为惊心动魄。《塔城地区志》关于"风"一节有这样的文字："市境内多风，风速的变化以季节性变化最为明显。""年平均风速为每秒 2.23—2.30 米之间，定时最大风速为每秒 40 米……"每秒 40 米的速度，可以想象一下吓不吓人喔！

《塔城地区志》有一段关于托里县老风口的描述："托里县的老风口是地区境内最大的风源区，该风口处在两山交接的鞍形山口上，是一条狭窄通道，由于下垫面特定的大地形和大气环流的共同作用以及狭管效应明显等原因，当形成东高西低的气压梯度时，冷空气便从老风口回流倒灌，形成偏东大风。这种大风始于 8 月下旬，终于 5 月上旬，一般风速在每秒 10 米左右，最高风速可达每秒 40 米……"

塔城人对老风口自古就谈之色变。民间传说，在成吉思汗西征时，有个妃子和 300 名护送她的士兵正好在老风口遇到大风，结果等大风过后，再也见不到这 300 名士兵和妃子了。

清朝光绪年间，驻塔城参赞大臣上疏皇帝在老风口修建风神庙。皇帝亲赐匾额"福佑岩疆"，以求天神保佑此地，但大风并没有罢手，依然年年侵袭此地。有一位驻守在塔城的清朝官员曾发誓要把塔城地区莫名的大风根治。什么法子呢？他想到了此地牛羊之多，于是让百姓备好数万张牛皮，缝成一道几里长的"皮墙"，想以此挡住大风。哪知"皮墙"刚刚撑上，就被"哈哈"大笑的风儿吹得全无影踪……

新中国成立后，老风口设立了守关人员，即使如此，老风口一带仍然多次出现守关人员被大风刮跑而牺牲的事故。

1987 年 12 月 7 日，塔城地区的和布克赛尔蒙古自治县、托里县和额敏县经历了一场罕见的大暴风雪，时间长达 17 个小时。当地人向我描述："那一天我们就像掉进了风与雪的天洞里一直出不来，只有耳边的呼啸声和撕裂大地的一声声凄惨的受伤者和垂死者最后的呻吟声……"那一场暴风雪，气象部门报告，平均风力达 11 级，直接被风雪残忍地吹跑而死亡的有 23 人，有 188 人在风雪中受伤，12396 头牲畜死亡，117859 头牲畜失散，牧民们的毡房被刮跑的更是不计其数。

"其实在历史上因大暴风雪造成的生命与财产的损失，1987 年那一场远不是最惨、最严重的……"一位塔城历史学者这样说。他说他小时候就经历了 1954 年 5 月 3 日的一场大风："塔城城区许多大树被连根拔起，房顶的铁皮被掀起旋至几十米高、甩出二三百米远呢！"

老风口依然在。老风口不可能不在。于是也让我有了"到塔城，必去老风口感受一下"之宏愿。但真的路过那里时，汽车奔驰在高速公路上，你会感到如坐在海浪中的小舟上一般摇晃——这老风口的风力对飞跑中的汽车有影响。

"还是不下去的好。"朋友们在最后时刻劝我别下车，没说出的一句话大概是"弄不好把你吹走了我们可不好交代"。

真有那么厉害？

我到老风口采访时，他们的负责人给我讲的一件事令我心惊肉跳：有一年他的同事到风口拉一辆行进中陷入大雪里的汽车。任务完成之后，他的这两位同事打开车门准备下车回班营。"结果我们一直等啊等，就是不见他们回来。后来就着急了，派人去找也没有找到。最后动用了部队和公安，在他们出事地点方圆几里范围搜寻也没找到。直到一个星期后，在十几里外的地方，有老百姓报告说发现两具尸体。"

　　老风口绵延 70 多公里的开口，是塔城几个县域境内人畜无法绕避的地方，更何况塔城本来就是西部通往外域的交通要道。因此保护塔城风口区域来往的车辆和人畜安全，一直是当地政府特别关注的大事，为此，在新中国成立后有关部门专门在风口区域设置了公路管理、公安和灾害紧急抢险队伍，他们也因此被当地人称为"追风的生命守护者"。

　　"追风"二字的意义很大，如果不是在现场跟班和采访，你无法准确地形容这两个字的意义和本质。

　　那天来到塔城盆地与准噶尔盆地交会处的一处风口"咽喉要道"，专门拜访了塔城公路管理局玛依塔斯防风雪抢险基地。我们下车时就感觉风刮在脸上有种痛感，而我知道这个抢险基地的 20 多名抢险队员每年有 7 个月以上的时间需要在这里坚守着，并且随时准备与死亡较量。在戈壁滩上，抢险基地就像一块小小的豆腐干似的孤单地耸立在那里，显得弱不禁风。然而基地负责人、抢险英雄巴图散告诉我，正是他们的存在，使老风口的额敏风险区十几年来至少减少了几千人的伤亡和数以万计的车辆事故，还有无法统计的牧民放牧中的牲畜流动风险。再看看他们小小展览间丰富异常的图片，不能不对这样一个"追风的生命守护者"英雄集体怀有敬意。

　　巴图散是蒙古族，他从 1998 年开始一直到现在都在玛依塔斯抢险基地工作。"我们这工作就像打仗时的特种兵，需要体力，更需要经验，年龄也相对需要年轻的，一般在老风口抢险队干上十年八年的就要换岗了……"巴图散的话我明白，这守护老风口的"追风"听起来很浪漫，其实是既苦又累而且随时都可能有生命危险的一项特殊工作。

"'追风'是我们自己给工作起的名字,以前经常用'死亡的守护神'来形容我们的职业,年轻的抢险队员心理上有压力,实际上,随着国家和政府在老风口抢险防护方面科研与投入的增加,无论从技术还是硬件等方面抢险工作都得到了大大改善。而且我们的队员素质也越来越高,大学生也不在少数,由'死亡守护'改为'追风守护'体现了时代进步和我们对自己工作认知的提高。"巴图散刚入队的时候文化水平不高,这二十几年在老风口的摸爬滚打不仅让他的文化水平大有提高,而且在经历一次次生死考验之后对生命和人生意义的认识有了质的提升。

"在这里工作,没有牺牲的准备,你就可能随时面临死亡的危险;没有技术的完备,你就可能因一次失误而丧失一切,包括自己和他人的生命;没有文化的熏陶,你会感觉来这里工作甚至比不上劳动改造,因为平时除了与风打交道之外,几乎找不到第二件事能让心情放松的;如果没有经验的储备,你每一次出勤都可能是去拥抱死亡……所以在我们这里,团队精神、牺牲精神、'传帮带'的意义格外重要。"巴图散说,他们的抢险工作看起来似乎很简单,但实际上对信仰的、心理的、经验的、意志方面的要求极高。

"我们在额敏段的老风口,全长有 53 公里的路段,风从我们这里刮出去一直到克拉玛依,它是西部交通和运输要道,又是塔城游牧民生活与生存的很大一块区域,谁来保护这一区域的安全,就是体现了一种为谁而工作的信仰问题。平时我们团队就是从老一代守风口人那里学到了爱国家、爱自己家园、爱各民族同胞的那般不变的忠诚与信仰,无私无悔,几十年如一日……今年春节我是第一次在家待了 7 天,实在太开心了!因为在这之前,春节我从来都是在班上度过的。春节时,一般风雪总是特别大,所以通常不能回家。今年之所以能回家待了 7 天,就是因为一方面我们的防风设施大有改善,特别是在风口区域设置了防雪墙;二是公路局机关干部为了照顾我们,局长等干部到基地为我们替班,这都让我们非常感动。前年我们把在老风口'追风'的事写信向习近平总书记汇报了，他亲自回信，给了我们极大的精神鼓励和鞭策，让'追风'精神从此成为我们全体老风口抢险人员的精神支柱和崇高信仰。"

想不到小小的抢险基地，故事还真多、真精彩啊！

然而当你深入到巴图散他们的具体工作时，才会感知这个"追风"者的生活和工作是何等的惊心动魄——

老风口的风其实就像一匹烈马，你不知它什么时候疯狂与鲁莽起来，而风一旦疯狂和鲁莽起来，就是对大地的一场无情扫荡与摧残，那一刻风区里的所有动物包括人在内，几乎没有任何反抗的力量，甚至抗争也是徒劳的。石头都在地上跑，人和牲畜等动物算得了什么？一秒之内的风速在 20—40 米之间，而且长达数小时到十几小时的风暴摧枯拉朽，你能有卑微的低吟已经是最大的反抗了。

"不好了，队长，我们还有 5 分钟到 8 分钟的撤退时间，否则有可能在风暴眼中央三四小时……"常常就这样突如其来，巴图散他们正在巡视的途中，风暴就已经来临，此时撤离就是唯一的生存可能。可巴图散告诉队员们："就是还有 1 分钟时间，也要留给没有逃离风区的所有经过的车辆和牧民及过往人畜……"

此时他的话就是命令。是命令就不能顾及自己的生命。

于是"追风"的人要以最快的速度赶在暴风雪的前面，去察看和寻找那些困在风区的车辆与人和牲畜——此刻，巴图散他们抢救了他人，甚至是一队羊群、牛群，就可能意味着把死的命运留给了自己……

这样的险境太多、太相似，又常常完全不一样：那一个冬日，风雪的警报刚刚传开，风挟着暴雪就已至老风口。

"根据前方数据传输报告，目前在风口公路段上至少有 30 辆车行进，按照即将降至的风雪预测，这些车辆将被风暴围困在中途，需要立即派车去接应！"

"抢救车辆和导道马上出发，必须将车辆尽可能快速地引导到风力较小的路段，同时确保所有车辆上的人员全部脱离风暴口！"

"是！"四辆载着营救队员的车从基地飞驰而出，它们逆风而进，风暴夹着一颗颗子弹似的飞石砸在玻璃窗上，让你如剑悬头顶般感到恐怖。

"不好，前面发现有一辆面包车被大风刮翻，估计车上有人出不来……"

"留下一号车马上营救车上人员，其余营救车辆继续加速向前！"

"是！""是！是！"

风雪更大了，迎面而来的各种车辆都摇摇晃晃的，有的惊慌地停在路边，从车上下来的人则抱住路边的电线杆以求生存……

"二号车马上投入营救下车的人，必须马上让他们进入我们的营救车，否则他们都会被暴风雪带走……"

"是。二号车明白！"

"注意你们自己的安全！"

"明白——"

三号、四号营救车继续飞驰向前。二号营救车将一个又一个惊恐万状的落难者像拔河似的从飓风死神手里拉回到营救车上。

"紧紧拉住，千万不要松手……"

"头低下，一步一步顺着绳索过来——"

二号营救车队员边喊边用手势示意被困群众。也许是过度紧张，一位女士抱住营救队员的脖子就是不肯放手。

"哎呀——你别太用劲勒我脖子好不好？我、我快出不了气哟！"营救队员的一只手正拉着另一位落难者，他的左右手被飓风、被暴雪，也被两个落难者撕扯着……这是最危险的情景，稍乏力，三人就有可能同时被风暴卷走。

"加油！""松不得半点劲呀！"营救队员的脸都变了形，但他依然必须挺住，挺到能抓住营救车的车门拉手……他成功了！随后，被营救者和他一起倒在了营救车上，大气喘了好一阵。

"太险了！"他说。

"救命恩人啊！"被营救者哭了，哭得停不下来，后来所有被营救者都哭了，他们感激营救队员的大恩大德。

一直向前行驶的三号、四号营救车遇上了更大的问题：大量被困的车辆横七竖八地挡住路面，如何把更多的被困人员解救到安全地带？如何尽可能地减少车辆与车上的财产损失？更紧急的情况是：后面还有一些不知天高地厚的车辆仍然在尝试着闯老风口，他们不知道那是虎口，而不是可以靠运气闯过的关口。

"三号车，你们继续往前，坚决堵住后面正在向风口行驶的车辆……"四号车是指挥车，是巴图散在发布命令。

"头儿，还是我们车留下，你往前行——"三号车请求。

"服从命令！"巴图散严厉地命令。

"好吧！头儿注意安全——"三号车转眼消失在风雪之中。

现在只剩下四号车上的巴图散和他的助手。一辆营救车要营救和指挥十几辆车脱险，太难了！

"我下去。你让车掉头，引着他们朝我们基地方向开……"巴图散打开车门的瞬间，人已经跳到了雪地里。

"队长——"助手正驾着车，转眼就见自己的师父在风雪中向车行相反的方向走去。他知道师父经验丰富，可毕竟风暴似虎，血盆大口正张着呢！助手顿时冒出一身冷汗：既是因为紧张，更是怕师父瞬间消失……

"队长，队长！你现在在哪？"他真的紧张了，因为此刻的巴图散不知在何处——风雪完全挡住了 3 米之外的视线。

下车后的巴图散向后面的那些被困的一辆辆车子艰难地走过去……

那哪是走啊！那是爬着、匍匐着前进，一米一米地在雪地里爬……

每爬到一辆车子前，他便抓住车子上的横档或把手，再去探寻车上有没有伤者、有没有被困在里面出不来的人，若有就需要帮助他们打开车门，在避风的另一侧小心翼翼地下车，然后让几个人手拉手，或用绳子连在一起走出困境，朝营救车方向走去。如果车辆上已经没了人，就得看一看车子的门和刹车挡是否上紧，以防被风雪吹倒打翻……这说起来似乎并不复杂，做起来宛若虎口拔牙。就这样，巴图散使尽吃奶的力气——处置被困车辆，以尽可能地减少伤亡与损失。

这样的战斗通常要持续几个小时，甚至十几个小时，被困人员因受到营救而感激万分，巴图散他们则因为这艰难的营救而疲倦不堪，甚至头破血流。回到基地，他们还要满腔热情地拿出自己的生活物资照顾那些被营救的人员，有时这样的照顾需要十天半月，因为风雪不停，被困人员就得吃住在基地。

"为了各民族兄弟姐妹们，我们苦点、累点不算什么。"巴图散和基地的队员们已经习惯这种生活和工作了，他们不在乎这些，他们在乎的是在大风雪中减少伤亡事故，少一些群众和国家的财产损失，这是他们最大的愿望。

他们因此才配得上人们的赞美。"上级每一次对我们的嘉奖，都是我的队员们用生命换来的，所以大家格外珍惜这些荣誉。"我知道巴图散个人立功或者得到全国、自治区和市级各种奖励有一二十次之多，而他的团队也是全国交通系统的先进代表。在塔城，在塔城人民的心目中，他们早已是"英雄"的代名词了。

玛依塔斯防风雪抢险基地的英雄们平均年龄在 35 岁左右，他们有的刚从大学校门走出来，有的是新婚妻子的丈夫，有的上有老下有小，有的才刚刚谈恋爱，然而一旦风起雪来，他们便是冲锋的勇士，只要风口处的路段上还有一个人，他们一定会去全力营救……

雪里和飓风中的营救并不那么简单，它需要知识，需要勇气，需要经验，所以基地队员中的师徒传承关系十分重要。巴图散的师父叫李建成，几年前李建成退休后巴图散成为这个基地的队长。没多久，李建成的儿子李长青也来到基地，成了巴图散的徒弟。

石榴花开

"他跟他父亲一样，有股闯劲儿、狠劲儿和精明劲儿。是个好苗子。"巴图散很欣赏自己的徒弟，专门将李长青带到我面前介绍。

"师父的经验太宝贵了，不是那种书本上学得到的，而是骨子里的、精神里的和信仰里的，是从生与死的一场场考验中淬炼出来的真经，比十条命还要宝贵。"李长青这样评价师父。

"我的普通话说得不好，他也教我……这对营救工作很有用。"巴图散说他以前遇到过因为普通话说得不够标准而耽误救援的情况。"抢险时一句话、一个手势如果对方理解错了，就可能是一条命没了呀！"巴图散说。

李长青现在已经跟巴图散5年了，也成了一条完完全全的汉子。老风口的抢险队员们个个都是好汉，都是英雄好汉！玛依塔斯抢险基地上的每一条好汉，都拯救过无数条人民群众的生命以及数以千万计的财产……

他们实现了"用生命去追风"，去实现为民族大团结奉献青春与热血的使命。

在这条几十公里长的老风口线上，还有一支英雄的队伍，他们就是驻守在此的公安交警大队的干警英雄们。我认识的一条汉子叫丁永刚，仅他一个人，在执勤20年中参与抢险的战斗达百次以上，解救被困群众上万人，因此他也有了一个称号："追风的铁汉"。

能成为老风口的追风铁汉并不容易，将肉躯打造成钢铁一般的身躯，其苦其难，谁人知道？

每一场风雪到来之际，最早出现在公路段的是丁永刚。每一场风雪最艰险之时，丁永刚一定是在最前线的最困难之地。每一场风雪结束之前，公路上的最后一个人也一定是丁永刚……

他的名字似乎就已决定了他的命运和工作性质。

2014年2月的那场风雪，塔城人至今还清晰地记得：大风瞬间风力达 11 级，老风口的风眼上更是无法用多少级来测定风力。"那一次的风雪极其罕见，狂风将地上的积雪抛到几十米的空中，整个风口一片白茫茫的，见不到任何其他东西。所有的路段能见度几乎是零，导致车辆与人员被困的数量出奇的多。"

"丁队长，现在命令你们马上前去支援抢险队，确保路段上的人员与车辆安全……"

局里的命令瞬间变成了丁永刚他们的出发行动。而就在几乎同一时刻，无数条求救信息向丁永刚他们几位出发的干警发来。

那是生与死的时间争夺战。

但风雪如尖刀般地阻挠着丁永刚前行的每一步。鞋、衣服统统地被尖刀般的风儿刺破，打在皮肉上是刺骨的寒冷和刀剐似的剧痛……丁永刚他们只能憋一口气再背过身换口气再前进一两步，而常常又得进两步退三步、进三步退两步地向被困的目标挪动。

"当时现场太混乱，车辆横七竖八地趴在雪地里，有的已经被埋没了……"丁永刚向我描述，"我们第一个任务先救人，先救老人和小孩。3 人一组，要求每一个被救人员不能拉开距离。我们几个干警就在这些被救人员的中间，起着锚牢的作用，然后一步一步地挪动着将他们带到安全地带。"

这一次营救持续了 20 个小时，丁永刚和干警战友们一共救出被困群众 957 人。

之后的 5 天，他又和战友将数百辆汽车一辆一辆地从雪中刨出来，以确保雪后交通畅通……

那一个星期，丁永刚和战友们休息不到 6 个小时，他笑言这是塔城地面的一次"上甘岭战役"。

2019 年 11 月的一天傍晚，丁永刚和干警们刚刚端起饭碗，出警的铃声突然响起。他和干警们立即扔下饭碗，冲到了警车上。

老风口的风雪之夜最可怕之处是路上的冰碴，又滑又湿，弄不好就会导致车辆方向失控，加上风力大，很容易将行进中的车吹翻。一旦翻车，情况就更危险了。丁永刚和干警战友们这一夜出警就遇上如此困境。

"注意！千万注意车子速度与四轮……"丁永刚一边搜寻路上的被困车辆情况，一边指挥出警抢险的战友。

"黑夜中抢险困难很多，汽笛声、呼救声加风雪声混杂在一起，加上汽车灯光和手电筒光交织着，忽明忽暗，很容易出现意想不到的事故，所以我们不得不既分秒必争，又小心翼翼地展开营救……那一夜印象太深刻了，我们用了近5个小时，救出了28辆车、58个被困人员。等到战斗结束时，我们全体干警每人身上至少驮了10公斤的冰雪块儿！"

"咋回事？"我感到好奇。

"外面寒气太重，我们在雪地里时间太长了。好在没有一个人受伤，但在这样的大风雪里抢险，每次我们都是在零下一二十摄氏度甚至零下三四十摄氏度的气温下连续战斗，等于有几十个小时大家都是浸泡在冰水里一样，日久天长，难免身子骨被冻坏、冻伤……"丁永刚告诉我，他的队员中有相当一部分人在老风口路段干上三五年就要换一批上阵。

我知道他已经在老风口干了20年。这是为什么？他笑笑，说："我是'永刚'嘛！"

呵，永远的钢铁战士，老风口正是依靠这样的"追风的铁汉"和巴图散式的"追风的生命守护者"，才建起了保卫人民的"生命护栏"，才牢牢地守护着各族人民的生命安全。

如此的追风之歌就是生命之歌。

第十一章

家是最温馨的
暖地

——

"有家才有国，有国才有家。""家是最小的国，国是最大的家……"

这歌词是十四亿中国人用五千余年的沧桑淬炼出来的。

五千年的文明让我们懂得一个颠扑不破的道理：

要保护和保证自己国家的完整与美好，应该从建设好每一个家庭开始，

因为家是我们每个人的生命和生活的暖地……

今天的新疆到底怎么样？

当你走进一个个当地人的家庭，你便会自然而然地得出结论：

月有阴晴圆缺，人有悲欢离合，

但如果把一个个家建设成温馨的暖地，那么外面的风雨如何飘摇，

他们都如石榴籽般紧紧相拥、彼此相爱，不被拆离。

今天的新疆，处处是这样的暖地。

在人类世界，没有比家更令人感到温暖的地方，因为家是哺育我们生命的地方。家也是一个民族、一个国家生存与发展的根本。民族与国家就是由千千万万个家庭所组成的，人无法离开家，没有家的人是孤独与不幸的，家是幸福与美满的代名词。

在塔城，有一位叫吾热肯的柯尔克孜族大叔非常出名，并非他有什么特别之处，而是因为他的家很特别：妻子巴依热合是蒙古族，全家共有 23 名成员，由柯尔克孜族、蒙古族、哈萨克族和汉族 4 个民族组成。其实像吾热肯大叔家这样由多个民族成员组成的家庭在塔城很普遍，而且通常特别和谐。这可以说是一个很珍贵的"塔城现象"。

吾热肯与众不同之处是他在家里办了一个多民族家庭博物馆。在他的这个多民族家庭博物馆内，有许多实物和图片资料让我们真切地感受到一个团结和睦的多民族家庭的温暖与阳光——

"办这样一个家庭博物馆，就是想让现在的年轻人看看以前的生活，知道现在的幸福生活来之不易。让小辈们也像我们那代人一样，紧密团结在一起，感恩党、感恩国家，永远跟党走，永远做祖国安定繁荣的捍卫者。"吾热肯这样说。

吾热肯的做法获得了许多塔城人的赞许，而我在塔城采访的日子里，则几乎随处可见塔城的百姓中间一个个民族团结的"鲜活的家庭博物馆"……

那天去了额敏县城靠郊区的一户普通百姓家。走进小院子，就见一位中年妇女与一位老大爷在聊着家常事。

"爸，来试试这件新衣服……"那妇女说。

大爷有些不悦道："你看看，早跟你说了，别再去置新衣服了，我都穿不完了！"

"那不行，换季节了，就要换身新衣服！"

大爷笑了，边试衣服边乐呵着："还是我闺女好！"

"那是的。谁让你是我爸呢！"

从他们的对话和表情看，你无法想象这对亲如父女的人其实并非真正的血缘父女，也非公公和儿媳的关系，他们一个是回族，一个是汉族，20年前他们还是根本不相识的陌生人，今天他们却亲如一家地生活在一起。这样的日子已有18年了……

我们现在就来说说这样一个特殊家庭的事儿。

女的叫马新华，是这个家庭的女主人，她是县公安局车管所民警，丈夫米吉提·阿不都热西提是维吾尔族人，复员军人，他们的儿子加吾兰也是位退伍军人。米吉提的岳母哈尼帕是哈萨克族。有意思的是他们家还有一位进门不到20年，现在却是家里最大的长辈——加吾兰的"爷爷"、马新华和米吉提的"爸"：杨吉春。

一看名字便知杨吉春是位汉族人。为什么他现在成了马新华家的一员，并让马新华一家尊为"爸"和"爷爷"呢？

事情自然要从杨吉春来这个家之前说起。

杨吉春原来是马新华家附近的生产建设兵团农九师的一名翻译，后来因工作调动到了额敏县。曾经有过一段婚姻，但无子女。2003年老伴去世后，杨吉春因为生活清贫而流浪到了额敏县郊的塔斯尔海村，这个村子百分之八十以上都是少数民族。杨吉春因为懂多民族语言，所以在这里租房住了下来，平时靠给人打零工、捡破烂为生。

然而随着年龄增长，杨吉春的日子越发艰难。

就在这一年夏季的一日，炎热的天气下，杨吉春老人仍在一处工地上艰难地干活，那汗流浃背、步履艰难的模样，恰巧被路过的米吉提看到了。眼前的这一幕让军人出身的米吉提很是痛心。回到家，米吉提向妻子马新华提及此事并说出了自己的想法：这么个孤苦伶仃的老人该有个家和家人照顾他，你看可否把他接到我们家来生活，好歹有个照应。

妻子马新华一听丈夫这样说，先是一愣，然后眼睛里闪着泪光，嘴唇都在抖动着，说："你真要有这个心，我举双手赞同。"马新华从小失去父亲，听丈夫这么说，很激动。

"那我们先去找老人家聊聊，看他有啥想法。"米吉提说。

"行，明天我要上班，你先去看看他，征求老人家的意见。"马新华说。

第二天，米吉提就去找杨吉春。"哪像个人住的地方嘛！"米吉提第一次找到杨吉春老人，并见到了老人独居的地方，眼泪都快掉出来了。"狭小、漏雨，连一丝亮光都瞅不到……看着就心疼！"米吉提一提起这事就感叹。

"不行！不行！这哪能嘛！"米吉提看着老人家如此糟糕的生活环境后，提出希望接老人家到自己家居住时，杨吉春竟然连连摆手拒绝。

杨吉春老人拒绝的原因并不复杂：他不想给米吉提一家添麻烦。"我一个汉族老头子，说不定哪天这毛病、那毛病出来了，要给人家添多少事嘛！"后来，杨吉春说出了心里话。

"到我家住，就是我家的人，论年龄、辈分，你就是我的爸了，有啥事都不是添麻烦，是我们晚辈应尽的责任和孝心……"米吉提一次又一次地上门这样说，但起初杨吉春就是不同意，甚至米吉提拉着妻子马新华一起去"立保证"，杨吉春虽然感动，但仍不松口，只是默默地擦眼泪。

"这么又过了几个月。到了2004年年初的一天，我下班路过一个地方，见老人家独自蹲在雪地里，冻得浑身瑟瑟发抖。问他怎么还不回家，老人家冻得连话都说不出来了。我赶紧扶起他，将他带回了家……"马新华说。

到米吉提家后，热腾腾的一顿饭菜和全家人的真心实意，让杨吉春感动了。

"留下来吧，这里就是你的家，我、新华，就是你的儿子、儿媳，加吾兰就是你的孙子……"米吉提再次向杨吉春提了一直以来的想法。

"爷爷，来我这儿住吧！你教我读书，我将来考大学，或参军去……"正在读中学的米吉提的儿子加吾兰一句亲切和温暖的"爷爷"，让杨吉春老泪纵横。

"我来，不……不给你们添麻烦吗？"杨吉春结巴地说着。

"不会的！你来是我们全家的福气……"米吉提边说边给老人家倒上一杯酒，而妻子马新华则取出早已为老人家准备的新棉衣让杨吉春试穿。

"合身！太合身了！"

"爷爷穿上新衣精神多了！"

就在这一夜，米吉提一家以简单和热烈的方式将杨吉春老人正式接到家里，并且以丰盛的家宴举行了认亲仪式——其实只是米吉提和马新华向杨吉春叫了声"爸"、加吾兰正式向他叫了声"爷爷"而已，但这对杨吉春来说，就是一个新的生活开端，一段新的生命开端。

在新家的第一夜，睡在温暖的炕上，盖着厚厚的棉被，杨吉春几乎一夜未眠。他告诉我，那是他一生中最幸福和难忘的日子。

"我想不到自己 60 岁后竟然还有一个温暖的家……想不到，绝没有想到，也不敢想！"18 年后的今天，老人家拭着热泪这样说。

进门容易，融入一个新家就不那么简单了，尤其是一个独身惯了的老人。但是要说难，最难的要数这个家的内当家——儿媳马新华。

我去米吉提家时，马新华接待了我，那天米吉提和儿子加吾兰外出干活去了，所以一进门就见马新华忙里忙外地给杨吉春老人准备饭菜……

如果不是事先知道此事，外人根本看不出这个家庭是新组成的。杨吉春已经78岁了，正是因为年轻时受苦太多，所以模样显老，但他精神矍铄。冲着马新华一声声"闺女、闺女"地喊，听着自然而亲切，儿媳马新华回答一声"哎"则尽显家人之间的无拘无束。

在马新华家，完全按照维吾尔族的生活习惯，正房中央是一块很大的炕垫兼吃饭的地方。那炕床上是叠得整整齐齐的被子，簇新。桌子上放满了新疆特有的食品与水果，看上去激起人强烈的食欲……

马新华把老爷子叫到自己的身边，两人并坐在炕中央，亲如父女，安静地等待着我的采访，这画面的幸福感令人感动。

老人家一直呵呵笑着，称闺女今天又给他买了两瓶酒和一套新衣服。"我把今年打工赚的钱给她，可她不要，说让我放好。我有啥用嘛！"老人家向我嘀咕。

"你放好，以后有用的，下回买好酒就用你自己的钱。"儿媳逗他。

"我吃的都是你买好的，我的钱没处花呀！"老人家说。

马新华悄悄对我说："我让他把钱放好，以后真要有那一天，就用这些钱来办后事呢！他自己想不到，可我要为他着想呢！"

我明白了。真是个好儿媳。

78岁的杨吉春有些耳背，身子骨也不是那么灵活，多数时候是需要人伺候的。设想一下，这样的老人家如果孤苦伶仃地一个人生活，或许早已不在人世了……

"我？我一个人生活的话，早见阎王去了！"不知我们的话题哪一句被杨吉春听到了，他突然插话道。

这让现场的我们都感动了。

"放心好了，爸，你现在身体各项指标都很好，前些日子不是给你检查了吗？医生说你现在挺好的……"马新华赶紧补上这句话。

"我好着呢！你们聊吧，我还要去上班呢！"老人家突然起身往外走。

"小心啊，早点回来！"马新华赶忙送他出院子。

"知道，知道……下班就回。"老人家丢下一句话，便消失在我们的视野里。

马新华回头朝我笑笑，说："我爸他现在给一个村的小厂当保安，工作积极性可高呢！他觉得自己还能给这个家赚点钱回来……他心里有个愿望：等哪天实在动不了的时候，尽量减少点我们家里的负担。老人家心地特别善良啊！"

善良的人走到了一起，让善良变成了一种暖心的社会氛围时，我们看到的是一种高尚。

这个不同民族组成的特殊家庭里，毫无疑问其中一个人的作用格外重要，这个人就是马新华。她是一个女人，是一个回族女人，也是这个家的主妇。没有她的包容、宽容和真诚的心，杨吉春是不可能融入这个家的。

那天我真切地看到马新华与杨吉春之间彻彻底底已经是"亲父女"关系，而且从杨吉春老人与她的对话中能够感受到这一切不会有任何做作的成分。这时我内心特别感慨：老人真的很幸福，他找到了一个真正的家。

在杨吉春到米吉提家的第二年，老人就生了一场突发病：高血压。"当时病情十分严重，躺在医院急救，一夜工夫就要花去5000多元医疗费。医院说，要先付钱才能给治病。这可怎么办？我家平时就没有什么积蓄，所以我赶紧到处去借钱，差不多奔波了三四个小时，才把钱凑齐。后来又在医院为他老人家端屎端尿……就这样，出院后，他老人家到处对人说他有个好女儿。我呢，也特别感恩，从此有了个爸爸！"

马新华说这话没有半点委屈感，倒是满脸幸福与自豪感。

一个汉族老爷子，一下到了少数民族家庭，生活上不习惯。比如杨吉春过去是要吃猪肉的，但到了马新华家，他自觉改变了饮食习惯。春节时，马新华看在眼里，便对老爷子说："爸，你去村里的朋友家吃顿饭吧。"

老爷子立马摇头："不去，不去。我在家吃，跟你们吃一样的。"

马新华笑了，知道老人的意思，于是特意准备一桌香喷喷的酒菜。

"好吃吗？"她问老爷子。

"好吃。"老爷子高兴地端起酒杯，对儿媳说，"我们家的饭是最好吃的。"

"爷爷，今天是春节，我们全家祝你老人家长命百岁，岁岁健康……"米吉提的儿子加吾兰则把酒杯盛满后亲昵地给爷爷敬酒。

这个时候的杨吉春抱住孙子加吾兰，泪流满面。

这个家从此就一天比一天更亲密和睦地凝聚在一起……一直到今天，已整整 18 年，还有未来的无数岁月。

加吾兰长大后参军入伍。退伍后回到家，父母为了儿子结婚，决定翻修老房子。造房子就得有钱。"拿我这个，我这个小本本上有 63000元……拿去给我孙子盖新房！"那天，杨吉春兴冲冲地拿着一个存折，塞给儿媳。

"不行，不行，这是你的养老钱，你得存着，盖房子的钱爸你不用操心！"马新华无论如何也不肯用老爷子的钱。

杨吉春便不知所措地问儿子、儿媳："那我孙子结婚我干些啥呀？"

米吉提和马新华乐了，说："你孙子是个调皮鬼，你给我看住他，不许他犯浑。"

"行，行，他听我的，不许他犯浑！"杨吉春高兴地哼着小曲，找到在一边有些闷闷不乐的加吾兰。

"爷爷，我妈妈太抠门了。人家结婚接新娘的车队都是浩浩荡荡的，可我家就租了 6 辆车，太没面子了！"加吾兰向杨吉春嘀咕道。

不料，爷爷朝孙儿"狠狠"地举起拳头，对孙儿说："你妈多不容易！她是治这个家，忙里忙外，给你办这个婚礼她多辛苦，花钱的地方多去了，你还嫌她不够体面？她是我们家的天，她做得这么好，你有啥不满意的？你是我的孙儿，要听妈妈的话，不许嫌弃你妈知道吗？"

加吾兰从小听爷爷的话，经爷爷这么一劝，也理解了妈妈。

马新华说，现在老爷子最开心的事是小曾孙女回家，他哄着她满院子玩……

一个原本无依无靠的老人，能在一个新的家庭里如此幸福地安度晚年，这是杨吉春老人的幸运与幸福。其实，老人来到米吉提家后，也给这个普通的百姓家带来许多温暖与温馨。

马新华在交警队工作，平时非常忙，经常早出晚归。"老爷子对我可放在心上了，每天都会在家门口等我回家，有时下雨或单位有急事需要加班什么的，他一看到我该下班回家的时候又没见我身影，便会跑到单位来接我……"马新华幸福地笑着告诉我：她有时在单位加班很晚才回到家，老公早就呼呼大睡了，唯独老爷子一直在家门口等着她。

"你是我闺女，我必须等你回到家才放心！"杨吉春这样说。

"家有这样一个老爷子，"马新华说，"难道不是满满的幸福吗？"

是的，在这样的家里，没有你是谁我是谁、你来自何方我生自何处，更不会去想谁是哪个民族的——他们吃着一锅饭，住在一个小院里，一起奔向幸福和美好的明天……这是我在塔城看到和感受到最深的印象。

都说新疆风景美，要我说，新疆最美的是一个个像马新华他们一样的家。在这样的家庭里，色彩是多样的，语言是多种的，生活习惯不一样，然而他们成为一家人后，生活变得缤纷斑斓、生动有趣，这些能歌善舞的家庭成员聚在一起，欢声笑语，相亲相爱。

如此景象，也许只有在新疆我们才能看到……这样的家让人羡慕，甚至陶醉。

那天，朋友带我到马连花家，一进门，就被满满的一屋子人给团团围住了，他们穿着漂亮的民族服装，而且都不一样，让人有些眼花缭乱。也不知是谁带了头，整个屋子里的人就开始唱歌跳舞……虽然我不会唱更不会跳，但看得异常开心，因为屋子里的女人和男人唱着俄罗斯歌曲，跳着新疆舞，还有手风琴伴奏，气氛格外热烈。

"你们这是一家人？"我问主人马连花。她点点头，说："今天来的都是在塔城的，也才来了不到一半……"

我笑了：这幸福的大家庭，该有多少人呀？

马连花的大姐马金花是当地的居委会主任，所以她成为这一大家的"发言人"。她介绍：老马家共有62口人，在塔城住的现在有50多人。"父母生了我们兄弟姐妹12个，男孩9个，女孩3个。最大的现在71岁，最小的42岁。我是女孩中的老大，所以父母不在后，马家人一般聚会就跑到我家……"马金花说。

老马家的三朵花当日都来了，她们分别是金花、银花和连花。

看得出，在这个家里，马连花是最活跃的一个，能说会唱，还会跳，尤其那天是在她家聚会，所以她的"话语权"特别重。

"我们有这么个大家庭，是我们的父母缔造的结果。"马连花向我介绍他们的"家史"——

老马家当年的当家人自然是马连花他们的父亲马志强。"我们的爸爸是宁夏固原人，那个地方很苦，所以他们就迁到了塔城。父亲是有些文化的人，在新中国成立前参加了新疆塔城这边的革命斗争，在队伍里当翻译。他喜欢画油画，而且跳舞特别棒，尤其是踢踏舞，跳得能迷倒许多女孩子……"马连花说完这话便哈哈大笑。

"当年妈妈一定是被爸爸的舞姿给迷住了……"父母双双已过世多年的今天，老马家的年轻姐妹们拿自己的爸妈开起玩笑来，那氛围里透着的是一种荣耀感。

会跳舞的马志强和妻子白秀珍是一对心地特别善良的夫妻。"这是1980年时我们老马家拍的一张全家福……"马连花拿出一张黑白照片，上面有穿着深色外套的父亲马志强和并排坐着的母亲白秀珍，儿女们则环绕父母而立。

"那个时候我们家很穷，生活非常艰苦。瞧当时我们家的房子，是土墙垒的。但我清晰地记得，尽管家里生活很不易，可爸妈一直很乐观。

每逢过节的时候，还总会特意多做两个菜，招呼不管是认识的还是不认识的人。而且我们家的门永远是敞开的……也正是这个缘故，'马志强'的名声远近都知道，不管是谁、不管什么时候，都可以来到我们家。到了以后只要我们有吃有穿的，其他人也能有吃有穿的，这就是我们老马家的家风。"马连花和她的兄弟姐妹们抢着向我介绍。事实上，打我跨进这一家的第一分钟，就一直沉浸在非常轻松欢快和愉悦的氛围之中，而这种轻松欢快和愉悦，其实就是一种祥和与幸福。

"在我们老马家，兄弟姐妹们体会最深的是，我们父母从来不干涉我们的婚姻与爱情，"马连花说，"1975 年，我二哥最早找对象，是个哈萨克族姑娘。二哥开始很紧张，怕爸妈不同意。后来我爸先知道了，就对他说：'你小子有能耐把哈萨克族姑娘娶回来，我给你好好办个婚礼。'那时家里穷，父亲就四处去借钱，买回了一只羊，给二哥办了一场简单但又很热闹的婚礼。我们特别开心的是二嫂做得一手纯正的哈萨克族风味的纳仁，将我们全家美美地'俘虏'了……"

马连花说这话时，她的二嫂正在厨房，她探了下头，笑呵呵说："今天家里来了北京客人，我得把纳仁做得更好些！"她的话让我们满心欢喜。

"大姐金花嫁的丈夫瓦洛佳是俄罗斯族，二弟马金勇娶的妻子付红是汉族，四弟马金峰的妻子古丽是维吾尔族……爸妈没有一个反对的，而且总会想尽办法按照不同的民族风俗为我们举办婚礼，每一个婚礼都让我们记忆深刻。"马连花的话顿时让老马家的兄弟姐妹们热闹开了，他们立马给我讲起每一个婚礼现场曾经的记忆，听得叫人陶醉。

现在的老马家，如果算上已离世的父母，已经是四代人了。马金花的兄弟姐妹们都已独立成家，并且多数有了孙辈，在这 60 多位亲人中，有汉族、维吾尔族、哈萨克族、蒙古族、回族、俄罗斯族、达翰尔族等七八个民族，他们聚在一起的时候，说着各不相同又都能听得懂的语言，跳着欢快的民族舞蹈，吃着大家都喜欢的食物。"几十年来，我们从来没有彼此红过脸，好几对都是自由恋爱的婚姻，夫妻之间、婆媳之间，从没有哪家彼此红过脸、吵过架，这就是我们老马家最骄傲之处！"马金花说她能当上居委会主任，与老马家的好家风有关。

张开想象的翅膀设想一下：一个60多人组成的多民族大家庭，当他们会聚在一起的时候，就是一个欢乐无比、热闹万分的不小的群体，尤其是作为同一家庭成员，他们彼此之间血缘连着血缘、至亲连着至亲，歌声一出，便是欢快的大合唱；舞姿一起，便是一个浪漫的不眠夜……这样的大家庭如果在平时，他们分散在各自的工作单位，他们带给周围人的同样是欢快、美好和浪漫，那么这个世界还会有矛盾、有苦恼、有贫穷与悲伤吗？还会有那么多莫名其妙的分裂与冲突吗？

塔城的干部告诉我，塔城地区共有27万个家庭，其中由2个以上的民族组成的家庭占7.5%，而在塔城中心城区，这个比例高达20%，也就是说，10个家庭中至少有2个家庭是由多民族组成的。

家庭越大，民族成分越多，民族越多，节日文化也越多，所以在这样的大家庭里，隔三岔五就过节，而每一次过节就是大家庭中的各个民族展示自己民族文化和美德的机会，于是相关民族的文化魅力的展示，又使民族之间增进了彼此的交融与理解，感情也随之变得亲近与亲切，最终成为密不可分的一家亲。

> 兄弟姐妹温暖可亲，
> 天下亲人血脉相通。
> 真诚相待手足深情，
> 风雨同舟心心相印。
> ……

这首名为《亲戚》的歌曲在和布克赛尔县的大草原上十分流行，创作者叫才瓦·孟克巴依尔，是当地的一位优秀音乐人。

才瓦·孟克巴依尔出生在当地的一个叫布斯屯格的牧场，那里也是一个多民族的聚居地，平时你来我往，各民族间形成了你中有我、我中有你、谁也离不开谁的和谐环境，十多个民族相互尊重、彼此支持，结下牢不可破的情谊，堪比一个大家庭。1996年毕业于新疆蒙古师范学校音乐班的才瓦·孟克巴依尔，回到家乡后一直在当地的江格尔艺术团工作，他欣赏自己家乡一草一木的美景，更热爱"你中有我、我中有你、谁也离不开谁"的多民族大家庭，他创作的歌曲也都是这方面的题材，而牧民们也喜欢唱他创作的歌曲。

"和布克赛尔人的脸上没有忧伤，只有甜美的欢笑。"才瓦·孟克巴依尔经常这样说。他的笑容也能证明他的话——始终笑呵呵的他，在很小的时候便跟着哥哥姐姐走家串户，吃完这家的手抓肉，又喝那家的酥油茶，刚走出哈萨克族朋友家的毡房，又坐到汉族朋友家的温暖炕上……这样的氛围，在从小就有音乐天赋的才瓦·孟克巴依尔的心里种下了民族友善和睦的花朵。

从学校毕业后，才瓦·孟克巴依尔就像天上的鸟儿一样飞回了自己的家乡——他也因此创作了自己的处女作《草原鸟》。

> 草原上的鸟，美丽多情，它们只在自己熟悉的土地上飞翔，它们把美妙的歌声传给每一个牧民心上。因为那是它的家，因为它爱自己的家而从不知疲倦与劳累……

才瓦·孟克巴依尔崇拜英雄史诗《江格尔》。

这部蒙古族英雄史诗在新疆塔城和阿勒泰地区广为流传，并成为当地蒙古人的骄傲。它讲述的是以江格尔为首的12名雄狮大将和数千名勇士为保卫宝木巴家乡而与邪恶势力进行艰苦斗争的故事，深刻反映了蒙古族人民的生活理想与美学追求，是国家级非物质文化遗产之一，与《格萨尔王传》《玛纳斯》并称"中国少数民族三大英雄史诗"。整部《江格尔》浩瀚繁综，几乎没有人知道它到底有多长。至今仍未有一个人能将《江格尔》唱完。最根本的是《江格尔》的艺术思想具有蒙古族的豪迈气度和勇猛彪悍的气质。"那里没有衰败，没有死亡，一切万古长春，那里的人们永远像25岁的青年那样健壮。在宝木巴，寒冬像春天一样温暖，炎夏像秋天一样凉爽。孤独的人来到宝木巴，就能人丁兴旺；贫穷的人来到宝木巴，就能富庶隆昌。在宝木巴这个地方，人们财富均衡了，贫富的界限消亡了……"如此美妙的地方，就是才瓦·孟克巴依尔及与他一起生活在那片土地上的各民族所向往的幸福家园。

"这是我一直留在这里的原因，因为它是我情感和心灵都无法离开的地方。"才瓦·孟克巴依尔如此说。也正是这样的情怀，让这位大草原的音乐才子像一只辛勤的蜜蜂采撷花粉一样，把家乡土地上一个个充满爱的故事化作歌与乐，在他的乡亲们之间，也在我们这个时代传诵，同时也让诞生《江格尔》的土地上新发生的故事变得更加传情与动听……

汤努尔是一位活泼漂亮的哈萨克族姑娘，她用舞姿与歌声表达着她对美好生活和幸福家庭的向往。后来她如愿了，结婚之初那几年小家美满幸福，花一般的女儿降生之后，这个家更让人羡慕。也许是因为汤努尔的爱和过度谦让，丈夫在一次次醉酒后不分青红皂白地对妻女拳打脚踢。一次次的迁就与忍让，得到的是一次比一次更残暴的毒打。汤努尔为了自己的幸福和女儿的未来，果断选择与劣性不改的丈夫离婚。

"走得远远的，不能让他再看到我们母女俩的身影……"面对离婚后仍纠缠不休、威胁不断的前夫，汤努尔做出了背井离乡的选择，带着女儿来到爱与鲜花一样盛开的塔城额敏县城一带落脚，开始了半流浪半打工的生涯。

失去家园的弱女子带着一个小女娃，生活的艰苦可想而知。"你年岁不算大，可以给你一份可观的收入，只要你放开些就成……"街头难免有龌龊之人，汤努尔没少被人侮辱，但她勤劳朴实，为了抚养女儿，宁可吃尽人间之苦，用汗水与双手换回给女儿的每一口饭菜。

生活总有不平。但对失去家的汤努尔来说，真正的苦难还在后面……

那年，孩子又大病一场。汤努尔几近崩溃，她根本无力支付女儿高额的治疗费用。但她别无选择，于是只能竭尽全力救孩子，最后在借遍亲戚、用完自己打工挣的那些钱后，不得不借了2万元高利贷，对方开出的条件是：每月还1000元，加利息。汤努尔打工一个月仅有2000元工资，除去还债和母女俩的住房租金外，两人一个月的生活费仅500元左右。

这样的日子怎么过？这样的日子汤努尔母女俩还必须坚持着过……当母亲的可怜，生病的女儿更可怜。

打工的母亲没了力气，靠喝凉水充饥；生病的孩子吃不上一点肉腥味的东西，身子骨越来越瘦弱……

没有家的女人和孩子是如此可怜。

这样一对母女，被一位善良的人看到了。她也是一位母亲，她还是额敏县第四小学的一名教师。"你这孩子咋回事呀？这么瘦弱？没有一点有营养的东西吃咋行嘛？等我一下，我去给你弄点好吃的来……"第一次第一眼见到汤努尔母女的时候，她就将满满的爱毫无保留地洒向这对不相识的陌生母女，从此也让无家的汤努尔母女重新获得了家的温暖……

"这是我爱人，这是我女儿，我们今天就是来看看你们，我已经知道你们的情况了，所以从现在开始只要你们不嫌弃，我们一家三口就是你们的家人，你们母女俩就是我们家的人！"她——额敏四小的张黎老师带着自己的丈夫和小女儿，这一天找到了住在一间出租房内的汤努尔母女，进门就这样说。

"对，千万别客气。我们家张老师的话代表了我们全家的想法。二闺女，来，我们分工一下：我负责帮助收拾屋子，你妈跟阿姨聊天，你呢，跟小姐姐玩，或者跟她一起读读课本……"张黎的爱人好一副大丈夫的姿态，像是到了自己家一样，指挥起"千军万马"了！

"嘿，听爸的！我喜欢小姐姐！"小姐妹俩不到几分钟便如一对欢快的小蝴蝶，到处飞啊飞的。

很快，这个阴暗、脏乱的小屋子被收拾得井井有条，充满暖暖的温馨感。

"这5000元你先拿着，咱一起想法先把那笔高利贷给还了！"张黎掏出一沓钱交给汤努尔，这样对她说。

"这怎么使得呀！"汤努尔感动得双腿就要往下跪，被张黎一把扶起。

"我们现在是一家人了，你可不要见外！以后你母女俩的事，就是我家自己的事，起来！起来，我们一起带着孩子去饭店吃一顿好的，给闺女补补身子去！"张黎给汤努尔换上一件特意带来的新衣服，又拉着两个孩子，就这样"全家人"走向大街……

张黎老师的家就这样多了两个人。汤努尔母女就这样重新有了一个家。

家是如此温暖。家让曾经受伤的心开始复苏。汤努尔的孩子进了张黎工作的额敏四小，虽然不是孩子的班主任，但张黎把汤努尔的孩子放在心上，除了生活，就是监督和帮助她的学习。补课之类的事更不用说，就是孩子想玩耍，张黎只要有空就会抽出时间带孩子出去玩。那乖巧的孩子每每跟着张黎出门，就会挽着张黎的胳膊，两人亲密无间。"张老师，你又多了一个好闺女啊！"张黎笑答："是呀，我又多了一个闺女。你们看她俊不俊？"

"俊！大大的眼睛，扑闪闪的，多可爱！"熟人们夸汤努尔的女儿。

张黎的小女儿也特别喜欢这个能歌善舞的小姐姐，两个小丫头更是玩得欢，在学校时她们的身影总是双双出现在各个角落；在家时，她们就像一对欢快的鸟儿到处飞舞，留下一阵阵快乐的笑语……下班回家的汤努尔，每当看到这一幕，热泪总在眼眶里打转。

"阿妹，快叫孩子一起进屋吃饭吧！"这是张黎的召唤。

"好的，姐姐！"汤努尔赶紧抹了一下眼泪，带着孩子们进屋坐在香喷喷的饭桌前……

日子就这样一天比一天丰富和美好地过着，汤努尔的脸上也不再布满愁云，她孩子的脸更是越来越红扑扑的。又一个节日快要来临，汤努尔便利用下班之后的时间，开始一针针地绣起花来……几天后，她把一幅绣好的刺绣郑重地送给姐姐张黎。

"太好了！谢谢我的好阿妹！"张黎看着汤努尔一针针绣出的充满哈萨克民族风情的绣品，激动无比。

"来，来，我们一起照张全家福！"又一个春节到了，远在武汉上大学的张黎的大女儿回来，招呼汤努尔和两个妹妹围在父母身边照张相。

这样和和美美的日子过了一年又一年，现在你问汤努尔家在哪里，她会毫不犹豫地指指张黎说："在我姐姐家，她那儿就是我的家呀！"

蒙克和那仁花是一对兄妹，但他们并不是一个民族，蒙克是汉族，妹妹那仁花是哈萨克族，但他们确确实实是一家人，蒙克睁开眼睛第一眼看到的爸爸和妈妈，与那仁花出生后第一眼所看到的爸爸妈妈是同一对人……可他们为什么不是同一民族而又是一家人呢？

在草原上，这样的事经常有。蒙克和那仁花是幸运儿，因为他们有一对心地善良的爸爸妈妈。

其实蒙克与爸爸巴特具龙·巴特具龙并没有血缘关系。巴特具龙是塔城额敏县霍吉尔特蒙古民族乡的一位林业职工。10多年前的2007年11月22日，骑着摩托车走在上班路上的巴特具龙出村不久，路过一棵大树时看到一个放在树根边的棉被团，他走近一看，心头一震：原来是个刚生下不久的小婴儿。

"哇，哇——"巴特具龙轻轻一摸那婴儿，孩子便"哇哇"地哭了起来。

这可怎么办？

巴特具龙顿时六神无主，于是便打电话给妻子。

"你快把娃抱回来再说。天这样冷，会冻坏娃娃的呀！"善良的妻子说。

"好乖乖，不哭不哭，咱们回家啊……"巴特具龙缩手缩脚地将婴儿抱起，赶紧往回走。

"有张字条呢！"回到家，妻子接过棉被，打开一看，在孩子的身边有一张字条，上面写着：苦命的孩子，汉族，2007 年 11 月 22 日出生，请好心人抱回家中给予生命，俺永远感谢。

巴特具龙的妻子此时正带着自己的婴儿，所以有奶水。她便赶紧想给捡来的娃娃吃奶，突然发现这孩子吃奶的嘴唇有些不对劲。

"咋回事嘛！"巴特具龙看着妻子着急，而没有吃上奶的孩子又哭个不停，便说："要不送医院看看他有什么毛病……"

"是得上医院一趟，别耽误了。"妻子说。

县医院医生一番检查，说："这男孩患有先天性唇裂。"

"这可怎么办嘛！"巴特具龙和妻子着急了。

"及早动手术或许可以治愈。"医生说，"但是，巴特具龙，你家有女儿，本来也只能靠你一个人挣工资，日子过得马马虎虎。现在你捡一个娃儿，靠你一个人工资，要给他治病，还要养家糊口，你扛得住吗？"

这是很现实的问题。巴特具龙确实有些犹豫，但当他的眼神扫到婴儿的脸上，看到那双明亮而惹人喜爱的大眼睛时，巴特具龙不考虑那么多了。他对医生说："请尽力给我的娃儿往好里治……"

这一次手术虽然没有实现目标，但巴特具龙和妻子心安理得地将婴儿严严实实地抱回了家。

"现在开始，他就是我们的儿子了，一会儿我去给他报户口。"巴特具龙对妻子说。

妻子点点头："我去给他调点奶水……"

"蒙克。你的名字就叫蒙克吧。"巴特具龙凝视了一会儿怀中的小可怜，随口而出。

一个汉族婴儿从此有了一个蒙古族名字。一个弃婴从此有了爸爸妈妈。

小蒙克像其他孩子一样在巴特具龙家健康地成长，一直到了上学的年龄。

"蒙克，你马上要上学了，爸妈准备带你去大医院做手术，好让你上学后跟其他同学一样玩得开心、学得好好的……"一天，巴特具龙对小蒙克说。

小蒙克太懂爸爸妈妈的意思了。虽然在家的时候他是最受宠的，但一出家门，总会碰上一些人拿他的先天性唇裂嘲讽与欺负他。

巴特具龙为了蒙克的这次手术，与妻子拼命干活和省吃俭用了四五年。他们带蒙克到自治区人民医院做手术，手术非常成功。"谢谢，谢谢你们！"蒙克出院时，虽然巴特具龙的口袋已经出现严重的"经济赤字"，但他还是背着蒙克、拉着妻子，满心欢喜地踏上了回家的道路。他的耳边不时回响起医生的话：等孩子 10 岁时，再来做一次手术，那个时候他的嘴唇就基本看不出什么毛病了……

"不就还有四年嘛！咱咬咬牙就过去了！"回到家之后，巴特具龙和妻子又开始了新的奋斗之路。

新的第一个奋斗年过去，新的第二个奋斗年又艰难地过去……一个普通的四口之家外靠巴特具龙上班挣工资、内靠妻子勤俭持家，并不那么容易。但巴特具龙夫妇依然十分乐观，蒙克健康地成长，学习成绩也很不错。

"今天风大天气冷，路上小心点……"巴特具龙像以往一样，每天早上先把孩子送上上学的路，然后再去上班。2018 年 1 月的一天早上，他刚刚把两个孩子送走，就见一群邻居围在垃圾箱前在议论着什么。巴特具龙过去一看，原来一个出生不久、小脸冻得发紫的女婴被遗弃在垃圾桶旁……

"哇！哇哇——"女婴的一声啼哭吓退了许多围观的人。"这不行，再这么下去孩子要冻坏的呀！"巴特具龙没有半点犹豫，伸手上前将女婴抱起，然后快步回家。

"快快，快给这娃放在炕上暖暖……"他对妻子说。

"你，你怎么又抱回个孩子？这是谁家的？"妻子惊诧万分，问。

"哪知是谁家的！他们把她扔在垃圾箱旁了！再晚些时间，娃儿的命都保不住了……"巴特具龙一边找小被子给娃儿盖上，一边说。

"你，你抱她回来就能保她的命了？"妻子说这话的声音并不重，但实实地刺在了巴特具龙心上。

巴特具龙直起身子，双眼望着已经不再哭泣的娃儿，轻轻地对妻子说："有你这个好妈妈，我相信孩子会像我们的儿子蒙克一样健康成长的……"

妻子的眼里一下子充满了热泪。她抱起娃儿，将其紧贴在怀中。

"打听到了，这娃儿的父母都很年轻，孩子刚出生没几天，可能患有先天性脑水肿和癫痫病……所以才把她遗弃的。"同一天中午，邻居过来对巴特具龙一家说。意思十分明显，这娃儿落在手中，可是一辈子甩不掉的麻烦呀！

如晴天霹雳，巴特具龙和妻子长久地愣在原地……

"哇——哇哇、哇——"突然，刚进门才不到半天的娃儿像知道什么似的，张着小嘴"哇哇"大哭起来，直哭得巴特具龙和妻子心都在震颤。

"你说，这回听你的……"巴特具龙将目光投向妻子，认真地询问她。

"唉，还能怎么样呢？她已经进了我们家，命该是我们的娃了……"妻子无奈地摇摇头，轻轻地抱起啼哭的女婴。

"哇嗨、哇——"娃儿不哭了。娃儿美美地睡着了，完全是一副躺在母亲怀抱里的那种享受感。

巴特具龙和妻子的目光再次碰在一起时，两人露出苦涩的微笑。

巴特具龙到派出所给娃儿报了户口，并且起了一个响亮的名字：那仁花。蒙古语里的意思是：明亮的太阳。

在巴特具龙的心中，他有一个强烈的愿望：要将这个女娃儿培养成美丽而明亮的太阳般的花朵。

那仁花的到来，虽然给本来就生活拮据的家增加了更多的负担，但巴特具龙和妻子的脸上却荡漾着幸福和欢快，哪怕是汗珠子砸弯了他们的腰杆，哪怕是风雨吹疼了他们的皮肉，巴特具龙夫妇依然乐盈盈地直起身子，让孩子们感到温暖和力量。

儿子蒙克的第二次手术做得完美，个头儿也越来越高，整个儿是个帅气又聪慧的小伙子了！

哈萨克族小女孩那仁花在蒙古族爸爸妈妈的陪同下，先后到四川、乌鲁木齐等地医院医治，花费近 10 万元，其先天的癫痫病也得到了根治，慢慢地出脱成一个人见人爱、能歌善舞的小天使……

"来，来，今年我们的全家福要到塔城的照相馆去照，那里的摄影师傅水平高。"

"爸爸，等等呀，妈妈要给我换新衣裳呢！"当巴特具龙拉着两个儿子正要上车时，后面传来女儿那仁花鸟儿啼鸣般的清脆声音。

"好嘞！"巴特具龙朝蒙克使了个眼色，说："去，叫上你妹妹和妈妈……"

"嗯！"蒙克快步走进屋子。

一会儿，儿子蒙克牵着女儿那仁花走出门，打扮一新的妻子紧跟着儿女一起向他走来……那一刻，巴特具龙的脸上闪耀着幸福的光彩。

现在，一张五口之家、三个民族组成的全家福照片高高地挂在巴特具龙家的正房中央。每每客人来访，巴特具龙总会指着这张全家福，自豪地说："我们是幸福的一家子。"

是的，由巴特具龙夫妇亲手栽培的这个民族团结之家的鲜花，如今越开越鲜艳，越来越有光彩，越来越令人羡慕。

这就是家的幸福，家的温暖。

善良的人用心血浇灌了它，用爱滋润着它，它让无数原本对生活失去信心的人弥合伤口、重新树立希望；也让无数原本绝望和无望的生活恢复了新的生命力，让冰冷的生活变得温暖与美丽；更让无数原本相互之间无亲无故的人走到一起，相亲相爱过一生。

在塔城大地上，关于这样的"家"的故事如天上的繁星一样斑斓璀璨，而且随处可觅。

那天路过额敏上户镇，当地人一定要把库玛克三村的一个关于"家"的故事讲给我们听——

那个原本失去家的关爱的人叫朱广五，是一位 1934 年出生的汉族老人，五保户、贫困户。尤其是到了 2008 年以后，朱广五老汉的身体每况愈下。"这么个孤单老人，又身体不好，可咋整嘛！"村民们议论纷纷。

"大伙儿放心，朱老伯由我来负责孝敬！我给他养老送终。"说此话的是哈萨克族汉子热斯别克·江努木江。

"你？与他无亲无故，为啥要这么孝敬一个汉族老汉嘛？"同族人不解地问热斯别克。

热斯别克则波澜不惊地回答："每个人都会有老去的一天，谁都希望在自己年老的时候身边有子女陪伴。朱老伯现在年岁大了，身体又不好，更需要有个家，有人陪伴他，所以我想给他一个家，一个能够让他幸福圆满地走到人生最后的温暖的家……"

乡亲们被热斯别克的话感动了，尤其是他说的"我给他养老送终"这 7 个字，实实在在地打动了许多人的心。当然，也有人怀疑热斯别克能否说到做到，能否自始至终。

这确实是个不小的考验。热斯别克和朱广五老汉所在的村距离县城 35 公里，全村 130 户人家 585 人，由汉族、藏族、满族和哈萨克族 4 个民族组成，其中少数民族占了总人口的 86%。但一直以来这个村的各民族村民之间和睦相处，亲如一家，所以当热斯别克提出要给单身五保户老汉朱广五一个温暖的家的时候，自然也是顺理成章的事。但问题是，热斯别克自己的家并不富裕，一家四口人仅靠 50 亩口粮地和 50 多头牛羊过日子。更重要的一个问题是：热斯别克平时经常在外打工，妻子加娜提的身体又不好，夫妇二人并不能给予老人最好的照顾，所以把朱老汉接到家后，热斯别克思来想去，决定自己出钱将朱老汉送到条件较好的额敏县敬老院颐养天年，平时定期接老人回家相聚。

"好！好！这样更好！"朱老汉对此安排十分感激。老人也知道敬老院每年的开销，这对热斯别克一家来说是个巨大的负担。但热斯别克说："朱老伯现在既然是我家的人了，就是我的长辈，跟我的父亲一样，为了孝敬老人，哪有讲价钱的？"

热斯别克用辛勤的劳动和汗水为朱老汉养老。自己一家人再苦、经济上再紧张，热斯别克也从不会在朱老汉的身上少花一分钱。

2013年夏，朱广五老汉突然脑溢血旧病复发，不得不住进医院。此时正值小麦收割时节，热斯别克每天白天忙着农事和家务，晚上坚持去医院照顾老人，自己不在老人身边时，他就请人帮忙看护他的"老爸"——医院的人都认为朱老汉是他的父亲。

热斯别克经常搀扶老人到院子里晒晒太阳，帮老人洗头换衣、喂药喂饭，像亲儿子一样照顾着朱老汉。病中的老人夜尿特多，一夜要起来四五次，热斯别克扶着老人解完手并服侍其睡下后再在一旁的行军床上休息片刻。

"是我的好儿子！他是我的好儿子！"朱老汉逢人便夸，一脸幸福。

老人爱听评书，热斯别克就给他买了一台收音机；老人爱吃肉和鱼，热斯别克就买回家让妻子精心做好后再给老人送到病榻前。

年轻时受了很多苦的朱老汉随着年龄越来越大，身上的毛病越发多起来。又一年春天到来时，朱老汉又病了。正值春耕忙碌时，热斯别克不仅活儿忙，口袋里也空空如也。无奈，为了给老人看病和加强营养，他把家里的几只羊给卖了。后来医疗费又无处出，热斯别克不得不又卖了一头牛。

"傻嘛，热斯别克真是傻透了，老人又不是他亲爹，可他待老人比亲爹还亲……"有人这样议论。

热斯别克笑笑，回应道："老伯既然成为我家一员，我就该跟伺候亲爹一样照顾好他！"末了，热斯别克又放下一句重重的话："我还真心想给老人家过个八十大寿呢！"

这是何等的承诺！

病榻上的朱广五老汉听后老泪纵横，连连感叹道："我是有了一个亲儿子呀！"

一年又一年，朱老汉安度着幸福与美好的晚年。

这一年的4月初，病入膏肓的老人家还是被无情的疾病夺去了生命。在他临终前的那些日日夜夜里，热斯别克一直陪伴在他身边，给他喂药喂饭，照顾得无微不至……

"有个家，有你这样一个好儿子，我很知足了……"老人离世那一刻，是平静而满足的。

6年，整整6年时间里，热斯别克一直坚持着最初的承诺，以最温暖的爱，让一位疾病缠身的老人度过了最后的美好时光。这期间，村里的另一位叫博尔别克的村民也受热斯别克的影响不时地帮忙照顾朱广五老人。

热斯别克和巴特具龙、张黎、才瓦·孟克巴依尔、马连花……他们用爱来重塑一个个温暖幸福家庭的故事，让人感动和感慨。我知道，这样的故事在塔城有很多很多。

在塔城，由一群艺术家演绎的一台歌舞剧《家园之恋》，迷倒了无数塔城人和外地人，究其奥妙，就是人们对爱和家的向往。

温馨的家是幸福的源泉

幸福的家充满温馨的画面

出门在外难免磕磕绊绊

一想到家心中无限温暖

……

谁都想有个温馨幸福的家，因为有家我们的心灵和精神才能得到安宁，并能产生飞扬的勇气和力量，我们的民族才能实现繁荣昌盛，我们的家园才能越来越美丽。

难道不是吗？

第十二章

"结亲"后的
甜蜜日子

中华民族的历史能够源远流长，

"亲上加亲，兄弟再加亲"这一特殊的亲情文化起到至关重要的作用，

从而世世代代地"心心相印"。

正是这种文化的凝聚力、亲和力，使得中华民族五千余年历史中，

无论外强侵扰如何残酷，

始终不曾割断中华民族大家庭的血脉相连"一家亲"，

万里长城始终巍然挺立在东方……

"民族团结一家亲"活动在今天的新疆广泛流行，成为人们一种自觉自愿的社会风尚。

这既是中华文明的传承，

也是石榴籽紧紧相拥的一种天然力量，坚不可摧。

在汉字或者外国文字中，"亲"这个字具有相同之意：关系密切、感情深厚，另一种就是血缘或婚姻关系。中国古语中，"亲"，变称"至"也。

日常中，我们习惯对于特殊关系的人，称之为"亲爱的""亲人"，网络时代的今天还常用"亲"称呼关系一般的对方。在群体之间，也会经常用上这个字，比如民族团结时，我们会用"亲如一家人"，意思是彼此间没有任何隔阂，如在同一屋檐下生活、同一锅吃饭、同一炕上睡觉之人……

世上没有人比"亲人"更能抚人心，"亲"稳固着人类社会与国家及民族的基本形态，也是人类得以比任何动物界更繁荣、更强盛发展的动力源。

亲就是爱，爱便是亲，没有比"亲爱的"更能说明人与人之间的关系了。

在新疆、在塔城，如果说到这些年里民族团结方面所取得的巨大变化与成就的话，有一件事是无法回避的，那就是2016年以来自治区开展的"民族团结一家亲"活动，即全区干部职工与各族基层群众结对认亲，广泛交往、全面交流、深度交融，大家像家人一样相互扶持、迈步向前，在天山南北的广袤大地上绘就出一张张多民族的全家福。

虽然文学往往拒绝数字与一些道理，但有些数字本身就是精彩而不可替代的故事。

用当地"结亲人"的话说，那是"一次结亲，终生结缘"。是的，鸟起飞之后，便与天空成为最亲近的"伙伴"；牛羊走向草原之后，它们再也不舍自己脚下的大地；江河一旦流动，大海便是它的归宿……这般"亲"的定律，是这个世界产生永恒情感的源流力量，你无法改变，只有顺势而为。

人类社会便是这样发展的。顺行者繁荣，逆流者衰败。

到塔城的人，都会有一种特别的感觉：这里的人，热情、好客，彼此间友善、真诚，亲密无间，胜似一家。"其实我们就是一家。"塔城人听到外人评价他们时，会添上这样一句话。

二十几个民族、几千个村庄、数百万民众，如此亲如一家，并不是很多地方能够见得到的现象。塔城并不是今天才有这种"民族团结一家亲"的社会风气，而是历史形成的风尚，是骨子里的传统习俗。只是"民族团结一家亲"活动开展以来，这种民间长期形成的良好风尚变得更加出彩与丰满，内容也丰富了许多。

"一家亲，一座城""一座城，一家亲"……

结亲的春风吹暖了北疆的这片美丽之地，它再也无法被人小视，因为它释放和燃烧的是民族、国家和时代最温暖与灼热的火焰，这火焰是亲情、民族情、国家情凝聚于一起的那份深深的情感……

就像到了春天一样，现在我们到新疆、到塔城，到处可以看到"民族团结一家亲"所盛开的民族团结与人性关爱的遍地繁花。

让我们一起去采撷吧——

那一个个多情的香馕

往往，生活好了以后有人就闲了，一闲就容易想入非非；反之，生活并不那么如意时，就会有人来你的耳根边煽风点火，让你迷失方向……

有一段时间，塔城也有这样的人，他们总是牢骚满腹，嘴上缺德，仿佛这个世界就是欠他了什么，而他自己又期盼着不劳而获。

　　维吾尔族汉子亚克甫·依塔洪原来是一个小工厂的电焊工，虽然每天准时上班下班，但收入不高，维持一个三口之家总显得那么紧巴。

　　肚子不饱，生活不丰，不满和牢骚便会涌来。七尺汉子亚克甫不甘沉沦。有一段时间，亚克甫感到异常苦闷与不甘，然而又不知该选择怎样的人生。

　　他愤怒与呐喊过。

　　"兄弟，你瞧：凭力气、凭手艺、凭当地的人缘，你亚克甫无人敢比，我也甘心服你。但你想过为什么许多人比你日子过得美、过得好吗？"一日，孙小东来到亚克甫家，两人坐在炕头长聊了起来。

　　孙小东是沙湾县住建局干部，年岁与亚克甫不相上下，除了一个是维吾尔族、一个是汉族外，完全可以互称"兄弟"。

　　"我……找不出原因。"亚克甫对孙小东说，随后一直摇头。

　　孙小东开始帮他分析："你的问题不是别的，就是没有发挥出自己的潜能。一旦你的潜能发挥出来，你就是个响当当的人物，家里的日子不比任何一家差。"

　　"你当真这么看我？"亚克甫认真地盯着孙小东看，生怕对方是在蒙他。

　　孙小东笑了，继续解释："你原来在一个小厂，虽然工作稳定，但你无法发挥自己的能力，只能实实在在地拿一份工资，但这个厂本身资源有限，所以你拿的工资也难以维系一个家庭的基本生活，更不用说过得比别人更好了！"

　　这话"击"中了亚克甫的心，他急切地问："那我怎么办呢？"

　　"是发牢骚？是去听任一些不是真心让你走正道、过好日子的人的话？"孙小东问。

　　"其实我内心并不、不想那样的。"亚克甫有些委屈。

"我理解，"孙小东拍拍亚克甫的肩膀，然后问他，"你真想痛痛快快干一番事，让自己家的生活红红火火起来？"

"想！做梦都想。"亚克甫的头昂了起来，胸脯也挺得高高的，像出征前的勇士。

"好！我就等你这话！"孙小东笑了，高兴道。

"快说吧兄弟，我到底怎么干？干什么？"亚克甫有些憋不住了。

"你不是现在已经辞掉原来小厂的工作了吗？那你就该创业，从头做起……"孙小东说。

"可、可……我能做啥呢？而且……我、我又没啥专长。"亚克甫的底气没了，连话都说得支支吾吾，像霜打的茄子似的低下了头。

孙小东拍拍亚克甫的肩膀，笑道："你是不是认我这个兄弟？"

亚克甫迷糊地看着孙小东，点点头："是呀！"

"那你就给我露一手，做几个馕我吃吃，吃完我就告诉你干些啥……"

这个太容易了！亚克甫说着就直起身，去掀炉开灶、和面打馕……三下五除二，一会儿就把几个香喷喷的馕摆在孙小东面前。

237

"太好吃了！这是我在沙湾吃到的最香的馕！"孙小东边吃边说道。

亚克甫骄傲了，说："那是，别的不敢说，我打的馕还没几个人可以比试的。"

"那你为啥不把这事做起来？"孙小东一本正经地问亚克甫。

"你是说让我卖馕？"亚克甫疑惑地问。

"是啊，也是你刚才说的：没有谁能在打馕上胜过你的嘛！你干这事不是最好的发挥嘛！"

亚克甫先是一愣，然后认真地问孙小东："你刚才说要给我指条创业的路，不会就是让我打馕致富吧？"

"为啥不会！我今天就是要让你把自己的看家本事拿起来，做一个在沙湾、在塔城都响当当的打馕冠军！"孙小东说。

亚克甫有些腼腆了，说："冠军不敢当，但一定不比别人打的馕差……"

"这不就得了嘛！"孙小东异常高兴。

"可、可做生意要会吆喝，我、我的普通话都不怎么溜……"亚克甫又有些为难起来。

"看，你往我这儿看——"孙小东让亚克甫看他，然后问，"你看到了啥？"

亚克甫直直地看着孙小东，不解地说："就我的兄弟你……"

"是啊，我这么个大活人站在你身边，你还愁啥呢？"孙小东说，"你的普通话我来教不就成了嘛！义务的，不收钱。但你若不认真学，还赔了生意，那说不定我会要你学费呢！"

孙小东开完玩笑后自个儿先乐了。

亚克甫这时也才跟着开怀笑了起来。

打馕，对新疆人来说，是拿手的活儿。但就是这几乎人人都会的活儿，其手上的功夫其实也是大有讲究的。这功夫靠什么？靠技巧、靠心境、靠食材，但最重要的还是要靠良心和那份对他人的关爱之心。

亚克甫说干就干，在孙小东和其他亲戚的支持帮助下，建馕坑、做面板，联系定点面粉、清油等事宜，每一样他都不含糊。

"不行啊，做生意，就得讲究品牌，得有个名头。"几炉馕饼做出来也卖出去后，孙小东暗自道。

"你亚克甫自己说的，咱的馕敢与所有人比试，那你就该打出个响当当的名头……"孙小东鼓动道。

"那……那就叫'阿娜母香馕'怎么样？"亚克甫说。

"阿娜母"这名字太好了！太有味道、太有爱了！孙小东一听大喜。

从此，在沙湾、在塔城，"阿娜母香馕"开始香飘十里八乡……

先是村上的人被"勾"去了食欲；

后来是镇上和县上的人被这香味"勾"了去；

再后来，连石河子市的人听说了也远远地赶来要买亚克甫打的"阿娜母香馕"……

"还上过'新疆头条'哩！"亚克甫现在正忙得不可开交，脸上挂满笑容。妻子和孩子忙着帮他联系送货、收钱……"亲戚"孙小东成为"义务广告宣传员"。

"老板，你这馕又大又香，再来 30 个！"

"行行好，我大老远专程来买你的香馕，给打 50 个吧！"

"我也要……"

"排队！排队嘛！"

如今，在亚克甫的"阿娜母香馕"铺前，人们经常可以看到这样的景象，这也让村上的百姓大为沾光。老乡们说：亚克甫的馕香了，让我们村的名声也香出十里八乡……

那贴心的"小棉袄"

人们都说养个女儿就是多了件贴心的"小棉袄"。女儿对老人而言就是体贴、周到与温暖的代名词。生命里有这样的"小棉袄"就是一份幸福和宽慰。

对丁慎行和他老伴来说，于发娥就是他们"捡"来的一件"小棉袄"。

为什么是"捡"来的"小棉袄"呢？

原来，一直在塔城市交通局工作的于发娥在 6 年前的一次下乡工作途中，在走到市郊阿西尔乡一个集市时，与同事走散了，又一时联系不上。双手拎着很多东西的她一时不知所措，急得在原地直跺脚："这可咋办？"

"姑娘，是不是有难事呀？要不坐我们的车子回吧！"突然，一位老人带着老伴开着电动车停在于发娥身边问道。

"哦。是，是，我不认路……"有点尴尬，于发娥羞红了脸。

"那就带你一程吧！"老汉说着，就示意于发娥坐他的车子。大娘也热情地招呼于发娥上车。

"嗯。"于发娥"噌"地坐上了老汉的电动车，一股暖流涌上心头。

"闺女，你既然到了我家，就好好地洗把脸，先歇歇，大娘给你做好吃的……"把于发娥拉到家后，老两口热情地招待她。

"那、那多不好意思呀！"于发娥感动得不知如何是好。

"那有啥，我们有缘分，你这个闺女既然到了我们家，就算是我家的丫头了！"老汉说。

"是吗？你们真……认我做你们闺女呀？"于发娥从小就没了父亲，这位与父亲年龄相仿的大伯如此真诚热情的话，顿时暖得她热泪直往下掉。

"你看我们还会有假吗？"老汉耸耸肩，双手一摊。

于发娥又连连点头："嗯，我信。"

此时，大娘已经把香喷喷的饭菜端到桌上，让于发娥上座。

"丫头，你姓啥？"老汉亲昵地问。

"姓于，于是的于……"

"哎呀，巧了，我姓丁，'于'跟'丁'差一横，不分家的，我们就是一家人嘛！"原来老汉姓丁，叫丁慎行，达斡尔族。丁慎行和老伴有5个子女，孩子都还比较有出息，就是工作单位离老两口远些，尤其是3个女儿，远在乌鲁木齐和克拉玛依工作。当老两口得知于发娥的父亲去世得早时，慈爱地对她说："从今往后你就是我们家的丫头，愿意吗？"丁慎行一边给于发娥夹菜，一边这样问。

"嗯，我愿意。"于发娥连声应道。

"哈哈……好！来来，为我们添了个闺女干一杯！"丁慎行老汉欣然从柜子里拿出一瓶珍藏了多年的老酒来痛饮。

"我们捡到了一个丫头，一个好丫头！"打这以后，丁慎行和老伴戴召爱逢人便讲。从此，于发娥也时不时来到老两口家帮助老人忙里忙外。

2016 年，塔城地区的"民族团结一家亲"活动在各个乡镇开展，于发娥得知后，在单位里第一个报名，并且骄傲地说："我已经在下阿西尔村有亲戚了，今天又要去了……"

"爸，妈，今天我正式向你们报到：从今儿起，我就是你们甩都甩不掉的闺女啦！"当日，于发娥跑到丁慎行家，跟老两口讲完原委，丁慎行乐得合不拢嘴。他的老伴指指里屋的一张新铺的床，说："你看看，我们给你床铺都备好了，啥时来、想住多久，都成！"

于发娥顿时扑到丁慎行老伴的怀里，热泪盈眶。

当了丁家的"小棉袄"后，于发娥便把两位老人家的事放在心上。"对了对了，今天下班后可要到商场买点啥东西哩……"为啥？原来这一天是她的"丁爸"75 岁生日，做闺女的咋可把这事忘了呢？

于是，这一天，于发娥换上新衣服，拎了两大包东西搭车来到 20 多公里外下阿西尔村的"丁爸"家。

"你来就来嘛，干啥带这么多东西呀！"丁慎行见"闺女"大包小包地跑得额上汗津津的，说道。

"今天是爸的 75 岁寿辰，我知道你腰板不太好，所以特意买了套保暖睡衣，你快试试合身不……"于发娥乐呵呵地从包里拿出一套崭新的男式老年睡衣给"丁爸"穿上。

"合身！挺合身的！"于发娥左看右看，开心得直拍手。

头一回穿睡衣的丁慎行老汉，此时站在那儿有些不知所措地直冲老伴说："你看咱们丫头把我打扮得年轻了 10 岁呀！"

"美的你，有邪想了？"老伴假装噘起了嘴。

"哈哈……放心，妈，回头我给你买更艳的呢！"于发娥说。

"听到没？我好闺女要给我买更艳的呢！"老太太说。

"是是，我们闺女就是'小棉袄'嘛！"丁慎行老汉赶紧换了口气。

"哎呀，今天我可要在这儿跟你们一起吃丁爸的长寿面呀！"于发娥撒娇地说。

"早备好了！就等你来下锅呢！"丁家老两口开心地对视道。

"好的呀，吃爸的长寿面了——"于发娥欢快的声音温暖了丁家老两口的心，二老的脸上溢满了幸福感。

一家亲的感觉就是不一样。

于发娥虽然在市里工作，但因为有了丁家老两口这门亲戚，所以只要有空，她就会带着各式各样老人吃的、穿的往下阿西尔村跑。一到丁家，她便帮助老人打扫卫生、整理房屋，或者上灶给丁慎行老两口做顿拿手的饭菜。如此其乐融融的生活，让邻居们看得羡慕不已。

又一个集体组织的"民族团结融情"活动在村里开展，丁慎行老两口比村里的人都早到，他们在等候他们的"丫头"到来……可所有其他村民的亲戚都到了，唯独于发娥没有到。

这丫头今天咋啦？丁慎行老两口着急了。一打听，丫头还真是有事——患心脏病住院了！

"丫头呀，你有事就给我报个信嘛！瞧把我和你戴妈急的……"丁慎行一个电话打过去，双脚不停在原地跺着。

那边的"丫头"说话了："哎呀，丁爸、戴妈，我没事，已经出院了，没事！不用为我担心……你们这些日子咋样？都好吗？"

"好，好，你没事，我们就更没事了！"这头的丁慎行赶忙说。

"那就好，那就好！过两天我去村里看你们啊……"于发娥说。

"丫头，你好好休养，我和你戴妈去看你……"丁慎行说着就把电话挂了，对老伴说："把家里的鸡蛋全部拿出来，我要给丫头送去！"

"这会儿就去？"老伴问。

"就去！"丁慎行急得像自己患了病似的。

经过一段时间调理，于发娥很快康复了。趁着单位一个调休时间，她想到已经有些日子没去看"丁爸"了，便决定在老人家里住上几天，给老两口做点事、暖暖心。

于发娥去的时间是4月，塔城地区一般家庭已经停止了生火取暖。

但于发娥到"丁爸"家后发现老两口已经为她专门把炉火烧得旺旺的，而且还专门在床上铺了电热毯……

"你们待我太好了！我咋感谢你们呢？"于发娥忍不住流下感动的热泪。

"瞧你这丫头，咱是一家人，你这'小棉袄'一到，我们老两口心头就是暖暖的，要谢也是我们谢你嘛！"丁慎行说。

贴心的"小棉袄"让一对原本孤独的老人从此有了期盼、脸上天天挂着笑容。而"小棉袄"于发娥也因为有了"丁爸""戴妈"的疼爱，心里有了依托。

现在，在下阿西尔村，已经没有人再把于发娥当作外人了，他们一说起她，便会称其是"丁家的丫头"，而于发娥也十分乐意别人这样称呼她……

警察弟弟的"公主抱"

哈萨克族年轻女子唐努尔·托合塔森曾经认为自己是世界上最不幸的人。在她 19 岁那年，花儿一样的青春年华正在大学校园里美好绽放，突如其来的股骨头坏死导致她下半身瘫痪……如此突然而沉重的打击，让一向开朗活泼的唐努尔一下陷入万般痛苦的深渊。她因此沉默寡言，甚至连家门都不愿意出。

"我就想死……死了了结！"多少次唐努尔这样想，如果不是姐姐及时发现，她早已不是这个世界上的一分子了。

一年一年地这样度过，直到唐努尔已经 30 岁了，在家里，她依然只能把姐姐当作生活的"拐杖"，偶尔姐姐会请邻居帮着将唐努尔背到楼下，接一下地气。坐在轮椅上的唐努尔有时踮着脚尖触一下大地，这时她会激动得掉眼泪……然而这样的机会实在太难得。唐努尔的姐夫远在几百里外的油田工作，只有等他回来，唐努尔才能没有负担地让姐夫将她背到楼下，去感受一下脚触大地的幸福。平时姐姐实在背不动她，邻居毕竟不是说请来就请来的。久而久之，唐努尔也不再想去触触大地了——孤独和消极的情绪一直缠绕着她。

2018年4月8日那一天，唐努尔现在想起那天的情景都会幸福得笑出声来：早上，姐姐刚刚扶起唐努尔，让她靠着墙看电视。这时，一位高高的、帅帅的小伙子出现在唐努尔面前，爽朗地、亲切地说："唐努尔姐姐，我是和布克赛尔县公安局的民警邵启，比你小两岁，所以你是我姐，我就是你弟……"

"邵……弟弟？！"唐努尔自19岁那年因瘫痪离开学校之后，说真的，就没有哪位小伙子主动与她交谈，邵启的出现让她很开心，还有点害羞。

"坐，坐！弟弟。"唐努尔脸都绯红了。她太高兴了。

"好的，姐姐。"小伙子很阳光，爽快地坐在唐努尔身边，问起"姐姐"的病情与生活情况。

时间和岁月赋予她太多的痛苦与折磨，唐努尔已经将自己的命运归结为"注定"的结果，所以早就不感到痛苦了。"姐姐已经习惯了，习惯一个人傻待着，以看看电视、知晓天下为生……"

"那多没劲！我带你到楼下看看……老在楼里闷得很！"邵启站起身，伸出双手，一把将坐着的唐努尔托了起来，还在屋子里转了几转，唐努尔又惊又喜，欢快地笑出了声。

"走，我们下楼去！"警察小伙子将唐努尔一个"公主抱"，一下举出了门，三步并作两步地朝楼下走去，几层楼对他而言宛若平地，转眼就到了楼下的社区小广场……

"太美了！这里又有好大的变化呀！"好久没有下楼的唐努尔坐在弟弟邵启给她搬来的椅子上，将披在肩上的长发往后一甩，抬起头，仰望着蓝色的天空，正好一缕温暖的阳光照在她脸上。她将眼睛微微闭上片刻，而后将目光移向身边的社区小广场，那里盛开的鲜花、郁郁葱葱的草坪和孩子们嬉闹的场面，让她顿时绽开笑颜。

"楼下的空气好，张开双臂，多来几个深呼吸……"警察"弟弟"在一边做着示范，一边示意"姐姐"唐努尔跟上动作。

唐努尔伸起双臂，开始深吸一口气，然后再轻轻地呼出……如此来回反复。做着做着，唐努尔陶醉地闭上了双目。

"怎么样，姐？！""弟弟"问。

唐努尔没有回答，脸颊上流下两行泪水……她哭了。

是痛楚和委屈的泪水。

是满足和幸福的泪水。

"走，我们到远一点儿的地方去看看……""弟弟"不由分说地将她抱起，到离楼更远的地方去看看。

"不要！不要……你放下吧！放下吧……"唐努尔突然叫起来。

"咋啦，姐？""弟弟"忙问。

"我、我……你这样抱着我，让人看到多不好意思。"她害羞地说。

"嗐，我才不在乎呢！你是我的姐……走哟！"邵启直直腰杆，重新将唐努尔抱起，向着热闹的人群那边走去……

这一天唐努尔有多高兴，只要听她晚上坐在床头不停地唱歌便知道了。

"妹，今天来的这位警察小伙子怎么样？"姐姐也在偷偷地乐着问。

"当然好了！他说明天是星期天，他还过来抱我下楼出去晒太阳……"唐努尔抑制不住自己内心的激动，说。

"明天？他真会来吗？"姐姐有些不信。

"会的。他说的。"唐努尔立即说。

姐姐抿住嘴乐："好，好，明天他再来，我就给你们做顿好吃的……"

"谢谢姐姐！"唐努尔又开始哼唱《幸福的花儿》——那首她过去一直喜欢唱但又因病搁置了十几年没唱的歌。

这天夜里，唐努尔整夜陶醉在美妙的梦中。

"姐……我们下楼！"蒙眬中，唐努尔觉得自己的头贴在一块厚厚的、有着怦怦心跳声的胸脯上，她沉浸在美好的梦境中，不想睁开眼睛……

"去吧，一会儿回来吃饭……"姐姐抿着嘴笑了，目送着邵启又一个"公主抱"将妹妹抱出房门，向楼下走去。

这一天，邵启推着轮椅，带着唐努尔来到她已经有 10 多年没有去过的街上和她喜欢的商店转悠，在一声"姐"、一声"弟"的欢快的应答声中，邵启不时给唐努尔介绍日新月异的县城变化和一些新建成的建筑物，而唐努尔则时不时地被眼前的新景象所感动、震撼，又不时高一声、低一声地请"弟弟"介绍详情。遇上轮椅不好上时，"弟弟"的一次次"公主抱"总引来路上行人好奇的目光，直看得唐努尔脸红红的，后来，唐努尔习惯了"弟弟"的"公主抱"，也习惯了路人的目光，脸上洋溢着幸福与快乐的光芒。

"姐，以后只要我有空，就过来抱你出去走走、看看。你呢，什么时候想出去，就给我打个电话，我会尽快地来到你身边……你说如何？"邵启说。

"嗯。你累了一天，快回家吧！我这儿有姐姐呢！"刚到家，唐努尔就催"弟弟"赶紧回家。

夜很深了。姐姐轻轻走到唐努尔的身边，看着梦中露出微笑的妹妹，心底无限感激"结亲"的人民警察"弟弟"。

警察"弟弟"的"公主抱"一直延续着。只要邵启休息，他总要先到唐努尔家，将她抱下楼享受一番阳光与大地的气息……这样的日子，每一分钟、每一秒钟都让唐努尔感觉到新生，她无比享受这美好的时光。

后来，邵启因为工作需要，离唐努尔住处远了，约有 50 公里距离。邵启为了不影响照顾唐努尔，他与身怀六甲的年轻妻子轮流来到唐努尔身边照顾她。邵启的媳妇善良又手巧，经常给唐努尔送这送那，教她学各种手艺，这让唐努尔感觉生活已经不再是单纯去透透新鲜空气和享受

"公主抱"了，而是有了更多希望的内容。"弟弟"邵启呢，依然利用各种可能的时间来看望唐努尔，抱着她出去晒太阳。他还通过同事等各种关系，与自己单位的两位同事一起，每天都来照顾唐努尔。

如今的唐努尔，几乎可以每天享受"弟弟""哥哥"和"姐姐"们给予她的"公主抱"……

曾经对生活失去希望的唐努尔，现在整个人欢乐开朗，歌声不断，并开始自立起来。

她逢人说得最多的一句话是："我并不感到孤独，我已经享受了人间最暖心的温情……"

满院春色的巴哈提小院

来到塔城，你的眼睛是不够用的，因为这里到处是以前从未见过的美景。在那些诱人的景致中，我尤其欣赏无论在城镇还是在乡村的一个个当地人生活的私人小院子。在这样的小院子里，你一眼望去，就可以知晓这家的生活景况。尤其在乡村，院子大与小、美与丑，其实就说明了这家人的富裕程度与生活质量，当然也有他们的审美与风俗。

在裕民县哈拉布拉乡霍斯哈巴克村有位哈萨克族牧民叫巴哈提·哈生。村民们提起巴哈提家以前的小院子，都会一边讥讽一边摇头：太差了！差得不像样！连牛羊都不愿进他家的门……

原来巴哈提是全村有名的贫困户。一家四口人，有两个小女孩，巴哈提的妻子患乳腺癌，一家就靠巴哈提一个人支撑着，其他三人除了正常生活，还得花费学费和高额的治疗费，才40多岁的巴哈提被沉重的家庭负担压得过早地背弯腰驼。他并非偷懒之人，也想把挺大的院子整理好，但生活的艰难让他失去了许多兴趣和热情。

这一切，被新认亲的"弟弟"蒋新亮看在眼里、记在心里。

会说哈萨克语的蒋新亮是这个乡的党委书记，"民族团结一家亲"

活动开始之后，蒋新亮报名选了巴哈提家。

"他家的生活状况实在需要人帮助！我去吧。"蒋新亮在会上表态道。

第一次跨进巴哈提家，看到躺在炕上的巴哈提妻子，蒋新亮的心头异常沉重，也就在那一刻，他的脑海里有了一个坚定的目标：必须帮巴哈提家脱贫致富！

如此贫困的家庭脱贫致富谈何容易。没有劳力，只有负担，更不用说啥本钱了。蒋新亮没用几分钟时间扫视一圈，就已经把巴哈提家的"底子"摸了个透。

"想把日子过得好一点吗？"蒋新亮认真地跟巴哈提进行了一次对话。

"咋不想，做梦都想……可我的梦里尽是噩梦，没有好梦。"巴哈提灰心地说。

蒋新亮摇摇头，认真地说："你比我年长几岁，我应该叫你哥。从今天起，你就是我的哥，你就把我当成自己的亲弟弟。亲弟弟不会害哥哥吧？"

巴哈提顿时激动起来："你要做我弟弟，我这辈子就有福了呀！"

"我们一起创造幸福吧，巴哈提哥哥……"蒋新亮也十分高兴地拉住巴哈提的手，然后指指院子，说，"哥，你这地方不小，我想借机会把原来这栋破房子重新盖成新房，然后再把院子一起修整一下，我们养些羊，靠养羊慢慢把日子往好里发展！你同意吗？"

"我？盖新房？不行不行，你哥穷得连裤子都快穿不上了，哪有钱盖房子嘛！"巴哈提一听吓坏了。

"哥，你不要着急。现在党的新政策很多，惠民项目可以帮助你建富民安居房，对贫困户还可以申请扶贫羊养殖补贴，这样盖房子和致富的路就都通了！"蒋新亮告诉巴哈提。

"真有这样的好事呀？"巴哈提简直像在听天方夜谭。

"当然！你只要有信心和决心，我就帮你去办申请。"蒋新亮点点头，说。

"你真是我的弟弟，对我太好了！"巴哈提不知用什么语言来感激这位新认的弟弟。

好事一桩一桩地很快落实到位。昔日破旧不堪的泥垒的旧房子转眼间变成了一栋80多平方米的新砖瓦房，看着那洁白的墙和平展的水泥场地以及宽敞透亮的新房间，巴哈提和妻子激动得泪水汪汪。

"好弟弟，我们不知用啥来感谢你呀！"夫妻俩拉着蒋新亮的手，一个劲儿地表示谢意。

"可不要谢我，应该感谢党和政府，是党和政府的政策好，我们就是按政策帮助你改善了一下居住环境。"蒋新亮说。

很快，在蒋新亮的帮助下，巴哈提家的10只扶贫羊也到栅，这让巴哈提做梦都笑出了声。

而这，对巴哈提和他家小院来说，变化仅仅是刚开始——

在蒋新亮的帮助下，巴哈提家的小院子开始时饲养10只羊，后来10只羊又变成了几头奶牛——这是一步非常关键的致富途径：养奶牛，卖牛奶。

当巴哈提把第一桶牛奶拿到县城卖出去变成手中的现钱时，他的心头一片温暖：孩子的学费、妻子的医药费，希望都在其中……

为了确保新鲜的牛奶及时送到客户手上，巴哈提特意买了辆摩托车。骑着摩托车飞驰在送货的路上，巴哈提眼里皆是致富的美好前景。

"新鲜的奶，好草喂养的奶牛，肥壮奶牛身上的牛奶，吃了身体好营养好，我巴哈提的牛与牛奶都是最最棒的哟！"巴哈提的吆喝声里有着几分自豪与骄傲。

"他的牛奶确实好。"客户们这样评价。

然而就在巴哈提感觉顺风顺水之际，又一个大雪纷飞的冬季来临。塔城地处风口，雪一下，就是漫天飞舞不知路在何方了……

这可咋办？忙碌了一大早挤奶活儿的巴哈提正准备带着鲜奶、发动摩托车出行时，他傻眼了：大雪不仅封了路，甚至连房门都不易打开！

鲜奶今天送不出去，就等于换不了现钱。巴哈提的心顿时凉到了后背……而且看样子这般雪天也非一日两宿能停得了的。

正在巴哈提急得不知所措之时，突然，院子外传来一串汽车喇叭声……

"哥，你的鲜奶弄好了没有？"原来是蒋新亮开车来到巴哈提家。

"弟弟，你来帮我送鲜奶？"巴哈提一边帮蒋新亮拍打身上的雪，一边问。

"是啊，我估计这么大的雪，你的摩托是上不了路的，所以赶紧过来一趟……"蒋新亮说。

"影响你工作吗？"巴哈提已经不知说什么好了。

"放心，我是顺路。"

大雪中，哥儿俩很快把鲜奶送到了收奶站，巴哈提看着消失在风雪中蒋新亮的背影，嘴唇好一阵剧烈抖动……

这样的好兄弟哪儿去找啊！巴哈提内心一声深深的感叹。

大雪一下就是三日。让巴哈提想不到的是，他的好弟弟每天准时帮他将鲜奶送到收奶站。这一回，巴哈提的数千元鲜奶钱一分不少地赚到了手。每每聊起此事，巴哈提总也忍不住夸他的好"弟弟"蒋新亮。

好日子就像芝麻开花。巴哈提家的小院子也在一天天地敞亮、干净和繁荣起来，尤其是他养殖的牛羊数量也越来越多了。"要致富，就得扩大养殖牲畜的数量与种类。同时还要学会管理和医治牲畜的一般性问题与疾病……"蒋新亮看着日益富起来的巴哈提，打心里高兴，所以又带着他到专业养殖场参观学习。

巴哈提的脑子并不笨，尤其对牛羊新品种特别感兴趣。"好的种牛种羊，就是致富的门道；有了专业知识，才是稳定致富的保障。"巴哈提在好"弟弟"的引荐下，多次来到牲畜培育基地，跟着技术人员学习人工培育种牛与种羊。

以往生产鲜牛奶需要求别人帮忙化验，有了"弟弟"的帮助，巴哈提很快学会了自检自验技术，同时又给每一头奶牛办理了健康证。这让巴哈提好不得意，逢人便讲："我家的奶牛是有证的，健康着呢！"

做梦都不敢想的事，现在一件一件地在自己家的小院里实现了：先是新盖的房子收拾得越来越漂亮了，之后是茂盛的果园一年比一年丰收，再之后还有了菜园子，一直到后来形成了迎接四方宾客的巴哈提风情庭院农家乐……

最让巴哈提感到幸福的是，妻子治病的钱有了着落，两个女孩上学和生活的钱也有了着落，而且除去这些，巴哈提还有余钱去继续扩大已有的家庭副业和有奔头的其他产业。

"没有我弟弟的帮助，就没有我现在的一切。"巴哈提说这话时热泪盈眶，他说因为"结亲"，他全家人有了希望，有了奔头。

如今巴哈提家的小院常年秀色满园、宾客盈门，就连邻居的小院子也在他的帮助和影响下，变得一个比一个美丽……

251

第十三章

满满的小河
让江流奔腾

"一丛千朵压阑干，剪碎红绡却作团。"

白居易把石榴花既个性又压众之美描绘得淋漓尽致。

事实也是如此。当人们提起新疆的自然之美，总是赞叹不已。

而或许正是它超凡脱俗的美，

总让一些别有用心的国家和势力丑化它，甚至诬蔑它。

真实的新疆是，像库尔托别村的百姓一样，

他们用勤劳和智慧，将干涸的沙漠和戈壁，浇灌成绿洲和粮仓，

建设起一个个社会主义现代化新农村，

连在远方读书的孩子都纷纷开始回家、回乡，

因为他们的家乡不再贫穷，不再寂寞，

生活越来越感觉"只为来时晚""前头尽是春"……

事实上塔城有许多河流，那些河流的水特别清澈，它们的流经之处，草原异常茂盛，丘谷上生长着无数树林。塔城有名有志的大河流有13条，其中包括2条界河。这些河流除了有积雪融化的水补充外，更多的是冰川融化后汇集到了河床之中而形成的奔腾不息之源流。

塔城属于次高寒地带，大大小小的冰川达1360多条，其面积达1160平方千米，冰储量82立方千米，其中最长的一条冰川是位于八音沟河上游的哈尔阿特河52号冰川，长9千米，面积39.6平方千米。丰富的冰川，使塔城境域内的巴音沟河、古尔图河、莫托河、玛纳斯河、金沟河、奎屯河、额敏河等河流常年水量丰沛，从而也使这些河流沿途的土地长出了绿色翅膀，并在祖国西部大地上飞翔起舞了数十个世纪……

亘古沧桑的历史与自然告诉我们：凡有水与江河的地方，就会让生命变得多情与善感。

当我沿着金沟河、额敏河、奎屯河……走遍塔城的每一个区县之域上的一块块草原、一顶顶毡房、一个个小院和一片片城镇后，便无法再收敛激动的目光和奔涌的感情，因为我发现一个显著的"塔城现象"：那些美丽安宁的村庄，总有一位深受百姓爱戴的"领头羊"——如大草原浩荡肥壮的羊群为什么永远不会走失，或者老风口再大的风为什么总也隔不断过往的一队队牛群与马队一样。

我早已想探究，早已迫不及待。

那天出城后，文联的同志说要带我去看一个美丽乡村。一路上，他们介绍的并不是村庄，而是他们每年经历的冬天的雪——

"大得吓人。家家户户都要上屋顶扫雪，不然雪就会把屋顶压垮……"

"每年冬天，无论是在家里还是在单位，只要一下雪，第一个任务就是扫雪。通常先把自家房顶上的雪扫掉，再走出家门，把上班路上的雪铲掉……路上的雪过腰高是常事，你不扫就走不了路。"

"现在还是这样吗？"这是我的问题。

"路上扫雪是仍然少不了的，但老百姓基本不太需要上房顶了……"他们说。

为什么？

"喏，你看，现在百姓的红顶房就不用每次下大雪上房顶了。那三角形房顶可以让雪自然地从房顶上落下……这是新农村建设改造后的一大景观。"他们指着近处和远处的一片片红顶房对我说。

到塔城后我早注意到的红顶房原来是这个用处呀！

"老的平顶泥房容易垮塌，红顶新房能经风承雪，而且美观，所以大家都很喜欢。加上塔城到处是大草原，绿色世界中嵌上一片片红房子，显得格外漂亮……"

嘿，如此确实美。举目远眺，这般"塔城之景"给人一种特别舒服的视觉享受。我们一行正沉浸在这镶嵌在田野与自然间红绿搭配之美时，车子突然在一条宽阔异常的柏油大道上停了下来。

"这就是钟平所在的阿西尔达斡尔民族乡库尔托别村，全国和自治区有名的民族团结示范村……"同行的塔城同志显然有些骄傲地对我说。而我也暗暗吃惊了一番：在大西北，在新疆塔城这样经济比较落后的地区，怎么也会有沿海地区那般的美丽乡村？

瞧，笔直而宽敞的村中大道，足可以4辆车并行，路两侧的绿树成荫，茂盛而挺拔，仿佛两排列队迎宾的仪仗兵。路面干净整洁，自然生长在路两侧的鲜花也整齐地在微风中向宾客招手致意……最引人注目的还是大道两侧风格完全不同却颇显和谐的建筑：村民住的红顶房和合作社的牧场加工厂……

气度不凡的村委会行政办事楼和几个篮球场大的村民广场，无不显示着这个村"很有钱"。

"他们确实很有钱，但更重要的是这个村民族团结气氛好。全村百姓在钟平书记的带领下，发展的势头一年比一年旺盛……成为全自治区和塔城地区的先进模范村。"脚步和目光仍在前行，有关钟平与这个村庄的事儿不绝于耳。

采访的兴致自然越来越浓了。

钟平出现在我们面前：一个壮实的汉子。他说他和村上的村民多数是达斡尔族。

"过去穷的时候，村民们相互比的是谁的嗓门高、拳头硬，有人一来点火，真是鸡犬不宁。过上好日子后，大伙儿比的是幸福感和获得感、对新农村建设贡献大小……"钟平一语，形象生动地道出两个不同时代达斡尔族民众的精神境界。

不团结，就容易被别有用心的人钻空子；日子穷，更容易让坏人牵着鼻子走。钟平的体会或许比一般人更深刻与痛楚。那时他还是个少年，村里家家户户都很穷，所以有人过来一煽动，说"那边的日子像皇帝那样好"，就有不少村里人跟着往北边跑，结果搞得妻离子散、家破人亡。后来又有人来捣鬼，说什么阿西尔乡是牛羊不恋的地方，他们库尔托别村则是个连口水都凿不出的"干死地"。

"那些人就是想让村民手里的田低价卖出，然后永远牵着我们库尔托别村村民的鼻子，所以过去百姓的日子越过越没法过。日子没法过，牢骚和不满情绪就会膨胀，最后可能就是像火山一样爆发……"钟平是个清醒的共产党人，当他意识到自己的村庄即将被贫困埋葬的时候，毅然回到村里，担任村委会主任。

这个时间是 1998 年。

从那一年起，钟平把全部心思用在村庄的发展与建设上，一直到今天……

路途虽然漫长了些，但收获是丰厚的。

"过去的穷，就穷在没有水上。"钟平自从当上村委会主任后，第一件想到要干的事就是解决村民们吃水和庄稼地灌溉的问题。

阿西尔乡自古传说中有"三眼泉水"，这是钟平从爷爷那里就听说的，但包括爷爷在内的村里人没一个人真正见过水在哪里。过去村上喝水用水，必须走几里路去担或用马驮。即便如此，钟平说他们村用的是人家的下水，好不容易弄到的一点水，也都是脏水。冬天时节，所谓的水就是砸来的冰块，用时需要提前放在锅里……缺水的日子，百姓的生活就像断了根似的，永远不牢靠。

要让村民拧成一股绳，得先把水的事搞定。可库尔托别村的水在何处？钟平想起小时候跟着爷爷放牛时，爷爷曾经告诉他哪里可能有水、哪里一定不会有水，凭着这点记忆，他竟然对着全体村民发出豪言：要请打井队来打口水井。

"30万元打井费，我想只要把水打出来，这个钱合算！"钟平的话刚出口，就被人反驳得喘不过气："村上还有50万元欠债，你整个30万元打了水漂，是你自己赔还是让我们一起赔？"

这话让所有村民盯着看钟平怎么回答。

钟平咬了咬牙关，说："水井打不成，我来还债！"

"听到了吧，赶紧拿纸笔来，记在本本上……"有人嚷嚷着。

30万元的债务，对一个山区农民来说，无疑等同于死刑判决。但钟平知道，自己的命其实并不那么值钱，然而水对全村百姓来说，比命还重要，所以他毅然做出了这样的选择。

"在一无所有时，有时需要赌一把。"这是钟平的人生哲学，其实对他而言也是无奈之举。

打井队来了。钟平提出一个条件：如果打不出水，工费半价；如果打出水，工价上浮 50%。

"公平。"打井的工头表示接受。

但井位到底打在何处？打井队表示还需要一笔钱请专家来勘探定位。钟平不同意，理由是：我哪来那笔额外的钱嘛！

那怎么办？人家尴尬了。

钟平说："井位我来定。"

人家的眼珠子都瞪大了："你？你学水利勘探了？"

钟平摇摇头："没有。没有学过。"

"那你不是瞎胡闹嘛！"

"谁瞎胡闹了！我跟爷爷放牛那会儿就略知村上哪里有水……"

"哈哈……这么回事呀！真要那样的话，我们有话在先：打不出水可不能算在我们头上——该收多少工程费依旧一分不能少啊！"

"这个我明白，我定的井位自然我负责。"钟平硬气地回复。

话说出口，是君子就不能随意更改。身为村委会主任的钟平自然一时间"压力山大"。他开始把小时候跟随爷爷放牛的山道一条条走个遍，然后再把一块块丘地看了个究竟，当他认为"此地有水"后，再请村上有经验的"老把手"一起来把脉、论证。

得出的结论是：希望蛮大。

仅仅是"希望"而已。钟平的压力一点也没有减少。"就这么干了！打错了地方，算我倒霉！"钟平横下一条心，为了改变村庄无水之苦，自己的命何足惜！我用 30 年的性命换 30 万元的债！他这么盘算。

"开工啦——"原野上，打井的开工仪式颇为悲壮，因为它寄托着全村人的希望和钟平的性命。

一天钻 10 米，这是头两天的速度；后来是一天五六米，遇上岩石地层时，速度减了下来，但在钟平的心头增加了千斤万两……

100 米了，还是不见水。打井队的人开始有些烦躁了，提出要不停工吧。

"不行！继续往下打！"钟平火了，脖子上的青筋都鼓了起来。

"再打成本更高……我看还是到此为止，省些钱。"

"省什么省！如果现在就废了，那打的 100 多米的费用不全泡汤了吗？"钟平说。

"是啊。可是如果再往下打，还是不见水，损失不是更大吗？"

"再大损失我也要扛！扛到底！用我这条命……"钟平声嘶力竭道。

"那、那……就继续打吧。"施工人员被钟平的气势与疯劲镇住了。

钻机继续往下钻……110 米、120 米……

"快看！快看——有水冒出来了！"突然井台上有人惊叫起来。

"哪儿有水？哪儿呀？"最激动的还是钟平，他一步蹿到井基前，身子扑倒在井口……

"是水！水……"30 多岁的他哭了，哭得像孩子似的久久收不住热泪。

秃丘上出了清澈的泉水，救了钟平的命，因为假如打了一口枯井，几十万元的债务足够把钟平往后的日子压得喘不过气来。

其实这水，真正救了的是库尔托别村的全体村民。"钟平啊，从今往后，你指到哪儿，村上的所有人都跟着你冲到哪儿。冲你的能耐，咱库尔托别村的好日子一定会比芝麻开花还要旺盛哩！"村上的几位"老神仙"直夸钟平。那些年轻人无论是小伙儿还是姑娘，都跟在钟平的屁股后面打听着什么时候把水通到各家各户。

"元旦前，保证家家都能喝上清泉水、洗上干净澡……"钟平笑着向大家保证。

"好——新年能喝上甜水啦！"1999 年元旦，库尔托别村迎来史上从未有过的欢庆气氛，因为这一个新年到来之时，在钟平的带领下，把清甜的井水通过管子接到了每家每户。

达斡尔族讲究干净。可祖祖辈辈住在库尔托别村的达斡尔族人从来没有真正过上一天他们渴望的那种干净清洁的舒畅日子。通水的那天，几位年逾古稀的老人拿着酒瓶要找钟平好好痛饮几杯，也就是这一天他们才体味到什么叫真正的干净后的舒坦——有人爆料，说某某在澡盆里泡了整整一天还不舍得起身。

有水之后的库尔托别村一下多了许多"民间故事"和"坊间传说"。那些事钟平听了乐得直不起腰，不过他告诉大家，库尔托别村的好日子才开始。

确实，水像一股凝聚剂，将原本一盘散沙的村民聚集到了一起。但钟平发现，虽然水改变了村民们的许多生活习惯和种地的积极性，但似乎离大家心目中的好日子还有很大距离。原因是，村民们各家各户的地不少，收入却不是那么诱人。实现基本的温饱不成问题，想富裕则路途仍然遥远。

"我们库尔托别村除了达斡尔族外，还有俄罗斯族、哈萨克族等8个民族，过去因为穷，大家容易产生矛盾。因为民族习俗不同，不同民族的村民对劳动和种地的认识也有不小差异。那个时候我发现一个问题：由于我们这个村庄人口基数小，又处在全乡比较偏远的地方，再加上过去一直因缺水而导致那些丘地与山冈没人要，所以虽然分到村民自家户头上的土地比较多，但多数村民不能充分地利用和种植好责任田，荒废的土地不在少数。"

怎么办？

钟平先是找到几位有威望的长者，把自己的想法说出来与他们商议是否可行。

"这是好事！我家第一个报名！"几位长者纷纷表示钟平的想法是个好主意。

钟平的想法是这样的：村委会向全村每户有责任田的每人借3亩地，然后交村上统一"打包"经营，第一个借期10年。村上向周边种田大户和城镇企业家"发包"，获利后主体部分给出借土地的村民分红，余留部分用于村委会集体建设，包括还过去遗留的债务。

"第一个借期不到一半时间时，除了村民们获利不薄之外，还使村集体经济开始复苏。"钟平指着村政务办事大楼，说过去连开个村干部会都只能在他家的吃饭桌上凑合。"现在这个村政务办事大楼是前些年新建的……"钟平特意带我在楼上楼下走了一圈，感觉即使在东部沿海地区的村庄也很难有这般气派的村民办事场所。小银行、卫生室、老人康健活动室、党团员学习室、法律咨询室等应有尽有。

开始走向小康的库尔托别村，人心已经凝聚，奔向富裕和美好生活的愿望也比以往强烈。这让已经成为村支书和村委会主任的钟平有了贴近群众利益和村庄发展的思路。

"塔城地区的百姓有不少是游牧民族，散居是过去他们的传统与习惯。即使在新中国成立后加入集体与生产单位，基本也是应地随建，所以村庄一般都很零落，不整齐。这样即使村里富裕了，想给大家改善和安装一些公共生活设施，成本也会很高。于是，在村上有了一定的积累后，我们就开始规划新农村建设。简单地说，就是建一条能通往各家各户的康庄大道，所有的村民居住条件和庭院都由村里统一规划改造与整修……这项工程对我们库尔托别村来说，是前所未有的。我们既盼望，但在推进时又有些阻力。比如根据规划，现在我们看到的村中央的那条大道，扩建时就遇到了一些具体问题，主要是，需要部分村民的宅基和院子给让道。"

事是好的，但涉及每个具体的家庭时，情况就变得有些复杂，所以大伙儿盯着钟平看这一次如何推进。因为按照贴出来的规划图，钟平父亲新建没多长时间的一间新房子必须拆掉……

"谁敢拆我的新房？"钟平的父亲明着对村里的人说。

"他自己家不拆就休想拆我们的房子！"于是就有人跟话了。

钟平遇到了难题。他知道必须先做通父亲的工作，这极其重要。于是父子间的一场"较量"开始了——

"爸爸，你知道，村里规划建设一条大道，既是改观村容村貌，更是为了让我们村能够走出去、引进来，让老百姓的生活好起来，所以要靠大家来支持……"儿子说。

"这个是好事，我双手赞成。"父亲说。

"爸爸你一向最支持我的工作，这回你也要支持啊！"

"那还用说。"父亲的态度爽朗。

"那你是同意拆那间房子？"到了正题。

"哪间？"父亲假装糊涂。

"就是那间在规划图以内的……"

"那间是新房，怎好拆呢？"父亲的嗓门一下高了，两眼瞪着儿子，意思是：你想干啥？拆我新房子？

"我知道是新房子。但它在规划图内，修路碍事嘛！"儿子解释。

"不能拐个弯？再说大道不可以因地制宜？窄一点不行吗？"父亲说。

"那怎么成！那还像啥路嘛！"儿子拿出村支书的口气。

"那你就少给我啰唆了！拆我新房？没门！"父亲气得站了起来，甩手欲走。

"爸——"儿子也急了，站起来拉住父亲的衣袖，有些要赖撒娇似的说，"你一直在外人面前以自己的儿子当了村上的支书为骄傲，现在你不支持我，是不是就让我下台不干了？"

父亲一听站住了脚，回头斥道："谁让你不干的？"

"你不支持我干这么一件利村利民的事，我也就只能下台嘛！"儿子可怜兮兮地说。

"有这么严重？"

"那当然了！人家村民一看我说话不算数，连家里的事都搞不定，以后还招呼得动全村人吗？"儿子边说边观察父亲的表情，看其反应。

父亲若有所思地说："倒是这个理……"

儿子趁机"拍马屁"："过去大伙儿夸我领导有方时，我一直说我之所以能够带领村民们往好的方向奔，除了大家一起共同努力外，也与我爸对我的帮助指导是分不开的。"

父亲的脸色已经大为改观，露出了一丝得意，然后道："你是说我们这间新房子必须要拆？"

有戏了！儿子内心顿时激动不已，赶紧补话道："是的。你想想，假如我们的房子不拆，我要拆其他村民的房子能成吗？"

"那就拆？"

"拆！"

父亲的脸憋了半晌，然后右手一甩："拆吧！就、就……拆！"说完，甩手就走了，那样子是有些痛苦。

"爸——谢谢您！"儿子说这一声"谢谢"时眼睛有些热。

村头热闹非凡：村民们围在钟平家的那间新房子边，看着驾驶推土机的钟平三下五除二地将一间刚造不久的新房给推倒并铲掉了宅基……钟平的这一举动前后也就一个来小时，但对村民们内心的震撼是巨大的。"村书记为了村上修路带头把自己的新房子都拆了，我们还有啥理由不配合和支持村上的建设嘛！"

"可不是，做人就得讲点公德，不能因为自己的一点点私心影响大伙儿奔小康呀！"

"对，我们要向钟平书记看齐……"

这你一言我一语把钟平都整激动了，于是后面的修路与整治宅基的工作就迎刃而解了，相当顺利。尤其在大路修好、各家各户的宅基院子统一按新农村的要求治理好之后，村民们无不感叹称好。

"这是 2008 年的事。那一年冬天风雪特大，我们费尽力量把路修好，各家各户的院子宅基也都弄得整齐划一、像模像样，可哪知原本就在大风口上的村庄又被自然灾害折腾了一番……简单的一件事，就是罕见的大雪把许多村民家的房子压垮了。这对大伙儿的打击很大，我也觉得辛辛苦苦才搞好的新家园又被一场风雪压得七零八落，实在心疼。"钟平说。

但心疼又能解决什么问题？甚至村里有人放风说："就是因为钟平把村里的风水破坏了，所以老天爷发怒来惩罚库尔托别村的。"

迷信不能信。但百姓看的是实实在在的现实。过去大雪压垮房子的事也经常发生，但那个时候各家各户自顾自，反而没有多少埋怨，最后房子被大雪压垮后说一声自己"命不好"就完事了。现在不一样了，钟平提出要共同富裕之后，村上的每一次重大行动都是在村支部统一号召下开展的，所以有人便冒出这般议论。

"根本的解决办法，就是让村民们不受伤害，不失利益。所以在经过一番周密和艰苦的调研后，我决定通过集体力量，从根本上解决村民遇风雪后房子被压倒的事……"钟平说。

"就是换顶，换红顶？"

"是。那年正好我到东北达斡尔族那里寻亲访友，看到他们那里用彩钢板做成的房顶，既保暖，又不怕雪压，而且十分好看。这样的房子在东北已经非常普及了。所以从东北回来后，我就与村干部商量，决定从根本上解决村民冬季遇雪之苦，全村进行旧房翻新工程。这事一提出，大伙儿乐坏了，几乎没有一个人提异议……"钟平这样回答我。

在农村，无论是相对落后的西部，还是比较富裕的东部，房子是中国农民最重要的资产。房多房少、房好房坏，甚至影响传宗接代，因为男孩子找对象、娶媳妇，多数地方的农村主要就是看你家的房子如何。

现在钟平要把全村的房子翻建换新，而且新房子保暖美观，谁会反对？

没人反对并不意味没有困难。用钟平的话说，这一工程的推进，他和村干部是"使出了吃奶的力气"。

当然是钱的问题。但机遇也十分重要。钟平说他碰上了"好运气"：村上有座窑厂，恰巧有个老板来承包，人家要求签合同期为10年。"我怕中途对方有变，所以提出一个条件：可以暂不给钱，但你要给村上砖。那老板答应了。有了这个砖，我就开始推进全村的新房翻建工程了。

每家每户补助 3 万块砖，不够的话自己再掏点钱从窑厂买点平价砖。那造房子不能光有砖就行了，其他建材和人工费还是需要钱的。这个时候辽宁省援疆资金正好也下来了，每户 2.8 万元。有了这笔钱、有了补贴的 3 万多块砖，村里家家户户的新房翻建便顺顺当当地得以全面推进。"钟平说起此事，顿时眉飞色舞，好不兴奋。

他说他长那么大没有见过村里男男女女、老老少少那般欢欣和卖力过……"都是为自己家出力流汗，为自己新房出力流汗，干得实在太欢，太让人难忘。"钟平说。

其实钟平没有说的一件事是：全村村民在新房里过第一个冬天和第一个春节时为了感谢村干部、庆祝新生活而载歌载舞、欢天喜地了数个日夜……

"钟书记那几天被灌醉了好几回！"有村民开心地悄悄告诉我。

钟平有一句话给人留下深刻印象。他说："对边疆少数民族地区来说，你让百姓的日子过好了，那就是最大的团结；你把这片土地搞繁荣富裕了，它一定是最稳定的。"一个村支书不会有太高的文化理论水平，然而这位达斡尔族村支书说的话蕴含了深刻而普遍的道理。在库尔托别村的数十年里，钟平就是按着这个他认为的道理在不断努力奋斗，并且一步一步地向着更好、更符合村民利益的方向前行……

2009 年至 2010 年间，他把全村的房子问题全部解决了，那片换成了红色彩钢房顶的农民新居室让库尔托别村一下在塔城地区乃至全新疆都耀了眼——尤其是那又暖又坚实漂亮的彩钢红顶房，一时间因成为其他村庄学习仿照建设的"母本"而出了大名。

然而对钟平来说，他心中的"团结""稳定"其实还有许多事要做、要夯实。

新房子建好后，钟平又立即决定在村上再建一座砖厂，一半卖给四邻八乡正在热火朝天向他们库尔托别村学习翻建新房的客户，一半分给全村每家每户，让他们再贴点钱把各自的院子围墙建好——院子的围墙建好了，村貌便获得大改观。随后，各家各户的养牛养羊产业收入也获得了增倍。

日子就这样一天比一天好了。以往出去打工的年轻人慢慢地都回来了。回来之后的他们开始在村上创业，于是村上的牧业、农业快速增长，库尔托别村与外界的联系跟着渐多，前来村里包干种植、开厂买货的客商便络绎不绝……

村上的经济收益让村民们不断获得实惠：医疗、社保、用水用电，甚至垃圾清理、卫生健身、学习娱乐等费用村上全包了！

村民的收入多了会干吗呢？

"到城里买房、送孩子到城里读书……"钟平说，"现在全村至少有三分之一的人家在城里买了房。"

"村里这些年已经有20多个孩子读了大学和研究生！"这个数字是钟平和全村人最为骄傲的，因为在2000年前，村上就没有过一个大学生。

还有一件事也是令钟平和库尔托别村人甚为骄傲的：外来媳妇越来越多，各个民族之间的通婚也越来越多。

"过去外人对我们达斡尔族普遍有个看法，认为库尔托别村人又懒又穷，谁家的女孩都不愿嫁过来。"说到这儿，如今已经年过半百的钟平想起当年自己找对象，颇为感慨："我媳妇是四川人。她投奔亲戚到我们这儿来是因为老家曾经也很穷，后来我们认识后谈恋爱时，她家里人就不同意，理由就是听说我们村多数是达斡尔族，人很穷很懒。一直到我媳妇把我带到她四川老家让她父母亲眼看看我这个人到底是不是又穷又懒之后，才算同意……"

村里人告诉我，钟平的三个兄弟后来也都找了汉族的女孩，两个是四川的，一个是河北的。"因为后来人家发现我们达斡尔族人不仅不懒，而且还很富，所以人家都愿意嫁过来呀！"钟平对这一点很自豪，甚至有些得意。

他有个妹妹，嫁给了回族人。不同民族之间的通婚是民族团结和谐的一个重要标志和体现。成为富裕村的库尔托别村，现在不同民族之间的通婚率每年都在增长。

"对此，我格外高兴……"

"为什么？"

"因为下一代会比我们更聪明，他们能干出比我们这一代人还要好的事业来。"

与钟平对话的最后一句他这样说。

从库尔托别村出来，我们沿着乡村公路而行，发现阿西尔乡及附近乡镇的道路和公路边已经有了一条条河流般的清水渠，它们正发出潺潺的流水声，一直向需要它们的地方流去……

在新疆、在塔城，在戈壁与丘地上，能够看到这样的景象，其实是最让人激动的。因为新疆人告诉我：新疆很大很大，许多地方都是沙漠、戈壁与荒滩，如果有水，那里将是最肥沃的土地、最美丽的风景和最盛产希望的家园。

其实，现在的新疆，现在的塔城，已经有了许多这样的地方。那里静静流淌着一股股清澈的暖流，始终如一地灌溉着人们的心田——这就是一位位共产党人和有爱的心，他们用崇高的心灵之泉浇洒着对人民的爱，而这种有爱的心灵之泉，已经让无数曾经荒芜与苍凉之地生长出了鲜花与果实，奔跑着的牛羊与马群以及成片成片的"红顶房"……

比起钟平的库尔托别村，蒋晓明任支书的上户镇库尔布拉克三村，真叫他这个村支书一夜愁白了头发。

这是蒋晓明走马上任伊始的事。

库尔布拉克三村同样是个缺水的村庄，162户村民中有97%是哈萨克族，全村538人中被建档立卡的贫困人员就有206人，其中老弱病残接近半数。如此多的病残者皆因为这个村庄与其他塔城牧业地区的百姓一样，他们常年生活在冬天的严寒与风雪之中，又因缺水导致家附近的口粮地不能满足基本生存，所以只能常年在高寒或潮湿或干燥的野外放牧为生，病残者的人数自然居高不下。平均一个普通的家庭就有一位病残者，"幸福""美满"这样的词语与库尔布拉克三村相去甚远。

蒋晓明先前是吾巴勒四村支部书记，因为他能干，不到3年时间就改变了村貌，所以他于2019年被调任到现在的库尔布拉克三村任支书。组织上的意图非常明确：贫穷而又矛盾层出的库尔布拉克三村急需改变现状。

底子那么薄，矛盾那么多，问题到底出在何处？蒋晓明初到这村时最想弄明白的就是这事。

据走访和调查，原来困扰这个村的一个最突出的矛盾是：162户村民一直以来以低价发包的形式将11500亩农田转包给了他人，从此等于将贫困的帽子牢牢地扣在了全体村民的头上。

土地是农民的命根子。改革开放之初为了让全国的农民摆脱贫困，调动亿万农民的积极性，才有了"分田到户""包产到户"的一场伟大革命。后来随着社会发展，又允许农民以转让的形式将土地承包给种田大户或集体等，但这中间的前提是：土地转让必须能够让原来土地的所有者——农民，通过转让获得最基本的生存利益与发展的可能。如果脱离这两点，转让土地便等于剥夺了农民原来的生存权。

库尔布拉克三村面临的就是这样的问题。承包者的强势，让土地本来的拥有者反而处于弱势。

"不能给土地拥有者带来比以往更多更好利益的做法，必须纠正，不管有多大阻力，村班子一定要扛住！"蒋晓明在调查清楚这一造成村民贫困、矛盾最突出的问题症结后，在村支部和村委会会议上坚定地表态。最后制订了为村民收回土地的计划。

"他老几啊？他才来几天就想破坏过去的规矩啊？"

"砸烂他的狗脑袋！"

收地计划传出，立即就有几个靠承包村民土地而养肥了的人如此嚣张地放言。

"我来了，有话可以跟我讲清。收回土地的计划是村委会根据以往转让土地中存在的不够合理的做法而使全体村民的利益受影响，所以才做出的新决定，这符合国家和党的政策。你们有意见可以反映，但不能拒绝实现村里的计划。"蒋晓明大义凛然、毫无畏惧地来到那几个吵吵嚷嚷要他脑袋的承包人面前。

"我们承包是与村上有协议的，现在你们要撕毁协议，就必须赔偿！"既然敢嚷嚷，肯定也不是弱者。对方把"铁证"摆到蒋晓明面前。

对此蒋晓明早有准备，他笑笑，说："村委会做事从来遵纪守法，不会乱来。新的收地计划并不是撕毁原来的协议，而是调整原来协议中不合理的部分。你们仔细看一看，老协议中就明确了村一级组织可以根据发生的不利于原土地承包人利益的情况，调整承包的条款……务请诸位认真仔细地研究协议啊！"

是吗？有这样的条款吗？承包人一下慌了起来。当他们看完协议条款后，有人更是气急败坏地叫嚷起来："那好，土地你们收回去，我们这些年在土地上的投入你们必须加倍地赔偿！不做出合理的赔偿，我们就打官司！"气焰仍然嚣张。

"是吗？对投入的我们要赔偿，那么你们损害了土地是否也该赔偿？试问：你们每年从土地上获得的收益多还是给予土地的投入多？"

"这个……"

蒋晓明有据有理的工作让收回承包土地的计划顺利推进，全村万亩土地重新发包，每家每户从土地上得到的利益比过去多了不少，这让村民们真正得到了实惠，同时也让大田承包人吃了"定心丸"。

土地是农民的命根。土地一活，农村皆活。

蒋晓明调整土地承包做法这一招儿，立即让全村村民的精气神发生了变化。随即村上又根据长期困扰村民的看病和养老不堪重负的问题，为全体村民缴纳了合作医疗和养老保险金。这两招儿出台和落实到人头后，用库尔布拉克三村村民们自己的话说，那等于把压在头顶的"两块寒冷的冰碴给扔掉了"，"感觉就像阳光照到了咱们的头上"……

然而，百姓百姓，就像伸出的十个手指，难免有长有短，比如性格、风俗、习惯和爱好等，稍不注意，就容易产生矛盾。草原放牧人性格豪爽，但也容易一激动便烈火炎炎，处理不及时、不细致，便会引发熊熊大火。

库尔布拉克三村以往就是由于这些原因而成为当地有名的"刺儿头村"。

"从现在开始，村上必须做到'小纠纷不出户，大矛盾不出村'，党支部和村委会要当好这一目标的第一责任人。"村干部会议上，蒋晓明提出了要求，更是给自己设定了责任目标。

百姓的问题与矛盾无非是利益和心境，要解决好这两个问题，自然需要对应的两个手段，即及时有效的思想工作和与之相应的经济服务。为此，蒋晓明通过自己在额敏县城认识的企业家们的支持，成立了一个"石榴籽爱心团"，投入了相应的基金。爱心团由村里德高望重的人领衔，同时也有村干部和各方面有专长的热心人一起组成的爱心志愿队伍。爱心基金除了企业家给予支持外，全部由村干部和村民们自愿捐助。蒋晓明使出的这两招儿又大显神威。在十几天时间内，爱心基金募集到了 10 余万元。"石榴籽爱心团"就用这些钱为别斯汗·阿提等 16 户贫困户解决了过冬的煤炭及取暖设备问题，为患有先天性残疾的哈森力汗·萨马特等 10 户村民送去急需的生活物资。

"我为什么还要去村干部家闹！我不会了！蒋书记和村里把我的过冬之苦解决了，又给肉吃、送慰问金来，我还要闹什么？明天我要申请去村里打工哩！"那位村里曾经的"老赖"现在逢人便这么说。更有意思的是，有人一到逢年过节还想像过去"闹一闹，落点好"时，反被这位"老赖"教育得面红耳赤，从此改掉了陋习。

"要解决民族团结问题，搞好民生是关键和根本。"蒋晓明认为，农村的一切矛盾，几乎都是由具体的一个个民生问题引发的。把具体的和细致的每一个民生问题解决与处理好了，其他矛盾自然而然迎刃而解。

过去库尔布拉克三村因为老弱病残多，冬季时，大雪封门，闲聊碎事就多；一到冰雪融化之后的春天，能干活的劳力便出门种地或放牧去了，整个村庄又无人愿意多费一分力气去关心一下村庄卫生，于是村容村貌始终是全乡镇脏乱差的典型。

"可以成立一个以老年人为主的保洁队，既让老人和能动手的残疾人有事干，还能挣一份劳务费嘛！钱村上发，家门口的卫生保洁大家一起干！"蒋晓明提了这个想法后，立即得到了村民的响应。之后根据实际情况，村上安排了24户贫困家庭的老人或残疾人参加了保洁队，这些保洁工每人每月1000元，钱由村上支付，活是为全村干的。

"过去我抱怨了30年，是因为没人想着让我们这些残疾人有口饭吃。现在我有饭吃了，还吃得好好的、饱饱的，我干吗还要骂骂咧咧嘛！"村里那位曾经的"刺儿头"，后来成为保洁队的骨干，每天出工，抢着要为村上做点贡献。在他的影响下，所有保洁工干得极其负责任，所以如今的库尔布拉克三村每天都被打扫得干干净净、整整齐齐，一跃成为全乡、全县文明新村。

村与村就像田与田，差别是必然存在的。从经济实力看，蒋晓明现在担任村支书的库尔布拉克三村，确实比不上钟平的库尔托别村，其中的差距就是钟平是从20世纪90年代中期就开始担任村负责人，并且一直带领村民往致富的道路上奋进。蒋晓明之前没有这样的机会，2019年组织上才把他调到问题较多的贫困村库尔布拉克三村，但蒋晓明来村上一年后的变化，让村民们打心里感到温暖。

"比起富裕村，我们是穷一点儿，可村干部的心贴着我们的心，我们感到十分暖乎。心暖了，还怕枯地长不出草？"村民们的话也给了蒋晓明等村干部巨大鼓励。他们一手充分挖掘现有资源，狠抓农业和牧业生产的发展；另一手通过涓涓细流般的思想工作，帮助那些有实际困难的家庭或村民，为他们送暖解困……

家务事是琐碎和繁杂的，甚至有些事是随时可能冒出来和无法预先想到的。蒋晓明通过每个干部骨干与建档立卡的贫困户实际对口"认亲"和"石榴籽"基金等综合帮扶措施，将村民可能出现的突发问题和突发矛盾及时化解。同时他又亲自出马，直接把"冒"出来的难事揽到自己身上，以便更加快捷有效地化解难题。

村民也尔肯别克·阿尔坦的儿子因病去世，给他留下一个还在上学的孙子，更雪上加霜的是，也尔肯别克又遇上一场车祸，导致身体残疾，原本就困难的生活更加困难了。一家人仅靠30只羊的2万元代牧费生活，可以想到，生活过得怎样的捉襟见肘。

"老哥，你就认我这个弟弟吧，以后家里有啥难事我这个弟弟来一起跟你扛吧！"蒋晓明想了想，还是自己来"扛"也尔肯别克家的困难吧。

"我的好弟弟啊！你、你把不该你揽的事揽了，我说啥好呢？"也尔肯别克看着蒋晓明一次又一次地帮自己解决困难，忍不住老泪纵横。

"弟弟"还没当几天，早年丧夫的"妹妹"孜力哈·卡克事突然昏倒在田间，一打听，原来这位"妹妹"的丈夫去世时欠下了4万元债，现在又要一个人负担两个上学孩子的生活费和学费。孜力哈平时省吃俭用，身体越来越虚弱，这一天，劳动中的她终于体力不支，昏倒在地里。

"救人要紧！"蒋晓明赶到现场，二话没说，便与其他村民将孜力哈送到医院。

"谁是病人的家属？快来签字。"医院工作人员问。

"我来签，我来签！"蒋晓明拿起笔就要在入院单上签字。

"你是她爱人？"

"我？不，不……是她哥哥。"蒋晓明顺口而说。

"那签完字交费去。"

"好，好。"

"哥哥"的名分是落定了。蒋晓明当场垫付了 1000 元，之后又在出院前后帮助买这添那花了 2000 多元。

"书记，我、我拿啥还你呢？"出院那天，孜力哈眼睛红红的，喃喃道。

"哎呀，你别操心了。快回家吧，孩子们都在家等着你呢！"蒋晓明说。

"可我病了，不能连累你，书记……"孜力哈仍然过意不去。

"好妹妹，你没听医院的人这些天都在喊我是你的哥吗？现在我是你的哥哥了，你还跟我分家似的！回家吧，啊！"

"哥——"孜力哈突然朝蒋晓明响亮而又深情地喊了一声。

蒋晓明先是一愣，随即脸上绽放出幸福而欢快的微笑。"哎！妹子，我们回家吧！"

回家吧。

回家吧。

回家多好！

有一个好好的美丽之家多好！

我们每天生活在一个团结、祥和、整洁与美丽的家有多好啊！

库尔布拉克三村的村民们从心底里感叹和庆幸现在有了让他们骄傲和幸福的家园。

"我们要回家——"这是每年拿着村里补助的在外上大学的从库尔布拉克三村走出去的 27 名大学生在深情和激昂地喊着，那青春、嘹亮而有力的声音回荡在天山南北，又如穿越戈壁与草原的清流，向江河汇聚而奔腾不息向前、向前行进……

第十四章

纳仁恰汗库勒村的
那串石榴籽……

———

是的，纳仁恰汗库勒村的那串石榴籽确实美，

美在那里有个当年见过毛主席的阿山村长和今天村里高高飘扬着的

那面闪耀着"阿山精神"光芒的旗帜。

如纳仁恰汗库勒村一般传奇与耀眼的村庄，在塔城、在整个新疆有很多，

它们的共同特点是，在脱贫致富之后，

实现了文化和心灵上的不断丰富。

在那里，你不仅能看到大草原旖旎的风光，牧场深处漫山遍野的鲜花，

以及牧民们齐全而现代的居室和在牧场上的一顶顶崭新的帐篷，

你还会惊喜地发现在雪山脚下、溪流深处，是一座座咖啡室和意想不到的游乐园……

这就是致富后的新疆人民的家园。

这就是今天的与东部沿海城市同步进入现代化幸福生活的新疆！

那天离开曹振新家后，额敏县杰勒阿尕什镇的人热情地将我拉到他们镇上一个名叫"阿山"的自然村，说既然来了，就一定要参观参观他们这里的新农村。老实说，当时我内心有点"小心思"：我是江苏苏州人，又走遍了全国各地特别是江浙一带，哪样现代化的新农村没见过？新疆也有新农村值得一看？

我错了。这个叫"阿山"的村庄虽然"藏"在一片丘陵腹地，但它的美丽和富裕程度绝对不亚于江浙一带的新农村：自然风光肯定不用说，这里抬头可见塔城著名的塔尔巴哈台山，身边就是风光旖旎的杰勒阿尕什牧场，关键是进入阿山村的道路及道路两侧的绿化与鲜花之美丽迷人程度，就是江南地区也不易达到；更重要的是，牧民的牧场和村民们的房屋宅基规划有序，整洁漂亮，外观看起来具有星级水准。村子里，辽宁省援疆项目资助修建的高级旅游景点的"牧场乐"和餐饮驿站，一点不比江浙沪的农家乐、"洋家乐"差……

阿山村在新疆是有名的"老典型"，20世纪50年代就有名气。额敏县的干部在领我参观时一路介绍，尤其是到了村文化活动中心的陈列室，才知道这个村在20世纪50年代刚成立时，一位叫阿山卡科·依曼的哈萨克族贫苦农民，因为村民们对他的信任，被选为纳仁恰汗库勒生产队队长。阿山是个特别善良的哈萨克族汉子，他自成年后就一直能团结和关照他人。据说在一个风雪之夜，有几个不同民族的牧民在途中与阿山一起被风雪所阻，当时由于风雪太大，受阻的时间也比较长，如果单独行动，随时可能有哪个人出现危险。这时阿山伸开双臂做了个动作，说："我们如果分散站着，可能会被更大的风雪吹走，但如果我们手挽手，挤成一个石榴籽似的，即使被风雪吹倒，滚出几十米甚至几百米，只要不散，就不会有生命危险。"就这样，那几个牧民拉住阿山的手，又相互臂挽着臂，一直坚持到风雪不再呼啸……

阿山在当上生产队队长后更是强调村民之间的团结，使纳仁恰汗库勒村在社会主义的道路上昂扬前进，成为新中国成立初期新疆远近闻名的先进村。

1964 年，阿山队长作为民族先进村的代表，进京受到毛泽东主席的亲切接见。那是一个民族团结的盛会，那是阿山个人的无上光荣，更是纳仁恰汗库勒村全村人的光荣，所以在阿山队长回到家乡后，全村人把阿山队长和毛主席的合影一直高高地挂在村委会屋子的正中央，作为纳仁恰汗库勒村永远跟着共产党走的一份信仰誓言般的象征。曾经有一次，民族分裂分子跑到纳仁恰汗库勒村搞阴谋，阿山和村民们指着这张照片告诉他们：我们是中国人，我们是社会主义中国的纳仁恰汗库勒村，海枯石烂都不会改变这一点。民族分裂分子只得灰溜溜地自讨无趣地走了。

国家三年困难时期，从外地跑到纳仁恰汗库勒村的和从纳仁恰汗库勒村跑出去的人，都有因饥饿而死的，这给阿山村长留下不可磨灭的印象。三年困难时期结束后，阿山为了让这个由多个民族组成的村庄百姓过上永远安居乐业的幸福生活，带领村民们开展了一场向戈壁沙滩要粮的战斗……

"那个时候，我们在队长的带领下，每天起早摸黑，在沙滩地上开垦农田，上山挖渠引水，硬是把戈壁沙滩低产田变成了天山南北有名的米粮仓。"几位老村民告诉我，也正是由于这个原因，他们村后来在民间被叫为"阿山村"——"阿山队长的村庄"。

"阿山是我们的队长，更像是我们这个民族大团结的村庄的家长。

他在世的时候，全村人都听他的话，自觉自愿地跟他搞社会主义建设。他去世后，村庄把他艰苦奋斗的创业精神和团结村民的友善精神作为村里的精神财富一年一年地继承下来并蓬勃发展，所以我们阿山村百姓才有了今天富有幸福的好日子。"在村文化广场上，身着鲜艳的各族服装的村民们听说我是北京来的，纷纷围过来向我倾吐他们对阿山队长的怀念和感恩之情。

"阿山队长的儿子卡便·阿山卡科也是好样的，跟他父亲一样心地善良有爱心。"村民们非常动情地告诉我一件事：村里有位汉族老人叫祝玉峰，孤寡一人，2016 年开始，祝大爷因年老体弱，生活开始不能自理。

"大伯，你一个人生活不便，我接你到我家住……"卡便·阿山卡科过来对老人说。

"使不得！使不得！我这一身毛病会拖累你们的……"老人又激动又难为情地指指因没人料理而脏乱不堪的小屋。

卡便·阿山卡科笑笑，满不在乎地说："不要紧的，人老了就会不便的，你有病，所以更要有人照顾……我来接你就是想把你照顾得好好的。"卡便·阿山卡科怕老人有顾虑，又说："你放心，只要我家里有一口饭吃，保证会让老伯你吃饱吃好，我会像伺候我爸爸一样把你老人家伺候好的！"

"卡便啊……"老人一听，顿时老泪纵横，连声说道，"你爸是个大好人，没有他早就没有我了……"原来，祝玉峰年轻的时候来到纳仁恰汗库勒村时，人生地不熟，而且汉族人少，语言和生活习惯都很不同，很难融入当地社会。但祝玉峰是幸运的，因为祝玉峰刚到村里，就受到阿山队长的特别关爱与保护，而阿山队长又是这样对待村庄里的每一个村民，甚至那些毫不相干但只要有求于纳仁恰汗库勒村的人，他都以同样的热情给予帮助。"为什么能帮不帮一把呢？我们都是中国人，都是社会主义大家庭里的成员，我有吃的，别人就应该一样有吃的……"这是阿山队长常挂在嘴边的话。

卡便将祝大爷接到自己家里赡养。年迈的老人后来身体每况愈下，这让卡便一家人忙碌不堪，而且看病就医都得花钱，但他们全家没一人抱怨过。

"我啥时修过这么好的行嘛！你们瞧瞧阿山队长的儿子卡便待我像待他父亲一样孝顺……"祝玉峰大爷多次饱含泪水对村里的老伙计们如此说。

2018 年，久病难治的祝玉峰在卡便家去世。

"他的丧事怕不合适在我们哈萨克族的家里办吧！"有关老人的后事到底怎么办，村里有人过来对卡便说。

"祝大爷确实不是我们的亲戚，但他已经是我们家里的一员，所以他的丧事就应该在我们家里办，而且要按大爷的汉族风俗来办……"卡便回答得非常明确。

出殡这一天，村上来了许多人。卡便完全按照汉族风俗，给祝大爷买了一口木棺，然后请了当地的殡葬司仪，体体面面地送了老人家最后一程……

这事在当地各民族之间引起好一阵热议，大家都认为卡便做得有理有情。"阿山队长在世的话，也会赞成的！"乡亲们说。

在纳仁恰汗库勒村沐浴着山村的风，漫步在村里的小路上，在与各民族村民的交流中，你会深切地感受到这个村庄有种浸透在每一寸土地、每一口空气里的"村魂"，那就是"阿山队长"的影子和灵魂的存在。

"对的，从当年的阿山队长到今天的'阿山精神'，便是纳仁恰汗库勒村几十年来民族之间亲如一家、村庄不断向好发展的红色传承基因，而正是这种红色基因的传承，辐射和影响到了纳仁恰汗库勒村以外的整个杰勒阿尕什镇甚至更广阔的边疆……"跟我说这话的是阿山村所在的杰勒阿尕什镇宣传干部。

她带我来到"阿山精神"村史馆，在那里让我看一样神奇之物，据说是他们杰勒阿尕什镇的"镇宝"——一个巨大而神奇的树根，如今它像一尊"神灵之物"安放在村史馆：那树根据说原来是纳仁恰汗库勒村的邻村——上杰勒阿尕什村村民哈孜依·阔恩萨克家的拴马桩。旧时的杰勒阿尕什镇是人烟稀少的沙滩地，但过往的人马却不少，算是一个交通驿站。上杰勒阿尕什村的哈孜依·阔恩萨克性情温和，为人厚道，又乐善好施，乐于帮助那些需要帮助的人，无论哪个民族的人，他都愿倾情倾力。当他看到过往的人马牛队，总有些人畜十分疲倦，又不知如何借机休息，尤其是人困马乏时，一个拴马桩可能解决很多问题。哈孜依·阔恩萨克看到这种情况，马上在自己家门口不远的地方支了一杆拴马桩。这下来来往往的马队便开始在此驻足休息，将马拴在桩上，然后歇上一时半会儿，或者干脆安营就宿于此……日久天长，"上杰勒阿尕什的拴马桩"成了方圆几十里赶路者人人皆知的休息点。由此，"上杰勒阿尕什"的名气也渐大。新中国成立后，成立乡镇时，"上杰勒阿尕什"村的村名不仅保留，而且还成了乡镇的名字。这并不是奇事，奇的是当年这一拴马桩竟然渐渐生根发芽，枝繁叶茂，而且还开花结果，长成参天大树！

村上的人都说这事就是"奇"！说是"阿山精神"的光大，哈孜依德行的传扬……开始我听着也就笑笑，但真到了细细参观那个后来被当地人叫出名的"拴马桩"大树根时，当场就惊呼起来："这、这是真的吗？不会是你们故意'雕刻'出来的吧？"

上杰勒阿尕什人正经起来："你仔细看看，它绝对不是人工雕刻得出来的，就是天然长成这个样的……"

我不得不认真仔细地看了：确实，这树桩巨大，像头大黄牛一样的身躯！所以上杰勒阿尕什人说它象征着他们上杰勒阿尕什继承阿山队长的艰苦奋斗精神，把社会主义的日子越过越好。

"再从这一边看，它就如一只剑齿虎，寓意着我们上杰勒阿尕什村新农村建设虎虎生威、所向披靡、蒸蒸日上的景象……"

可不是，我从一侧看这"拴马桩"时，就如一头猛虎下山，威风凛凛——奇！出奇！！

"请过来看这边——"主人一脸笑意地将我引到"拴马桩"的另一侧，"您看这形状像什么？"

"这不一头……大象嘛！"我惊叹不已，连声惊呼。

"是。极像一头大象！"主人进而说，"这是一头和平象，它寓意着我们这里的各族人民像阿山队长和哈孜依爷爷那样，始终相互包容、关爱、和谐、亲善、团结……气如大象，形若石榴，永远紧紧地抱团在党和社会主义的旗帜下奋勇前行！"

说得太好了！

人间有些时候无法用简单的唯物和唯心来解释某种现象，因为客观存在之物本身就具有"将腐朽化神奇"的功力，更何况它实实在在地摆在你面前，你又如何轻易否定它呢？

一位美丽如画的姑娘就站在我面前，她叫阿玛古丽·哈列，是上杰勒阿尕什村现任党支部书记，像盛开的鲜花一样美丽、动人。当有人告诉我哈孜依·阔恩萨克是她姥爷时，我还是很惊诧和惊喜：这也是红色传承啊！

"是。我小时候经常听到姥爷对我们的教育，他老人家总跟我们讲要听党的话、听毛主席的话，因为是共产党领导的新中国才让我们上杰勒阿尕什村人有了幸福安宁的生活，有了美好的家园，所以要爱党、爱祖国……我们就是在这种思想的教育下成长起来的。现在当我们从父辈手中接过建设家乡的接力棒后，更加懂得了前辈所说的话的深意：没有共产党、没有新中国，就没有我们美丽的新疆，就没有我们幸福的家园！"阿玛古丽说。

草原上飞的是雄鹰，花园里飘香的是鲜花。上杰勒阿尕什村的民族团结和新农村建设有这样一位美丽而思想进步的姑娘阿玛古丽当"领头羊"，乡亲们说这是他们的福气。

"今天的新疆与阿山队长和我姥爷时代不一样了，人民群众对美好生活的向往更加丰富具体，要求也高了，我们的工作标准和要求不能再仅着眼于村民们能够吃饱饭、有衣穿了，要跟上国家的发展和时代的步伐，既要让大家过上更富裕的生活，更要让村民们的精神世界丰富多彩、健康有益。而作为干部，我始终把当年阿山队长的艰苦奋斗精神和我姥爷善待团结各民族兄弟姐妹的事迹当作自己的工作标准和要求，让共产党和政府的恩情像阳光雨露般地洒到每个民族兄弟姐妹身上，让党支部的堡垒核心作用永远如'拴马桩'一样牢牢地成为人民群众安居乐业、创造更加美好生活和未来希望的根基……"阿玛古丽上任几年来，始终牢记自己作为一名共产党员的神圣职责，别看她年龄小，却对抓工作十分有定力和方向感。抓党建、抓规划，年年出新招，招招落在民心上。

"阿玛古丽就像她的名字一样，给了全村人一股清风般的新气象。她上任伊始，就提出'两年还清账、三年有盈余、五年赶超先进村队'的发展目标。瞧，现在才三年，她当年制定的目标都提前实现了！"村民们在我面前夸阿玛古丽时丝毫不吝啬赞赏。

有几项指标对上杰勒阿尕什村这样的村庄来说具有里程碑意义：全村的贫困户全部提前脱贫，村民人均年收入从过去的8000元增长到现在的17500多元。2019年，村庄间的7公里院墙、20多栋危房全部修缮一新，家家户户的厨房、厕所和院子焕然一新，实现了初步"城市水平"……别小看了这种变化，它对生活在远离城市之地的边民来说，那可是真正的翻天覆地的变化。

> 敢教荒原成沃野，
> 誓将沙碛变绿洲。
> 阳光洒向民心田，
> 轻歌曼舞总春天。

这是纳仁恰汗库勒村"民俗文化产业园"内展示的村民们写的一首诗，它折射着这个村庄百姓在幸福生活中的美好心情。

　　"何先生是北京来的，见多识广，请给我们村的'民俗文化产业园'多提宝贵意见……"采访结束时，杰勒阿尕什镇的宣传干部又将我引到纳仁恰汗库勒村的"民俗文化产业园"门口，希望我"参观指导"一下。

　　开始我并不以为意，但走进这个村办"民俗文化产业园"后才内心轻轻地惊呼了一下：差一点遗漏了"宝地"一处。

　　在发达的沿海地区和我的故乡江苏苏州，这些年在美丽乡村和乡村振兴建设中，出现了许多"特色产业园""一村一品风情园"，但想不到在遥远的西部边陲乡村，竟然也出现了类似的"特色文化景区"和"特色产业园"，这可能比听到"脱贫"的几个数据概念更令人兴奋，因为"文化富才是真正的富""产业旺才是生活真正的旺"。参观纳仁恰汗库勒村的"民俗文化产业园"后，让我感到其自然资源极其丰裕，并联想到我一路走过的整个额敏县的产业开发和文化建设前景。

　　　　风流各自燕支格，雨露何私造化功。

　　　　别有国香收不得，诗人熏入水沉中。

　　这是宋代诗人杨万里写的一首赞美玫瑰的诗。

　　在额敏县，有一个地方叫巴依木扎草原，它位于额敏县城东100公里的中哈边境。此处风光之美，宛若天境。如果将其与杭州的西湖比，那前者就是高贵而漂亮的公主，后者反而成了一个乡下漂亮妞儿。不信你可顺着我的笔"镜"去观摩：

　　自然最耀眼的是巴依木扎大草原本身，因为这个草原与其说长的是草，不如说它就是个万紫千红的大花园。其中有个野生玫瑰谷特别令人陶醉：嵌在一片很深的沟谷之中，中间有条不宽的通道可以驱车直达当地称之为"玫瑰谷"的所在。六、七月，正是野花怒放的季节，人坐在车上行走其中，宛若漫游天界之域。蔓延数十里的玫瑰让人感到仿佛突然落入浪漫而激情的伊甸园，闻到的是漫山遍野的香味，甚至连自己呼出的气息也是香的……玫瑰谷里的玫瑰显得高贵而美丽，又有无限的爱意笼罩着，所以容易让人产生梦幻式的联想。因为是原始山谷，所以这里除了各式各样的玫瑰外，更有许多叫不出名的野花，它们千姿百态、竞相争艳，那才是朝气蓬勃之感。既然是山谷，因此高山、森林、草甸和溪水相伴，便使得玫瑰谷富有超然的脱俗姿态和浓郁的自然气息，以其独特的魅力招徕远方宾客。

因此我认为，到塔城，到额敏县，不来玫瑰谷，就对这片土地缺少了一份真正的了解。说民族团结、探究这里的民风淳朴与和善，你来玫瑰谷感受一下，就会理解这里的各族人民为什么能够天然地友善和相互团结了，因为自古以来他们就把自己的生命始终融于自然之中，并成为自然的一部分。这太重要、太生命本质化！

我当然要说巴依木扎的无底湖。在塔尔巴哈台山与吾尔喀夏尔山相接处的一个山坳里，藏着一个椭圆形湖泊，虽然面积不足 1 万平方米，既无出水又无进水，但它深不可测，故当地人称其为"无底湖"。夏天的无底湖，一片湛蓝，可奇怪的是湖中没有任何生物迹象，看不到鱼虾一类的东西。十分叫人不解的是，在相近的地方那条巴依木扎河之水是淡水，而无底湖的水则是咸的。另一个有意思的特点是该湖水位常年不变，保持"永恒"状态。此湖有个传说，话说当年樊梨花西征时，在此安营扎寨，不小心将梳镜遗落此处，化作这片清涟碧蓝、深不可测的湖面。许多游客在湖边试着将自己的身影倒映在湖水之中，其清晰程度比单反相机还要高出数倍。不信您可亲自去试一试。

额敏县最了不得的是在塔城乃至新疆和中国西北地区具有重要知名度的"一滩""一泉"。这里说的"一滩"，即位于塔城盆地的库鲁斯台草原。因为在塔城市区的南部，故塔城人称它为"南湖草场"。"库鲁斯台"在蒙古语中是"芦苇滩"的意思，所以库鲁斯台又被塔城人称为他们骄傲的"一滩"。

南湖草场很大，它的周边环绕着裕民县、额敏县、托里县和塔城市，东西长 76 公里，南北宽 36 公里，土地总面积 389 万亩，可利用草地面积 315 万亩，是全国第二大连片平原草场、新疆第一大优质草场。

库鲁斯台是块低洼地，与塔城其他地方相比，是塔城盆地的"盆底"，所以也有"塔城聚宝盆"之称。

有水，就有草木。草木丰盛，牛羊牲畜兴旺，而主宰这一切的人在此便会格外骄傲和出众。尤其春天时的库鲁斯台，草长莺飞，野花烂漫，清水四溢，香气飘荡，着实令人心旷神怡、惬意无限。

库鲁斯台草原腹地有一个名叫"莫因塔"的哈萨克族居住的地方，它的哈萨克语意思是"大树林子"。那里长着绵延 10 余公里长的古柳树，它们高大而茂密，又形态各异，据说这些古柳已有三四百年的寿命，所以极其珍贵与罕见。在如此庞大的古柳树群中，这个多民族混居的村落在此安居乐业，一代一代人抱团生存，过着世外桃源般的生活。

"你们想到纽约去吗？去住洋房和高楼怎么样？"曾经有一个西方记者用这样的话诱惑这里的百姓。村庄的人笑笑，又摇摇头，说："听说过纽约，也在电视上见过纽约，但纽约那样的地方，跟我们中国的上海、深圳也差不多，可库鲁斯台只有塔城、只有额敏县有，全世界也只有一个，所以我们喜欢它，也不会离开它，因为我们的生命在这里健康而幸福地自然绵延着……"后来那位记者把村民的这话发表到欧洲的报纸上，于是库鲁斯台和库鲁斯台人一下出名了……

额敏县还有一颗"明珠"长在高高的吾尔喀夏尔山脉的巅峰中央。因为那里有许多眼泉，所以塔城人将其称为"泉眼"，哈萨克语的"泉眼"发音为"孟布拉克"。

由于这片草原在山巅之上，故又有"空中草原"之称。孟布拉克是一个高山草原，平均海拔在 2300 米之上，年平均气温只有 5 摄氏度左右，冬季严寒，平均积雪在 1 米以上。夏季受东南季风及南坡暖气流影响，不仅降雨多，而且天气变化异常。即便在夏日炎炎时，这里仍然凉爽宜人。高山上的草原，植被特别茂盛，种类又繁多，所以人们说这里的牛羊"喝的是天然矿泉水、吃的是黄金草"绝非夸张之语。300 多平方公里的高原草场上有 300 多眼泉。所以每逢夏日来临之际，额敏县的 12 个乡 2 万多牧民就会从各个方向会聚到这个"空中草原"，让 50 多万头（只）牛羊美美地饱餐整个夏日，享受"天然氧吧"的清新。

自然，"空中草原"何止是牛羊享受之地，从塔城和额敏县城去往孟布拉克的道路崎岖险要，尤其是那千回百转、怪石凌空的峡谷，时而山重水复疑无路，时而柳暗花明又一寨。山巅之上的台墩上，尽是星星点点的艳丽野花，它们在风中摇曳着，仿佛是向你煽情的妙龄少女，不醉才怪。

云之上的"空中草原"有两个牧场，以哈萨克族牧民和蒙古族牧民为主，大家和睦相处，亲如一家。放牧在一起，炊烟在一起，歌舞在一起，自然有喜事和担当的事也会在一起……

这就是塔城和额敏大山谷、大草原的风物人情。它与我所看到与访问的村庄和城镇一样，充满了自然与万物生命之间共荣共存的和善与亲爱。

第十五章

那对夫妻，
那片疆土

———

每一次到边境，

都会对一个个默默耸立在那里的界碑产生强烈的敬意。

它们是国家尊严的象征，是国家领土完整的标志，

更是每一个公民心目中"祖国"的概念……

界碑存在，国之存在；国之强大，界碑巍然。

一个国家的民族团结和边界安宁，是需要有人守护、有人献身的。

我们常说"热土"，是因为有"热血"抛洒其中。

魏德友与刘京好是一对再普通不过的夫妇，

然而他们用平凡的一生，铸造了一段钢铁长城般的边境。

有这样的热血百姓，伟大的国土还担心不热吗？

有这样的平凡百姓，还担心国家不强大、民族不团结吗？

踏上塔城之地，就有人不断地在我耳边讲着两个人的故事：一位是巴什拜·乔拉克·巴平，另一位叫魏德友。前者是已故人，后者是当代的"感动中国"人物。巴什拜是哈萨克族，魏德友是汉族……没想到的是，那天我去采访魏德友的路上，恰好先"见"了巴什拜——他留下的一座永远耸立在塔城大地上的地标建筑——额敏河上那座连接塔城与裕民的象征着民族大团结的大桥。人们为了纪念巴什拜的丰功伟绩，所以命名这座桥为"巴什拜大桥"。

在一片绿荫之中的巴什拜大桥始建于1941年，之前额敏河上没有过河的桥，人们来往十分不便。1940年的一天，巴什拜路过此地，恰逢一位穷苦牧民因交不起过河费而惨遭财主毒打。巴什拜见后非常气愤，对大打出手的恶霸说："明年你们就别想在这里称霸作恶了！"

次年，也就是1941年，巴什拜请来苏联桥梁设计专家，并请了时任塔城行政长官的赵剑锋出任工程监督人。1942年7月31日，大桥竣工，桥的主体为木质，全长87米，宽6米，载重量25吨，共耗资5.5万元。大桥建起后，方便了两岸各族百姓往来。为纪念巴什拜，当地人称之为"巴什拜大桥"。

巴什拜于1953年去世，然而他的形象根植于塔城大地和民众心间。这位哈萨克族爱国开明人士是新中国成立后塔城地区第一任行署专员。在塔城，我们随处可见巴什拜的影子，有人说，他像阳光一样温暖着每一个生长在此地的百姓。

在塔城的牧场，你稍稍注意一下，就会发现有一种与众不同的大尾羊，它膘肥体壮，毛色浓密而清朗，肉质鲜美——这羊就叫"巴什拜羊"，是塔城的名羊，堪称西部大草原上的知名羊种。据说这就是巴什拜亲自培育的羊种。当地人告诉我：1919 年，成人后的巴什拜与父母分家，获得了 150 只羊和一群马，便开始自己经营牧业。聪明勤劳的巴什拜从此对培育良种有了浓厚的兴趣，于是他到处拜师取经，经过多年精心探索培育，果真培育出了一种毛色以红棕色为主的大尾巴绵羊，这种羊不仅肉质好、羊毛浓，成熟期比一般绵羊也要早，而且具有耐高寒、耐干旱、耐粗饲的特性，十分适合新疆沙漠戈壁地区饲养。在自然条件下放牧，120 天左右便可出栏，净肉率高达 56%，骨肉比例为 1∶4，堪称上等羊品。巴什拜羊很快受到塔城牧民的喜爱。新中国成立后，在政府的扶持下，巴什拜羊逐渐成为裕民县的知名品牌，在本地畜牧产业中占有举足轻重的地位。

20 世纪四五十年代，巴什拜的牧羊产业达到鼎盛时期，多达 2.5 万多只，除此他还有无数的马、牛与骆驼。这位靠勤劳与智慧富起来的塔城本地人，心地善良，从不忘济困助贫。而且不管是哪个民族的，他从不另眼看待，故有"哈萨克好大叔"之称。"每年秋收后，他的家门口总会聚集来自四面八方的穷人，期待他的救济。巴什拜对来者从不拒绝。凡是理由充分合理的，他都会慷慨相助。"塔城一位上了一点年纪的人对我这样说。

塔城的边贸历来有名，不少汉族商人拖家带口来到新疆。时间一长，难免有人因商而富、有人因商而败。一些穷光蛋便跑到巴什拜家寻求施舍，日久天长，也会给巴什拜家带来各种麻烦与困难。管家便对巴什拜说："老爷，我们不能谁来都管呀！否则我们也会穷的。"

巴什拜笑笑，说："不是还没穷嘛！真要到了那一步，也不会再有人来求我帮助了呀！"

1945 年，塔城成立行政公署，威望极高的巴什拜被民众推举为首任专员，这在当地可是个绝对的"大官"。有一次他家的羊跑进了一位维吾尔族老汉家的菜地，那老汉赶紧驱赶。这举动被巴什拜家的一个下人看到了，高声怒斥："专员家的羊，你竟然也敢打啊？"那老汉一听吓得跪下磕头求饶。巴什拜得知后非常生气，亲自带着那个下人到维吾尔族老汉家赔礼道歉，并送去了赔偿金。

"他受到我们的爱戴。"塔城人在谈起巴什拜时，总这样说。而在塔城，关于巴什拜做过的好事，就同天上的星星一样多，数也数不清。

我知道，裕民县第一座九年制学校是巴什拜捐资建的，他在世时还负责给教职员工发工资。

我知道，塔城的"人民俱乐部"也是他捐建的。

1941年，他投资修建了巴什拜大桥。

1949年，塔城解放时，巴什拜欣喜不已，当即向子弟兵赠送了2吨小麦和40头牛……

1951年，巴什拜为抗美援朝捐献了一架飞机。

> 你的心境像白云一样纯洁，
>
> 你的眼睛像湖水一样清澈，
>
> 你是我们的恩人，
>
> 你是塔城的骄傲。
>
> ……

依靠自己勤劳奋斗致富的巴什拜为官清廉，爱民如子，塔城各族人民用不同的语言歌颂赞美他，在他留下足迹的地方，都有人为他起舞歌唱。

1953年，巴什拜随中央统战部组织的各族各界进步人士、民主人士参观团赴内地参观，因突发心脏病在杭州去世，终年64岁。中央人民政府高度重视巴什拜的丧事，派专机将巴什拜的遗体运送回新疆，安葬于他的出生地巴尔鲁克山脚下。

70 年来，塔城各族人民都会在不同的纪念时间点去巴什拜的墓地拜祭这位他们心目中的"哈萨克好大叔"。

巴什拜的传奇故事和他留给塔城这片美丽土地的物质与精神遗产，让我不由自主地想着一个不易解开却非常好理解的问题：每一块美丽的土地，总有一个个美丽的故事和传说，也正是因为这些美丽的故事和传说，才使这样的土地变得更加美丽与富饶——塔城如此，新疆如此。

现在，我要去见魏德友老人，这是一位让今天的塔城人到处传颂的当代"好大叔"。他的故事已经在神州大地上传扬开来，2017 年，76 岁的他成为"感动中国"人物，后又在人民大会堂受到习近平总书记的接见与嘉奖。

如今算来，老人家已有 82 岁了，这更让我惦记。见他的心像天山北疆上空的云一样飞动着……

"快了！"过了那条跨境之河——额敏河上的巴什拜大桥后，同行的文联同志说，"那条就是边境线，对面是哈萨克斯坦。"

越野车在颠簸中飞驰向前，边境线是一片起伏的戈壁，除额敏河边偶见一些树木外，其余的地方，满眼皆是铁灰色的土地与乱石以及少许的沙草。风很大，如果头戴帽子，必定被刮得远远的……

举目所见，是一道道严密的铁丝网和"卫国保边，无上光荣""边境要地，请勿靠近"等标语牌，它们似乎在不断地提醒我们："你已经到了国境线！"我们要去的地方是中哈边界线第 173 号界碑——那是魏德友 58 年来一直坚守的疆土。

呵，那是什么样的疆土呢？我的目光随着颠簸的车子往远望去，却不见边际……

"这里就是萨尔布拉克草原，方圆几十里都是无人区！"陪同采访的塔城作协的郭天成原先是这里的军分区政治部干部，他熟悉这里的每一段边境线。十几分钟后，他指着一座孤零零耸立在一个丘地上的泥房子说："那就是他的家……"

嗯，看到了：远远地看到一面红旗在房顶高高地飘扬着，显出几分神圣。但我依然没有弄懂：漫长的边境线上，除了军队的边卡哨所，为何仅留魏德友家一座孤独的泥垒的陋房呢？

"你可不知，因为边境线太长，边防部队战略紧张的时候顾及不过来二线、三线巡视，再加上过去连队供给线太长，所以一般边防连队允许饲养一些牛羊，这些活儿有一段时间是专门招收一部分退伍军人承担的。他们在为边防部队放牧的同时，也协助部队在二线、三线边防地护关。其身份就是边防护边员，魏德友就是这样的身份……"小郭的一番解释，让我弄明白了一些边境常识。

魏德友是山东临沂人。1940年出生于这个老革命根据地。他对家乡的革命斗争史记忆犹新，他常对人说："小时候就见过陈毅将军率领的解放军来我们村。我的家里就安放过电台，住过发电报的官兵……"1960年，魏德友应征入伍，随部队在河北唐山工作了4年。1964年退伍回家后的他，很快就被招调到新疆边防一线工作。那时的中苏边境已经全面吃紧，魏德友作为支边后备边防战斗员被分配到新疆生产建设兵团农九师一六一团二连，其任务是负责在173号界碑管控区内放牧巡逻。同时还有一块非常宽阔的土地需要他自己开垦耕种，这块土地既是界河畔的一块疆土，也是他自我生存的"命根地"——后来是他全家的"命根地"。对边防战士来说，守护边疆是神圣责任，对魏德友来说，疆土既是祖国交给自己的一份神圣职责，也是他生存的地方。

魏德友刚来时，他所在的兵团农九师一六一团二连就分布在萨尔布拉克草原这片"无人区"。他们从最初的一手镰刀、一手锄头，开始了屯垦戍边的生活，这一守就是58年，再也没有离开这片土地……即使到今天，82岁的魏德友仍在此屯垦守边。

举目远眺，前可见邻国的哨所与山岳，回首是美丽的塔城城郭。就是今天这样一块宁静的边境，在 20 世纪 60 年代，曾因发生严重的边境骚乱事件而震惊中外，并一度处于"有边无防"的状态。魏德友与战友就是在那个时候来此建立哨所、执勤点的。当年的屯垦戍边生活十分艰苦，物资给养全靠自己屯垦种地放牧，而守关保疆在很大程度上也是靠官兵们的身体和意志。

"严重的武装冲突有，平时擦枪走火也有，但更多的边境争议常常是一块地、一片牧场的角力，所以魏德友他们那时的兵团官兵与来犯之敌进行的斗争，就是靠身体和捍卫祖国领土的意志……"边防人员这样介绍。那些可想而知的往事历历在目。当时魏德友被分配担任萨尔布拉克"牛群组"组长。后来魏德友这样回忆："1969 年时，边境事件频发。我参加过一六一团的'铁牛队'行动，在塔斯提河南岸紧握钢枪与对方军队对峙了三天三夜。那个时候，每天都可能有擦枪走火的严酷斗争。我们就是以这种方式维护了祖国边境线的尊严。"

有一年冬天，漫天大雪。魏德友背着七九式步枪，骑马沿着没有标记的争议区放牛。突然听到一阵轰鸣声，抬头一看，有架飞机在自己的头顶盘旋，他迅速隐蔽在零下 30 摄氏度的雪地里，一动不动地死死盯着那架入侵的飞机，正准备实施反击时，那飞机绕了一大圈后仓皇地飞走了。魏德友没有因此放松警惕，他立即在飞机盘旋的地方寻觅可疑迹象，结果真的发现了几串大脚印。于是他快马加鞭向额敏河边的边防连报告。接到敌情后的我边防连迅速出击，并进行地毯式的搜索，直至天亮，最终将可疑人员逼退到边境线外。

"他的家属后来也来了，一直跟着他到现在……"小郭告诉我，"就是这个家——"他指着高高飘扬着那面国旗的土垒的低矮的小屋。

在连着天边一般的广袤的沙滩地上，孤零零的魏德友家的小房子，就像贴在地面的一块"小方砖"，实在无法将它与巍峨的"七一勋章"获得者的形象连在一起。然而它确实是魏德友的家，而且现在我们所看到的他的家已经是他第三次被翻新了的家——这一次是因为他成为"感动中国"人物和受到习近平总书记亲自为他授予"七一勋章"之后，他的家被当地作为"爱国守边"的教育基地而重新翻建的。

魏德友老人今年 82 岁，他喜欢人家称他"老兵"，所以我们也顺其叫法——这位老兵的第一个家住了近 40 年，那是个地窖式的地窝子，总面积 40 多平方米。在这个靠自己双手和一把铁镐刨出来的"家"，老兵魏德友把新婚的妻子从山东老家"骗"到了戈壁边关，又与妻子在此放牧守边的同时哺育了 4 个孩子成人……

老兵的第二个"家"与第一个"家"的差别就是将泥墙换成了砖墙、将泥地换成了水泥地——那一年老兵魏德友已 60 岁出头，边防部队的首长动员他正式退休。这个时候他是可以回老家的，而且还可以获得一份国家补贴的"安家费"。但魏德友死活不愿走，无论他的三女儿怎么哭着恳求已经年迈的老爹老娘，但魏德友就是不走，他说："我来到边关的第一天起，就下决心要干到走不动。走不动后，我还有眼睛帮着边防部队看守边境。即使眼睛闭上了，没有了气、停止了心跳，我也要把魂埋在这儿，永远地守护这片祖国的边疆……这就是我的家！"

现在的这个是新家，是 2021 年在他获得"七一勋章"后，当地军分区、塔城地区和几个学校要将他这儿作为爱国主义教育基地，所以在他老宅基上翻盖起来的，共三间：两边各一间是他老两口与三女儿各一间，中间是"客厅"，算是接待来客的，每一间约 15 平方米。房子外有两个木栅栏围着的圈子，是养牛羊与鸡等家畜、家禽的地方。这是魏德友的全部家什，似乎也仅值一两千元！

"来了！来了呀！首长们好……"车至魏家门口，出来一位身体已弯成 60 度角的老大娘，她上身穿着一件单薄的碎花衬衣，更显得弱不禁风。最让我看得心头发疼的是老人家的头发长且花白，嘴窝瘪瘪的，肯定是多数牙齿已脱落所致。那满脸干糙而又沧桑的皮肤，叫人不忍细睹……

一听说我是北京来的，大娘立即目中放光，说："我去过北京，见到习近平总书记了……他好吗？你是他派来看我们的？"对这样淳朴的老人，我能说什么呢？只得连声应道："是，是，习总书记向你们问好！"

老大娘一听这话，兴奋得拉住我的手，到门口，她说："首长您等一下，我换件衣服跟你照个相……"说着，一个箭步进了屋，转眼老人穿着一件迷彩装，头上还戴着一顶军帽。

"是军分区发给老人家穿的工作服……"陪我来的郭天成说。

照相的时候，我有些尴尬：我本来就比老人家个头要高出许多，而岁至八十的大娘由于腰背严重佝偻，站在我身边时显得格外矮小……那一刻，我内心又是一阵不忍。我知道，山东姑娘一般个头都不矮，而眼前的这位大娘，因为随夫守关58年，而且其间她在这块不生草木的地方带大了4个儿女……不可想象的岁月重负，是怎样一点点压弯她的脊梁的！

看着满脸依然笑呵呵的她，我的双目开始有些发湿……

守关原本是男人们的事，而她的男人是自己从山东投奔到新疆来的。1960年他在家乡参军入伍后，她为他高兴。等了几年后他从部队回家她更高兴，因为她可以从此与他过小日子了！哪知他说"西部边卡风声紧"，他是退伍老兵，不能只顾自己过小日子，他要去那里支援战友一起守边卡。

"又不是我一个人，还有我的好战友老陈他们百十来号呢，他们跟我一起去呢！"男人很有底气地告诉她。然后，他特意补了一句对农村姑娘很有诱惑力的话："那边月月发工资，能苦到哪个天边去嘛！"

她信他了。就像信他那宽阔的胸膛能给她如太阳般的温暖一样。

可当时她并不知道"西部边卡"在哪里，只知道很远。但到底远到什么程度，她弄不清楚。直到她后来被他从家乡接出去后才知道，原来在新疆——那个时候，她跟着他先是从家里走到县城，再搭车到临沂，再坐火车到徐州，又不知转了多少车站，最后到了乌鲁木齐——这已经是半个多月后了。后来她随他又从乌鲁木齐坐上马车，一直走了五天才到了塔城。到了塔城后又坐了两天的马车，到了现在他们住的地方……

"那个时候我好光荣，因为我看到身边有很多解放军同志，他们对我们可亲呢！"年轻时的她不知什么是苦，但见了解放军就知道是幸福和光荣。

后来发现她和他不能跟解放军住在一起，只能自己挖地窝子，住在"半地下"。

"过了一个冬天和春天才知道：如果我们的房子真的盖在地面上，要不了一场风、一场雪就会被卷个精光了！"她说，"就是挖了两米多深的地窝子，好几次半夜屋顶被大风掀走、被雪压垮……那个冷呀，真的冷死人哩！"

我默默地听她说，无法描绘出那种难。

"有一次我们全家都被雪盖住了好几个小时，好在后来边防部队来救我们出来，要不我们可能都冻成石头了……"她喃喃道，像诉说一件普通的家常事。

但还有许多意想不到的事也常会发生，大娘只给我絮叨了一件事：有一天深夜，她家的牧羊犬狂叫起来。被惊醒的魏德友觉得不对劲，便赶紧起床往外探看，结果发现羊群被谁赶出了羊圈，再仔细一清点羊数，竟然少了36只。"谁偷羊啊？"魏德友愤怒地吼了几声，但没有任何回声。又是一个大雾天的早晨，有人趁魏德友不备故意冲散了羊群。"娃她妈快出来帮忙——"这次魏德友急了，因为羊就是他守边的武器之一，有人蓄意破坏，就是破坏他的武器。而此次并非一两只羊丢失，是整整80只！妻子一听不妙，连忙将孩子反锁在家里，两人打着手电在狼噑声声的山野里寻找，最后是在一个山坳里找到了那些羊的尸体，其情形惨不忍睹。

那一次老魏抹了眼泪，妻子哭得更是格外伤心。而这类被人蓄意偷鸡盗羊的事，几十年间对魏家来说，可谓"家常便饭"。至于生活上的难事，更是数不胜数。

"我们来这儿不久，战友老陈在巡逻时被野狼咬了，得了狂犬病，死了……好可怜呀！"老人抹起眼泪。

其实，大娘肚里的苦水实在太多：

——刚来的时候，她也是个爱美的山东小媳妇，可不到三个月，有一天她随他到部队营房领牛羊时经过战士们整理军容风纪的一面镜子时，她看到了镜子里的自己，突然"哇哇"大哭起来："俺咋变成这模样了呀？"

"俺咋变成这模样了呀？"那一天回家的路上，她问了他一百句，又自己问了自己一整夜……最后眼泪哭干了，嗓子哭哑了。她也默认了：俺就是这个模样了！

——后来她怀孕了。那时边防线上特别吃紧，而国家越困难，想越境的人就越多。丈夫和边防官兵在一线守着边境上的最后一道防线，她则每天挺着大肚子骑在马背上，警惕地巡视着173号界碑地段上的每一个可疑的"移动物"……

"谁？不许再往前了！"她又一次在一个沙丘的草丛地发现一个"移动物"。那被惊动的"移动物"更加快速地飞步而行，显然企图摆脱她警惕的追捕。

"站住——"她扬鞭策马，紧紧追赶。眼看快要逮住越境犯，突然马蹄失衡，将她从马背上摔下……

"哎哟！"她疼痛难忍。不能让他跑了！她一个翻身，踉跄地站立起来，枪杆对准那个越境犯的背影，大声吆喝道："站住！再不停步就开枪啦！"

那人站住了，颤颤巍巍地跪在她面前求饶："大妹子，你放了我吧，放我一条生路吧……"然后一把鼻涕一把眼泪地向她诉说自己的"不幸"。

"这位大哥，我相信你说的，也相信你受了不少委屈……可是你想想：你能保证到那边就一定能够过上好日子了？俺们都是中国人，在自己的国家，再穷，我们也是国家的主人，你看看我，每天都在离边境这么近的地方也没往那边走呀，知道为什么吗？"

"为什么？"那人瞪大眼睛询问答案。

"因为每个国家的人都不喜欢不爱自己国家的人呀！只有爱自己国家的人才会是有希望的人……"她这么说。

那人看着她愣了半晌儿，突然明白了似的点点头，说："大妹子讲得好啊！我听你的……我还是回老家吧。"末了，那人又说："大妹子一定要给我保密，可不要再报公安人员了呀！"

她肯定地回答："不会，不会。你往回走了，就啥事都没了。放心回家吧，好日子总会回来的……"

那人感激地向她鞠了三个躬，然后消失在边境线内……她笑了，轻轻地拍拍肚子，对未出世的孩子念叨："你妈妈这回又立了一次功啦！"

这样的立功机会，在边境吃紧的那些年里，每天她都会遇上。

——她有了自己的孩子之后，"家"的概念才完全呈现了：她要为丈夫准备每天外出路途上随身带的一天的干粮与水；她更要为孩子们的吃喝拉撒忙碌不停，还要喂养家前宅后的家禽、牛羊和做好风雪恐怖突袭的防备……

这是女人的命。再苦命，作为一个女人，她也要去忍受，要去经历。而作为边塞人守护边卡所要承担的苦、累、险和惊心动魄的事，她也样样都要去经历——这是世界上女人们少有遇见的困难，她必须去迎接，而且几乎是天天必须去面对。

她已经记不得多少次紧搂着孩子，在饥寒交迫的深夜，等待尚未回家的孩子他爸……"爸爸怎么还不回来，是不是被狼吃掉了？"女儿这样问。

"你胡说啥呢？"她气得狠狠地扇了女儿一巴掌。

"哇——妈妈坏！妈妈坏——"女儿的哭声穿透了风雪咆哮的边关，但孩子的爸仍然没有回来。

把孩子哄睡后，她独自守在门口一个小时又一个小时……她甚至恐怖地想着：假如他回不来了，自己跟孩子将咋办呢？

想到这，她哭了，泪水淌湿了她的衣襟。

无数次，她经历着这样的煎熬与折磨。

而她每一次都挺了过来。

有人问她，你咋挺过来的呀？

她回答："就这么过来的呀！想着孩子他爸，想着娃儿要长大，想到这块土地上要有人看守着……"

一个普通得不能再普通的母亲，一个伟大得不能再伟大的母亲。

她就是这么走过来的。我现在知道了她有一个好听的名字：刘京好。

为什么起了这样一个好听的名字？

她笑了：你是北京来的，肯定知道"京好"啥意思。

我笑了，我只能用这样的理解去告诉她：是因为您的爸爸妈妈生您出来后，知道北京一定是将来我们中国人过好日子的希望之城，所以给您起名叫"京好"。

她"咯咯"地笑起来，抿着嘴笑个不停。"我去了北京，看了看，就是北京好呀！就是北京好呀……"

她的理解就是这样纯朴、自豪和幸福。

一个在苦水的浸泡中强大起来的母亲和女性，就是一片肉躯凝成的戈壁，她经得起风雪与暴炎暴寒，并且有着不可更改的信仰和意志。

"男人咋想的，就是我跟着他的理由。男人咋干的，就是我前面的路……"刘京好大娘的牙齿其实已经全部掉了，她说不到60岁的时候就已经没了一半。"医生说这里的水盐重，少喝了、多喝了都不行。以前我们这儿喝水，冬天是雪水，夏季就在放牧路上到额敏河里背一桶水，回家吃上三天……不像我老家，那里的山泉水清甜清甜的，临沂的水是甜的！"老人的牙口不好，口音不清，但记忆十分清晰，尤其是对家乡的一草一木。

"大娘，您到新疆后回过老家几回？"这是我好奇而又想知道的事。

大娘伸出一只手，张开五个手指，然后又想了想，伸出另一只手的其中一个手指，可又摇摇头，把那只伸出一个手指的手缩了回去，确定地告诉我"五个手指"。

"五次？！"

她点点头。又伸出三个手指："生第一、第二个娃时回去了，后来就没回了。老头退休后又回了一次，再没回了……还有两回咋回的记不住了。嘿嘿嘿……"她自己有些不好意思地笑了起来。那一瞬，虽然是一张布满皱纹的脸，头上披散着零乱花白的头发，仍有秋菊残留的一丝美……

"不想老家吗？"我又问。

"开始想，后来不想了，现在更不想了！"她的声音突然清朗起来，"我家在这儿。这个地方是我的家！"

可不是，她和他已经在这里度过了58年，远方的故乡早已印象渐淡，唯有这里的一草一木与她和他日夜相伴，感情笃真。

300

"你们屋里坐、屋里坐……外面风大得很。"老人一边将我们往屋里引，一边转过头，抬头看着家门口那面风中猎猎有声的竖在木杆上的国旗，似乎有些担心……只听她口中喃喃道："不会倒吧？！"

"不会的，大娘，您也进屋吧！"在得到同样有边关经验的郭天成的确认后，老人家这才放心地转身拉着我们一起进屋……

"魏德友大伯前些日子在升旗时被风刮倒了，一条腿骨折，昨天刚从医院回家……"在进屋那几步间，郭天成说。

这是我第一次走进最靠近边境的这个民居：三间低矮窄小又偏暗的泥砖墙垒起的屋子，除了进来的一个门，左右两间各一个窗户，所以屋里显得暗淡，如果不是吊着几只灯泡，那么屋内基本上见不到光亮。

"这几年才通的电，过去根本不可能有电，我们部队上也仅靠自己的小柴油机发电！"郭天成说。一个方圆几十里不见一户邻居的孤独小

石榴花开

屋、陋居，几十年如一日地在此度过一个又一个春夏秋冬，山东临沂来的她是如何操持这个"家"的呀？

我环视了一遍这个西北边疆护边员的家，心头顿时泛起无限感慨：在没有水、没有电，只有风暴与沙尘、狂雪与烈日的日子里，这对山东来的夫妇是如何扎根安居、生儿育女、固守边陲的哟！

其实不用答案。答案就在刘京好与正靠在床头的魏德友老人的脸上和身子骨上……

第一眼看到老边关人魏德友时，我就明白了这一家谁是顶天立地的脊梁：虽说因为一条腿绑着夹板与纱布，身子只能坐在炕头，但82岁的魏德友老人依然一副山东彪形大汉的形象，上身只穿着一件背心，头光溜溜的，一双眼睛依然炯炯有神，就像鹰一般——我在想象，他就是靠这双眼睛为我们亿万人民守护着这段边防线……

"一个都没有从你眼皮底下漏网过？"我们的对话直接而有边关"火药味"。

"没有，他逃不过的！"老人摇摇头，十分自信。

"听说几十年中你逮过和阻拦过1000多名企图越境的人？"

他笑笑，没有回答，似乎在说：怕不止吧，反正也记不太清楚了。

"现在基本没人往外逃了！"他说。

"嗯？为何？"

"除非他傻，逃过去就没法有好日子过……"他轻蔑地说。

我顿然大悟：可不是，现在我们国家这么好，人怎么可能往低处走呢？

坐着的魏德友，依然如座大山，尽管沉默少言，却有磐石钢铁一般的意志。在炕头上的他，手持一台不知什么时候、什么地方出产的收音机……在拜访他之前就知道他身边一直带着一台收音机，这是他除了马、马鞭、望远镜和水壶之外最不离身的"五大件"之一。

马是他巡视边境线的交通工具，没有马就无法走遍他负责的173号界碑地段的边境线，那方圆几十里路，靠人走路无法保证边境上的安定。

但也不是没有先例。"马也有生病的时候，那个时候边境线不可能'放假'，所以人必须像马一样跟上去……"魏德友老人说。

"那你一天得走多少路呀？不累坏了嘛！"

老人往窗外望了一眼，没有说话，只有眼神里那股不屈的目光在告诉我——碰到那样的日子时，他就是这么走过来的。

"马病了他就跑，年轻时比马跑得还带劲……"一旁的刘京好大娘很风趣地插上一句。老头儿没有说话，只笑笑，似乎默认老伴这种说法。

"年轻时都一个样，谁不会拼一下？"魏德友抿抿嘴，像翻老日历似的说上一段往事：20世纪60年代时，内地闹饥荒，想从这里出去的人不少，有时一天抓回几十个，一窝一窝地抓，有的是全家想往外跑。有一次我的马惊了，跑了。几个外逃的人就趁机想从我看守的丘地背面跨过国境线。我一看这还得了，拔腿就奔过去，左右前后地逼挡，将一群人拦在我们这边，一直到公安边防人员赶到才算了事。

"有人就是想往外闯，你怎么办呢？"

魏德友的鼻孔"哼"了一声，坚定地说："那不行，犯法必究！"他没有说动武，我想肯定也少不了动武。

"平时我不带枪，我靠嘴说服他们，也靠这个……"他伸出那双有力的手。

"凭一张嘴、一双胳臂，他们听你的？"

"不听也得听。"他的目光里有一股威严。

是，这是边境线，越线就是犯法，边防人员和执法者可以处置。

"我一个人拦挡有困难时，可以发信号，边防部队就会过来……"他说。

明白了。他是一道守护祖国边境的"墙"。"墙"的背后还有更强大的钢铁长城。

"他办法多着呢！没人敢在他面前逞能的……"老伴一边为他系紧

绷带，一边说着。

"解放军有枪、有手榴弹，我们有牛羊！"她说。

我有些不解："牛羊也能当武器？"

"啥都能。"魏德友大伯猛地插了一句。

她笑了，满面欣赏地看着自己的男人，好像一辈子没有欣赏够似的，然后给我絮叨："有的时候会发现一窝人往边境跑，他们以为结伴就可以冲过边防线，以为俺们没有办法同时追赶几个人。他（指魏德友）可办法多呢：一个口哨，几百只牛羊就按着他的叫唤能把那些想逃离的人围得团团转……最后不得不服输。有一回，你还记得吗？先是几十只羊把那三个人绊晕了，倒在地上，然后是牛过去了，拉得他们身上、脸上尽是臭粪……最后那几个没辙了，垂头丧气地投降了。"

刘京好大娘说起这事，依旧像打了一场漂亮仗似的"咯咯咯"地欢笑不停。

再看魏德友大伯的表情，他完全是一副习以为常的平静。看得出，这些事对这位老护边员来说，太平常了。

也有难的。大娘仍在絮叨："那回是冬天，下着大雪牛羊出不去了。他骑着一匹马，走到黄昏时，发现了可疑目标，但后来天黑看不到了，就守在雪窝窝里，一直到下半夜，那个可疑目标出现，拼命地往边境线的方向跑……他就在后面追着跑，一直在雪地里跑了三四个小时，最后那个人跑不动了，脚也冻伤了。他就把那人扛到了我们家，折腾了好一会儿，才把那人救醒了！"

"他们也不都是坏人，坏人极少数……"魏德友大伯说。

"是，没几个坏人，也没几个真想逃出去的，都是活得难哟！"大娘长长地叹了一声，说，"所以拼了命想往外走，可哪走得出去嘛！那真能走出去的三两个，听说在那边不是坐牢就是做苦役，最后活下来的也作孽啊！"

老人再一次长叹。

"逮住这些人后是不是要交给部队和边防公安？"这个是我比较关心的事，因为在那个年代，所有在边境上参与越境和企图跑出去的人，一旦被抓，其命运是很悲惨的，就算不是坐牢，也极可能被戴上一顶叛国分子的"帽子"，连累一家人。

"那是处理得很严的……"说这句话时的魏德友老人，脸色异常凝重。

"别看他逮人本事大，放人的本事也大着呢！"老伴刘京好看来是从骨子里欣赏和敬佩自己的丈夫，她看一眼炕头的他，又十分骄傲地继续说："俺们这里'抓'一个跟'劝'一个可是大有讲究：'抓'就是按坏人处理，送牢里去关着，啥时出来真不知道；'劝'就是按不是坏人处理，你只要听俺们话，远远地离开边境线，回家了，你就等于啥事没发生……"

噢，原来一"抓"一"劝"大有讲究呀！我连连点头，算是搞清了一件"边关要事"。

老两口会心地朝我笑笑。

304"你们的工作还真不简单呢！"

"可不！"她说，"你别看俺们这个家现在一个月来不了三两个人，那个时候，几乎天天有人，像招待所似的，这个刚走，那个就又来了，有时几个人一起住着，有的一住就是好些日子……俺跟他还要经常帮着这些人瞒着点事儿，要不把他们送到边防公安那里，处理就不一样了。你问问他是不是。"

我转头看魏德友大伯。他拨弄着那台旧收音机，不说话。显然他心里有许多秘密不想让外人知道，或许这是那个时代非常忌讳的事。

不用说，守关近60年的魏德友必定比一般人知晓更多的惊涛骇浪和不堪回首的往事……从他的眼神中我已经判断出在此曾经发生过你能够想象出的所有事，因为这是边境线，因为额敏河的上游就是另一个国家，而且，"那边"其实就在眼前，所以许多想入非非的人因此也有了

石榴花开

不惜性命的冲动与企图。

悲剧的发生可能就在一瞬间。尤其这里是维吾尔族、哈萨克族、俄罗斯族等二十几个民族的聚居地，"那边"的一些反华分裂势力从没有停止过挑拨离间……魏德友1964年从山东老家来到这里的第一天起，他就知道自己肩上扛着的这份责任是什么，尤其当他在国旗下第一次宣誓之后，魏德友便下定决心，要用自己的全部生命来捍卫与保护祖国的每一寸边境土地的神圣和安宁。

俗话说，千里之堤，溃于蚁穴。为了防止每一个可能出现的漏洞，魏德友与老伴刘京好使出所有想得到的办法与本领，在他们巡视和管辖的173号界碑地段的边境线上，不放过任何一处地方，连野猫恶狗都不得任意出没。"看不住野猫恶狗，坏人也就有了机会。"这是魏德友常说的话。

为了在千里边关上不出现"蚁穴之溃"，魏德友把一生的心思都用在他所巡视的173号界碑边境线的每一寸土地上……

那是一片风雪与暴晒轮流登场的戈壁沙滩，那是一片魏德友永远走不到尽头的牧羊地……但他的足迹必须踏遍每一寸沙丘与戈壁，他的目光必须扫尽沙滩上的每一根草木与每一块乱石，他的汗珠会在每一个足迹与每棵草木边留下光泽，他就是这样走过了近60年——从一个青春少壮的山东小伙子，变成今天步履蹒跚、背驼腰弯的八旬老人，我们难以想象这中间是怎样的一段历史沧桑！

听当地边防干部们说，魏德友和他的老伴两人在173号界碑边境线巡视近60年，行程的总长相当于在地球上绕了5圈，多达20万公里……这一串数据对我们普通人而言，是无法测验的一个概念，因为当我站在魏德友家的门口，往无垠的边境看去，那是仿佛没有尽头的天边，而我知道这仅仅是祖国边疆的一小块而已，它放在地球上也许只相当于头发丝那样细的一截路途，然而就是我们的两位普普通通、骑着马、赶着羊，甚至是徒步而行的主人公，他们竟然走了绕地球5圈那么长的巡视路程……5圈，近60年，谁能有这样的意志、这样的工夫、这样的信仰、这样的坚韧、这样的不息之气？

就是这样的一对中国护边员夫妻，创造了这等奇迹。

年轻时，魏德友每天出门上路前，英俊威武，马鞭一甩，扬长而去，那身影让家门口的妻子为他骄傲；傍晚回来，他会带回数不清的"故事"和"奇遇"讲给妻子听，听得妻子又惊又喜，有时落泪有时欢笑。

中年时，魏德友每天出门时会回头看一眼妻子和她身边的儿女，目光显得有些不舍，但又坚定地转过身，留下一句"等我回来——"妻子和孩子每天就这样等他回来，有时一等就是半夜，有时一等甚至过了夜……回到家的时候，全家会一阵欢呼，然后是整个小屋内一阵漆黑与寂静，因为明天他还有远征。"让你爹好好歇着……"她在黑暗中轻轻地对儿女们说。

上了年岁时，魏德友每天出门时，老伴会叮咛："不要光看有没有坏人，还要注意脚下的路平不平啊！听见没？"他点点头，像上学的孩子一样实在："听见了……"晨光下，两个弯弯的身影拖得长长的，像戈壁滩上长出了两棵巨型的参天大树。夜晚他回来时，在家门口远远的地方就有一盏马灯照着他走近家的脚步，一直到帮他解下马鞍、脱下解放鞋……

后来他更上了岁数，70岁了、80岁了……他还要坚持每天去173号界碑边境线巡视，她就变得更加唠叨：喝了水别忘了盖上水壶盖啊！头别总顶着太阳，没有头发盖着，你就把帽子系紧了啊！还有衣衫……他甩甩手，把手中的鞭子举得高高的，嘴里不停地回应着："哎呀，老太婆，我知道了，知道了！"

"你知道啥呀？上次你出去就没把壶盖盖好，你渴了去喝凉水不是闹了几天肚子吗？"

"你知道啥呀？那天你说帽子被风吹掉了，头皮都晒痛了不是？"

她数落起来。

"行了行了，我有那么娇气吗？几十年都走过来了，闭上眼俺都能走得出去、摸得回来……"

他刚直坚毅地回应道。

"你行，你走得出去、摸得回来！"她瞪他一眼，把热汤送到他嘴边时，顺手又用干净毛巾帮他把脸擦了一把。

"你咋后脑勺的头发又白了一片？"他惊呼起来，看着老伴的头发，脸上十分伤感。

她拍拍脑壳，用力将他的手一甩，说："娃都生娃了，俺们都当姥爷姥姥了，不白发，成妖精了？"说完，她笑了，笑得有几分幸福、几分凄美。

后来夫妇俩商量：孩子都长大了，他们各奔自己的工作，俺们老两口与其一个在家、一个在外巡视，干脆还不如像年轻时一起出去、一起回来！

"行，只要你老太婆能走得动，俺就让你跟着一起去巡视、放牧。"魏德友点点头，将轻轻的她一把托在了马背上，自己则在后面跟着……

"你还会唱我们的临沂小调吗？"她问。

他答："会。"

"那——来一段？！"

她便拉起嗓门，一声清唱，竟然响彻浩瀚的戈壁——

人人那个都说哎　沂蒙山好，

沂蒙那个山上哎　好风光……

好风光——

他一声号：

青山那个绿水哎　多好看

风吹那个草低哎　　见牛羊

他俩一起唱：

高粱那个红来哎　　豆花香
万担那个谷子哎　　堆满仓
……

"你咋不唱了？哭了？！"

他惊讶地勒住马缰，问她。

她确实在哭，哭得眼泪收不住似的……

"俺在想，哪天你要走不动了，或者俺要走不动了，这趟边境线是不是还有人帮俺看着……"

他笑了，说："你真是个老婆子了！你以为你死了这个地球就不转了？说不定它转得更快、更平稳……"

她瞪了他一眼，说："俺不信。这边境上打你来了后，连边防的解放军首长们都说一直平安无事，还说俺在你身边，俺这段173号界碑边境线他们更放心、更踏实！你说说，你的军功章里是不是有俺一半？"说到这里，她的目光死死盯着他，让他回答。

他笑得更畅快了，像五月的萨尔布拉克草原盛开的鲜花一般灿烂，说："哪止一半！大一半，绝对的大一半！"

"可是你说的啊！"她从来没有这样认真过，"几十年了，俺啥都听你的，跟着你从小媳妇到老太婆，从临沂到了天边，从吃香喝辣都不愁到每天操心操肺、惊心惊肠十二时辰……看看现在：腰直不了啦，牙齿没了，头发白了，腿脚不利索了，啥都没用了……俺、俺就想、就想……"

呜呜……她又哭了，哭得连那对像被刀削了一样斜的肩膀都剧烈地颤抖着、颤抖着，后来颤到全身都在抖动了，直抖到连那匹老马也跪在了地上，知趣地让她尽情地发泄着心头的那份对他的"怨恨"……

他跟着从马背上下来，然后收起鞭，坐在她身边，用高大的身躯让她靠着，然后长叹一声："唉，想想也确实委屈了你老太婆一辈子。"

她突然抬起头，抹着眼，奇怪地看着他，说："以前你可从来没有这么说过。以前我一哭、一发牢骚，你就冲着俺号，而且还恶狠狠地训斥俺，说不愿意待在这里就回老家去！俺说俺回老家了你咋能一个人留在这儿嘛！你就更狠，说那就干脆离婚！你够狠的，你一辈子对俺狠！你今天说说，到底是不是真的有心想跟俺离婚？啊，你有没有过这心？"

现在又轮到他笑了，说："本意上肯定是没有。可你真的要有回家的心，不想在这里过，那俺只能放你走，放你高飞嘛！"

她怒了，嚷嚷起来："俺咋个高飞？嫁给你，又生了4个娃，俺咋高飞？俺飞得到哪儿去？"

他认真起来："这不是你说的吗？你真要走了，留俺一个人在这儿，俺能再害你吗？"

她的话软了，说："是你'害'了俺一辈子，也'害'了娃儿的一辈子……"她的眼泪又流了出来，又说："可我觉得这辈子还是值了，天天守着一个男人、一个我自己中意的男人……俺俩就没有谁离开过谁，没有啊。"

他点点头："还真的，除了偶尔出去开会和几个意外遇到的敌情，都是天天一个灶膛、一个被窝……"他笑了起来，像年轻时那样有些陶醉。

她顿时也像年轻时那样娇嗔着用手指狠狠地拧了他胳膊肉一下，说："美得你！"

那一天的173号界碑边境线的月色特别明亮，魏德友和刘京好这对"戈壁守关老夫妇"没有像平时一样在太阳钻进地平线后就回家，而是一起坐在家门口的那座哨塔上很久很久，伴着月光说了很多"身后"的话……

是刘京好先开的头，她说许多年没有回老家了，她想回家一次，开始魏德友并不赞成，说尽管现在边境比以往安静多了，边防部队也因为他年岁大了非常照顾他的工作，但魏德友从来没有给自己"减压"过，该每天出巡的从不含糊，该每天升国旗的从不落下一次……总之，他与年轻时没有任何改变，所以对老太婆突然提出"想回老家一次"表示反对。

"你不回，俺自己回。"这回她有些倔强。

"你有啥必须回的？花钱不说，这么远的地方，一把年纪了，走一趟累个半死，有必要吗？"他说。

"你不要管俺。你不回俺回……俺要给爹、给娘他们上一次坟、烧几把香……"她说。

他摇摇头，说："都是迷信，管啥用？在这里多烧几把香、多磕几个头不也是孝心嘛！"

"不一样！"

"有啥不一样？"

"就是不一样！"

"你咋回事？"

"俺就回这一次……俺都已经过 70 岁了，你比俺还大，俺们还能再回去多少次？"她又哭了。

他似乎有些明白了："那、那就回去一趟？你的意思是……"

她终于说出了自己的想法："趁还能走得动，回老家一次，再回来，就再也不走了，直到死……如果俺先死，你就把俺埋在房子后面，好伴着你，要不你死老头一个人咋过？"

他的眼睛潮湿了，许久没有说话。

"其实这件事俺早就想过无数次……但一直不愿跟你唠叨。我是从来新疆、来边境那天起就没有想过再回去的，直到死后也要把骨头埋在这个地方。既然来了嘛，活着就为咱国家守边关、守这一段边境线，俺其他本事也没有，只有这么一点儿本事，所以想，活着干这一件事，死了呢，就把魂埋在这里，让魂再给国家做点贡献……但这是俺一个人的事，俺不能要求你、要求家里人跟着受这份苦差不是？"

她像年轻时那样以十分崇拜的神情抬起头，两眼颇为痴情地看着自己的男人——一个铁骨铮铮的老头，说："你活着没有甩掉俺，死了想甩掉俺？门儿都没有！"

她把头依在他腿上，幸福地说着。

他同样幸福和满足地抚摸着她粗糙的头发，说："那就不甩了呗！"

这一夜，是他们人生中第二次做出了重大决策：第一次是58年前新婚伊始，做出了从山东临沂老家来到新疆边关的决定；这一次是决定坚守到生命的最后一分钟，然后将忠骨埋葬在这片他们深爱的边境线上，让逝去的灵魂陪伴他们曾经走了一生的那段173号界碑边境线……

啊，如此两个中国平常百姓、一对护边夫妇，世界上能找出第二对这样的人吗？

其实他们做出这样的决定已经有一段时间了，而且是默默地，连4个子女事先都不知道。所以在2006年时，三女儿魏霞带着哥哥姐姐交代的"任务"来到父母跟前，劝即将退休的父亲魏德友带着母亲一起回山东老家养老。

"不走。我不会回去的，我的身体还行，守牢这片边境，就是最好的养老……你妈也不会走的！"三女儿魏霞一直是魏德友夫妇最疼爱的孩子，眼看完不成哥哥姐姐交代的"任务"，魏霞急了，于是缠着老两口又哭闹又撒娇，只想劝动父母。

"闺女，你也用不着闹了，爹跟你说句实话……"魏德友把女儿叫到跟前，掏心掏肺地说，"你想想：爸爸妈妈当年为啥不远万里，从山东来到这里？就是因为这里地大缺人，尤其是边境上根本没几户人家，还都是少数民族同胞。可这里又是国家几千里的边境线。如果没有人守着，你、我们家、全中国的百姓能安宁吗？要想让大家安宁，就得有人在这样的地方守好门。我跟你妈在没有你们的时候就选择了这条路，咋可能半途退阵了呢？”

“老爹，你现在叫退休，不是退阵！”女儿说。

魏德友摇摇头，说得斩钉截铁：“别人可以退休，但我不能。而且假如让我离开这里，你爸可能就不会每天活得有滋有味、精神抖擞……你是希望爹妈多活几岁、活得有滋有味，还是早点死啊？”

“爹——你怎么这样说呢？”女儿真哭了。

魏德友轻轻地抚摸着女儿的头，像教小时候的她学步一样地说：“爹讲的是真心话，现在让我离开这儿，我就没魂儿啦！人没了魂儿，身体还能好？只有在这儿，看着这片戈壁滩，你爹的筋骨才能硬实……”

女儿不再劝了。她抬起头，看着苍老然而又异常刚毅的父亲，似乎明白了一切，说：“爹，既然你和妈都已下定决心，那好——等你们老两口走不动的时候，我，或许还有哥哥姐姐，来替你们守边！”

“真是我的好闺女！”顿时，魏德友高兴地朝里屋唤起来：“霞妈，快把柜子里的酒拿出来，我要喝一小杯……”

魏霞说，这一夜，她看到自己的父母几十年中少有的一次特别高兴。

听魏霞讲这事后，我问坐在炕头上的魏德友老两口，是不是有这回事。他们会心地笑了。最后是刘京好大娘回答了我：“俺们高兴呀！以前担心我们死了没人来接管我们的工作，现在小霞跟她姐姐都愿意来接俺们的班，俺跟她们的爹打心眼里高兴！真的高兴。不担心没人接班了，这个家也可以保住了……”老人的话朴实而感人，让我们这些远道而来的陌生人强烈地感受到祖国的边陲真的有道坚不可摧的钢铁长城，也更理解了：人民就是江山，江山就是人民。

那天我正在与魏德友老两口“炕头对话”时，一身迷彩装扮的魏霞从外面巡视回来，她说这几天她是专程向单位请假，替有腿伤的父亲来边关巡视的。

"我姐比我工作要早，她正在办提前退休，之后就来接老爹的班。我呢，到时可以再接姐姐的班……总之，只要我们这个家还在，我们家里一定会有人在这儿守边的！"魏霞说。

"大伯、大娘，你们可以彻底放心啦！"我对魏德友老夫妻俩如此说。

"放心，早放心了！"他们满脸堆笑，十分自豪。

在同魏德友大伯老两口交流时，我发现他老人家一直不停地在拨弄他的那台旧收音机——刘京好大娘称它是"话盒子"……我知道这是除了马、马鞭、望远镜和水壶之外，魏德友大伯最不离身的"伙计"。

"比对俺还亲着呢！"大娘瞪了一眼自己的老头子，那眼神里全是"忌妒"和无尽的崇敬。

"几十年里用过多少台收音机了？"我好奇地问。

"50，上次你就说 50 台了！"大娘抢着帮老伴回答。

我见魏德友笑笑，没开口，算是默认。

大娘告诉我，第一台是他们新婚不久准备到新疆来时在山东买的。"那会儿我在唐山当兵，连队里最稀奇的就是有台收音机……"说起"话盒子"，"闷葫芦"的魏德友大伯竟然也能滔滔不绝起来。

313

这"话盒子"的意义可大呢！魏德友大伯有些眉飞色舞道："最早我是用它解闷的。你想想，一个人一整天，骑着马、赶着羊，没有一个人跟你说话，天天走同一条线路，天天看同样的戈壁沙滩，你不乏呀？乏，用你们年轻人的话叫作'审美疲劳'。边境线上，除了风、雪、沙尘暴，还有啥美的？牛羊又不会说人话。你碰到一个人，那多数情况就是麻烦——他们也不会跟你多说话，一心想躲着你逃出边境线……所以就是偶尔遇到一两个人也不会跟你好好说话。'话盒子'就成了我的老太婆之外最亲近的说话的了！"

魏德友说到这儿笑了。

"哼，俺哪有它亲嘛！"一旁的刘京好大娘瘪着嘴朝老伴嘀咕道，

"白天出门他带着它，晚上睡觉时他还端着在被窝里听……你说他对谁亲？"

"哈哈……这恐怕是实情吧？"我问魏德友大伯。

他笑，默认这事。

"人，如果不能跟谁说话，时间一长，说不准连话都不会说了……"他说。

"不是还有大娘在你身边嘛！"我说。

魏德友摇摇头，没有表示什么。

"俺有啥用？也就早晨给他做饭，然后再帮他准备好一天路上吃的喝的，晚上他回来后再给弄吃的，吃完后他又累得抱着'话盒子'钻被窝了……刚来时还能说这道那，左吩咐右叮咛，时间一长，每天就那几句话，后来就用不着唠叨了，使个眼色啥事都明白了。再后来连眼色都不用使了，到时候、看光景，就知道是啥事了……"

"那叫默契。"我插话。

"嗯，默契，到后来俺们俩慢慢默契到一天说不上两三句话，都成了哑巴似的……他没事，有'话盒子'听听，俺就成了傻瓜似的……"大娘忍不住抹起眼泪。

那是一种怎样的生活？没有语言，没有第三个人，几天、几十天可能见不到一个人，唯有一对不需要说话的夫妻的一个又一个春夏秋冬……而且一熬便是几十年！

刘京好的眼泪里包含了多少委屈与辛酸，也让我鼻子发酸。

这时我看魏德友大伯时，这位硬汉的神情也是凝重的。其实生活在这样的好比"无人区"的边境上，两位孤独的夫妇护边员一生到底遇到了多少困难和委屈，恐怕只有魏德友大伯和刘京好大娘他俩自己知道。据说前些年魏德友守护的173号界碑地段受敌对势力煽动，一些边民想越境，不会说少数民族语言的魏德友在劝阻一些企图越境的边民时就碰到了困难，甚至常常有别有用心的人向魏德友说些挑衅的话责问他："你连这里的话都不会说，凭什么挡住我们走路？"

吃了一次亏后，魏德友开始一个字一个字地"啃"当地常用的少数民族语言。后来当有人再像上次一样责问他时，魏德友理直气壮地用对方听得懂的语言警告他："这里是我们中国的边境线，谁也不能越过，违法者必究！"

之后，魏德友又会给这些经劝阻返回或强行抓捕回来的越境者，播放国家有关边境管理的政策……

"'话盒子'既是我的生活'伴侣'，也是我工作的好帮手。"

现在我终于明白了魏德友大伯为什么一直离不开身边的"话盒子"了，甚至觉得那收音机其实就是他老两口身体上的一个重要"零部件"，绝对不可缺少。

一对平民老人，从富足的老家来到荒漠戈壁边境，用自己全部的生命热量和能力，近60年为国家坚守一方边关，这种精神说明了什么？在采访时，我的心头一直在思考这样一个问题，然而始终不能得出准确的结论。

但后来从魏德友女儿那里了解到的一些生活细节，似乎让我找到了这个问题的答案：在大娘生三个孩子的那些年份里，是边境最紧张的时候，魏德友每天的工作几乎不能有一刻闲着。不仅白天需要一整天在边境线上看守，晚上依然要配合边防部队巡逻。家里只剩下正要分娩或哺乳婴儿的刘京好。"没有人给我搭把手呀！全靠自己爬上爬下、爬里爬外、端屎把尿，还要给栅里的牛羊喂食……就这么过来的，我没埋怨过他一句，也没办法埋怨他呀！那个时候，他能挺直身子回到家就阿弥陀佛了！"

大娘的话里没有埋怨的味道，只有赞赏之意。

那天在炕头上，我、魏德友大伯和刘京好大娘，我们仨坐得很近地随意聊着天，聊着他们所走过的半个多世纪的往事。正在养伤的魏德友大伯或许是因为腿的伤痛仍在折磨着他，所以基本没有多少话，偶尔在我与大娘聊天的时候插上一两句。

"大娘，我看现在这个地方除了哨所再也看不到什么人，你们几十年咋过来的呀？一定吃了太多的苦吧？"我的话是问刘京好大娘的，而她听后直直地看了一眼右腿绑着纱布的丈夫，见老头子并没有反对她说话的表情后，便跟我唠起来："唉，就这么过来的嘛！"她长叹一声。

"就看看现在你们家的前前后后，也没啥可种粮种菜的地，你们一直靠啥维持生活的呀？"我自然最关心他们的基本生存问题。

"口粮是兵团按月发放的，菜就少得可怜，要靠自己解决，"她说，"夏日还好，冬天有时会断粮。"

"逢到断粮时你们怎么办呢？"

"挖野菜吃……"

"冬天怎么办呢？到处都是雪盖住了大地……"

"夏季和秋里要备好干菜，一冬里就吃干菜。"

这样啊。我尽力想象，但仍然无法想象无人区的荒野里这对夫妻护边人是如何度过每一个春夏秋冬的。

"夏里也有难哪！"她说，"刚来时就碰上了断粮断菜，他出去巡逻放羊了。俺就到附近几个丘地去挖野菜吃，倒是挖来了，也煮着吃了，可害苦了俺俩……"

"咋？难吃？"

"不。草有毒，差点儿到这里没活过半年……"她内疚地又看了看老头子。

魏德友大伯的表情没有异样，还是很淡然。这似乎给了她勇气。

她继续说："有一回早晨吃了俺煮的一锅野菜，他上工的时候没有感觉啥，俺也没感到啥不舒服。可不到晌午就受不了啦，肚子疼得直打滚，俺想今天坏大事了，他出工要是在外面出了事咋办？俺就捂着肚子想跟出去寻他……可没有力气，后来晕在外面好阵子才醒来。到了太阳落山后，他该回来的时间还没见人影，俺急死了，又不知咋办。那个时

316

石
榴
花
开

候刚来不久，两眼一抹黑，离兵团连队又远，又没电话。只好等，一个时辰一个时辰地等，可就是不见他人影。"

"最后呢？"我见魏德友没有表情，也不吱声，便追问大娘。

"后来俺都急得在房子四周一边哭一边求老天爷开恩、帮帮忙……"她说到这儿，眼眶红了，干涸的眼穴里有滴泪水滴在像刀刻一样的颊上。

我顿时也感到眼睛酸酸的。

魏德友大伯依旧没有表情，似乎对这一切完全漠然。

"那晚把俺吓死了，以为他回不来了，被我煮的菜毒死在外面了……"

我看到魏德友的脸上突然有了一丝表情，说："死不了。"

"后来到半夜他才回来，"她说，"问他咋这么晚回来，他说肚子疼，疼得打滚，后来不能走了，也是晕了过去。又醒来后就重新去巡逻，去把走散的羊群找回来，所以弄得很晚很晚。"

"吓死俺了！"她连说几个"吓死俺了"。

"后来俺就每天晚上把第二天要吃的菜先煮好后俺先吃几口，看看毒不毒，要是肚子不疼，第二天就让他吃，吃饱了肚子才好出去巡逻。如果俺吃了肚子疼，第二天就不让他吃……"她说这话时有些得意地看着丈夫。

魏德友大伯的脸上开始有些变"暖"，眼里也有了不经意的感激之情。

"那可苦了大娘呀！"轮到感叹的是我。

"不苦不苦，都过来了。俺都活过来了，他也活过来了。"她笑了。可又擦眼泪。擦完泪又笑，笑了又落泪……

我不忍再问。

倒是她自己说："俺跟着他到这里后，只能让俺不生病，天天起得了炕，做得了饭，要不他咋办？咋去上工？"她双眼盯着老头子不松眼神……

我们仨静静地沉默了片刻。

"大伯，大娘跟着你到这几十年也真是太不容易了！她有过支撑不住的时候吗？"这是我向魏德友大伯问的问题。

"有。前几年有一回。"他说。

原来，2016年魏德友被评为"感动中国"人物，从北京回到家，大伯发现几天不见的老伴身体似乎出现了从未有过的毛病，到医院一检查，说是患了一种人畜都易患的布鲁氏菌病，不得不在医院住下。这下可把刘京好大娘急坏了，说啥都不愿住院。

"俺要回去。俺不在家，家要塌下来的。"她抓住医生的手这样说。

"咋会塌下来嘛？不会的，不会的。"医生们说。

"会塌，会塌。俺老头子啥都不会，啥都不会……"她一边说着一边就要从病床上起来。

医生按住了她，说："你体温40摄氏度，发高烧呢！身体有炎症。"医生们安慰她："你只管好好住院，魏大伯已经来电话了，让你放心，他说他能照顾好自己。"

"他？他照顾自己？俺不信，不信。"大娘的头摇得像拨浪鼓。医生们笑笑，不再说啥，坚持为大娘治疗了半个月。

半个月后，刘京好大娘急着回到家，看看老头的模样，一进门便笑了："嗯，没变样。"

魏德友大伯则头一回有些得意道："你以为离了你我真要饿死不成？"又道："等着，看我给你做饭……"说着，近80岁的魏德友便忙碌起来，末了，给刚刚从医院回家的老伴端上一碗白水煮的西红柿和一碗面条。"挺好吃！挺好吃！"跟随丈夫守边近60年的刘京好第一次吃老头子给她做的饭，饱含热泪地连声称道……

上面这个故事是我在央视节目里看到的，由魏德友女儿魏霞讲出来的。她讲的时候很随意，还带着一串笑声，可我看到坐在台下的年轻听众都在抹眼泪。

一对赤诚爱国的老人，相守边关半个多世纪，过着如此平凡艰苦的生活，心里却充满了乐观与爱……那一瞬，我似乎得到了前面一直没有得出的结论，原来这就是我们的人民，这就是我们祖国的江山。祖国的江山，就是由这样的人民用自己的筋骨垒筑而成的，我们的人民就是这样的铁打的江山！

2021 年，中国共产党建党百年之际，魏德友和老伴刘京好一起来到北京，接受中共中央总书记、国家主席、中央军委主席习近平授予他的"七一勋章"，这份荣誉至高无上，在 9000 多万中国共产党党员中只有 39 人获此殊荣。

"那一天我坐在台下，看到习总书记给老头子授勋、发奖状，合影……我的眼泪哗哗地流，高兴，老头子他一辈子没白干，值！"这是刘京好当时接受记者采访时所说的话。

2022 年 6 月 28 日下午，我到边境线上的魏德友老两口的家采访时，大伯因为腿伤还不能下地，刘京好大娘一个人忙前忙后地接待和照顾我们，大娘的背已经驼成 60 度，但她说这些天家里有几件事必须由她做：第一件是每天早晨升国旗；第二件是栅里的牛羊鸡鸭得她喂食看管；第三件是照顾老伴……

"巡边的事交给女儿了！"送我上车之前，大娘这样说。大娘的性格一点没变，就是当年的"山东婶婶"。

与魏德友大伯和刘京好大娘告别的时候，我内心有一丝丝没有说出来的伤感：这里太遥远了，这里太偏僻了，这里太简陋和艰苦了——尽管老两口的小房子才改造不久，但边陲的寒风与热浪仍然无法让一对七八十岁的老人常年平安无事，更不用说每天暖暖和和、凉凉爽爽……

"拿着拿着，新疆的西瓜甜，给北京的孩子吃……"临走时，大娘突然从屋里抱出两个大西瓜，一定要塞给我。

"不行，不行，大娘你留着自己吃，留着给大伯吃……"措辞的那几步间，我就差掉下眼泪。

这是多么淳朴的中国百姓！

车子已经在边境线上驶出很远很远了，但我多次回首望着耸立在魏家门前的那面国旗，它一直高高地飘扬在我的视野里，一直、一直高高地飘扬着……

第十六章

情留石榴 盛开的大地

———

今天的这个世界，被划分为发达国家和发展中国家。

前者的崛起，几乎无一例外地依靠掠夺侵犯他人——

其中一些国家尽管今天已经开始衰落，

仍有通过霸权压人、豪夺他人财富，甚至掠夺他人基本生存权利的想法。

中国人民在中国共产党的领导下，

依靠勤劳艰辛的漫长奋斗和相互之间的"穷帮穷""亲帮亲"

"东部帮西部"等种种措施取得了脱贫攻坚的全面胜利，

万众一心建设有中国特色的社会主义现代化国家。

这样的制度优势、国家特色、人民情怀，

是任何力量摧不垮的民族精神和传统文化的结晶，

它永远是中华民族屹立于世界东方的法宝，也是我们走向未来的基础。

这一笔，早已如彩虹般镌刻在新疆大地上……

如今的塔城，有一个特别的现象：那些最时尚、最壮观、最美丽，也最有暖意的建筑与道路，或者学校、公共设施、脱贫百姓住的房子……几乎无一例外地，在它光鲜的后面贴着四个字的一张标签：辽宁援疆。

这不是普通的四个字。这是中国特色社会主义制度的万丈光芒。这是中华传统美德之团结互助精神在传承中的发扬光大，并由此获得了更新、更丰富和更代表"人民至上""疆土寸步不让"的大国意识。这是中国共产党执政下才会有的时代特色。

守关固疆是每个国家和民族都有的意识，但像中国政府对边疆地区的援助力度之大、之持久、之彻底而形成千秋伟业之功的，唯中国共产党领导下的新中国，唯改革开放之后强盛与富裕起来的当代中国……

> 五十六个星座五十六枝花
> 五十六族兄弟姐妹是一家
> 五十六种语言汇成一句话
> 爱我中华　爱我中华　爱我中华
> 嘿啰嘿啰嘿　嘿啰嘿啰嘿
> ……

石榴花开

这首歌，几乎所有中国人都会唱，那是因为它唱出了我国五十六个民族之间和谐共生共荣的心声。

中央政府重视新疆的事，古有之。但新中国自以毛泽东同志为核心的党的第一代中央领导集体一声令下，王震将军率十万大军留在戈壁边陲屯垦那一刻起，援疆行动便开始了。由此，援疆也成为兄弟民族和兄弟省市对新疆的一份日趋浓厚的民族情感而绵延半个多世纪……

新疆既是我国西部边陲面积最大、与邻国交界最长的一个自治区，又像祖国的一个大花园，它的"围墙"需要时刻和永久地筑牢，"花园"里的花色与花种又需要不断增添与更新。援疆的实际和本质，就是让这片广阔而美丽的土地上的各族人民过上更加美好幸福的生活，让边疆的国界更加牢固。

以往，援疆多数是国家和政府的直接行为，兄弟省市也一直通过各种手段和办法努力支持新疆。1996 年，中共中央做出了具有划时代意义的开展援疆工作的重大战略决策，于是从 1997 年年初开始，全国第一批援疆干部进入新疆；之后基本上一年派一批干部进疆，这是由中央统一指挥的"国家援疆行动"。2010 年 3 月 30 日，全国对口支援新疆工作会议在北京闭幕，会议调整了援疆的方法：由 19 个省市承担对口援疆任务。

塔城地区由辽宁省作为对口援助省，与塔城所在地区的"一市两师"结成对子，辽宁省的相关市区再与塔城地区的县市和兵团第八、九师的相关单位形成对口援助。至此，塔城地区的"辽宁元素"迅速呈现并使此地展现出"石榴花盛开"的景象，越发光艳四方，民族团结和地区发展以及人民生活水平比以往加速提升，"塔城现象"更加引世人注目——而这，也是我在塔城大地上行走中所看到的一幕最为炫目照人的时代光彩……

"塔城大学"

有史以来，塔城人一直梦想自己和自己的孩子能在家门口上大学。

然而塔城一直以来没有一所大学，这是塔城人一个久藏在心坎上的梦想。许多年前，当他们看到兄弟地区建立了自己本土的大学后，塔城人就把这一藏在心坎上的梦想说了出来，可说了很久很久仍然没有实现。

我去采访时，塔城人终于有些抑制不住内心的喜悦与骄傲之情，告诉我：现在我们有了大学，你一定要去看看。

这里真有大学？我有些不信，所以更想到学校现场去看看。

"2020年在教育部正式备案的，学校是辽宁省援建的……"塔城人说。

原来是这样。

援助一所大学，这是百年大计呀！恐怕是援建项目中最好的项目啊！我在想。边疆民族团结问题，除了贫困，就是教育落后。能让各族人民的子女就近上大学，上那些学了专业知识出校门后就能独立生存、有事可做、有路可走、越走道路越光明的大学，这是对边疆年轻人最重要和对民族团结最根本的大事。

"帮助这里办好教育、文化润疆，是习总书记交给我们的重任，我们帮助塔城建这所大学就是一个具体的项目。现在已经有3000多名各民族的青年在家门口圆了大学梦……"从我跨进"塔城大学"——塔城职业技术学院的那一刻起，辽宁援疆负责人一直在我身边滔滔不绝地介绍他们这些年来如何从塔城地区的实际出发，帮助塔城从无到有地建起了一所职业技术专业学院的。

"就是这里。"转眼，我们来到一片辽阔而美丽的市郊绿荫地，醒目而壮观的塔城职业技术学院校门气度非凡，给人的感觉就是一所新建的大学。

"全校占地面积1013亩……这是第一期新校址。8000多万元建设投资都是我们辽宁援疆项目资金，用了两年时间建成了现在这个校园。"辽宁省援疆负责人说。

"以前我们在全自治区的地区教育系统里，属于极少的一个没有大学的地区。如果不是兄弟省份辽宁的援建，即使我们一直心存有所大学的梦想，那也只能是梦想而已。"陪同我们参观校区的一位塔城教育局负责人指着一排排崭新而整齐的校舍及教学大楼，不无感叹道，"现在，就是我们局里也有不少干部的孩子在这儿上学……"听他讲这个现象，让我认真地回眸看了他一眼，发现此人此刻的眼神里闪着一丝泪光。

塔城人真心期盼自己家门口有大学啊！

塔城人感激辽宁人帮助自己实现了一个百年梦想！

无须用更多的文学语言来形容。我从学校操场上来来往往的学生们的脸庞和服饰上就能分辨出他们应该都是少数民族学生……"对的，我们的学生中有近百分之七十是少数民族学生，塔城地区的占百分之三四十，其余的全新疆各个地区的都有，喀什的更多些。"他说。

"为什么？"这个现象我很感兴趣。

"因为喀什那边更需要职业技术类毕业生，他们那里的发展更需要这方面的人才，这也使得我们这所新成立的职业学院在专业与生源方面有个很大优势……"

原来如此。

"办校快满三年，过些日子我们就要迎来首届毕业生……"从教学大楼走出来迎接我的是院长，他见我的第一句话这样说，并且脸上写满了自豪感和神圣感。

一问，才知他是辽宁援疆教育工作者。他叫孙秀延，原是辽宁轨道交通职业学院副院长。

虽然这所学院我们普通百姓知道甚少，但它在老工业区的东北和20世纪五六十年代时可是国家职业技术教育战线响当当的一所名校。

"我原来工作的辽宁轨道交通职业学院建于1950年，是国家的第一所职业技术学校，服务于铁道交通轨道建设。我本人也长期在那里工作。当组织召唤我到塔城来建设一所新的职业技术学院，心头确实是热乎乎的，尽管以前连塔城都没有来过一次，其他援疆教师也都是这样，但大家的心跟我一样：要用自己的全部能力为在塔城地区建设一所特色鲜明的新型大学贡献力量……"看得出，孙院长对这所他一手建起的"塔城大学"颇有情感。

"你们到这儿几年了？"我问。

"实打实快两年了，跨越了四个学期……"他说。

"与原来的老学校相比，这里有什么新的感受？"

"感受太多！"我的话激燃了孙院长的热血，"过去几十年在老单位一直是那种平平稳稳过日子的状态。这里不一样，每天都在燃烧激情……你看，这里的每一垛墙、每一栋楼、操场上的每块绿地，甚至每个教室、学生宿舍，还有每一个学生……它们和他们都是在我们眼皮底下一天一天地'成长'起来的，所以感情特别深、特别亲切，也感到特别有活力！"

"办一所新大学最难的地方在哪里？"在我与院长交流的同时，我被引到教学楼上的一间办公室，已经有十几位老师在这里等候着。

"这就是跟我一起来的援疆教师团队，还有几位正在上课……"孙院长一边介绍，一边回答我关心的问题，"当然是学科设置和如何教的问题。"

"塔城过去没有高校，更没有任何高等职业技术学校。新疆其他地方虽然也有一些职业技校，但是多数在南疆。我们这所学校在北疆，设置时确定的培养方向也主要是为本地培养少数民族专业人才的高等职业技校。这就决定了我们的一切都完全是白手起家，甚至在招生和学科设置上基本很少有借鉴及可移植的经验……"

"得全靠你们自己摸索？"

"可以这样说。"

"甘苦一定不少！"

孙院长笑笑，又爽朗地说："甘比苦少得多，但即便是'苦'里也饱含了甘呀！"

"怎讲？"

"比如说我们在这里建立一个新的学科，一旦建立，并成功地放到教学当中，通过一个学期或者更多时间证明是可行的，到慢慢完善和完成之后，那就是全国独创呀！比如我们在招生过程中，能够把一个又一个原来在牧场或帐篷里的孩子招到学校里来，你知道这让我们这些老师多高兴吗？"

"为什么？以前你们不也都是高校的老师嘛！"我有些不解。

"不一样，不一样！"孙院长连连摆手，解释道，"在内地，像我们东北的一些老职业技校，虽然一直在招生和培养毕业生，可走出学校后孩子们的就业是相对比较困难的。可在这儿就不一样了！我们现在第一批学生还没有毕业，新疆的不少地区已经有来跟我们要人的了，像伊犁和喀什……这特别让我们感到有成就感！"

原来如此。

"更多的是内心多了责任感和使命感，还伴随着喜悦感……"一位没有报姓名的女教师接过孙院长的话说，"来这儿每天都是紧张而愉快、开放而严谨、努力而激情。从学习本地语言，熟悉生活习性，到适应西北四季的气候，尤其是跟同学们一起到他们的家中去走访的新鲜感，让人快活、让人有朝气，也催人奋进，感觉每天在追赶太阳和时间，每天收获花香与硕果，又让自己的心填满了爱和喜悦……"

"你是教语文的吧？"这位女老师说话时太有文采了。

"不是。教数学的……"她的回答让我感到意外。

孙院长开心道："我们到了这儿后，现在都快成为一个个诗人了。哈哈……"

"所以听说你们多数是'超期服役'了？"在到这所学校的路上，辽宁援疆领队一直在介绍这所新大学的支教老师。

"对啊，我们都属于'超期服役'的，就是因为这里太有吸引力了，工作太需要我们了！"孙院长解释，按照援疆规定，一般支教老师的工作时间是两个学期，"但我们的学校是新大学，大家都希望能够看到自己带出来的第一届学生顺利毕业……"院长话音未落，有位青年女教师插话道："跟生头胎一样，特别兴奋又紧张！"

"哈哈……"年轻女教师的话引来满堂笑声。

"假期你们也不回老家？"我又问。

"不呀！学生放假，我们正好有时间静下心来，研究专业学科和教学等方面的问题，而且对学生的家访也是格外重要的一课，谁都不愿舍去。再说，我们真的已经把塔城当作自己的家了……"青年女教师回答我。

"来塔城近两年，大家都做出了牺牲，有些事情……"校长介绍，他的这十几位从辽宁来的教师，现在都是这所新大学的骨干，承担着最重要的教学任务。"有些老师家里的老人去世了、孩子要考大学，也无法顾及，回不去家。可大家从来没有怨言……"校长说。

"是这样？"我问屋子里的所有老师。

他们和她们都点头。

"不后悔？"我又问。

老师们几乎齐声说道："不后悔……"

我被感动了，眼睛似乎有些潮湿。

此时，校园内响起一片欢快的声音——原来学生们下课休息了。

我看到那么多脸上挂满自豪和欢快笑容的大学生像即将远行的鸟儿，在操场上奔跑着、嬉闹着……

呵，那是塔城一道最充满青春活力的亮丽风景！

其实我知道，在塔城，在塔城的每个县城、每个乡镇，甚至在草原与山谷间的许多村庄里，辽宁援建的中小学校园不计其数，它们像繁星般点缀在这片祖国西部的美丽疆土上，为孩子们带来温暖与希望。

塔城地标

在塔城，有不少地标性建筑，其中最出名的要算塔城红楼了，它确实很有美感，1910 年由俄国塔塔尔族商人热玛赞·坎尼雪夫所建，纯粹的俄罗斯风格，红墙上刻满了"1911"的年份标志。红楼本身并不大，共有两层，大小房屋 16 间，天棚地板，铁皮房顶，门框窗棂，均砌有精致的图案。临街的墙全部呈红色，故称"红楼"。1949 年以后为塔城专署办公楼，现为塔城地区博物馆。

塔城红楼的地标意义一直烙在塔城人的心坎上。然而如今的塔城则有了更多的"地标情结"，特别是近些年，一个又一个塔城地标出现在人们视野中，其中有相当多的新地标是辽宁援建的。比如我第一次入住的塔城宾馆，叫"宁城宾馆"，是一所很气派的大宾馆，位于地区行政中心地带，加之塔城几栋崭新的行政中心楼和图书馆、艺术馆等，形成了一片现代化的地标建筑群，壮观而富有美感，这在新疆地区级的城市是少有的，而我知道这些建筑几乎都是辽宁援建或部分参与的项目，这些项目建起之后，给予塔城人特别是年轻人的自豪感和温暖感，或许用金山银山也难以换得……

那天落日之前，天边的余晖映得那座漂亮的艺术宫殿金光闪烁，仿佛眼前呈现的是一个梦幻般的天穹世界。塔城地区副专员说要带我去看手风琴博物馆。

"塔城是手风琴之乡，曾经创造过千部手风琴同奏一曲民族团结歌的吉尼斯纪录，我们塔城素有'手风琴之都'之称……"副专员骄傲地带我进入艺术宫参观，随后引我到了存放数千部手风琴的全世界最大的手风琴博物馆。

看过许多艺术馆和文物博物馆，还是第一次见到馆藏如此丰富的手风琴博物馆。这里有世界上最古老的手风琴，也有最现代和昂贵的手风琴。当然还有一台台印记着国家和时代风云的手风琴……总之，手风琴是塔城人重要的文化标签，手风琴一响，塔城人便会载歌载舞，便会陶醉在忘情的幸福和快乐之中。

手风琴伴随着塔城人的性情与气质，同样也让塔城保持着一份追求快乐与美好的生活情趣。所以，当塔城要建座艺术宫，艺术宫里建个手风琴博物馆时，辽宁援疆决策者很快从人力和资金方面给予了倾斜。

刚参观了手风琴博物馆，第二天我们又看到了一座坐落在塔城市郊喀拉哈巴克乡的锡伯族博物馆。该馆虽然不大，但馆藏丰富。故乡在辽宁的锡伯族，当年为戍边而千里西迁至伊犁和塔城一带，从此辽、疆两地有了血脉相连的亲情。辽宁援疆指挥部顺应民心，很快把锡伯族博物馆纳入援助项目之中，并调来辽宁本地锡伯族博物馆的专家全力推进和帮助塔城兴建象征两地"亲戚情义"的塔城锡伯族博物馆。

"亲戚家的事，就要用亲戚家的情，把这座博物馆建好！"据说，塔城锡伯族博物馆的建设得到了辽宁省领导的高度重视，而事后也证明，这座博物馆建好后，每年农历四月十八的锡伯族西迁节，来自塔城各地的锡伯族男女老少都会身穿着盛装，欢聚此地，弹响东布尔，吹起墨克调，尽情地跳起舞姿刚健、节拍明快的贝勒恩。姑娘们轻轻"抖肩"妩媚动人，小伙子走着"鸭步"惟妙惟肖，呈现出一片欢快祥和的气氛。

"现在的西迁节，不仅锡伯族欢庆，其他民族的人们也踊跃参与，形成一次比一次热闹和欢快的民族团聚盛会。"塔城人这样告诉我。

无须想象，你就能感受到盛会时身穿节日盛装的各族群众欢快的载歌载舞之情景，其乐融融，是何等叫人陶醉……

有一些记忆只是因为去了一次，便永远印在脑海之中。额敏县城外有个甘泉村，传说那里有口清澈的暖泉常年流淌。辽宁援疆干部很有眼光，他们在当地政府和百姓的支持下，又请专家在甘泉村做了认真周密的"商业计划"，在这里打造了一个超级时尚和现代派的美食城。

那天当地干部带我去参观的时间是在晚上，虽然月光下不能看清这座西部美食城的全貌，但沿正中的大街走至甘泉广场，着实令我惊叹：竟然在很偏的一片旷野上，崛起了如此一座颇为高端的美食城！

别具特色的每一处建筑，就是一款"名吃"食坊，而且不仅有国内东西南北的"名吃"大品牌美食店，竟然还有几款国际西餐加盟店也在此驻扎。一问，才知道原来这也是辽宁援建项目。

"塔城是'一带一路'的重要关口和国际边贸城市，这里自古就有很繁荣的商业氛围及消费群体，未来发展前景不可限量。所以我们与当地政府一起兴建了这座具有民族风情同时又与国际接轨的美食城，一为满足正在日益增长的当地群众的消费需要，二为国内外宾客提供服务。你看，相当一部分美食名店就是发挥了我们沈阳、大连、丹东等国际性城市的优势而引入此地的……"驻额敏县的辽宁援疆干部带着我一路逛街一路介绍着。

"生意如何？"在一家西餐名品店前，我问站在门口的那位漂亮的值班经理。

"还行。我们的主要生意在周末，那两天来你可以看到这条美食街上人来人往，很热闹的……"她说。

"都是本地客人？"

"克拉玛依和乌鲁木齐来的都有，我还接待过山东和四川来的呢！"

真想不到。我有些不敢相信。但当时我们在一家中餐店坐下吃西瓜与喝茶时，旁边桌上三位正在喝啤酒的汉子操着河南话在十分有趣地划拳。看来刚才那位女经理并没有蒙人。

"开设这样的美食城，其实我们在之前是做足功课的，项目经过反复论证后才正式确定，建成后的实际效果比我们预想的要好得多。当地人称这座美食城为'甘泉里夜市'，现在名声已经传得很远了，所以除了塔城本地的消费者外，全国各地的游客也常光顾此地……"当地辽宁援疆负责人颇为自豪。

后来我才发现，其实在塔城主城区和各个县区，这样颇有人气的饮食地标不止一两处，而是"遍地开花"，十分诱人。

真想不到在西北边陲之地，竟然也会呈现"夜市千灯照碧云，高楼红袖客纷纷"的繁华商业氛围，实乃可贵……

也许因为塔城的行政区域面积比起其他省份的同等地区级市大太多了，所以我无法足至全区域的每一块美丽的土地，总也没能把一个个标志性的建筑和公共设施都过目一遍，这算是个很大的遗憾。但或许又是一个巧合：在我途经裕民县时，这里的一座崭新地标性建筑引起了我的好奇和惊叹：为什么辽沈战役纪念馆竟然被"搬"到塔城来了？

你看，那上红下白的正墙，庄严而又气派，"辽沈战役纪念馆"七个大字醒目异常，而且出入纪念馆的人络绎不绝……

"你再仔细看一下，在纪念馆大名右下角还有四个字——'裕民分馆'！"当地的同志赶忙给我介绍和解释。

我暗笑："裕民分馆"这么大的四个字我怎么可能没有注意到嘛！我感到惊讶的是，为什么辽沈战役纪念馆会在千里之外的塔城开分馆？

"近几年我们按照习总书记的要求，加强了'文化润疆'的支持力度，这座辽沈战役纪念馆裕民分馆的建立，就是我们辽宁援疆'文化润疆'的一个典型项目。这样做，不仅可以使我们辽宁大地上的那些红色文化血脉得以在新疆大地上绵延不息，也能让这里的各族人民共同分享中国共产党所创造的精神财富。同样，我们也会把新疆和塔城的胡杨精神、小白杨精神带到辽宁各地，并努力将其转化为东北老工业基地振兴和发展的不竭动力……"听了辽宁援疆负责人这番话后，我的心头不由得一阵感慨：眼前的这座纪念馆，它何止是一座美丽的地标建筑，它是两地共同垒起的一个精神家园。

它正在温润这片大地。

它已经温润了这片大地上各族人民的心田……

塔城园区

这里说的"园区",是工业化生产和加工园区。在发达国家和发达地区,这种园区遍及各地,它们通常代表着当地经济的发展水平与动力源,可以这样比喻:哪个地方的这类园区建设和发展得好,便意味着那个地方的经济和社会发展同样好。

如果把"园区"放大到国家层面,那么深圳和浦东、海南等就属于国家的"园区"了,只是它在国家层面被称为"特区""新区"等。

比较典型的工业园区就像我家乡苏州的工业园。在东部沿海地区,这类"开发区"和"工业园区""科技园区"几乎每个县市都有,有的甚至有好几个"园区",它们都是当地经济发展最具活力的地方,是经济全球化条件下具有中国特色的经济与科技、文化形态的新产业形态,对拉动和推进当地经济乃至整个社会发展起着引擎式的作用。

前些年塔城这类"园区"发展缓慢,但自辽宁援疆团队正式进入塔城后,塔城人发现这样的"小特区"式的各类"园区"迅速发展起来,让经济形态相对单一的塔城一下子显现和涌动起一股强劲而五彩缤纷、生机勃勃的新经济浪潮。关键是,它让塔城各族人民尤其是那些年轻人在自己家门口实现了像在"北上广"一样的工作和生活环境,也让普通的塔城人不断感受到"原来家门口的世界也很精彩、也很美丽"的新生活……

"以前我一直渴望去深圳和上海等地打工,因为我想那里是有很多很多人在一起工作、一起生活的,但我又不能去,因为孩子还小,我舍不得离开家。现在我在离家不到 10 分钟路程的园区上班,每天和熟悉的姐妹们在一个车间有说有笑地工作,十分开心,又拿了不少的工资。这就是我过去梦想的生活和工作,现在在家门口梦想成真了!"在托里县郊一个园区工作的维吾尔族姑娘阿依古丽,如今已经有了一辆属于自己的摩托车,她每天早晚骑着崭新的摩托车像飞翔的鸟儿,快乐地奔驰在马路上，脸上充满了幸福与自豪感。

米吉提是位哈萨克族汽车司机，在进园区工作之前，他是位跑长途运输的卡车司机。现在他是园区某公司的货物运输队长，管着十来号司机。"过去我装散货跑塔城到乌鲁木齐的长途，由于货物不稳定，活又累，也赚不到多少钱，拖一家四五口人，生活压力很大。现在在家门口园区的一家大企业工作，工作稳定，出车路途也近，工资则比以前跑单的收入还高，又能照顾家里，所以我觉得家门口建了工业园区，就像给我一家人的生活上了保险一样，心里踏实了，干活劲头更足了！"

在托里，我们遇见一位刚下班的回族汉子，模样有三四十岁，因为腿脚有些残疾而未能像其他同乡的伙伴们到离家并不太远的克拉玛依油田那边打工赚钱。以前这位回族汉子一家的生活很艰难：两个孩子上学的学费都常常交不起。"辽宁的亲人们在我们这儿建了一个工业园区，优先照顾我们残疾人进厂上班，现在我不仅自己能拿不少的工资，厂里还为我交了社保，这样一下让我全家的生活水平有了很大提高，孩子上学再不用为学费发愁了！"他说他在厂里是产品质检员，晚上兼职厂门卫值班员，厂长待他好，另给他一份"加班工资"，他因此很满足。

塔城的园区建得到底怎么样，真的改变了当地的发展形态、让各族百姓实实在在地过上了新生活吗？这是我藏在内心的一份"采访秘密"。

在裕民采访时，正好听说锦裕生态公园正式开园。于是也就有幸看到了裕民各族人民那天身穿鲜艳的民族服装，从四面八方像赶集一般地会聚到这里，用百姓的话说，锦裕生态公园是"裕民打卡地"。

这并不是一个工业园区，但它是个名不虚传的"园区"，是个更适合百姓生活的"生态园区"，是以环境和各种植物及游乐设施建造而成的文化生活园区——其实它也应该是与"工业"和"经济"相关的园区，因为建设者显然是希望该公园除了能够丰富和满足当地百姓文化旅游生活之外，也能通过它赚点钱。

一听名字就知道这是辽宁与塔城共建的产物。锦，锦州也；裕，裕民也。

很快我们了解到，这个锦裕生态公园是辽宁援疆重要项目之一，它始建于 2013 年，总占地面积 1500 亩，总投资 1.2 亿元，其中援疆资金投入 9200 万元。运营八九年，一直为当地最受百姓欢迎的"打卡地"。2022 年年初，辽宁省和裕民县又相继投入 5000 余万元，对园区的配套设施以及景观进行了提升改造，使这一颇有裕民特色的生态公园焕然一新，对游客的吸引力也上了一个台阶。

"百闻不如一见。走，咱们进去看看——"驻裕民的辽宁援疆队员领着我们走进锦裕生态公园，那一刻，我们一行仿佛置身于一片花海之中，那五颜六色的花卉在蓝天白云的映衬下异常夺目，整个公园弥漫着沁人心脾的花香，着实令人沉醉。园中的游客熙熙攘攘，尤其是孩子们玩得更是不亦乐乎。一位叫王锦环的居民对我们说："今天带着孩子来转转，感觉这景色特别美，水清、树壮、草绿，这里的风景真的太美了！我们裕民县有大草原，但县城里没有一个像样的公园。辽宁亲戚帮助建了这个公园，让我们在家门口就能享受自然生态，感到我们的生活一下提了一个档次！"

外地游客王哈曼说："虽然是第一次来裕民，但看到这里完全不像我们想象中的西部小县城，而是充满现代气息的美丽小城，让人感到新奇，我们本来在裕民待一天就要走的，现在准备住上三天，好好感受一下这里的自然和环境之美……"

"这正是我们所希望的。"驻裕民的辽宁援疆队员听到这样的百姓心声，格外激动。

我第一次听到"也迷里"这个名字时，以为是不是有人把"也迷你"给译歪了，后来才知道是我理解歪了。也迷里是额敏县的旧名，也曾是额敏河的别名。13 世纪初，成吉思汗率 20 万大军西征胜利，后分封诸子，其中窝阔台汗国为其三子窝阔台的封地，统治范围包括今天的塔城地区和蒙古西部。也迷里便成了当时窝阔台汗国的政治、经济、文化中心，如今在塔城额敏的一片荒丘地上仍能找到其朦胧依稀的遗迹，仍能感受到铁骑奔驰的浩荡蹄声……

10年前，当辽宁援疆工作队第一次踏上这片土地时，有见识的领队便按照"企业向园区集中、投入向园区集聚、政策向园区倾斜"的思想，开始在古老的也迷里土地上建一座能够让当地经济"打翻身仗"的工业园区——作为东北老工业基地的辽宁，发展工业和经济园区思路已经很成熟了，所以援疆工作队针对塔城地区各县市都以农牧业为主、工业发展缓慢、财政收入偏低的情况，及时做出了在塔城建设以拉动当地经济为中心工作的"工业园区"的决定。由辽宁省辽阳市对口额敏县援疆工作队首先在也迷里确定了"辽宁援疆园区"建设规划。

后来这一园区被称为"额敏（兵地、辽阳）工业园区"，规划面积达10多平方公里，分近期和远期规划建设。第一期的4.4平方公里园区如今早已建成，当地百姓称它为"也迷里新城"——它在古老的额敏河边奋然崛起，一条条宽阔的马路和一幢幢拔地而起的崭新楼宇成为当地人民通往致富和幸福的天际线。10多年来，作为援助地区的辽宁省辽阳市倾情倾力地根据额敏产业需求，不断完善园区建设，如雨露阳光般地滋润与温暖着额敏各族人民。比如建园之初，辽阳就投放551万元援建了一座总库量3254万立方米的玛热勒苏水库，不仅解决了工业园区的用水，而且一下解决了额敏镇、玛热勒苏镇、霍吉尔特蒙古民族乡及地区种羊场18个村（队）的15万亩农田灌溉。"手捧清泉思亲人，千年梦想成了真"，工业园区附近的额敏百姓第一次喝上自来水管里流出的甘泉水时，抬着巨匾、载歌载舞地来到辽宁援疆队员的生活地，感谢亲人的恩情，其场面令辽宁援疆队员热泪盈眶。

也许正是这样的一份深情和厚望，使辽宁援疆队员的心更热了、情更浓了，当他们把园区建起后，马上又投入为园区招商引资的工作中。凭借着经验与热情，一个个著名企业、品牌商品被引入园区，成为拉动额敏经济的领头羊。如河南新野冠丰肥业有限公司投资的年产 10 万吨滴灌肥、复合肥生产项目成功入园；注册资金达 3000 万元的新疆九洲农业科技开发有限公司玉米、小麦制种项目等纷纷在园区落地……

从千万元企业入驻，到亿元公司抢滩，这是辽宁援建额敏工业园区之初到现在的一段不断变化与提升的发展历程。新疆隆惠源药业有限公司是由新疆隆惠源投资有限公司注册成立的一家以甘草精加工为主的企业，该企业落地额敏园区后，很快就投入生产，年工业总产值达到四五个亿，年上缴税收上千万元，不仅成了塔城地区的纳税大户，而且填补了这一地区的产业空白。额敏县素有"粮仓、肉库、油缸"之称，是中国绿色食品生产加工基地。针对这一优势特色，辽宁援疆队员在帮助招商中提出了"绿色招商"的概念和行动计划，他们很快与世界五百强、中国五百强企业主动"联姻"，先后引进中粮屯河糖业、中粮塔原红花、中粮屯河番茄、中电投等 10 余家绿色环保企业，从而一下带动了额敏全县经济的提档发展。

"一个园区，就像一汪清泉，它的自身能量和溢出效应，已经让我们整个额敏县的经济发展开始进入快速轨道，20 余万各族百姓的生活也随之发生了质的变化。这也让我们倍加感恩兄弟辽宁人民无私的援助……"额敏县政府负责人特别叮嘱我写上这句话。

我知道，像额敏工业园区这样的项目，辽宁在塔城建了不下十个，尤其如面积近 90 平方公里的巴克图辽塔新区，这是一片超大型工业与口岸园区，是辽宁举全省之力向塔城各族人民所倾注的深情厚谊。如今这些大大小小的园区，一个比一个焕发着蓬勃生机，正发挥着巨大的引擎作用，不断使塔城经济催生出全域性的奔跑态势……

塔城新人

在这个有 70 多亿人口的地球村上，到底谁是谁的亲人？到了塔城，你就会获得神奇般的答案：原来天下所有人之间都可能是亲人。

塔城人和辽宁人之间竟然原本就是"一家亲"，而且这种特殊的血亲关系已经绵延了近千年——

1132年，历史这样记载：历经十余载南征北战的耶律大石，率其家乡辽地的数万大军，西征至额敏河一带驻扎安业，二月五日，他在文武百官的拥戴下，于叶密立称帝，按照当地人民的习惯，号称"菊儿汗"（大汗之意）。群臣又另上汉尊号为"天祐皇帝"，建元延庆。在立帝之时，耶律大石对百官说："我与你们行程三万里，跋涉沙漠之中，日夜艰辛。仰赖祖宗之福祐，你等众人之力，我冒昧地登了大位。你们的祖父都应该加以存恤善后，以共享尊荣。"从此，数万辽人在额敏一带定居和繁衍子孙后代。虽日后千年战事不断，但辽人的血脉从未在此断过。

来到塔城后，我问塔城人和塔城人中的锡伯族和塔塔尔族以及其他一些少数民族同胞"你们的祖先是不是从辽宁那边过来的"时，他们都会毫不犹豫地点点头。

这也让我明白了为什么辽宁援疆队在塔城那么倾情与努力，原来在他们心底"藏"着一个不用捅破的秘密：帮塔城，就是帮他们自己的亲人——那些漂泊于此的兄弟姐妹……

> 这份情，比辽河长
>
> 这般缘，比天山雪纯
>
> 我们是一个祖先
>
> 我们的热血流淌着
>
> 同样的基因
>
> 我们因此携手共建
>
> 新的家园
>
> ……

当年，漫漫万里，为抗敌固疆。今天，飞渡千里，为骨肉亲人脱贫致富，幸福万代。这是数以千计的辽宁援疆队员们共同的心声，他们中甚至许多人已经把塔城视为自己的第二故乡而扎根在此，原本三年一期的干部援疆工作期，有人一次又一次地请求延长，塔城一行就是五六年；技术人员是一年半一期的援疆岗，但为了孩子和那些患者，辽宁来的技术专家最多的已经在塔城工作超过了六年……

辽宁籍干部张成良是其中的一位代表。他的名字在辽宁援疆队和塔城额敏县很响亮，甚至到了家喻户晓的地步，因为这位辽阳人用自己的心为这片土地上的亲人们铆上了一个个金色的"幸福钉"——

张成良是第一批辽宁援疆干部，初时出任额敏县委副书记，分管建设工业园区和招商引资以及全县产业结构更新换代，显然他的每一项职责都是硬骨头，然而张成良说，我们来此就是为了啃硬骨头的，否则有何用？既然如此，就要准备吃大苦、出大力。

谁都知道，塔城有个"老风口"，风雪大到可以将卡车、轿车掀至半空。张成良援疆工作地在额敏，这里恰是"老风口"一带，一年365天，飓风和大雪占了大半时间。"要发展，必须重新定位适合额敏的产业，额敏的产业方向在哪里？过去的传统产业毫无疑问需要发扬，但一定要按照新的科学发展理念去调整、去改变、去提升。新的产业将决定额敏的明天和未来，而新的产业要实现，更需要从实际出发，抓住一切机遇或可能发力……"县委常委会上，张成良托出一颗对新故乡的赤心。

最后，额敏县委和辽宁援疆工作队一起画出额敏五大产业规划建设蓝图，以图一改受限于"老风口"自然环境千年不变的传统产业发展模式。

蓝图激动人心。蓝图又让北京的一家知名规划设计院搞得"天寒地冻"——纸上谈兵，让美好的蓝图变成了人大代表的一片质疑浪潮……

"成良，这事还是请你出面与规划设计院专家们从我县区域自然环境和条件出发，重新拿出可行的指导意见。"县委负责人说。

话不多，但任务如泰山压顶。张成良没做任何解释，也没提任何条件，便接下这一任务。

　　这是真正的硬骨头。更何况，270万元的规划设计方案的预付款已经付出，别无选择。一个穷县，每一分钱都是敲了又敲后才敢从口袋里掏出来的。为了不再让蓝图打水漂，张成良唯一的选择就是自己靠笨力去把"打水漂的事"用肩膀重新扛起来。于是张成良整整用了三个月，披星戴月走遍了全县17个乡镇169个村庄，将新故乡的"身材""体温""脉搏"……统统地摸了一遍，然后带着满满一大包资料，从塔城飞到了北京，来到那个知名的规划设计院。

　　"太好了！有这些实地实景资料和数据，我们也就不会再干纸上谈兵的事了！"毕竟，知名的规划设计院里有真才实干的专家，他们一看张成良带来的第一手资料，顿时大喜。又说："你是额敏的'活字典''活地图'，你留下来跟我们一起把规划做了吧！这样确保不偏向。"

　　张成良想想也好，免得再出现第一次规划的那种尴尬局面。

　　接受邀请之后的张成良，可就成了规划设计团队的主力队员，面对那些研究员、博导和博士，张成良竟然像"总顾问"似的，随时被专家们邀去"顾问"和"咨询"。作为额敏县政府的代表和规划设计的"顾问"，张成良全力以赴，在之后的整整59天时间里，他每天晚上蜗居在一间小房间里挑灯夜战，白天就带着他的分析意见跑到规划设计院给专家提意见、出主意，甚至毫不留情地一次次推翻专家们的设计稿。

　　"你、你凭什么认为我的这个构思不行？凭什么？"有一回，一位教授级专家拿出的一个方案被张成良给否了，这让对方很下不来台。张成良没有因为专家教授发脾气而气馁，相反主动找到这位老先生，用在"老风口"亲身经历的飓风摧毁力，给老教授介绍了额敏气候对农作物和自然环境的影响。老教授最终十分诚恳地接受了张成良的意见，拿出了更科学更有实用价值的产业规划方案。

　　经过张成良三个月的实地考察和近两个月的北京"蹲守"，规划设计院为额敏县绘制的五大产业建设规划蓝图最终成稿，并顺利通过了额敏县人大常委会的审议。

蓝图有了，实现目标则是更大的一场决战，尤其是产业转型时，一些传统的老企业、老厂子必须进行改制和重组。这个时候决定被改制和重组的企业新旧矛盾必然涌现出来，形成改革的逆向潮流与势力。

"又坏了！坏了——"那天早上，张成良刚要进县政府办公楼上班，却发现县政府大门口被闹闹嚷嚷的人群围得水泄不通。走近一看，是拟改制的县粮油购销公司的一群人围堵在那里……

"一改制，我们就失业了！谁来管我们饭碗？"

"是的嘛，想让我们改制，先给每人 100 万！"

"不给这个数，除非用车子从我们身上轧过去……"

县政府大门口的上访者和围观者越来越多，一时间，整个额敏县城像捅破的野蜂窝……谁的话都似乎听不进。

怎么办？这可怎么办？县委主要领导焦急万分。"对老企业改制方面，我们辽宁和我所在的辽阳市曾经都遇见种种问题，我来处理吧！"这回张成良是自己把难题揽在肩上的。他清楚额敏县的党政班子没有人像他一样曾经处理过类似的事，所以他主动请缨。

"他？一个外人，肯定整起我们来更狠，大伙儿千万别听他的忽悠！"张成良刚进粮油购销公司想去找人调研，人家就给了他一个下马威。

本来嘛，这家大集体企业人员多数是少数民族，语言是彼此的一道坎。有人见了张成良，实在走不了的便跟他在语言上打转转，你说正经话，他说听不懂，你刚开口讲道理，他私下嘀嘀咕咕用张成良听不懂的语言冲他笑眯眯地不知说着什么……

"他们向我说了点啥？"张成良问翻译。

翻译赶忙摇摇头，说没啥没啥，他们也就瞎嘀咕几句。

"那到底嘀咕啥嘛？"张成良有些沉不住气了，追问翻译。

"这、这个……他们其实是在骂你。"翻译不得不告知。

"骂我？骂我啥？"张成良继续追问。

"骂你不是他们的人，对他们的疾苦不会放在心上的……"翻译最后这样译过来。

张成良听后沉默了。最后他说："不能怪大家，是我们把改制想得简单化了。我要跟每一个职工分开谈，听他们每一个人的诉求……直到把所有人的问题解决好了，我们才能真正实现改制。"张成良从此改变了做法，以其一个人对全公司85个人，进行一对一的解困解疑。如此耐心细致地进行政策交代之后，85个职工后来全部举双手赞同企业改制。

"我们听张书记的，他把工作做到了我们心坎上，还有啥不放心的嘛！"这些改制的老员工发自内心地这样说。

85个员工中84个都举了双手赞成改制，这个结果大出县委领导所料。"成良啊，这事你又立了一功，回头常委会上你好好给大家传授传授经验。"县委书记大喜，见了张成良便这样说。

张成良听后一乐，说："等我把最后一名的工作做通了，我再向常委们认真汇报……"张成良说的那位"最后一名"还没举手赞同改制的是叫海拉尔的维吾尔族中层干部。这之前，此人有意几次回避与张成良交心，意在表达对改制的不同意见。

"来来，我们好好谈谈……"张成良终于找到海拉尔，体贴入微地跟他说，"没关系，暂时想不通的可以多考虑，有不同意见的尽管说出来，世界上没有解不开的难题，我们一起来探讨嘛！"

一次不行，两次。一天没谈出结果，第二、第三天再谈。

一星期后，海拉尔高兴地拉着张成良的手，激动地说："看张书记你这样诚心实意，我相信改制后的企业一定会更好，我们的工作和生活也会比原来好的。我现在一切都想通了，坚决支持改制，而且要做改制后继续干好工作的排头兵！"

改制后的新企业，第一年就实现了扭亏为盈，比上一年实现增收602万元，从老企业改制过来的老职工们无不感叹地夸张成良让他们从此有了做人的尊严。

2015年11月，是负责园区招商引资和县企改制工作的张成良最忙碌的时间段。而就在此时，远在老家的张父突发脑出血处于病危状态。亲人们知道张成良在援疆的岗位上担重任，所以没敢直言相告，他哥哥只说若抽得身，就一定要回家一趟。张成良在电话里虽然一次次响亮地答应着，但就是身子一直在塔城没有动……

"爸已经走了……你回来也帮不上啥忙了！好好在新疆那边把工作做好吧。"父亲去世的那个晚上，张成良的哥哥来电这样说。

"爸爸啊——儿我对不住你老人家呀！呜呜……"噩耗让张成良一下瘫坐在椅子上，失声痛哭。

"我一辈子都不会忘掉那个晚上的场景：下午7点40分左右，其他办公室的灯都黑着，只有张书记的办公室亮着灯。我到他那里汇报工作，看见他在抹眼泪。我问他咋啦，他说：'刚得到消息，老父亲去世了……'张书记说着说着，实在忍不住，扶着桌子放声大哭起来，那种男人的伤心痛哭，我是第一次看见，何况是平时钢铁汉子一样的我们的张书记！我的心深深地被震撼和感动了！"时任额敏工业园区管委会常务副主任的王宏说。

"童年是牧歌，成年是离骚，八千里路云和月，我们到新疆是来帮助这片土地上的各族兄弟姐妹摆脱贫困过幸福生活的，虽然远在千里之外，无法孝敬自己的父母和帮助家人与孩子多担点事儿，但这也是值得的，这也是另一种对自己亲人们的爱和孝……"能熟背唐诗宋词的张成良，平时常用历史典故中的孝爱故事教育和影响援疆的队友们。

张成良后来担任驻额敏县辽阳市援疆队的总指挥。他要求自己，也要求全体队员，"不仅要当额敏人民的亲人，更要做一粒民族团结的种子"。

额敏县郊区乡三里庄村村民热斯江·卡皮坦是张成良的结对"亲戚"。说起张成良，这位80岁的老人总是说："张书记跟我的亲儿子一样亲。"热斯江老人因患病常年卧床，家庭生活困难。张成良协调辽阳援疆医疗专家到她家中免费为她会诊治疗，资助她看病费用2000元，还自掏腰包1万元，帮助热斯江的家人开办了家庭食堂。

斯海因村的78岁维吾尔族老人克里木·买买提是张成良的另一个"亲戚"。老人的儿子艾西丁·克里木大腿静脉内血管堵塞，在当地医院无法治疗。张成良得知后，立即帮助联系医院，得知病人没有凑够手术费用，就自掏腰包拿出2.5万元垫付了手术费，并安慰艾西丁："钱的事你不用操心，有我呢！你安心治病，一定要保重身体。"克里木父子久久拉住张成良的手说："你比亲人还要亲……"

张成良在额敏县工作6年，属于"超期服役"。虽然现在他已经离开塔城回到了自己的家乡辽阳，但依旧在尽力帮助额敏县招商引资和促进产业发展出点子、想办法，甚至一直默默地自掏腰包为他的几个塔城"亲戚"办事解难。

身边的人都说张成良从骨子里已经成了塔城人，而张成良自己则这样感慨："塔城的6年，是我人生中最难忘的岁月，我怎么可能舍得这段情呢？现在有人问我是哪儿人，我总会情不自禁地说，我是塔城人……"

与张成良一样，早已把自己当作塔城人的辽宁援疆队员有许多。辽宁丹东妇女儿童医院副院长李兆奎就是又一位"塔城新人"。

李兆奎是第一批辽宁援疆医生，当时医院接受派遣援疆任务时并没有他的事。原因并不复杂：李兆奎当时已经是医院的妇产三科的主任，正高职称，年龄已过50岁，再干几年可以退休了，一般这样的人不考虑入疆。更何况，当时李兆奎的身体并不好，患有高血压、心脏病，而且他的女儿就要结婚，婚期、酒店、婚庆公司等一切都已订好。但谁也没有想到的是，李兆奎主动向院领导提出他要报名去援疆。同事们问他："你闺女的婚礼怎么办？"他说："没事，闺女能支持我。我们在电视上看到了新疆的情况，确实缺医少药，尤其是边疆少数民族地区的妇女，妇科病较严重，我的从医经验多些，所以我去更合适。"

就这样，李兆奎带着全辽宁省人民对塔城各族人民的深情厚谊来到了塔城。"实际上，妇科病在这里比我们想象的还要严重，这也迫使我们每天的工作都是紧紧张张的，几乎没有任何空隙可以休息或喘息……"到塔城的第一年里，李兆奎除了给当地医院的医生进行传帮带外，多数时间就是亲自出诊，星期六、星期天也是如此，甚至还要到草原和野外去巡诊。

"爸爸，你什么时候得空呀？"家乡待嫁的女儿一次次来电催问父亲何时回去参加她的婚礼。最后得到的回复是："再等等。"其实，是遥遥无期。

日复一日。李兆奎掐指算了一下：嗯，到塔城已经是第二个年头了……看好了多少个病人？五十？八十？不止不止。一百？一百五十？还不止。应该有二百，二百多个了！后来是科室同事给他做了个粗略的统计。

"而且还破了一项纪录：第一次收治了一位患癌症的孕妇……"李 345 兆奎听后，微微地笑了一下，然后极其疲倦地合上了眼。

此时，同事们看到他的眼角溢出一行泪水……

这一回是李兆奎回家，回他的丹东老家进行肺癌手术。离开塔城那一天，医院的同事们和许多被李兆奎治愈的患者及其家属都来送行。

"我会回来的……如果我回不来，我会让女儿把我的一部分骨灰带到塔城来的。因为我已经是塔城人了……"

在李兆奎依依不舍地挥手之际，许多为他送行的人早已热泪纷飞。

啊——

在茫茫的人海里，我是哪一个？

在奔腾的浪花里，我是哪一朵？

在援疆路上的大军里，那默默奉献的就是我；

在辉煌事业的长河里，那永远奔腾的就是我。

不需要你认识我，不渴望你知道我，

我把青春融进，融进祖国的江河。

……

在通往援疆的征途上，那无私拼搏的就是我；

在共和国的星河里，那永远闪光的就是我。

不需要你歌颂我，不渴望你报答我，

我把辉煌融进，融进祖国的星座。

……

赵震，辽宁鞍山援疆驻塔城沙湾市的领队，本来他是带着我们到该县的几个民族团结搞得好的少数民族家庭去采访和调研的。到了中午时分，他需要陪我们一起吃点便餐。因为等服务员上菜而有点时间，身为沙湾市委副书记的赵震，讲起他的队员们在沙湾帮助当地百姓脱贫致富的艰难历程时，情不自禁地给我们唱起他们援疆队员最爱唱的这首《辽宁援疆之歌》。然而想不到的是，这位七尺男儿竟然唱着唱着掉起了眼泪……

"赵书记，你……你这是？"我们不敢多问，俗话说，男儿有泪不轻弹，只是未到伤心处。赵震书记一定有什么事伤得他很痛。

就在我们同桌五六个人面面相觑时，赵震抹了抹眼泪，说："抱歉，我是被儿子气得很无奈，所以……"

"你儿子怎么啦？"我们小心翼翼地问。

但赵震突然扬起头颅，往后一仰，说："也不能怪他，要怪就得怪我……"

"你有什么怪罪的？听市里的人说，赵书记一直是在这儿'超期服役'，老百姓对你一片赞扬声嘛！"

赵震苦笑地摇摇头，轻声道："干事嘛，都是应该的，我们来这儿就是为了帮助当地百姓做事的。这没什么。但有的时候跟家里、跟孩子就会闹些别扭……其实也不是啥别扭，是我们有些无奈，工作太忙，顾不过来，亏欠家人，也容易攒成一些误会。我儿子现在就是这个样，让人有些闹心。"

原来是这样。我希望这位塔城沙湾市委副书记、辽宁援疆沙湾工作队领队告诉我一些藏在他内心的真事和真情感。

于是，那顿午饭，基本上成了赵震的讲述现场：

"以前我从来没有到过塔城，也不知这里情况到底啥样。有了援疆这事后，组织上正在抽调人员时，最初有个情况是：你可以先过来看看，然后决定来不来。我就属于还没有决定来不来时，先到这儿看了一下，觉得塔城太好了，但百姓确实不富裕，尤其是产业落后又单调，发展的空间很大，值得在这儿干一番事。就这么着，我便留了下来，后来组织上让负责我们鞍山市对口沙湾的援疆队，我就成了领队……"赵震说。

作为一个贫困地区的援疆队领队，赵震受组织委派，带领 20 多位队员，一到沙湾便全身心投入帮助当地进行产业调整和重新制定发展思路与规划工作中。当方案出来后，又全力以赴招商引资，同时还有结对认亲等一系列工作。用赵震他们的话说：到了塔城，你的眼里、心里和手上，除了工作还是工作，除了任务还是任务。"没有一天休息，真要让我们休息也是闲不住的，手头需要做的事千头万绪，每一桩事都必须亲力亲为，而且都是些牵心挂肠的事儿，所以你不可能再有多少时间去顾及远方的家了……时间一长，我们自己的家就可能会有些问题让你闹心。"赵震真情吐露道。

赵震说，多数援疆队员多多少少会遇到同样的问题，尽管谁都知道援疆的重要性，但除了"觉悟"外，生活上的具体事有时很难用"觉悟"来冲淡和消解，比如赵震的问题就很典型。他离家不久，妻子来电话说儿子的成绩断崖式地下降——这在赵震过去严厉的管教下不曾出现过，但原本自律能力比较差的在读初中的儿子在爸爸到新疆后的日子里，仿佛获得了一种"自由"。这种"自由"的结果是，学习成绩掉得太快，最后连高中都没考上——成绩太丢人！

"我不是不支持你去援疆，但儿子不能这样给毁了呀！"电话那头的妻子用哭腔在向赵震诉说。

赵震无语。他也只能无语。还能有什么办法呢？知子莫若其父。过去在家时，赵震对儿子的学习就是靠死盯狠盯才勉强一年度一年、一关过一关。现在倒好，他在新疆，与家相隔千里，儿子就像突然从笼里飞出的鸟儿，那股野劲儿谁也无法阻挡。

"现在我也跑不开……要不你带他过来住些日子，我跟他唠唠，顺便你也在这边调整调整。"赵震对妻子说。

妻子带着儿子真的来到了塔城。但来此后他们看到她的丈夫、他的父亲，是一天到晚忙得快四脚朝天的那个援疆干部，甚至连认认真真说上几句话的时间好像都没有。"我每天大约7点钟就要起床了，塔城的早上7点钟等于内地的5点来钟吧，这个时间我儿子和他娘还在休息呢。晚上一般都是12点以后回来，那个时间点，他们娘儿俩又入睡了……所以真的连话都说不上几句。"同桌的另一位辽宁援疆队员说他们赵队说的全是真话，每个援疆队员的工作状态都差不多。

住了一段时间后，妻子对赵震说："你就不能陪我们玩一天？新疆这么好的地方。"

赵震皱皱眉头，抱歉地对妻子说："你是看得到的，我真的没有一点空闲时间……"

妻子原谅了丈夫。但儿子对此都看在眼里，他有自己的想法。

不能再住了。妻子带着儿子要离开塔城了。送站还是必需的。"我是从不落泪的。但那天我们一家三口在送别的时候抱在一起，泪流满面……我也没有忍住。"

赵震那一次算是借到乌鲁木齐办公事的机会，到机场给妻子和儿子送行的。

在检票口，儿子突然走到父亲面前，板着脸，对赵震说："爸，下次你要还是这样，我就不会再来看你了！"说完，扭头就走。

赵震被儿子的话震了半晌，愣愣地站在那儿不知说什么。

"儿子的那句话，像铁锤砸在我心上……"赵震说。像所有的援疆干部一样，欠家人的一定很多，赵震心里明白，包括他妻子在内，甚至是儿子，其实他们对他到新疆工作并不是不支持。然而毕竟像儿子中考这样的事是影响到一生的大事，家人无法不考虑。赵震的儿子显然不是特别优秀的学生，也正是因为这样，他读书需要有人监督，或者高压下才有可能跟上一般的同学。可做父亲的到几千公里之外的新疆塔城，儿子的学习成绩立马断崖式地下降了，这是赵震妻子所不能接受的，即使是儿子其实也不想在同学和老师面前如此丢面子。可偏偏这个面子丢尽了，赵震儿子的逆反心理在此时也顿然而生。加上他与母亲千里迢迢来到新疆，本想一家团聚一下，哪知赵震因为工作太忙又忽略了远道而来的母子的感受，赵震的儿子内心的那份新旧怨恨骤然增加，于是父子之间的隔阂越来越严重……

"儿，是爸欠你的。你看这样行不行：反正老家那儿的学校你也有点烦了，我给你换换环境——到我这儿的学校来吧。这儿也很不错的，你可以交些少数民族的同龄朋友，他们待人真诚热情，怎么样？"毕竟，父子之间再有矛盾也是可以调和的。一天，赵震态度非常温和地跟儿子打了一个多小时的电话，耐心地谈了自己的想法和建议。

儿子思忖良久，终于"嗯"了一声："那我跟妈说说……"

"这一回儿子真的很听话。他按照我的意思转学到了塔城这边。初来那阵子我们爷儿俩混得特别和谐，儿子甚至看我下班后那么累，洗澡时还帮我搓背，让我感动，也很幸福。"赵震说完这话，又长叹了一声，"唉，好景不长……"

"怎么啦？"

"那会儿他已经在读高二了，也算是很关键的学期。可突然有一天，儿子放学回家，把书包一甩，冲我吼道：'我不念书了！'怎么回事？我赶紧问儿子，他气呼呼地就是不说话，也不想理我。"赵震说，"我一看这种情况，估计在学校有什么问题。所以第二天趁着工作顺路到了儿子的学校，跟他的班主任询问了一番才知道，原来儿子不想继续念书，还是因为我的原因……"

什么原因？赵震儿子的班主任说，其他的学生放学都回家了，唯独赵震的儿子放学后留在学校不愿走。老师问他为什么不回家，赵震儿子说："我爸爸24小时在外面值班，我回家没意思。"

赵震听了老师的话很内疚。回家找儿子谈话，希望他理解父亲援疆工作的重要性和伟大意义。

谈话的结果并不理想。儿子先是沉默地看看父亲，而后什么话都不说，显然他既理解父亲的工作性质，也体谅父亲辛苦的工作，但同时又不甘这种生活和学习的环境。

"那你不念书了，想干什么呢？"赵震打破沉默，这样问儿子。

"我出去打工……"儿子瓮声瓮气地说。

"打工？你小小年纪能打啥工？你以为打工那么容易、那么好玩吗？"赵震内心的火苗上来了。

"就去打工！总之不想在你这儿待着了……"儿子一甩手出了房子。

"你！"赵震的拳头握得紧紧的，真想上前揍这小子一顿，可他还是收住了。

父子就这样谈崩了。

儿子真的走了。赵震很窝火，又觉得对不起儿子，又无奈——他依旧每天从早到晚忙着工作，甚至更没有半点时间去想自己家里、想儿子的事。援疆的工程和工作一个接一个，每一件事都必须尽心尽力、全力以赴，才会有结果。

"稍稍有些空闲时间，就会想起赌气走了的儿子……"赵震说到这里，神情有些颓废和苦恼。

看着饭桌前的赵震，比较着工作中生龙活虎的赵震，我甚至有些同情与他一样的援疆干部，还有医生和老师等技术人员，其实他们每个人都可能遇上像赵震这样的家事、难事，甚至更大的事，然而他们都在默默地承受着……这是极其可贵的一种奉献。

"后来你的儿子怎么样了？"我小心翼翼地问道。

"还好。"赵震似乎从内疚中稍稍缓过些劲，说，"大约过了一年后，儿子自己在外地买了票回到了老家……坐了三天时间的车，没有钱呀，只能买最普通的长途汽车票。而且最后一段路，是自己走回家的，脚都走肿了。他回到家后，被我父亲看到了，见孙子这个可怜样，老人家气得打电话给我，把我狠狠地骂了一顿……"

赵震苦笑地看看我们。而我们想笑又笑不出来……他与儿子的事，真的很苦涩。

相信许多援疆队员其实也有如此多的苦涩之事，只是他们没有说，他们依旧每天面带笑容地在自己的岗位上，全身心地倾注着热情与热血，在为塔城各族人民奉献着智慧与汗水，在为荒凉的沙漠浇灌着清澈的甘泉与播种致富的苗圃……

"谢谢你，我的亲人！"维吾尔族大爷抱来大西瓜，对辽宁来的书记这样说。

"来，尝尝我家的甜葡萄……"哈萨克族女村民推着小车来到辽宁援疆干部的宿舍，一定要让亲人们收下她亲手栽培的葡萄园里的新果实。"没有你们的帮助，我的葡萄园不会有这样好的收成！"她说话时，眼里饱含感激的热泪。

"叔叔，请看我的成绩单……这个学期我考了三个满分！"塔塔尔族少年毕恭毕敬地向辽宁援疆老师递上自己的学期成绩，然后庄严地行了一个少先队队礼。

又一位蒙古族"额吉"（母亲）来看望辽宁援疆的"儿子"，给他披上一件厚实的皮披肩，爱抚地说："米尼忽（蒙古语："我的儿子"），冬天快要来了，你穿上它会暖和些……"

于是我们看到：

儿子感动了。

亲人笑开了颜。

老师满意地点点头。

塔城——这块古老而冒着新鲜气息的大地，又迎来新的一个温暖而盛开鲜花的春天。在这样的春天里，石榴花更加飘香，石榴籽更加抱得紧紧的、紧紧的。

最后我想起了赵震和他儿子的事。

"儿子又回我这儿上学了。虽然今年考大学不够理想，但他自己很有信心，争取明年重考。他报考的是播音主持专业。我最感欣慰的是：儿子现在又回到了我身边，回到了塔城，并且跟我一样热爱上了新疆……"

赵震的第一个援疆三年工作期结束后，他又申请留了下来，留在了沙湾。

与赵震一样的新塔城人（辽宁援疆干部）还有许多，他们也都留了下来，留在了塔城……

他们和他们——新疆各族人民一起说着我们经常听到、越听越感到新鲜和诱人的话：

新疆是个好地方！

新疆就是个好地方！

新疆永远是个好地方！

采访花絮

那片土地，
那些人们

——

在新疆塔城，

这个让我想唱，想舞，

想扬起思想与情感的翅膀饱含深情书写它的美丽的地方，

在这群善良的、勇敢的、美丽的、坚毅的、充满爱的人们中间，

我想把心中的豪情与爱，抒发个彻底与干净，

想把他们的笑容永远记在心间。

上／　97 岁的曼热亚木与青年教师在一起交流

下／　曼热亚木与作者合影

上 / 再屯娜给顾客介绍塔塔尔族传统糕点

下 / 塔城街景

上 / 塔城文化广场上，各族群众欢快起舞

下 / 塔城俄罗斯族民居

上 / 哈萨克族传统民俗"恰秀"

下 / 哈萨克族牧民的毡房内饰

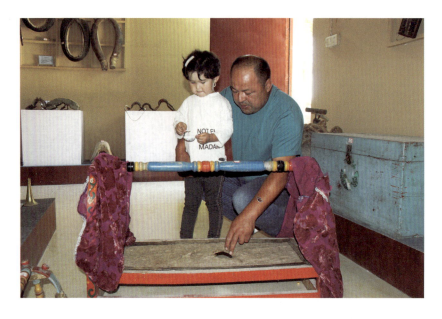

上／ 海拉提带女儿看摇床

下／ 海拉提（左二）和王具珍（左三）

石榴花开

上 / 哈萨克族驯鹰老人

下 / 乌苏蒙古族牧民表演蒙古长调

2021 年 6 月 1 日，在国旗护卫队，

沙勒克江·依明亲吻国旗后，将脸深情地贴在国旗上

上 / 沙勒克江·依明在小院里升国旗

下 / 2021年6月1日，在国旗护卫队荣誉室中，
沙勒克江·依明向队员们讲起在自家小院升国旗的故事

作者与由 7 个民族组成的大家庭合影

（后排左一：韩莲·韩兵）

上 / 俯瞰和布克赛尔蒙古自治县东归广场

下 / 和布克赛尔蒙古自治县道尔本厄鲁特古城遗址

上／　张秋良守护战友的墓地

下／　张秋良陪烈士的母亲祭奠

石榴花开

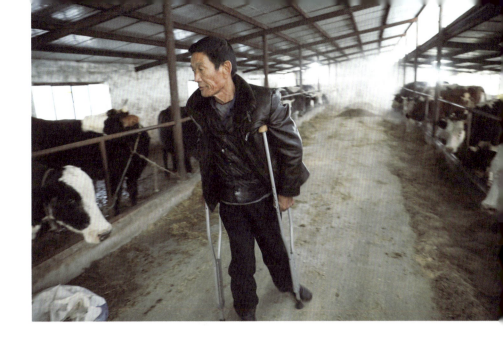

上 / 曹振新在他的养殖场

下 / 曹振新和当地牧民在一起

上 / 裕民县吾哈斯医生在冬牧场

下 / 梅莲出诊

上／ 冬季的小白杨哨所

下／ 哈萨克族牧民风雪转场路

上 / 作者与都曼·黑扎提一家合影

下 / 《家园之恋》剧照

上 / 　在高高的雪墙映衬下，挖掘机就像个玩具

下 / 　"魔鬼风区"玛依塔斯的扫雪车在清扫积雪

上／ 吾热肯多民族大家庭

下／ 马新华（右三）和各民族邻居在一起

上 / 乌苏市甘河子镇千人共跳民族舞活动

下 / 乌苏市"民族团结一家亲"活动

石榴花开

额敏县额敏镇的干部在亲戚家开展庆祝建党 100 周年活动

上 / 库尔托别村村民的小院

下 / 库尔托别村党支部书记钟平（右一）入户调研

上／ 爱党爱国爱家的塔城人

下／ 塔城各族人民载歌载舞庆盛世

上 / 作者与魏德友夫妇

下 / 简陋的泥房子顶上高高飘扬着五星红旗

上 / 边牧羊边巡关的魏德友

下 / 望远镜和"话盒子"是魏德友巡关的标配工具

上 /　辽宁省援建的沙湾县人民医院大楼

下 /　辽宁援疆项目——兵团第九师小白杨中学

上 / 2009 年 4 月 11 日，塔城市第三中学的援疆教师
鲍振平利用课间休息时间与学生交流

下 / 本溪市第二十五中学语文教师、托里县第二中学
教师徐笑平在领读

后记

　　天山雪松根连根，各族儿女心连心。或许因为新疆这个地方太美，使得全世界的人都在关注它。除了美丽的自然环境外，新疆民族团结问题一直备受关注。作为一名作家，其实我对新疆的民族团结问题已经关注了七八年，也多次到过南疆、北疆的许多地方，亲眼看到新疆各民族之间一幕幕和睦相处、亲如一家的感人景象。而就在我犹豫从何入手、动笔书写这一重大现实题材时，2021年，塔城地区文联党组书记、副主席陈冰带着塔城地委、行署领导的诚意，专门邀我去他们那儿"走走、看看"……如此一次不经意的邀请，竟然使我从此深深地迷恋上了塔城这片热土，于是就有了这部以塔城为主要叙述对象的新疆民族团结题材的报告文学。

　　石榴花开，芬芳四溢。关于本书的内容，相信读者看后自会有感触与理解。在此，我只想以最真挚的感情，感谢新疆维吾尔自治区党委，自治区党委宣传部、统战部，尤其要感谢塔城地委、行署领导的高度重视，感谢塔城地委宣传部、统战部的大力支持。塔城地区文联按照地委要求，第一时间将作品创作立项，给予我采访、调研与创作上的全力支持。塔城地区文联的古尔图、郭天成等同人，更是与陈冰书记一起全程陪同我到每一个采访点，他们无私的帮助，为我深入采访与调研提供了极大方便，使我受益匪浅。此外，在成稿过程中他们也做了大量幕后工作，我必须隆重地感谢他们。塔城是辽宁省的对口支援地区，辽宁省委宣传部和辽宁援疆前方指挥部及辽宁出版集团对本书的立项、出版等同样做出了决定性的支持与倾情帮助，责任编辑的精心编校更是令人感动。在此，我同样要深深地感谢他们。塔城地区四县三市、新疆人民出版社等单位也给予了大力帮助和支持。自然而然，我更要感谢所有接受过我采访的新疆各族人民，他们既是本书的主人公，更是"新疆故事"的真正创造者。期待全国读者和世界人民通过本书了解他们、爱上他们，以及爱上他们所在的那块美丽而诱人的土地……

何建明

2023 年夏日于北京

　　本书中大量精美图片由塔城地区的摄影师提供，他们是：贺振平、党彤、巴图、陈文、张宗坚、陈双喜、肖华、胡友明、王高升、范龚申、汪春林、文博、姚明、曾照美、燕文华、赵海嵘、高博、张国辉、代姣美、管述军等。感谢他们用发现美的眼睛带给本书美的呈现。